LOUVE NOIRE

DU MÊME AUTEUR

Reine rouge, Fleuve Éditions, 2022 ; Pocket, 2023

JUAN GÓMEZ-JURADO

LOUVE NOIRE

Traduit de l'espagnol (Espagne)
par Judith Vernant

fleuvenoir

Titre original :
Loba Negra
Éditeur original :
Penguin Random House Grupo Editorial, S. A. U.

ISBN : 978-2-265-15535-0

Dépôt légal : mars 2023

Pour Babs,
parce que je l'aime

Pour Arturo, Javi y Rodrigo,
pour tout

Précédemment, dans *Reine rouge*…

Antonia Scott est la Reine rouge, pièce maîtresse d'une organisation européenne ultra-secrète visant à résoudre les crimes les plus retors, face auxquels les forces de police conventionnelles sont impuissantes. Depuis un tragique accident qui a laissé son mari dans le coma, cette surdouée – aux facultés intellectuelles inversement proportionnelles à ses compétences sociales – vit terrée chez elle et refuse de reprendre du service.

Quand le fils de la présidente-directrice générale de la principale banque d'Espagne est retrouvé mort, Mentor, supérieur d'Antonia, recrute Jon Gutiérrez, excellent policier mis à pied à la suite d'une bourde monumentale, pour la remettre en selle.

Entre explosions et prises d'otages, la surdouée asociale et le flic gay en léger surpoids apprennent à se connaître et à s'apprécier, et finissent par former un tandem aussi improbable qu'inséparable – et terriblement efficace. Au terme d'une enquête détonante, ils parviennent à sauver l'héritière d'une des plus grandes fortunes du pays ainsi que le fils d'Antonia, enlevés par un mystérieux ravisseur se faisant appeler Ezequiel.

La jeune femme renoue alors avec son petit garçon, dont elle avait perdu la garde, mais demeure hantée par un passé qui ne va pas tarder à la rattraper… et des énigmes qui restent à élucider : l'insaisissable Sandra Fajardo, alias « Ezequiel », est-elle toujours en vie ? Qui est le redoutable « M. White », qu'Antonia semble décidée à débusquer ?

Un abîme

Antonia Scott n'a jamais été confrontée à une décision aussi difficile.

Le dilemme face auquel elle se trouve semblerait insignifiant à la plupart des gens.

Mais pas à Antonia. On pourrait dire que son esprit est capable de se projeter à de nombreux degrés dans l'avenir, mais la tête d'Antonia n'est pas une boule de cristal. On pourrait dire qu'elle est capable de visualiser devant elle des dizaines d'unités d'informations simultanément, cependant le cerveau d'Antonia ne fonctionne pas comme dans ces films où l'on voit un tas de lettres défiler sur le visage du héros pendant qu'il réfléchit.

L'esprit d'Antonia s'apparenterait plutôt à une jungle, une jungle grouillant de singes, qui bondissent à toute allure de liane en liane en transportant des choses. Énormément de singes portant énormément de choses, qui se croisent dans les airs en montrant les crocs.

Aujourd'hui, les singes transportent des choses terribles, et Antonia éprouve de la peur.

C'est une sensation à laquelle elle n'est vraiment pas habituée. Après tout, Antonia s'est retrouvée dans des situations telles que :

– une course-poursuite en hors-bord dans le détroit de Gibraltar ;

– une prise d'otages dans un tunnel bourré d'explosifs, avec une forcenée braquant son arme sur la tête d'un prisonnier particulièrement précieux ;

– l'affaire de Valence.

Dans le détroit, c'est sa ruse qui l'a sauvée (elle a laissé les autres bateaux se percuter), et dans le tunnel, ce sont ses connaissances (en matière ornithologique et linguistique). Pour ce qui est de Valence, on ignore comment elle (seule) a pu sortir vivante de cette boucherie. Elle s'est toujours refusée à le raconter. Mais le fait est qu'elle s'en est tirée. Et qu'elle n'a pas eu peur.

Non, Antonia ne craint presque rien, hormis elle-même. Et la vie, peut-être. Au demeurant, sa marotte est d'imaginer, trois minutes par jour, comment se suicider.

Ce sont ses trois minutes.

Elles sont sacrées.

Elles la maintiennent saine d'esprit.

D'ailleurs, c'est l'heure. Mais au lieu d'être immergée dans la sérénité de son rituel, Antonia est assise devant un échiquier. Les pièces sont blanches et rouges, à l'anglaise. L'un des fous d'Antonia pourrait faire échec et mat.

Les rouges jouent et gagnent.

Une décision simple.

Pas pour Antonia.

Parce que, de l'autre côté de l'échiquier, il y a Jorge, qui la regarde fixement, les yeux plissés. À travers ces demi-lunes vertes, on devine toute l'insolence et la mauvaise humeur du monde concentrées dans un mètre dix.

— Bon, maman, tu joues ? dit Jorge en donnant un léger coup de pied sous la table en marbre. Je m'ennuie.

Il ment. Antonia ne sait peut-être pas quoi faire, mais elle sait reconnaître un mensonge.

Jorge trépigne, impatient de savoir si elle va avancer son fou et gagner la partie, pour pouvoir piquer une colère parce qu'il a perdu. Ou si, au contraire, elle va déplacer une autre pièce, pour pouvoir piquer une colère parce qu'elle l'a laissé gagner.

Une interruption tire Antonia de sa paralysie. Sur la table, l'écran de son portable affiche un visage rubicond. Très roux et très basque. La vibration de l'appareil agite furieusement les pièces sur l'échiquier.

Jon sait qu'elle est avec Jorge. Sa troisième visite depuis que le juge a accepté de lui donner une seconde chance, contre l'avis du grand-père de l'enfant. Elle est à l'épreuve. Jon n'appellerait pas si ce n'était pas important.

Antonia s'excuse d'un léger haussement d'épaules et se lève pour décrocher. Ignorant à la fois la frustration de son fils et l'assistante sociale qui ne cesse de prendre des notes, le visage impassible, dans un coin de la pièce.

Antonia trouverait bien un prétexte pour se défiler, mais elle sait qu'elle ne gagnera pas à ce jeu-là.

Et ça la contrarie encore davantage.

PREMIÈRE PARTIE

ANTONIA

Un homme peut se lier d'amitié avec un loup.
Il peut même briser un loup.
Mais personne ne peut vraiment apprivoiser un loup.

George R. R. Martin

1
Un corps

Jon Gutiérrez n'aime pas les cadavres dans le Manzanares.

Ce n'est pas une question d'esthétique. Celui-là est très déplaisant (il semble avoir passé un certain temps dans l'eau), avec sa peau bleutée couverte de taches violacées, ses mains pratiquement détachées des poignets. Mais il ne peut se permettre de faire la fine bouche.

La nuit est particulièrement sombre, et les réverbères qui éclairent le monde des vivants, six mètres au-dessus d'eux, ne font que densifier les ombres. Le vent arrache d'étranges murmures aux roseaux, et les quatre-vingts centimètres d'eau sont plutôt frais. Après tout, nous sommes dans le Manzanares, il est 23 heures, et février montre déjà sa patte grise à la porte.

Rien de tout cela ne dérange Jon outre mesure, pour la bonne raison qu'il est habitué aux eaux glaciales (il est de Bilbao), aux murmures dans le noir (il est gay) et aux corps sans vie (il est inspecteur de police).

Non, ce qui dérange Jon Gutiérrez, avec les cadavres du Manzanares, c'est d'avoir à leur prendre le pouls.

Je suis vraiment trop con, pense Jon. *C'est un boulot de débutant. Mais ces trois demi-portions ne seraient pas foutues de prendre le pouls de leur mère.*

Non pas que Jon soit gros. Mais à force d'être toujours le plus balèze dans la pièce, des habitudes s'installent, qu'on le veuille ou non. La sale manie de rendre service. Qui devient une nécessité, quand trois benêts à peine sortis de l'académie manquent de se noyer sous votre nez en jouant les canards dans les roseaux pour tenter de sortir un corps de l'eau.

Par conséquent, Jon enfile une combinaison en plastique blanc, des bottes en caoutchouc, et se jette à l'eau avec un *bordeldeputaindevosmères* qui fait monter le rouge aux joues aux nouveaux.

L'inspecteur Gutiérrez s'approche à grandes enjambées, déplaçant l'eau et la flicaille en herbe, de l'îlot de végétation où s'est échoué le cadavre. Pris dans des racines, le corps est immergé dans la rivière. Seuls surnagent une tête et un bras. Ballottée par le courant, la victime semble essayer de nager pour échapper à son inexorable destin.

Jon se signe mentalement et plonge les bras sous le cadavre. Il est mou au toucher, et la graisse bouge sous la peau comme si c'était un ballon de baudruche rempli de pâte dentifrice. L'inspecteur tire. De toutes ses forces de *harrijasotzaile* – de leveur de pierre. Les bons jours, il soulève pas loin de trois cents kilos. Il plante ses jambes dans le sol.

Je vais leur montrer, aux blancs-becs.

Ses énormes bras se tendent, et alors il se passe deux choses en même temps.

La deuxième : le corps ne bouge pas d'un centimètre.

La première : le fond sablonneux de la rivière avale le pied droit de l'inspecteur, qui tombe sur le cul au milieu du courant.

Jon n'est pas du genre à chouiner ou à se plaindre pour un rien. Mais les rires des blancs-becs se font entendre par-dessus le bruit de l'eau, par-dessus les murmures du vent dans les roseaux et même par-dessus ses propres jurons.

Si bien que Jon, de l'eau jusqu'aux épaules et l'orgueil blessé, s'autorise un instant à céder au réflexe – très humain – de s'apitoyer sur son sort et de rejeter la responsabilité de ses malheurs sur autrui.

Putain t'es où, Antonia ?

2

Un câble

— Vous n'y arriverez pas comme ça, dit une voix féminine près de son oreille.

Jon attrape le bras du Dr Aguado, qui l'aide à se relever. Les mains des légistes lui donnent le frisson, mais quand on a le cul dans la vase, on s'accroche à ce qu'on peut.

— Je croyais que les cadavres flottaient. Mais celui-là a plutôt l'air de vouloir couler.

Aguado sourit. La quarantaine, longs cils, maquillage discret, piercing dans le nez, une langueur espiègle dans le regard. Avec désormais, en plus, une étincelle de joie. Elle s'est trouvé une fiancée, disent les mauvaises langues.

— Le corps humain est composé à plus de soixante-dix pour cent d'eau. L'eau ne flotte pas, donc dans un premier temps, il coule. Dans les conditions de température adéquates, les bactéries se mettent à décomposer le corps dans les heures qui suivent le décès. Il fait quatre degrés et l'eau est à environ six degrés, donc… ça se compte plutôt en jours. Les gaz remplissent l'estomac et l'intestin, et *paf*. Le revoilà.

Aguado s'agenouille, tient le corps d'une main et le palpe par en dessous de l'autre.

— Je peux vous aider, docteur ?

— Ça va aller. Il faut juste que je trouve ce qui la retient.

Jon jette un œil à la masse informe et boursouflée qui flotte sur le ventre, à moitié immergée, nue. Les cheveux, d'une couleur indéfinissable, sont coupés très court. Jon se demande comment diable elle a su que c'était une femme.

— Comment diable avez-vous su que c'en était une ?

— Parce que tout l'indique, inspecteur, répond Aguado. L'angle de la clavicule, l'absence de protubérance occipitale, et aussi parce que, même si vous ne le voyez pas, ce que je tiens sous l'eau en ce moment même est, selon toute probabilité, le sein gauche de la victime.

La légiste se relève et lui passe sa lampe-torche. Petite, mais puissante. Jon l'éclaire, pendant qu'elle sort une paire de ciseaux arrondis du sac imperméable qu'elle porte autour du cou. Elle se baisse à nouveau et se démène sous le cadavre. Soudain, en un mouvement brusque, celui-ci se libère et remonte entièrement à la surface.

— L'assassin lui a attaché un câble à la cuisse, dit Aguado en désignant une fine ligne enfoncée dans la chair, à l'arrière de la jambe. Avec un poids, certainement. Aidez-moi à la retourner.

À présent, le corps ne pèse plus rien, et la manœuvre ne leur demande pas plus d'effort que de tourner une page, la dernière. Les yeux ont disparu, mangés par les poissons. Le visage ressemble à un masque de carnaval qui aurait croisé la mort en chemin.

Avant de venir à Madrid, quand il arpentait encore les rues malfamées du *Botxo*[1], Jon se prenait pour un dur. Dans le quartier d'Otxarkoaga, quand il voyait un mort, Jon ne ressentait pas une once de découragement, pas un grincement de dents, pas un « qu'est-ce qui t'est arrivé, qui t'a fait ça ? ».

Là-bas, il se sentait fonctionnaire.

---

1. *El Botxo*, surnom de Bilbao (toutes les notes sont de la traductrice).

Ici, il se sent responsable.
Maudite Antonia.

Remorquant le cadavre par les épaules, Jon se fraye un chemin parmi les roseaux jusqu'à la partie à sec de l'îlot.

— Cause du décès encore inconnue, dit Aguado comme pour elle-même. (Elle marque une pause, semblant écouter quelque chose.) Le niveau d'adipocire est très élevé. Au moins une semaine sous l'eau, peut-être plus.

— En français, docteur ?

La légiste désigne les bosses et les protubérances sous la peau bleutée du cadavre. Le ventre, informe et gonflé, pend sur le creux du pubis jusqu'à dissimuler les poils.

— Le phénomène d'adipocire se produit quand un cadavre reste immergé dans l'eau. Les micro-organismes transforment la graisse sous-cutanée en savon, pour faire simple. Je vous en dirai plus demain. Maintenant, je dois me mettre au travail avant que le contact avec l'air n'altère les pièces à conviction, inspecteur, dit Aguado, en désignant la rive.

Jon sait reconnaître quand on le fiche dehors. Il fait un signe, et les trois bleus s'approchent de l'îlot, munis d'un brancard et de grandes bâches en plastique transparent. Le cadavre est trop endommagé pour être placé dans une housse standard. Ce coup-ci, l'inspecteur leur laisse le sale boulot. À grands pas, il rejoint le mur qui canalise la rivière. Dans ce coin, il n'y a pas d'escalier ni aucun moyen classique de monter, mais les policiers ont installé une échelle de corde, par laquelle Jon hisse ses cent dix kilos jusqu'au niveau de la rue.

Déserte, si ce n'est un homme appuyé contre une voiture de patrouille. Brun, un début de calvitie, une fine moustache et des yeux qui semblent peints sur son visage, comme ceux d'un pantin. Manteau trois quarts, beige. Cher.

— On dirait que ça se rafraîchit, dit Mentor, exhalant une bouffée de vapeur.

L'orgueil blessé de Jon cicatrise un peu. Il n'est pas de meilleur réconfort à sa propre disgrâce que de voir un autre être humain tomber encore plus bas. Et Mentor est en train de *vapoter*.

— C'est quoi, ça ? dit Jon en désignant le bidule.

Mentor introduit l'embout entre ses lèvres – fines, presque invisibles –, aspire et exhale de nouveau. Porté par le vent, un petit nuage à l'odeur de mandarine vient chatouiller les narines de Jon.

— J'étais à trois paquets par jour. La semaine dernière, j'ai allumé une cigarette sous la douche. Donc je me suis dit pourquoi ne pas essayer ?

— Et ça marche ?

— Que voulez-vous que je vous dise ? J'absorbe deux fois plus de nicotine qu'avant et j'ai trois fois plus envie de fumer. Aguado a dit quelque chose ?

— Que la victime est une femme. Assassinée. Une semaine dans l'eau, ou plus. Et qu'on lui foute la paix.

— Plus expansive que d'habitude. D'ailleurs, vous ne la trouvez pas plus souriante, ces derniers temps ?

— Je crois qu'elle s'est dégoté une fiancée, dit Jon. (Les mauvaises langues, c'est lui.)

L'inspecteur se débarrasse de sa combinaison en plastique, mais repousse la couverture que lui tend Mentor.

— J'espère que vous ne vous êtes pas baigné, inspecteur. Cette partie de la rivière n'est pas très recommandable pour la santé.

— Mais encore ?

Mentor attend que l'inspecteur ait récupéré son manteau et ses chaussures, et l'entraîne jusqu'à la rive.

— En 1970, une canalisation d'un centre expérimental secret s'est rompue, pas loin d'ici. À ce qu'on dit, le Caudillo était décidé à avoir la bombe atomique coûte que coûte. Une petite équipe de scientifiques était chargée de réaliser des essais avec du plutonium. Ça n'a pas été rendu public avant 1994, mais plus de cent litres de matière radioactive ont fini par se déverser dans le Manzanares depuis le tuyau d'écoulement, là-bas. (Mentor désigne un point dans le noir.) Une centaine de cas de cancers par-ci par-là, rien de bien grave. Mais ce n'est pas l'endroit que je choisirais pour faire trempette.

Jon ne réagit pas. Il sent évidemment que sa peau le pique sur tout le corps, et que les poils roux de sa barbe commencent à tomber. Mais pas question d'ouvrir la bouche. Au cas où ses dents décideraient de se déchausser.

Mentor, le visage grave, regarde sa montre.

— Où est Scott ?

— Je l'ai appelée il y a plus de trois heures, répond Jon, quand il constate qu'après tout, les symptômes de l'empoisonnement radioactif ne se sont pas encore manifestés.

— Ce n'est pas non plus comme si sa présence était indispensable. On a juste écarté les autorités compétentes et mobilisé l'unité Reine rouge en pleine nuit à cause d'elle.

— C'est injuste, proteste énergiquement Jon. Peut-être qu'elle…

Sa véhémence n'est que de façade. À l'intérieur, Jon sent le doute poindre à la fenêtre.

Sept mois ont passé depuis qu'Antonia et Jon ont sauvé Carla Ortiz. L'affaire a fait le tour du monde, autant à cause de la mystérieuse disparition de l'héritière que pour ce qui s'est passé ensuite entre son père et elle. Sur Antonia Scott et le projet Reine rouge, il n'y a pas eu une ligne dans les médias. Sur Jon, presque rien. En sortant de l'égout avec Carla, il s'est protégé le visage des flashs des photographes. Une photo floue, sans odeur ni saveur.

Il n'y a rien à gagner dans le projet Reine rouge, hormis l'anonymat. Une vie sans nom, mais avec certaines satisfactions. Et c'est déjà pas mal.

L'odieux Bruno Lejarreta, qui se voyait déjà faire exploser l'audimat grâce au scandale, s'est trouvé face à un problème. On ne pouvait plus parler de l'inspecteur Guttiérez. Quand même les chaînes cathos vous lâchent, il n'y a plus qu'à rentrer chez soi la queue entre les jambes. *Oh*, *quel dommage*, a pensé Jon en apprenant ça. Et il s'est ouvert une autre bière.

Pendant quelques jours, les fouille-merde du matin ont gratté l'affaire Ortiz. On avait découvert le cadavre d'un des ravisseurs, mais l'autre se trouvait toujours théoriquement sous les décombres du tunnel de la station Goya Bis. Ils ont spéculé sur leur identité. Sur ceci. Sur cela. Sur autre chose. Les spécialistes de tout ont commenté le sujet sans rien savoir, avant de passer au suivant. La vie a continué, comme toutes les choses qui n'ont pas vraiment de sens.

Le monde a tourné la page.

Mais pas Antonia.

Antonia ne tourne *JAMAIS* la page.

— C'est peut-être elle..., conclut Jon en désignant le cadavre étendu sur la bâche en plastique au milieu de l'îlot.

Les blancs-becs ont disposé six puissantes lampes halogènes, dont le pied orange émerge de la végétation. L'obscure intimité de la mort s'est transformée en une aberrante leçon d'anatomie.

Mentor secoue la tête, écœuré.

— Ce n'est qu'un cadavre non identifié de plus. Le sixième, si ma mémoire est bonne. On conclura à un mauvais trip ou à une agression, pour changer. Rien qui nous concerne. On perd notre temps.

Antonia n'a pas cessé de la chercher. Tirant le moindre fil. Analysant la moindre bribe d'information. Insistant pour que l'on enquête sur chaque cadavre non identifié découvert à Madrid ou dans les environs. Cependant, malgré le temps et les moyens investis, la femme antérieurement connue sous le nom de Sandra Fajardo reste introuvable.

Antonia refuse d'accepter d'autres affaires tant qu'elle n'aura pas réapparu. Et cela pose un sérieux problème. Car malgré toute l'indulgence et l'estime officieuse que leur a attirées l'affaire Ortiz, sept mois ont passé.

Le problème de l'estime officieuse, c'est qu'elle est aussi volatile que la mémoire des politiciens. Et ce sont eux qui lâchent la bride à Mentor.

— À la fois, il n'y a pas eu d'autres affaires, insiste Jon.

— Et qu'est-ce que vous en savez, inspecteur, bordel ? dit Mentor. (Entre la pression politique, le froid et le manque de tabac, il est *umore txarra*. De très mauvaise humeur. Pas un seul de ses fameux sourires, faciles et vides.) Qu'est-ce que vous savez des exigences d'en haut que j'ai dû calmer ? Ou des menaces invisibles pour lesquelles on aurait eu besoin d'elle ?

Jon se passe la main dans les cheveux – ondulés, tirant sur le roux, disions-nous – et inspire profondément. Il faut plusieurs secondes et pas mal de litres d'oxygène pour remplir cette énorme cage thoracique. Le temps nécessaire pour se calmer et ne pas balancer à son chef une torgnole qui l'enverrait valser au fond de l'eau.

— Je lui parlerai. Mais…

Jon s'interrompt à la moitié de sa phrase. Mentor se tourne vers lui, surpris, et suit son regard, dirigé vers le milieu du Manzanares. Une lumière flotte en aval. Fantomatique, du moins si les fantômes brillaient d'un halo rose fluo. La lumière s'éloigne de l'îlot, collée au talus de la rive opposée. Une autre la suit, flottant davantage vers le centre. Et on en devine une troisième en amont.

À cinquante mètres d'eux, une quatrième lueur semble sauter du mur qui protège la rivière, un peu plus haut, avant de heurter la surface de l'eau avec un lointain *plouf !*

— Scott, marmonne Mentor, plus furax que jamais.

Il se tourne vers Jon et son regard signifie : « Allez la chercher et faites-lui entendre raison. »

Le poing serré de Jon dit : « Si tu savais comme j'ai envie de te péter la gueule. » Mais sa main se trouvant dans la poche de son manteau, elle ne transmet pas le message. Et l'inspecteur Guttiérez n'a d'autre choix que d'obéir et de partir en quête d'Antonia Scott.

3
Un pont

Jon s'avance donc sur le pont d'Arganzuela (district de Carabanchel, Madrid) d'une humeur plutôt aigre. Parce qu'il a honte, parce qu'il est tard, parce qu'il a faim et parce que personne n'est foutu de comprendre Antonia.

Il l'a suivie vers l'amont de la rivière, l'apercevant au loin. Une petite silhouette qui, tous les quelques pas, balançait dans l'eau l'une de ces lumières, s'arrêtait un instant, puis reprenait son chemin.

Progressivement, Jon a réduit la distance entre eux, en réfléchissant, dans sa grosse tête rousse, à la meilleure manière d'aborder la question. Antonia Scott n'est pas précisément ce que l'on peut appeler une personne raisonnable. Les arguments glissent sur elle comme l'eau sur les plumes d'un canard. Plus encore quand l'enjeu est de trouver l'homme qui a laissé son mari dans le coma. L'homme qui, d'après ce que soupçonne Antonia, tire les fils de Sandra Fajardo – ou quel que soit son nom.

Le mystérieux, l'insaisissable, le mythique M. White.

Mentor n'a rien voulu savoir de l'enquête d'Antonia à propos de White. Au début, Jon s'est dit que Mentor ne croyait pas à son existence, qu'il pensait que le White en question était juste une légende. Ou, pis encore, une obsession d'Antonia à laquelle elle avait fini par donner un nom. Mais tout le champ que lui avait concédé Mentor durant ces sept mois indiquait le contraire.

Et puis il y avait les murmures. Les regards effrayés. Et une énigmatique mise en garde que lui avait adressée Aguado quelques jours plus tôt. À voix basse, pressée, au milieu d'un couloir.

— Il vaudrait mieux laisser courir.

Aguado avait disparu avant que Jon ait pu lui demander quoi que ce soit, le laissant aussi contrarié qu'une dinde un soir de Noël. Aucune de ses tentatives ultérieures de lui soutirer des explications sur ce qu'elle avait voulu dire n'avait abouti.

Malgré tout, Jon avait gardé ses réserves pour lui et laissé Antonia agir.

Maintenant, le temps est écoulé.

Jon s'avance sur le pont d'Arganzuela, où la nuit n'existe pas. La gigantesque structure ultra-métallique, ultra-moderne et ultra-coûteuse a la forme d'une reliure en spirale. À l'intérieur, l'éclairage puissant fait scintiller le métal et crée un reflet presque parfait à la surface de l'eau. Jon n'a jamais été sensible à l'architecture contemporaine. Il se contente des ponts qui supportent son poids – non pas qu'il soit gros. Mais il apprécie la luminosité, suffisante pour une opération à cœur ouvert. Ajoutée au bruit de ses pas sur les lames de bois, elle annoncera son arrivée.

Voyons si tu arrêtes de jouer les filles de l'air, ma jolie.

Antonia Scott est accroupie au milieu du pont. Trente ans et quelques. En manteau et pantalon noirs. Baskets blanches aux pieds. Près d'elle, par terre, il y a un sac en plastique vert, du genre qu'on vous refile à la supérette du coin sans vous facturer les cinq centimes réglementaires.

Jon s'approche, faisant résonner ses pas énergiques un peu plus que nécessaire.

Antonia lève un doigt qui signifie « ne m'interromps pas, c'est mal élevé » et stoppe net la progression de Jon.

— Tu aurais pu me dire que tu étais là, dit-il. Ou au moins m'envoyer un…

À cet instant, sa poche se met à vibrer. Il vient de recevoir le message WhatsApp d'Antonia. Depuis qu'elle a découvert les stickers, c'est devenu son mode de communication préféré. Avec une prédilection pour les chiens rigolos. Jon se demande quel genre d'information est censé transmettre un carlin avec un chapeau.

— C'est censé signifier que tu es arrivée ?

— Je me comprends.

— Eh ben, tant mieux. Parce que moi, je ne comprends rien.

Antonia ne répond pas. Elle fouille dans le sac, dont elle tire un paquet de bâtons en plastique et une petite bouteille d'eau. Elle vide la moitié du liquide par terre, qui coule entre les lames du plancher pour finir dans la rivière, en dessous. Elle prend l'une des tiges translucides et la plie entre ses doigts. On entend un petit craquement quand la capsule de verre, à l'intérieur, se brise, libérant le peroxyde d'hydrogène. En se mélangeant à l'oxalate de diphényle, il émet une intense lumière orange.

Cette femme enquête sur un meurtre ou elle va à une rave ? se demande Jon.

— Âge approximatif de la victime ?

— Aguado ne me l'a pas dit. Elle commençait à…

Antonia lève à nouveau le doigt. Agaçant.

Jon fait partie de ces gens qui, quand ils s'agacent, passent à la contre-attaque. Préventivement. Pour le sport. Parce que ça leur chante. Mais ce soir, Antonia se comporte étrangement.

Et avec Antonia Scott, le standard d'étrangeté – le *strangedard*, comme l'appelle Jon – est très élevé.

Antonia introduit le bâton lumineux dans la bouteille à moitié vide. Elle visse le bouchon, se relève. Un instant, elle hésite, levant le nez, attentive au vent. Quand il tombe, Antonia lance la bouteille dans l'eau et observe le parcours de la lumière orange en aval. Ses yeux clignent plusieurs fois, comme le diaphragme d'un appareil photo.

Jon a déjà assisté à cela. Il sait qu'Antonia est en train de dessiner une carte mentale. À présent, il comprend pourquoi elle a jeté des bouteilles dans l'eau depuis différents endroits.

— Il n'y avait pas une méthode plus écolo ?

Antonia, le regard fixe, l'ignore.

Le courant semble faire une embardée à mi-distance de l'îlot, comme s'il voulait emporter la bouteille vers la rive nord. Mais le minuscule bout de plastique finit par s'échouer parmi les roseaux.

— Confirmé, docteur. On l'a balancée depuis le pont. Le courant change à mi-parcours. Le poids qu'on lui a attaché à la jambe n'a pas suffi à la maintenir sous l'eau. Quand le corps a gagné en flottabilité sous l'effet des gaz, il a dû dériver et s'échouer sur l'îlot.

Elle garde le silence quelques instants. Puis elle ajoute :

— Je suggère que vous veniez ici avec le Luminol. Et demandez à Mentor de donner l'ordre d'éteindre les lumières du pont, s'il vous plaît.

Antonia remet ses cheveux – raides et bruns, mi-longs – derrière ses oreilles, laissant voir des AirPods. Elle tapote l'un d'eux deux fois du bout de l'index, pour couper la communication, avant de se tourner vers Jon.

— Donc c'est pour ça qu'aucune de vous deux ne faisait attention à moi, proteste l'inspecteur, vexé. Tu aurais au moins pu me dire que vous étiez en ligne. Je me suis frit le cul en voulant sortir ton cadavre de l'eau.

Antonia arque un sourcil interrogatif.

— Mentor m'a dit que des substances radioactives avaient été déversées par ce tuyau d'évacuation, explique Jon, en tendant le doigt vers l'endroit en question.

— C'est totalement faux, dit Antonia.

— Tant mieux, soupire Jon.

— Elles ont été déversées depuis ce tuyau-là, explique Antonia en montrant le suivant, encore plus proche de l'endroit où Jon s'est mis à l'eau.

Jon soupire à nouveau. Différemment.

— Adieu ma fertilité.

— N'exagère pas. Tu as dû absorber une dose équivalant à sept ou huit radiographies. Ton sperme va très bien. En plus, je croyais que tu ne voulais pas avoir d'enfants.

— J'aime avoir le choix.

— Les enfants n'apportent que de la souffrance.

À cet instant, l'éclairage du pont s'éteint et, soudain, ils ne sont plus que deux silhouettes dans le noir. La première, immense, s'agite fébrilement. La seconde, minuscule, sort son portable de sa poche et allume la lampe-torche.

— Je vois que la visite de ton fils s'est bien passée, dit Jon, sortant à son tour une lampe-torche – une vraie – de sa poche. Qu'est-ce qu'on cherche ?

— Des traces de sang. Sur les rambardes métalliques, surtout.

Paradoxalement, il est parfois plus facile de repérer les traces de sang dans l'obscurité. Notamment grâce au Luminol – une substance miraculeuse qui, répandue sur une scène de crime, permet de faire briller le sang et d'autres substances organiques sous un rayonnement ultraviolet. En l'absence de Luminol, quand les traces de sang sont anciennes, elles peuvent prendre des teintes variables, allant du brun au noir, selon la surface où elles se sont déposées, le temps écoulé et l'oxydation à laquelle elles ont été soumises. Dans ces cas-là, Antonia et Jon préfèrent travailler dans le noir, en se concentrant sur le petit cercle de lumière devant eux, ratissant la zone petit à petit.

Voir moins pour voir plus.

— Pourquoi tu n'es pas descendue ? On t'attendait, dit Jon d'un ton de reproche sans cesser de balayer les surfaces alentour du faisceau de sa lampe.

Il tente de comprendre le comportement d'Antonia. Ce qui n'est jamais simple.

— Je ne sais pas nager.

— Il y a quatre-vingts centimètres d'eau. Même toi, tu as pied.

— Ça suffit pour se noyer. Même toi, tu es tombé.

Jon serre les lèvres. Il aurait voulu que la Reine rouge ne voie pas son Écuyer, celui qui est censé la protéger, tomber le cul dans l'eau. Il voudrait aussi être chez lui devant des tripes à la biscayenne. Et que le petit jeune avec qui il flirte sur Grindr se décide à lui filer un rencard. Et la paix dans le monde.

Comme dit maman, tais-toi et danse.

Et c'est ce qu'il doit faire avec Antonia. L'emmener danser. Même si elle seule entend la musique.

— Ce n'est pas ton genre de rester si loin de la scène de crime.

— Parfois, on voit mieux de loin, répond Antonia.

Du coin de l'œil, l'inspecteur Guttiérez perçoit les symptômes chez sa collègue – symptômes qui lui indiquent que son cerveau particulier tourne au-delà de la vitesse recommandée. Cela fait déjà plusieurs mois qu'il a appris à décrypter une certaine rigidité de ses épaules et de son cou. Sa respiration entrecoupée. Sa voix plus aiguë d'une octave. Ses doigts qui s'ouvrent et se ferment sans qu'elle en soit consciente.

Jon porte la main à la poche de sa veste et rencontre la forme familière de la boîte à pilules. Mais il ne la sort pas.

Au lieu de cela, il se penche et continue d'explorer lentement la rambarde. Centimètre par centimètre.

Non.

Pas avant qu'elle le demande.

Il n'a plus le temps d'y penser, parce qu'il vient de trouver quelque chose au bord de la rambarde. Une tache marron, sèche.

— Regarde ça.

Antonia se retourne et s'approche de lui. Maintenant, ils sont accroupis tous les deux, sous la rambarde, regardant vers le haut.

— C'est ça que tu cherches ? demande Jon.

Antonia cligne des yeux plusieurs fois. Encore un signe que Jon a appris à interpréter. C'est comme écouter le bourdonnement du disque dur quand la tête de lecture cherche une information.

— Possible. L'emplacement est compatible avec l'hypothèse que l'assassin a poussé la victime de cet endroit.

À l'entrée du pont, Aguado arrive avec les outils nécessaires pour poursuivre le travail. Tous deux se relèvent pour lui faire une place et éteignent leur lampe.

— Tu ne veux pas t'impliquer, hein ? C'est ça ?

Antonia acquiesce dans le noir.

— Je ne veux pas la voir. Si ce n'est pas elle, je ne veux pas.

Jon sait, pour l'avoir vécu, que le regard accusateur des morts vous arrache parfois des promesses que vous ne pourrez pas tenir. Antonia en a fait une à un adolescent vidé de son sang, dans une villa déserte, sept mois plus tôt. Une promesse qui se heurtait à celle qu'elle avait faite à Marcos, son mari, de ne plus jamais faire quoi que ce soit qui les mettrait en danger. Elle a trahi les deux.

— Moi aussi, je sais ce que c'est de les regarder dans les yeux, trésor. Mais en l'occurrence, tu n'aurais pas eu à t'inquiéter. Les poissons les ont mangés.

— Je ne vois pas en quoi c'est censé me rassurer, dit Antonia, qui est au sarcasme ce que Superman est aux balles. L'absence de globes oculaires réduit les possibilités d'identification.

Jon tarde à répondre. Parce que ce qu'il doit dire ensuite à Antonia, ce que Mentor l'a chargé de lui dire, ne va pas lui plaire du tout.

Lola
Centre commercial Paraíso, Marbella

Lola Moreno a la vie sauve grâce à une série de hasards. Le premier est que le landau qu'elle regarde dans la vitrine de la boutique Prénatal est bleu marine. S'il avait été de couleur claire, le verre n'aurait pas reflété le pistolet qu'a levé l'homme derrière elle. Si elle n'avait pas été l'épouse de qui elle est – et qu'elle n'ait pas su que l'homicide était dans le domaine du possible –, sa réaction n'aurait probablement pas été aussi appropriée.

Au lieu de rester clouée sur place, de se retourner ou d'affronter son agresseur, Lola se jette au sol au moment précis où les trois premières balles du Makarov font exploser la vitrine et réduisent la capote du landau en lambeaux.

Elle a la vie sauve… temporairement. *La joie du pauvre est éphémère*, lui dit toujours sa mère. Lola Moreno, qui porte des jeans Balmain, un doux pull en cachemire et un sac Prada, n'est pas pauvre, pauvre.

L'argent, elle n'en manque pas.

Le temps, en revanche, c'est une autre affaire.

Les trente kilos de verre de la vitrine s'écroulent sur Lola, qui se couvre la nuque de ses mains, comptant sur Tole pour régler la question. Après tout, c'est pour ça qu'ils le paient, et grassement.

(Lola crie quelque chose à ce propos, mais on ne comprend rien.)

Anatoli Oleg Pastouchenko gagne bien sa vie. Tellement bien qu'il a pu se permettre de devenir accro au café de chez Starbucks. Pour rester vigilant, tout ça. Le problème, c'est que les dix-huit cuillerées de sucre de chaque Frappuccino XXL l'ont rendu lent et négligent. « Lourd à la détente », dit Yuri, qui parfois s'emmêle les pinceaux en espagnol avec une étonnante acuité.

En outre, tenir un énorme gobelet dans la main avec laquelle vous êtes censé sortir votre pistolet constitue un obstacle pour un garde du corps, a fortiori si, de l'autre, vous regardez les résultats du Spartak sur votre portable. Même si vous lâchez très vite les deux objets, vous serez mort avant d'avoir pu dégainer.

Sur les cinq balles, quatre atteignent Tole.

Une à la jambe, quand le tueur presse une première fois la détente, presque sans viser. La plus douloureuse.

La deuxième et la troisième font deux trous dans la veste noire de Tole, pour venir se loger dans son poumon gauche et dans sa rate, qui éclate. Le garde du corps va avoir beaucoup plus de mal à respirer et à lutter contre les infections durant les six secondes qui lui restent à vivre. Ces deux blessures sont cependant indolores. L'adrénaline et la douleur provoquée par la première balle occupent tout l'espace.

Tole réussit à dégainer entre le troisième et le quatrième tir de son assaillant. Il fait feu une fois, ne parvenant qu'à frôler le bras du tueur et à lui faire perdre sa précision. La quatrième balle rebondit sur un panneau mural et va rouler, inoffensive, sous le garde-corps vitré, pour achever sa course à l'étage en dessous. D'où monte le son des cris et des cavalcades des clients paniqués. Où un agent d'entretien fatigué la balaiera demain, sans s'en apercevoir, avec les autres détritus.

La cinquième balle – qui lui est fatale – perce un trou parfait au-dessus du sourcil gauche de Tole, creusant un sillon dans son cerveau, perdant de sa puissance à mesure qu'il s'enfonce dans la masse encéphalique et s'arrêtant avant d'avoir atteint l'os pariétal.

Il tombe.

Lola cesse de crier à temps pour voir Tole s'effondrer au sol, dans une mare de Frappuccino, à quelques centimètres d'elle. Une bulle écarlate point entre ses lèvres ensanglantées. Le regard aimable et loyal de son chauffeur et garde du corps, qu'elle voit depuis six ans dans le rétroviseur, reflète à présent la surprise et l'incompréhension. Tole, mort à quarante-sept ans sans avoir fait grand-chose de sa vie ni réalisé aucun de ses rêves.

Cette pensée ne traverse pas l'esprit de Lola à ce moment, évidemment. Elle ne l'effleurera pas non plus ensuite, quand elle se réfugiera dans le parking du centre commercial, ses pieds nus en sang, tentant de survivre. Elle lui viendra plus tard, le soir, recroquevillée dans des toilettes – dissimulée sous une veste volée, tremblant de peur –, essayant de pleurer sans y parvenir.

La bulle entre les lèvres de Tole éclate, piquetant les joues de Lola de gouttelettes de sang et de salive. Et c'est cela – davantage que les coups de feu, davantage que l'urgence de protéger son enfant à naître – qui déclenche sa réponse de stress aigu. Cette bulle, qui a éclaté avec le dernier souffle de Tole.

Quand les jalouses croisent Lola à la sortie des restaurants chic et des boutiques de luxe, elles se donnent des coups de coude. Coups de coude qui signifient « potiche » pour les Espagnoles. « Épouse trophée » pour les Anglaises et les Russes.

Il est vrai que Lola a plus de temps que les autres femmes de trente ans et quelques (vingt et quelques, selon Lola) pour fréquenter la salle de sport. Et cela lui sauve de nouveau la vie quand :

– elle se relève en faisant un *burpee*, les mains appuyées au sol, secouant les bris de verre au passage et se propulsant vers le haut avec un mouvement explosif du fessier et du muscle droit fémoral (Zumba, mercredi de 11 heures à 11 h 45) ;

– elle parvient à sauter verticalement par-dessus le corps de Tole sans perdre l'équilibre (Body Balance, mardi de 11 h 15 à 13 heures) ;

– elle balance un double crochet du coude dans la pommette du tueur (Cardio Boxe, lundi et vendredi à 10 heures, son préféré).

Par un pur hasard – et parce que Lola trébuche un peu –, le double crochet du coude atteint les deux fois sa cible, bien que plutôt mollement. Lola est grande. Un mètre soixante-quinze. Mais elle n'a jamais donné un vrai coup de sa vie, et la Cardio Boxe est très bien pour raffermir les fesses des femmes au foyer, moins pour fracturer des pommettes. Cela dit, le tueur recule légèrement, déconcerté.

Le foulard blanc qui dissimule le bas de son visage se déplace légèrement lui aussi.

Lola met une demi-seconde à le reconnaître.

Une seconde entière à comprendre qu'elle est foutue.

Quel merdier, pense-t-elle.

Quand notre cerveau est confronté à une menace imminente, la médullosurrénale libère aussitôt une décharge de catécholamines dans la circulation sanguine, nous donnant instantanément l'énergie de lutter ou de fuir. Lola a déjà lutté – ces pauvres crochets du coude en sont le résultat. Maintenant, la terreur exige de fuir.

En se relevant, elle a perdu l'une de ses sandales Miu Miu. Épouvantée, elle glisse sur les bris de la vitrine et s'étale de tout son long. Une belle gamelle, comme on dit. Elle perd son autre sandale en tentant de se redresser, des éclats de verre plantés dans ses pieds nus. Elle ignore la douleur, car la peur est trop forte pour lui permettre d'y céder, et réussit finalement à se relever, offrant au tueur une cible parfaite tandis qu'elle détale vers la sortie de secours au fond du couloir.

Le tueur, qui s'est remis des deux coups au visage, lève son arme et presse la détente. Le pull rose fait une cible facile à une distance aussi courte, mais la condition nécessaire pour qu'un pistolet puisse tirer est qu'il ait des balles dans le chargeur. Celui du Makarov n'en contient que huit. Trois dans la vitrine, quatre dans le corps de Tole, une au deuxième étage. Si bien qu'au lieu du *pan*, *pan*, *pan* attendu, il ne produit qu'un inoffensif *clic*, *clic*, *clic*. Le tueur pousse un juron – il est habitué à des armes d'une autre contenance – et plonge la main dans sa veste pour sortir un second chargeur qu'il n'aurait jamais cru devoir utiliser. Il bataille avec la glissière et parvient à insérer le chargeur, mais n'a pas le temps de tirer sur le pull rose qui s'éloigne, car derrière lui se fait entendre :

— Mains en l'air !

Le tueur hausse les sourcils – pensant certainement, *Sérieux ? Mains en l'air ? Sérieux ?* – et se retourne. L'agent de sécurité de la bijouterie Chocrón – revolver à la main, moustache à la lèvre, ventre à bière à la ceinture – est sorti de la boutique et le tient en joue.

Le tueur ne lui laisse aucune chance. Deux balles dans la poitrine, une dans la tête. Il se tourne en direction de Lola avant que les genoux du vigile ne touchent le sol. Il tire, mais la quatrième balle ne rencontre que la porte de l'issue de secours, qui s'est refermée derrière Lola, étouffant le cri de frustration du tueur.

Néanmoins, Lola n'est pas en sécurité, pas encore.

Loin de là.

4
Un appel vidéo

Antonia Scott est d'une humeur de cochon, ce qui n'échappe pas à sa grand-mère.

— Tu es d'une humeur de cochon, ma fille, dit-elle.

Elle est dans la cuisine, en train de tartiner un toast de beurre et de confiture devant la caméra de l'iPad. La confiture maison aux fruits rouges semble sortir de l'écran. Antonia s'abstient de lui signaler qu'elle ne doit pas manger de sucre ni de gras. Pour seule réponse, Georgina Scott se contenterait de lui rappeler son âge. Quatre-vingt-treize ans, quatre-vingt-quatorze dans un mois. Et elle se porte comme un charme.

Non, Antonia ne dit rien sur les tartines. Et elle a renoncé à surveiller la glycémie et le cholestérol de sa grand-mère. En réalité, ce qui la dérange est que la vieille dame puisse se bâfrer alors qu'elle-même doit compter la moindre calorie. Bien que les saveurs très sucrées soient les seules à franchir le mur de son anosmie, pour elle, c'est terminé.

Kummerspeck.

En allemand, le « bacon du deuil ». Les kilos que vous prenez quand vous êtes malheureux.

Depuis qu'elle a repris du service, il y a sept mois, Antonia s'efforce de ne pas se laisser aller. De compenser les excès de trois années à manger des saloperies ultra-transformées. Une tartine comme celle-là irait directement dans ses fesses, telle quelle, quatre coins compris.

Elle est donc dans la cuisine de son appartement sous les toits du quartier de Lavapiés avec du café en capsule en guise de petit déjeuner. Morte de jalousie.

— J'ai mal dormi, se contente-t-elle de répondre.

Sa grand-mère plisse les yeux, s'approche de l'écran. Elle vient de se rendre compte de quelque chose.

— Tu m'appelles de chez toi ?

Antonia pose l'iPad sur la table pour pouvoir mettre la tête dans ses mains.

— Je suis venue dormir ici. Ç'aurait été absurde d'aller à l'hôpital aussi tard.

Elle ne lui dit pas que c'est la quatrième nuit d'affilée qu'elle rentre dormir chez elle. Qu'elle passe de moins en moins de temps auprès de Marcos.

Elle ne lui dit pas qu'elle a acheté un matelas électrique qu'elle gonfle chaque nuit et replie chaque matin. Ni qu'elle le range dans l'armoire, pour que la lumière du jour ne soit pas témoin de sa honte.

Elle ne lui dit pas qu'il lui est de plus en plus difficile de voir son mari, de lui tenir la main pour rester dormir à ses côtés. Que son corps de plus en plus étiolé, sa peau de plus en plus rêche et froide, sont pour elle des accusations insupportables. Que la compassion qu'elle ressentait naguère pour Marcos, la culpabilité, la peine se sont changées en ressentiment.

L'empathie à l'égard du malheur d'autrui a ses limites, au-delà desquelles son infortune commence à vous apparaître comme une forme de malveillance dont vous êtes la victime.

Cela, elle ne le dit pas non plus. Antonia Scott est peut-être l'être le plus intelligent de la planète, mais ça ne lui donne pas la sagesse pour savoir quoi faire ni la force d'affronter ça.

Antonia ne dit rien, mais sa grand-mère n'a pas besoin de l'entendre.

Sa grand-mère sait.

— Hier, l'employé du gaz est venu faire l'entretien annuel. Un gentil garçon.

Seule Georgina Scott est capable d'ajouter à l'expression anglaise *nice ol' chap* une nuance lubrique, même avec son dentier.

— Bon Dieu, mamie, il a quarante ans de moins que toi.

— Trente-huit, ma fille. Mais tu verrais son petit joufflu, dit-elle en croquant dans sa tartine. Et il est veuf, le pauvre. Je vais peut-être l'inviter à goûter mon gigot d'agneau à la menthe un de ces soirs.

Grand-maman Scott considère que son gigot d'agneau à la menthe possède des vertus aphrodisiaques irrésistibles. Antonia ne s'offusque pas, elle sait bien que sa grand-mère flirterait avec le fossoyeur le jour de ses funérailles.

— Ce que je voulais dire…, reprend Georgina Scott.

— Je sais parfaitement ce que tu voulais dire, l'interrompt Antonia. Je n'ai pas besoin d'un homme dans ma vie.

— Foutaises. Regarde plutôt ce que je suis en train de lire. C'est un test très intéressant.

Sa grand-mère montre un magazine. Antonia lit neuf des douze lettres du titre, en police Franklin Gothic, d'une discrète couleur rose fuchsia. Les autres lettres sont cachées par le haut du crâne d'une femme blonde, dont Antonia ne comprend pas comment elle peut être si souriante alors qu'elle se mord le pouce.

— « Êtes-vous prête à rencontrer un vrai mâle ? 50 questions pour le savoir ! »

— Tu envisages de me disséquer avec un instrument aussi grossier ?

— Cesse donc de faire la maligne, ma petite. Regarde, la question trois…

Antonia la laisse parler un moment, jusqu'à ce que sa grand-mère se rende compte qu'elle ne l'écoute pas.

— Très bien. Qu'est-ce qui t'arrive ?

Sa petite-fille se met à parler.

Elle parle de son problème de communication avec Jorge. Du fait qu'elle souffre de la façon dont son fils la regarde, avec méfiance, comme si Antonia ne le comprenait pas, qu'ils ne se connaissaient pas.

Sa grand-mère remue la tête sans rien dire.

Antonia raconte comment elle se sent vis-à-vis de son époux dans le coma. En louvoyant, ici, considérablement. Elle est experte dans l'art de se mentir à elle-même, profane dans celui d'exprimer sa propre réalité.

Sa grand-mère continue d'acquiescer sans rien dire.

Antonia prend la mouche.

— Ça fait dix minutes que je parle toute seule.

— Ça fait dix minutes que tu t'apitoies sur ton sort. Je ne t'ai pas élevée pour t'entendre pleurnicher. Si tu cherches de la compassion, tu as frappé à la mauvaise porte, ma petite. Va plutôt pleurer sur l'épaule musclée de Jon. Il est payé pour ça.

— Ouais, dit Antonia, une fois remise de la violence de l'attaque de sa grand-mère, qui a emballé sa franchise habituelle dans du papier de verre pour la lui livrer à coups de marteau. Avec Jon, ce n'est pas la joie non plus. Il ne me soutient pas franchement face à Mentor. Hier soir…

— Oh, ce que tu peux être tête de mule, rétorque sa grand-mère. Écoute-moi bien, Antonia Scott. Il n'y a qu'une solution à tes problèmes, à tous tes problèmes : libérée, délivrée.

Antonia bat des paupières, surprise. La vieille femme poursuit.

— Tu as commis une erreur, il y a des années. Marcos est mort par ta faute.

— Il n'est pas mort, mamie.

— Nous savons toutes les deux ce que dit le dossier médical. Nous savons toutes les deux que tu continues à t'accrocher à lui uniquement parce que tu refuses de reconnaître ton erreur. Mais ton mari n'est plus là. Ton déni t'a rendue malade. Malade d'orgueil, et ça t'a éloignée de Jorge, et ç'a forcé ton père à te l'enlever.

Sa grand-mère fait une pause pour boire dans le verre posé sur la table. On dirait du jus de groseille, mais connaissant Georgina, c'est sûrement un autre genre de jus. Du genre à vieillir en fût de chêne.

— Tu n'as pas suffisamment vécu avec ton fils pour apprendre ce que doit être une mère. À commencer par la leçon la plus importante. Nous commettons toujours des erreurs, ma petite. Quoi que tu fasses, tu auras tort. Et quand ton fils grandira, il te rendra responsable de tous ses maux et de tous ses défauts. C'est ainsi. Nous sommes ainsi.

Antonia comprend parfaitement cette dernière partie. Au bout du compte, elle-même reproche beaucoup de choses à son père.

— Ç'a le mérite d'être clair.

— Tant que tu ne t'accorderas pas le droit à l'erreur, tu continueras à croire que tu es une mauvaise mère. Que tu trahis ton mari. Que tu es une enquêtrice médiocre, parce que tu ne trouves pas un type que personne n'a jamais pu approcher jusque-là. Tu resteras bloquée et morte de trouille. Tu finiras dans un royaume de solitude, pour l'éternité. Si tu veux éviter ça, une seule solution : libérée, délivrée.

Antonia met quelques secondes à situer où elle a entendu ça, jusqu'à ce qu'elle se rappelle la première chose que Jorge a demandé à regarder quand les services sociaux l'ont autorisée à le revoir. Un film absurde avec des bonshommes de neige qui parlent et une princesse incapable de faire son *coming out*. Deux heures de sa vie qu'elle ne récupérera jamais.

— Est-ce que tu viens de citer *La Reine des neiges*, mamie ?

— Et j'en suis fière, dit sa grand-mère, levant son verre qui, incontestablement, ne contient pas du jus de groseille.

Antonia pousse un petit soupir d'agacement qui soulève sa frange. Son habituel carré lui arrive maintenant aux épaules et aurait besoin d'un rafraîchissement. Même pour cela, elle n'a pas trouvé le temps.

— Je ne pense pas qu'il faille t'inquiéter de mon obsession. Dans quelques heures, Aguado enverra son rapport officiel et confirmera à Mentor ce que nous savons tous déjà. Que le cadavre du Manzanares n'est pas celui de Sandra Fajardo.

— Vous ne connaissez même pas son nom, n'est-ce pas ?

Elle entend encore la voix de Sandra résonner dans l'obscurité du tunnel. Cette phrase, qu'elle ne peut toujours pas déchiffrer.

Toi qui te souviens de tout, tu ne te rappelles pas qui tu as pu blesser ? Tu oublies les dégâts qu'a causés ta croisade contre le mal ?

— Je ne sais rien, mamie. Tout ce qui tourne autour de l'affaire Ezequiel était faux. Le bazar religieux, le *modus operandi* si élaboré… des mensonges, des écrans de fumée. Et je ne comprends toujours pas pourquoi. Je sais juste que ç'a à voir avec White.

La vieille dame prend une nouvelle gorgée et esquisse son sourire extatique, son sourire de publicité pour des chocolats. Elle ne fait même pas semblant de regretter qu'Antonia doive abandonner son objectif.

— Cet homme est fou, Antonia.

Non, mamie, il n'est pas fou. Il est bien plus que ça. Pourquoi est-ce que personne n'est capable de le voir ? pense Antonia.

Mais elle ne répond pas.

Elle ne veut que raccrocher.

Elle veut retourner dans le salon et s'asseoir en tailleur, pour avoir ses trois minutes. Jamais elle n'en a autant eu besoin.

— Tu sais quelle mission Mentor va te confier, cette fois ?

— Aucune idée, dit Antonia, secouant la tête. Une stupidité quelconque.

— Haut les cœurs, ma petite fille. Tu vas voir qu'au bout du compte, ce sera amusant.

Lola

Lola dévale l'escalier, en se répétant une information essentielle.

Ils sont toujours deux, ils sont toujours deux. Quand ils veulent tuer quelqu'un, ils sont toujours deux.

Des bribes de conversation, saisies au vol dans le salon, alors qu'elle sert des blinis à l'anguille et des carafes de *kissel*, et passe le chiffon sur le plan de travail. Des conversations dont le ton monte à mesure que la soirée avance et que le volume des voix couvre l'éternel bruit de fond de Pervi Kanal, la première chaîne, diffusée grâce à l'antenne parabolique installée sur le toit de la villa. Des hommes dangereux, des grandes gueules frimant devant elle comme si elle n'existait pas. La poule de Yuri. Qui parle à peine russe, on dirait. Qu'est-ce que ça peut foutre, qu'elle nous entende.

Il est vrai qu'elle ne parle pas très bien le russe, même si elle prend des cours depuis six ans, mais elle comprend presque tout. Elle en comprend assez, en tout cas, pour avoir pigé la fois où l'un de ses copains – ou associés, avec Yuri, ça revient au même – a décrit les méthodes des tueurs à gages, sans s'imaginer qu'elle en serait un jour la cible.

Une moto ou une bagnole attend dehors. Un endroit public, pan, pan. *Ensuite, le tireur fonce vers le véhicule, pendant que l'autre type à moto monte la garde et surveille la sortie. Après*, vroum, vroum, *il accélère et* da svidaniya. *Pas vu, pas pris.*

Il a dit cette dernière phrase en espagnol – les Russes adorent les expressions espagnoles.

Lola, qui connaît le centre commercial comme sa poche, sait ce qu'elle aurait fait à la place du tueur. Laisser le véhicule, moteur en marche, au parking, sortir par l'issue de secours.

Ce qui signifie qu'elle fuit dans la mauvaise direction.

Le bruit, deux étages plus haut, le lui confirme. Le tueur la suit. Pour s'en assurer, Lola passe la tête par la cage d'escalier. La balle la manque de quelques centimètres. La détonation lui emplit les tympans, résonne sur les murs de béton.

Lola se maudit, continue de descendre en courant. Bientôt, elle se retrouve bloquée. Plus de marches, plus de choix. L'escalier se termine sur une issue de secours, qui donne sur l'arrière du centre commercial.

Et sur le parking.

Un peu plus haut, on entend le tueur dévaler l'escalier. Il n'y a pas de temps à perdre. Lola ouvre la porte et la voit, dix mètres devant elle, en travers de la chaussée.

Une voiture, moteur allumé.

Lola ne s'arrête pas pour regarder qui est au volant – elle le sait déjà –, et se contente de courir et de se faufiler entre les véhicules garés là. Ils sont encore peu nombreux – l'heure de pointe est à midi, quand les étrangers viennent déjeuner d'abord, faire chauffer la Carte Bleue chez Gucci et Valentino ensuite. Lola doit donc se baisser et courir d'une voiture à l'autre, sans se faire voir, vaguement consciente des traces sanglantes que ses pieds laissent sur le béton.

La porte s'ouvre derrière elle. Lola, accroupie derrière une Prius toute neuve, est coincée. Le véhicule suivant se trouve à trois places de distance.

Il se met à pleuvoir. À seaux.

Lola est paralysée, tremblant de peur, quand la vitre arrière de la Prius explose. Avec un cri de terreur, elle se jette au sol. Elle ne peut pas voir le tueur, elle ne peut pas courir jusqu'à la voiture suivante, qui est trop loin. La seule issue est de ramper sous la Prius. Elle se tracte, notant sur ses mains et ses coudes la consistance visqueuse de l'huile de moteur, qui s'insinue sous les mailles de son pull à mille deux cents euros.

La voiture se vide.

Lola aussi.

Ses coupures aux pieds lui ont fait perdre beaucoup de sang, et elle n'a pas déjeuné ce matin. Elle comptait prendre un café après avoir acheté le landau. On dit que ça porte malheur de s'y prendre si tôt. Lola n'est qu'au troisième mois de grossesse. Avec des vêtements amples, ça se voit à peine. Mais cet enfant, elle en a tellement envie. Et elle est si impatiente.

Ça porte malheur.

Lola commence à avoir la tête qui tourne et à voir flou. Ses forces l'abandonnent, le sol l'attire puissamment. Une promesse de paix.

Non, bordel, je ne peux pas m'évanouir maintenant.

Pourtant, quelque chose en elle aime l'idée de s'évanouir et de se laisser tirer dessus sans en être consciente. Fondu au noir, terminé. Facile, indolore.

Non.

Elle se relève. L'huile, mêlée à la pluie, a laissé une trace iridescente sur sa joue, qui coule dans sa bouche ouverte. La saveur est douce.

Désagréablement douceâtre.

Elle crache.

Elle se remet en mouvement. Elle rampe entre les autos et se réfugie sous celle d'à côté, juste à temps. Devant elle, il y a des bottes. De grosses bottes noires. Dont une est maculée de sang.

Le bout du pied droit se trouve à moins de vingt centimètres de son visage.

S'il fait un pas, je suis morte.

S'il se baisse, je suis morte.

Quelqu'un pleure, tout bas. C'est elle, bien sûr. Elle ne fait aucun bruit, ne bouge pas, mais elle pleure amèrement sur la terrible injustice d'être condamnée à mourir ainsi, coincée sous une voiture, dans la crasse et la solitude.

C'est alors qu'elle entend la sirène. Pas au loin, comme dans les films, mais tout près, très fort. À une rue de là, maximum.

Les bottes s'éloignent.

Une portière qui claque, le moteur d'une voiture qui accélère et s'évanouit dans le lointain.

Lola se laisse tomber de nouveau – un court répit, elle ne peut pas s'arrêter, la menace n'est pas écartée – et continue de pleurer.

Elle n'arrête pas de pleurer, pas même quand son portable se met à vibrer dans la poche de son jean.

Elle ne se souvenait plus qu'elle l'avait.

C'est un message de Yuri.

Ils viennent me chercher. Tu sais quoi faire.

Pauvre con. Crétin, tête de nœud, pense Lola. Si elle avait son mari sous la main, elle lui arracherait ses implants capillaires fraîchement greffés en Turquie.

C'est maintenant que tu me préviens ? Maintenant ?

5

Une urgence

Le bon et le mauvais côté de Bilbao ?

Le mauvais côté, c'est qu'il n'y a pas d'endroit comme l'Attack, où décompresser et relâcher la pression génitale en un rien de temps quand vous marchez plus à voile qu'à vapeur.

Le bon, c'est qu'il n'y a pas d'endroits comme l'Attack, dont Jon sort avec le vague à l'âme et la sensation d'être plus seul que quand il y est entré.

Mais plus léger, il faut l'avouer.

Ce qu'il veut, c'est que le petit jeune de Grindr lui réponde, mais après quelques échanges sur la messagerie, on dirait qu'il a disparu de la surface de la Terre. Il avait l'air sympa. Et l'inspecteur Gutiérrez, qui est monogame en série, ne veut pas croquer la pomme deux fois par semaine avec l'envie de pleurer. Ce qu'il cherche, c'est l'amour civilisé, mais il ne le trouve pas.

Jon reboutonne sa veste en sortant, les cheveux encore trempés après sa séance au sauna. Il ne met pas son manteau, car – ironie de la vie – il n'est qu'à six minutes de chez lui.

Indécrottable optimiste, Jon rallume son téléphone. À l'Attack, on doit laisser son portable au vestiaire avec le reste, pour des raisons évidentes. Avec un peu de chance, il trouvera un message du petit jeune.

Ce qu'il trouve, ce sont cinq appels de Mentor.

Six, avec celui qu'il reçoit en ce moment même.

— Il est presque 2 heures du matin, dit Jon en décrochant.

— J'espère que vous avez préparé Scott comme je vous l'ai demandé.

— J'en déduis qu'Aguado a envoyé son rapport, soupire Jon.

— C'est ce que nous craignions. La femme n'est pas Sandra Fajardo. Vous êtes donc déchargés de l'affaire.

— Et ça ne pouvait pas attendre demain ?

— Non, parce qu'un événement déterminant s'est produit. J'ai besoin que vous alliez à Marbella.

— Très bien, demain à la prem...

— Tout de suite, inspecteur. Croyez-moi, c'est très urgent. Et c'est du lourd, du très lourd. Allez chercher Scott et mettez-vous en route. Je vous donnerai les détails en chemin.

Jon ouvre une bouche de métro. Ou bâille, difficile de faire la différence. Ça fait deux nuits qu'il veille jusqu'à pas d'heure. La précédente, à pêcher des cadavres. Celle-là, à faire ses petites affaires. Et il n'a plus vingt ans. Si bien que l'ordre de Mentor ne l'amuse pas du tout.

— Six heures de trajet.

— Avec cette voiture, en la poussant bien, quatre. Et soyez prudent.

— Vous venez de me demander de la pousser et d'être prudent dans la même phrase ?

— Ce n'est pas incompatible.

— Je tombe de sommeil.

— Si vous avez besoin d'un petit coup de pouce chimique, vous trouverez ce qu'il faut dans la boîte à gants.

Manquait plus que ça. Deux toxicos dans l'équipe pour le même prix.

— Mon corps est un sanctuaire.

— On ne peut pas affirmer cela avec un taux de cholestérol de 283, inspecteur.

— Théoriquement, les analyses médicales sont confidentielles.

— Théoriquement, oui. N'emboutissez pas la voiture, ordonne Mentor.

Il raccroche.

Une demi-heure plus tard, Jon est donc au volant, avec Antonia sur le siège passager de l'Audi A8. Noir métallisé, vitres teintées, jantes en alliage, cent mille euros et des brouettes. Jon l'a baptisée *Reinerougemobile*, un surnom qui ne fait rire que lui.

— Si tu es fatigué, je peux conduire, propose Antonia, l'innocence même.

Cette voiture est la troisième que Mentor leur confie, après qu'Antonia a démoli la première lors d'une course-poursuite à plus de 250 kilomètres-heure. Avec la deuxième, Jon a percuté la Rolls-Royce de Sir Peter Scott, le père d'Antonia. Mais aux yeux de Jon, c'était encore sa faute à elle.

Raison pour laquelle il n'envisage pas de lui céder à nouveau le volant avant le siècle prochain.

— Repose-toi, ma jolie. Repose-toi.

Antonia se cale dans le siège, contrariée. Elle ferme les yeux et fait semblant de dormir.

Jon regarde l'heure et pense à sa petite maman. Est-ce qu'elle va bien ? À soixante et onze ans. Et avec le bingo Arizona fermé. Comment elle va s'occuper ? La pauvre, toute seule.

Toute seule, cela dit, parce qu'elle l'a choisi. Contre toute attente, elle a refusé de quitter son appartement de Bilbao pour accompagner son fils à Madrid. Où veut-il qu'elle aille, à son âge ? Vas-y, toi, si tu veux, tu t'en fiches bien que je meure toute seule ici. Mais non, *ama*, c'est juste que le devoir m'appelle, etc. Bref, elle ne vient pas. Lui laissant le soin de repasser lui-même ses chemises pour la première fois en quarante-trois ans. Enfin lui-même, façon de parler, puisque c'est maintenant le pressing qui s'en charge. À plus forte raison avec le salaire que Mentor lui verse tous les mois. Presque cinq chiffres. Mais elle lui manque sacrément.

Il faut que je l'appelle.

Celui qui appelle, cependant – alors qu'ils se dirigent vers l'A-4 à la hauteur de Valdemoro –, c'est Mentor. Sur l'iPad d'Antonia. En FaceTime.

Elle place la tablette sur le support du tableau de bord et prend la communication.

— Vous vous demandez sans doute pourquoi je vous ai envoyés à Marbella en pleine nuit.

La webcam accentue la calvitie de Mentor et les poches sous ses yeux. Il semble avoir pris dix ans d'un coup. Et il vapote toujours.

— À vrai dire, non. Rien de tel que faire six cents kilomètres pour se dégourdir les jambes.

— Inspecteur, gardez les yeux sur la route.

— Et vous, ne soufflez pas la vapeur vers la caméra, on n'y voit rien.

— Il y avait plusieurs sujets qui requéraient l'intervention de la Reine rouge, maintenant que nous avons renoncé à chercher Fajardo, dit Mentor, ignorant sa remarque. J'ai dû ajourner notre participation. Quelque chose s'est produit, une occasion comme nous n'en avions pas eu depuis longtemps.

Mentor montre une photo face à la caméra. Tirée d'un passeport, on dirait. Un homme jeune, brun, d'environ trente-cinq ans. Nez large, cheveux courts. Lèvres charnues.

Je me le ferais bien, pense Jon.

— Voilà en gros à quoi ressemblait Yuri Voronin jusqu'à il y a deux jours.

Mentor montre une autre photo.

— Voilà à quoi il ressemble maintenant.

C'est une photo prise au flash, en haute résolution. Trop haute. On voit les épaules de Yuri, et son menton. On discerne même, en faisant un effort pour les distinguer, du sang et des os, les cheveux de Yuri. Ce qu'on ne discerne pas, en revanche, ce sont le nez, les yeux et le reste du visage du Yuri, parce qu'un coup de fusil les lui a arrachés.

Je ne me le ferai pas, pense Jon. Et il détourne le regard.

— Calibre 12 ? Balles céramiques, je dirais, avance Antonia, en s'approchant de l'écran.

— On a bien fait de t'envoyer dans une école privée, confirme Mentor, en montrant d'autres photos.

Le corps est effondré sur des bris de verre. De loin, on dirait qu'il lui manque la moitié de la tête, parce qu'il lui en manque effectivement la moitié.

— Yuri Voronin était un entrepreneur russe pur jus, à tous égards, poursuit Mentor. Il avait une boîte d'import. Produits agrochimiques, phytorégulateurs, acaricides. Il les faisait venir de Saint-Pétersbourg vers Algésiras ou Malaga. Du fer, aussi, de l'aluminium et d'autres matières premières. Ces derniers mois, il se concentrait surtout sur le Funduk.

— Le Funduk ? C'est quoi, ça ?

— Ça signifie noisette en russe, dit Antonia.

Elle parle aussi russe, pense Jon. *Évidemment.*

— C'est le Nutella russe, explique Mentor. Apparemment, ça fait fureur sur la Costa del Sol. Ils l'exportent même en France.

— Le Nutella fait grossir, intervient Antonia, qui rien que d'y penser a le ventre qui gargouille.

— Le Funduk encore plus. Les Russes n'ont pas cédé à cette connerie bien-pensante de supprimer l'huile de palme. Pour le goût, ça change tout. Il paraît que c'est pour ça que ça a tant de succès.

— Laissez-moi deviner, dit Jon. On ne l'a pas tué parce qu'il vendait du lait, du cacao, des noisettes et du sucre ?

— Non, je crains que non. Nous pensons que Yuri Voronin était le trésorier du clan Orlov. Le principal représentant de la mafia russe en Espagne.

— Pourquoi tuer le trésorier ? Il a effacé une colonne Excel ?

— C'est une question importante, inspecteur. Laissez-moi vous en poser une autre. Que savez-vous du crime organisé sur la Costa del Sol ?

— Que ça ne rigole pas, répond Jon.

Même si ce n'était pas son rayon quand il avait un boulot de flic normal, Jon a passé des années à lire les documents internes. Il est au courant des coups de filet hebdomadaires ou presque. Des millions d'euros et des quantités saisies. Des morts par dizaines, dont le nombre ne cesse d'augmenter et dont la presse ne parle pas. Parce que l'essentiel est de préserver ce qui vous fait vivre. Et ce qui fait vivre ce pays, c'est de vendre du soleil et du sable.

— Non, ça ne rigole même pas du tout. C'est une véritable chienlit, inspecteur. Des Colombiens, des Suédois, des Algériens, des Kosovars qui se battent tous pour avoir leur part du gâteau. C'est une guerre, et nous sommes en train de la perdre.

— Toujours la même histoire ?

— Zéro moyen pour la police locale. Des factions. L'UDYCO[1] d'un côté, le GRECO[2] de l'autre. La Garde civile qui fait cavalier seul. Des rivalités.

---

1. *Unidad de droga et crimen organizado.* Unités spécialisées de la police nationale espagnole, responsables de la lutte contre la drogue et le crime organisé.

2. *Grupos de respuesta especial para el crimen organizado.* Unités spécialisées de la police nationale espagnole, destinées à combattre les mafias, le crime organisé et le trafic de drogue.

— Toujours la même histoire.

— C'est là que vous intervenez, inspecteur.

Mentor montre d'autres photographies. Une femme aux cheveux châtain clair et aux yeux bleus. Visage ovale. Même sur la photo de sa carte d'identité, on voit que c'est une beauté. *Un exploit.*

— Lola Moreno Fernández. Née en 1989 à Fuengirola. A suivi une formation de secrétariat, velléités de mannequinat, serveuse, gogo dancer. Rien de concluant. Il y a six ans, elle a épousé Yuri, et elle vit maintenant dans une villa à cinq millions d'euros.

— Trop belle pour porter le deuil, dit Jon. Qu'est-ce qu'elle raconte ?

— Pas grand-chose. On a tenté de l'assassiner dans un centre commercial ce matin, à la même heure que son mari. Ils ont tué son chauffeur, et elle a disparu.

— J'imagine que la police la cherche.

— De même que les tueurs d'Orlov. Nous jouons donc une course contre la montre. Votre mission est de la remporter. C'est pour cela que je vous ai envoyés à Marbella aussi vite, tant que la piste est encore chaude. Lola Moreno est notre seul lien avec Yuri Voronin. Si vous découvrez pourquoi on a tué son mari, si vous découvrez pourquoi on a tenté de la tuer elle aussi, nous pourrons peut-être ouvrir une brèche dans l'armure du clan Orlov. Des questions ?

Jon pousse un grognement signifiant non.

Antonia ne dit rien.

Les deux autres savent qu'elle est contrariée. Que ce qu'elle veut, c'est rester à Madrid, à chercher Sandra Fajardo. Si tant est qu'elle s'appelle comme ça.

— Tu n'as pas l'air très enthousiaste, lui reproche Mentor, qui ne compte pas la laisser prendre le dessus.

— Les mafieux sont ennuyeux, dit-elle en haussant les épaules.

— Allez. Ça va se passer comme à Valence.

— Toi et moi n'avons pas le même souvenir de Valence.

Mentor toussote.

— Une situation chaotique comme celle-ci est précisément l'archétype de ce qui a motivé la création du projet Reine rouge. Si quelqu'un peut nous sortir de ce bourbier, c'est toi, Antonia. Je vous ai laissé toutes les infos mises à jour sur le serveur. Tenez-moi au courant, dit Mentor avant de raccrocher.

Le silence retombe dans la voiture. L'habitacle renforcé de l'Audi A8 est une œuvre d'art. On n'entend même pas le murmure des roues sur la route, tandis que le puissant véhicule avale les kilomètres.

— Je m'habille tout le temps en noir, déclare Antonia au bout d'un moment.

Jon la regarde, surpris.

— Tu as dit que cette femme était trop belle pour porter le deuil. Et moi ?

Et toi… tu devrais quitter le deuil, pense Jon. Au lieu de quoi, il répond :

— Comment t'expliquer ça ? (Il prend l'air très sérieux.) Tu n'as peut-être pas le profil d'un top model. Mais quand tu souris, aucune Lola Moreno du monde ne t'arrive à la cheville.

Et ça marche.

Antonia sourit.

Son sourire dix mille watts, marque déposée.

Jon s'aperçoit que c'est la première fois depuis des mois qu'il la voit sourire, et cela fait fondre son cœur. À présent, il a un cœur coulant au chocolat dans la poitrine.

Ah, ma belle. Tu es dure, mais tu sais te faire aimer.

6
Un panneau

Une priorité est une priorité. Et la priorité, c'est le petit déjeuner.

Jon effleure le coude d'Antonia pour la réveiller. Doucement. Antonia remue, mal à l'aise.

Elle ne supporte pas qu'on la touche, mais cette fois, elle ne proteste pas.

Jon ne sait pas si c'est un progrès. Il voudrait croire que oui.

— On arrive. On va s'arrêter ici.

Antonia s'étire sur le siège, se frotte les yeux. Ils sont garés devant un café. Le jour ne s'est pas encore levé.

— Ce n'est pas la bonne adresse.

— Je te dis que si. Je crève tellement la dalle que je vois flou. Soit tu me donnes un café et un sandwich tout de suite, soit tu vas voir la scène de crime toute seule.

Antonia fouille dans la boîte à gants. Sous la notice d'utilisation de la voiture, il y a une enveloppe rouge. Antonia l'ouvre et en sort un sachet contenant des pilules blanches. Elle les montre à Jon.

— Je ne sais pas si Mentor te l'a dit, mais…

— Écoute, trésor, lâche-moi la grappe. On a déjà assez de problèmes comme ça. Garde-les pour toi.

— Diphénylméthylsulfinylacétamide ? Si tu me donnes ça, ma tête va exploser.

— Moi, te donner des drogues ? On est où, là ? dit Jon en sortant de la voiture.

Il claque la portière.

Antonia le retrouve à l'intérieur du café, juché sur un tabouret. De dos, on dirait une olive grise plantée sur un pique. Non pas qu'il soit gros.

— Finalement, j'aurais dû t'écouter. Cet endroit est hors de prix, dit Jon, la bouche pleine. Dix euros pour un sandwich et un café au lait.

— Un schtroumpf mixte et un moitié, commande Antonia quand le serveur s'approche.

Des voix dans la cuisine. La buse de la machine à café. Des bruits d'assiettes qui atterrissent devant eux – identiques.

— Cinq euros, dit le serveur.

Antonia donne un coup de coude à Jon pour qu'il paie.

— Dites, fait Jon en lui tendant un billet. J'ai commandé la même chose et ça m'a coûté le double.

Le serveur désigne un panneau derrière lui. Petit. Sournois.

TOUTE COMMANDE MAL FORMULÉE
SERA FACTURÉE LE DOUBLE.

Et, en dessous, les traductions des consommations en malaguène. Jon découvre donc ce que signifie un *long*, un *moitié* et un *nuage*. Ainsi que les six autres variétés locales. Il conchie intérieurement tout ce qu'il peut, mais la boucle pour ne pas faire d'esclandre et passe à autre chose. Un épisode de plus de son vécu traumatique avec les serveurs.

— Tu n'as pas pu voir le panneau.

Antonia attaque son sandwich. Elle ne devrait pas, mais…

— On m'a entraînée à tout voir.

— Tout ? Partout où tu vas ? Dans toutes les situations ?

Elle hausse les épaules.

— Je suis comme ça.

— Ce n'est pas ce que tu es. C'est ce que tu fais, ma belle. Si tu crois ça, tu vas devenir folle. (Il prend une gorgée de café.) Enfin, encore plus folle.

— Ça revient au même.

— Non. Sinon, ça ne te donnerait pas le droit à l'échec.

— Je n'ai pas le droit à l'échec.

Jon termine son café.

— *Tabernari*[1], un verre d'eau, s'il vous plaît. Celui-là, vous pouvez me le faire payer le triple.

Le serveur le foudroie du regard, puis jette un œil à la carrure de Jon et finit par lui apporter son verre d'eau. Chaude.

— Antonia… Je sais que tu es furieuse contre moi, contre Mentor, contre la terre entière. Mais tout le monde peut se planter. On n'a pas retrouvé Sandra, il n'y a pas de trace de White. Bon, c'est comme ça. La vie continue.

Les secondes passent, bercées par le son de la télé et des machines à sous. Antonia met quinze jours à répondre. Quand elle se décide, elle ne le regarde pas dans les yeux. Elle fixe sa tasse vide et les miettes accusatrices dans l'assiette.

— Tu ne sais pas combien c'est dur d'être moi.

Jon émet un rire nasal. D'agacement.

— Bien sûr que non, putain. Personne ne sait ce que c'est d'être quelqu'un d'autre. Mais toi, tu as un truc spécial. Un truc précieux, que tu n'as pas le droit de gaspiller. Moi, mon seul superpouvoir, c'est de reconnaître des Manolo Blahnik de loin.

Antonia le regarde, déconcertée.

— Dans certaines circonstances, savoir identifier précisément la marque des chaussures d'une suspecte…

— J'en peux plus.

1. « Garçon », en basque.

Quand ils se lèvent, le journal du matin de Canal Sur commence à égrener les gros titres.

« La police n'a toujours aucune piste concernant le hold-up manqué d'une bijouterie au centre commercial Paraíso. Les assaillants ont tué un vigile et un client du centre qui… »

Jon et Antonia se regardent. Aucun d'eux ne dit un mot.

7
Un plot

Dehors, l'air est plus doux. Pas assez pour se mettre en maillot, mais trop pour porter un manteau. Il fait enfin jour et le soleil embrase le capot des voitures.

Jon roule jusqu'au centre commercial. Il reste une heure et demie avant l'ouverture. Le parking est vide, hormis une voiture de police, qui occupe environ sept places. Rien n'amuse plus les flics que de bien montrer qu'ils ne sont pas concernés par le code de la route. Un policier en civil, sa plaque autour du cou et un dossier sous le bras, attend près de la sortie de secours. Le périmètre de sécurité a été délimité par plusieurs mètres de bande blanche rayée de noir.

Jon s'approche et montre sa plaque.

— Je suis l'inspecteur Gutiérrez.

— Les collègues de Madrid, oui. Après vous, dit-il en soulevant la bande.

C'est un homme jeune, il n'a pas encore la trentaine. Grand, brun, sec. Des yeux avenants dans un visage en lame de couteau. Les épaules un peu voûtées. Il tend la main pour serrer celle de Jon après qu'ils ont franchi la bande.

— Sous-inspecteur Belgrano. Et vous êtes… demande-t-il en se tournant vers Antonia, la main tendue.

Survient alors un moment de gêne en cinq temps, à savoir :

Antonia regarde la main du sous-inspecteur Belgrano, sans manifester la moindre intention de la serrer.

Antonia regarde Jon.

Jon balbutie des présentations, jusqu'à ce qu'il se rende compte qu'ils ont oublié de se mettre d'accord sur sa couverture.

Le sous-inspecteur range sa main dans la poche de son jean.

Antonia porte la main à son sac à bandoulière et en sort une carte bleu marine.

— Scott. De l'OCO.

Belgrano fait une tête du genre : ça devrait me dire un truc, mais je ne vois pas.

Antonia précise.

— *Organised Crime Office*. Europol.

Europol. Comme Interpol, mais avec Euro. T'aurais pas pu choisir une autre agence, chérie ? pense Jon en roulant intérieurement des yeux. Oui, il sait faire ça.

— Eh ben, vous êtes la première que je rencontre, s'étonne Belgrano.

— Nous ne sommes pas nombreux, dit Antonia avec un haussement d'épaules.

Voire franchement très peu, pense Jon. *Un millier à tout casser, pour toute l'Europe. Et des agents de liaison avec une carte comme celle que Mentor t'a donnée, encore moins. Si quelqu'un pose des questions sur toi, il trouvera très bizarre que personne ne te connaisse. Mais bon, apparemment, ici, l'ambiance est moins hostile qu'avec Parra.*

— En tout cas, quelle chance de vous avoir ! Tous les renforts sont les bienvenus. Allez, montez. Ah, et attention : il y a une trace de sang sur l'escalier, évitez de marcher dessus, dit Belgrano en s'avançant pour tenir la porte.

Incontestablement moins hostile.

L'escalier n'est éclairé que par les lumières de secours. Malgré cela, le plot jaune de repérage d'indices ressort sur le sol, près d'une marque rouge où l'on distingue nettement l'empreinte d'un talon et de deux orteils. D'autres plots sont posés quelques marches plus haut. Entre les deux, on remarque d'autres traces sanglantes, pour l'essentiel incomplètes.

— Il y a plusieurs empreintes non marquées, note Antonia.

— Elles appartiennent toutes à Lola Moreno.

— Comment le savez-vous ? Vous avez pu les comparer avec celles de la disparue ?

Belgrano paraît gêné.

— Non, mais nous avons déduit…

Antonia et Jon gardent le silence, et le dévisagent.

— En fait, nous n'avions plus de plots, finit-il par admettre. Et il y avait plein de traces. Nous avons préféré les utiliser en haut, sur la scène principale.

— Elle est intacte ?

— On a reçu l'ordre de Madrid de ne rien toucher jusqu'à votre arrivée. À part les corps : le juge est passé et les a fait enlever. On ne pouvait pas les laisser là. Le reste n'a pas bougé. L'étage est bouclé jusqu'à demain.

— Et la police scientifique ?

— Dans la villa du mari, avec l'autre cadavre. Ils ont commencé par ici parce que c'est un lieu public. On est trop peu nombreux pour couvrir deux scènes à la fois.

Ils commencent à monter – Belgrano en tête, Antonia au milieu et Jon derrière, légèrement à la traîne (il n'aime pas les escaliers).

— Vous avez des moyens limités, si je comprends bien.

— Vous n'imaginez même pas. À Malaga, il nous manque quatre-vingts hommes par rapport à ce que prévoit le ministère. Mais on ne nous envoie personne. Les stagiaires, tous à Madrid et Séville. Et je peux vous dire que ce que prévoit le ministère, c'est peau de balle.

Le sous-inspecteur prononce cette dernière phrase avec un fort accent. Pas de Malaga. De l'intérieur du pays. Grenade, précisément.

— On devrait être le double, au bas mot. Pour ajuster le tir. Littéralement. Pour l'entraînement, on a droit à dix cartouches par mois. Si je veux en tirer plus, ce sera de ma poche.

Jon, vétéran des guerres budgétaires dans la police, oublie qu'il gagne désormais quatre fois plus que le sous-inspecteur Belgrano et se met à râler contre les syndicats moutonniers et les connards du ministère de l'Intérieur, obsédés par le fric au détriment de l'humain, ce à quoi Belgrano répond avec conviction, sans s'apercevoir qu'en contrebas, une tête bien faite se glisse entre eux et ouvre la porte de l'escalier dans l'intention de faire quelque chose de constructif.

— Hé, vous allez où ? Vous ne pouvez pas passer par là s'il n'y a pas un agent…

Jon le prend délicatement par le coude.

— Écoutez, Belgrano… Si vous voulez voir un truc vraiment curieux, restez là. Laissez-la travailler. (Puis il ajoute, par sécurité :) Et si vous ne voulez pas, c'est la même chose.

8

Neuf coups de feu

Antonia esquive l'échange de platitudes et quitte l'escalier pour rejoindre l'étage supérieur du centre commercial. Mais elle n'aborde pas la scène comme d'habitude. Aujourd'hui, elle va essayer autre chose. Peut-être que comme ça…

Elle ferme les yeux.

Le sommeil, cette lisière de la vie qui ne nous appartient pas, l'a abandonnée depuis plusieurs mois. Cette nuit n'a pas fait exception. Une longue sieste, à moitié lucide, dans la voiture. Remplie d'images perturbantes, qui n'a offert ni répit ni réconfort. Ces derniers mois, le repos a été un luxe qui ne lui a pas été accordé. Et quand son corps s'avouait vaincu, quand les yeux lui brûlaient, gavés d'informations, épuisés d'avoir visionné trop d'images de caméras de sécurité, à la recherche de Sandra, à la recherche du visage qui hante ses cauchemars, quand ses muscles ankylosés se mettaient à hurler et qu'Antonia cédait…

Son esprit s'acharnait à la bousiller.

À lui répéter qu'elle est finie. Qu'elle n'a plus rien dans les tripes, qu'elle a échoué.

C'est pourquoi elle a refusé bec et ongles d'accepter d'autres affaires, de commencer une nouvelle partie sans avoir terminé la précédente. Et même de s'approcher des cadavres, comme celui du Manzanares, il y a deux jours. Peut-être par crainte – pas par peur, Antonia n'a peur de presque rien –, en jetant à nouveau les dés, de découvrir sur elle-même une vérité qu'elle soupçonne et que sa grand-mère lui a confirmée. Que tous ces beaux discours sur le devoir et la responsabilité ne soient que des foutaises. Que ce qui lui importe, ce qui lui importe réellement, soit le pouvoir. La responsabilité n'est que la TVA incluse au bas de la facture.

Ensuite, il y a l'autre. Le problème numéro un.

Elle ouvre les yeux.

La lumière du matin pénètre par l'immense baie vitrée qui couvre le mur est du bâtiment, transformant l'endroit en un gigantesque appareil photo, dont ses paupières sont l'obturateur et son cerveau, la pellicule.

Elle ferme les yeux.

L'image persiste dans son esprit, aussi nette que si elle avait les yeux ouverts. Moins saturée. Plus exploitable.

Sa respiration se fait haletante, son pouls s'accélère, le sang rugit à ses tympans.

Elle va y arriver. Elle va y arriver par elle-même.

Elle tente d'ordonner les éléments de la scène.

La vitrine, brisée en mille morceaux.

Les éclats de verre, formant un lit défait sur le sol.

À côté, le marquage au sol indiquant l'emplacement d'un cadavre qui n'est plus là.

Un autre marquage similaire, un peu plus loin.

Le sac à main, beaucoupdedouillespourquoitantdecoupsdefeucenestpasuneexécutionnormalejaibesoindesgélules.

— Je n'en ai pas besoin, se ment-elle.

Ça ne fonctionne pas.

Elle ne tend pas la main. Elle ne cherche pas Jon du regard, même si elle sait qu'il n'est qu'à quelques mètres et qu'il ne la quitte pas des yeux, prêt à accourir quand elle réclamera sa dose, la dose que lui seul a l'autorisation de lui donner.

Elle ne demande rien.

Elle porte la main à la poche de son pantalon, le plus discrètement possible. Du bout des doigts, elle sort deux gélules rouges.

Pitié, que ce soit assez. Pitié, que deux suffisent.

Elle rompt la gélatine de la première avec ses incisives, libérant la poudre amère tant convoitée, et la place sous la langue, laissant la muqueuse absorber le cocktail chimique et le diffuser à toute vitesse dans son système sanguin. Ça ne suffit pas. Elle croque la seconde.

Elle compte jusqu'à dix, inspire entre chaque chiffre, et descend, une marche après l'autre, l'escalier mental qui lui permet de retrouver son calme.

Soudain, le monde devient plus lent, plus réduit. L'électricité qui fourmille dans ses mains, sa poitrine et sa tête se dissipe.

C'est revenu. La clarté est revenue. Et, avec elle, une étrange joie, mêlée de tristesse.

Antonia cherche dans son dictionnaire de mots impossibles pour définir ce qu'elle ressent.

Kegemteraan.

En malais, la « joie de trébucher ». Le sentiment simultané de plaisir et de regret, quand on sait qu'on a fait une chose que l'on n'aurait pas dû faire.

Elle affrontera le regret plus tard. Pour l'instant, Antonia s'immerge dans la clarté, où les singes dans sa tête sont tapis, silencieux, attendant ses ordres. Ils s'agitent toujours en montrant les crocs, mais sans un bruit.

Maintenant, c'est elle qui parle.

— Le tueur a d'abord tiré dans la vitrine.

— Comment elle le sait ? demande le sous-inspecteur Belgrano à voix basse, depuis la porte.

— Chut. Taisez-vous et prenez-en de la graine, dit Jon.

Antonia fait deux pas vers la boutique Prénatal. Elle tend le bras, forme un pistolet avec le pouce et l'index. Avec sa petite taille, on croirait une enfant jouant aux gendarmes et aux voleurs.

Elle ajuste son placement, cherche le bon angle. Face à elle, le landau à la capote en lambeaux. À sa gauche, une poussette rose.

— À quelle heure ça s'est passé ?

Jon donne un coup de coude à Belgrano.

— À 11 h 21. Nous le savons par les enregistrements des caméras d'en bas. C'est le moment où les gens se mettent à courir et appellent la police.

Antonia observe le sol, l'ombre de son corps et de son bras. Elle regarde de nouveau devant elle.

— Elle l'a vu. Son reflet dans la vitrine, peut-être. C'est pour ça qu'elle s'est baissée. La boutique était fermée ?

— La vendeuse était aux toilettes quand c'est arrivé. Elle avait mis un panneau « De retour dans 5 minutes ». Heureusement, parce qu'on a retrouvé une balle incrustée dans le comptoir.

— Et les caméras de cet étage ?

— Rien. Quelqu'un a saboté l'enregistrement, dit Belgrano.

— Quelle coïncidence, marmonne Jon.

Antonia fait un pas de côté. La boutique Prénatal est la dernière avant l'escalier de secours. À gauche, avant d'arriver, il y a un couloir qui mène aux toilettes. Derrière, uniquement le garde-corps vitré donnant sur le deuxième étage. La boutique avant Prénatal est la bijouterie Chocrón. Elle est aussi sous scellés, tout comme l'accès à l'escalator. On compte d'autres commerces à cet étage, mais ils ne sont pas dans son champ de vision, car cette partie du bâtiment forme un angle.

L'endroit idoine pour un meurtre. Une souricière, avec peu de témoins et une issue facile.

Antonia relève le bras, l'index tendu.

— Il a tiré. Il a manqué sa cible.

Elle se tourne vers la droite. Ses pieds passent au-dessus des plots de repérage d'indices.

— Le premier cadavre, celui de gauche, c'est celui du chauffeur de Lola Moreno, n'est-ce pas ?

Belgrano consulte ses notes.

— Anatoli Oleg Pastouchenko. Né en Géorgie en 1971. Ex-policier à Tbilissi. Il vit en Espagne depuis plusieurs années, nous ne savons pas précisément combien. Officiellement, il y réside depuis sept ans. Il a été le premier employé de Yuri Voronin, le mari de Lola.

— Savons-nous combien de balles il a reçues ?

— Quatre, d'après le rapport médico-légal. Deux dans le torse, une dans la tête, une sous le genou gauche.

Depuis la position de l'assassin, Antonia fait trois, quatre, cinq pas vers l'avant, se retourne, se baisse un peu. Elle sort un stylo de son sac, l'introduit dans l'extrémité vide d'une des douilles, qu'elle lève à la hauteur de ses yeux. Elle reconnaît les caractères cyrilliques, les trois lettres caractéristiques. M-A-K.

— L'arme du tueur était un Makarov 9 mm.

— Oui, nous l'avions établi, dit Belgrano. Ça pullule par ici, malheureusement.

Et pour cause. Conçu dans les années 1950 par le célèbre ingénieur Makarov, ce petit pistolet a rapidement été adopté par l'Union soviétique et la plupart des pays satellites comme arme réglementaire. Depuis, il s'est diffusé un peu partout. Aujourd'hui, de la Chine à Cuba et de l'Ukraine au Zimbabwe, il y en a des millions en service, pratiquement identiques et utilisant des munitions compatibles. Bon marché, jetable, idéal pour passer inaperçu et ne pas laisser de traces.

Antonia se redresse et parcourt la scène du regard.

Elle cligne plusieurs fois des yeux.

— Le chauffeur a tiré aussi, annonce-t-elle.

Belgrano a un sursaut.

— Nous n'avons pas constaté que le chauffeur était armé…

Jon le fait taire à nouveau.

— Et je pense que quelqu'un a essayé de le cacher, ajoute-t-elle.

9

Une déception

Antonia revient sur ses pas, s'agenouille, pose les mains par terre, colle son nez contre le carrelage.

— Jon, viens par ici, s'il te plaît.

L'inspecteur Gutiérrez s'approche.

— Dis-moi si ça sent l'eau de Javel.

Jon n'a pas besoin de se baisser et de renifler le sol. Ça sent l'eau de Javel, et fort. Il fait oui de la tête.

— Même moi je le sens, dit Antonia. Vous l'avez passé au Luminol ?

— La police scientifique est venue, mais son rapport ne mentionne aucun tir de riposte ni de sang autre que celui des deux victimes ou de la femme, dit Belgrano, dérouté.

— L'assassin a saigné ici. Pas beaucoup, juste quelques gouttes.

Même Jon, qui pratique Antonia depuis un certain temps, s'étonne de sa conclusion.

— Comment… ?

Antonia montre le sol, puis la vitrine.

— Compte les douilles. Trois balles pendant la première séquence de tirs.

— Quand le tueur voulait descendre Lola Moreno. Et a échoué.

— Va plus loin. Observe le comportement des balles. La première détruit la vitrine, mais les trois traversent la capote du landau, à six mètres de distance. C'est une petite cible. Qu'est-ce que ça t'évoque ?

— Aucune dispersion entre les tirs. Avec un 9 mm. De la précision. Beaucoup, conclut Jon.

— La main du suspect ne tremble pas, même s'il manque sa cible. Il rate son objectif principal, maintenant, il doit se charger du chauffeur.

— Chauffeur qui a plutôt un CV de garde du corps.

— Il se tourne légèrement vers lui. Le chauffeur était maladroit, distrait. Il avait un portable dans une main et un café dans l'autre, dit Antonia en montrant la tache sur le sol. Mais le tueur ne veut prendre aucun risque, c'est pourquoi il tire d'abord instinctivement. Et le touche à la jambe.

— Comment tu sais qu'il a d'abord tiré dans la jambe ?

— Regarde la silhouette du cadavre. Observe sa position et les taches de sang au sol. Il n'y a pas de rétroprojections, pas d'empreintes du chauffeur ou de traînées de sang, rien. Ça signifie qu'il n'a pas bougé d'un centimètre après avoir reçu la première balle.

— Les deux autres ont été tirées dans le torse, ce qui indique de la précision. Et celle dans la tête encore plus.

— Exact. Donc il tire une première fois dans la jambe en se tournant instinctivement vers le chauffeur, qui tombe à genoux et reçoit une balle dans la poitrine, ou deux. Après ces deux tirs, ou entre-temps, le chauffeur riposte. Puis il s'effondre.

— Sans déconner. Tu n'es pas tout à fait sûre ?

— Je ne peux pas tout déduire, dit Antonia.

— Quelle déception.

Elle fait la moue, perplexe, mais reconnaît la pointe d'ironie – les gélules aidant.

Elle récompense Jon d'un léger mouvement des lèvres. Presque un demi-sourire.

— Mais tu ne m'as toujours pas expliqué comment tu sais que le chauffeur a tiré.

— Facile. Regarde les douilles par terre. En se tournant, le tueur crée une deuxième zone de tir. Et maintenant, compte les douilles dans cette deuxième zone.

— Cinq.

— Le chauffeur a reçu quatre balles. La première à la jambe, nous le savons. La dernière à la tête. Et deux dans le torse. Mais le tueur, qui fait pourtant preuve d'une grande précision, tire une balle qui reste introuvable. S'il avait fait feu dans cette direction…

— … la balle aurait fini dans le chauffeur, dans le mur ou par terre, concluent-ils en même temps.

Jon se gratte le crâne.

— Donc le chauffeur riposte, touche le tueur, lui fait perdre sa précision, de sorte qu'il rate l'un de ses tirs qui se perd va savoir où, et reçoit finalement une balle dans la tête.

— C'est ça.

— Je n'aurais jamais deviné.

— Quelle déception, dit Antonia. Mais quelqu'un a versé de la Javel par terre. Quelqu'un qui ne voulait pas qu'on retrouve des traces d'ADN exploitables.

Sur une surface non poreuse, l'hypochlorite de sodium élimine les résidus de sang. En présence d'eau de Javel, le Luminol se contente de réagir sur toute la surface, en brillant comme un sapin de Noël. Le sang passerait inaperçu même avec des analyses plus complexes comme la phénolphtaléine ou l'immunodosage de l'hémoglobine.

— Quelqu'un d'autre a eu accès à la scène de crime ? demande Jon à Belgrano.

— Non, bien sûr que non ! proteste le sous-inspecteur. Dès que nous avons reçu l'appel, nous avons envoyé une voiture sur place, mais trop tard. Le tueur s'était envolé. Ensuite, il y a eu des agents en uniforme pour protéger la scène.

— Alors il a lui-même versé de la Javel sur son propre sang ? Ou bien il avait un complice qui a réussi à vous tromper.

— Pas le vigile, en tout cas, dit Antonia en désignant le deuxième marquage.

Belgrano lit ses notes.

— Mateo Lorente. De La Rioja. Venu vivre à Marbella il y a deux ans avec sa femme et sa fille quand il a décroché ce boulot. Et le voilà.

— Dommage collatéral, dit froidement Antonia. Continuons.

— Dites, les vigiles sont des êtres humains, eux aussi, s'insurge aussitôt Belgrano (qui a certainement un compte Twitter).

L'inspecteur Gutiérrez respire profondément et tente d'adoucir sa voix, comme pour s'adresser à un chihuahua atteint de troubles neurologiques (il a eu un compte Twitter).

— Si le pape François était tombé pendant l'échange de tirs alors qu'il pissait derrière une plante verte, Mme Scott le considérerait comme un dommage collatéral.

Antonia se penche vers Jon et lui murmure :

— Peut-être que dans le cas d'un dignitaire internatio…

— N'aggrave pas ton cas.

— Désolée. (Et, haussant de nouveau la voix :) Nous savons que la victime, Lola Moreno, s'est enfuie par l'escalier.

— Elle a laissé ses claquettes, remarque Belgrano, désignant les sandales par terre, pour bien montrer qu'il a un don d'observation, lui aussi. Pieds nus et blessée. Et sa voiture devant l'entrée. Le chauffeur avait encore les clés.

— Je ne comprends pas, dit Jon. On tente de te tuer et tu t'enfuies à pied, sans argent, sans sac, sans voiture et sans chaussures…

Antonia s'approche du monceau d'éclats de verre, où gît le sac à main de Lola Moreno, la moitié de son contenu éparpillé par terre. De la pointe du stylo, elle déplace les objets jusqu'à localiser, à moitié ensevelie, une petite pochette en plastique bleu. À l'intérieur, il y a deux tubes de couleur rouge. Sur l'un d'eux, elle parvient à déchiffrer « Timesulin ».

— Et tu ne vas pas voir la police, insiste Jon. Elle doit être terrifiée. Ou bien elle cache un truc vraiment pas net.

— Aucun signe de vie depuis hier soir ? demande Antonia.

— Rien du tout. Nous avons transmis son signalement à toutes les unités et envoyé des voitures patrouiller aux alentours, mais personne ne l'a vue.

Antonia sort son iPad et localise le centre commercial Paraíso sur Google Maps. Elle active l'affichage en 3D. Au sud du complexe se trouve l'AP-7 ; à l'ouest, un quartier résidentiel. Dans toutes les autres directions, il y a des montagnes. Des kilomètres de montagnes, qui s'étendent jusqu'aux flancs de la Sierra Blanca. Sans autres lieux habités que le funérarium San Pedro et le cimetière Virgen del Rocío.

— Eh bien, si on ne veut pas qu'elle finisse là, dit Antonia en désignant les deux macabres points sur la carte, on ferait mieux de la retrouver avant quarante-huit heures. Parce que Lola Moreno est diabétique et enceinte.

— Mauvais mélange, dit Jon en faisant claquer sa langue.

Lola

Il était une fois une petite fille qui avait grandi dans un foyer triste et sans amour, où la nourriture avait un goût de cendres et où l'avenir était sombre. Une petite fille abandonnée très tôt par ses parents. Une petite fille qui, en grandissant, a rencontré un prince charmant, venu de contrées très lointaines, qui l'a emmenée vivre dans un palais de marbre blanc, avec tout un tas de meubles…

Le père de Lola était comptable et sa mère coiffeuse. Quand elle était petite, ils lui ont offert tout l'amour que leur permettaient leurs horaires de prolétaires. À la maison, il y avait toujours une assiette d'*ajoblanco*[1] et des anchois, et des câlins qui sentaient la sueur. Ça, c'était le quotidien. À Noël, *gazpachuelo*[2], chevreau et *bienmesabe*[3] d'Antequera, cuisinés par maman. Et des câlins tout propres, au parfum de Farala et Brummel. Sous la crèche, un Furby, la ferme Playmobil, un tamagotchi, selon les années. Au pire, juste un billet de mille pesetas. La tante Julia est morte, aveugle et à moitié sourde, puis l'une des grands-mères, à moitié

1. Soupe froide du sud de l'Espagne, de couleur blanche, préparée notamment avec des amandes mondées.

2. Soupe chaude typique de Malaga, à base de fumet de poisson et de mayonnaise.

3. Dessert populaire de la région, élaboré à base d'amandes, d'œufs et de sucre.

aveugle et complètement sourde. Ensuite, papa, l'année suivante, d'un infarctus. Dans son sommeil.

Voilà pour l'enfance malheureuse.

Pas de quoi inspirer Dickens.

Il était une fois une petite fille qui avait grandi dans un foyer triste et sans amour, où la nourriture avait un goût de cendres et où l'avenir était sombre, se répète Lola. Ce n'est qu'une version des histoires qu'elle se raconte les nuits où elle n'arrive pas à dormir, pourchassée par les doutes et les remords. Elle commence à se raconter cette histoire, et le sommeil finit par venir.

Mais cette fois, c'est un tueur qui la pourchasse.

Si j'avais su, se lamente Lola.

Revenons un peu en arrière.

Quand les sirènes sont toutes proches (et que le bruit du véhicule des tueurs s'évanouit), Lola sort de sous la voiture, traverse le parking et se met à marcher à travers champs. Sans regarder en arrière, sans s'inquiéter de ses pieds ensanglantés, jusqu'à ce qu'au bout d'une demi-heure la douleur prenne le dessus sur la peur et l'adrénaline.

À ce moment, elle se trouve au milieu de nulle part. Elle a parcouru un chemin boueux et traversé un sentier de terre sans croiser âme qui vive. La pluie a ramolli le sol et il n'y a personne à des kilomètres à la ronde.

Une minute plus tard, elle entend le moteur. Elle ne perd pas de temps à se cacher, ne réfléchit même pas. Elle est au bord d'un chemin. D'un côté, un bosquet de chênes verts et de sapins d'Andalousie, de l'autre, un talus très incliné, de dix ou douze mètres. Lola se laisse glisser le long du talus et se blottit derrière un buisson, juste à temps. Le bruit du moteur s'arrête, et une portière s'ouvre. Quelqu'un marche au bord du chemin, sans que Lola n'ose jeter un œil. Elle l'entend, en haut, respirer fortement. L'espace d'un instant, l'idée de se lever et d'appeler à l'aide lui traverse l'esprit. Puis Lola sent que la silhouette noire la cherche et la *flaire*, et elle acquiert la certitude de ne pas vouloir qu'elle la découvre.

Elle ne bouge pas.

Elle se permet seulement de faire tourner son alliance du bout du pouce, l'unique moyen qu'elle trouve pour calmer son angoisse.

Quand la silhouette noire regagne sa voiture et reprend la route, Lola attend encore un long moment avant de se remettre debout. Elle a peur que l'homme n'ait pas été seul, qu'il ait laissé derrière lui un complice qui se jetterait sur elle, profitant qu'elle a baissé la garde.

Quand elle ose se relever, il ne se passe rien.

Il n'y a que le silence, rompu par le chant de quelques cigales en avance sur la saison. Elles ne devraient faire leur apparition qu'au printemps, mais le changement climatique a déréglé leur horloge interne – celle-là même qui les fait dormir sous terre pendant exactement dix-sept ans. Si elles sortent trop tôt, elles sont la proie des prédateurs.

Lola sait tout ça, car elle l'a vu un jour dans un documentaire sur la 2. Et elle est bien plus maligne que ne le laisserait supposer son apparence, son CV, son attitude soumise.

Au fond du talus, il y a un petit ruisseau, presque toujours à sec, mais qui, en ces journées pluvieuses de février, s'écoule paresseusement, comme à contrecœur. Contraint par les circonstances. Lola descend jusqu'au cours d'eau, parcourt la rive et cherche un endroit où reprendre des forces. Une pierre un peu plus grosse que les autres, en amont, lui permet de soulager tant bien que mal une fesse et demie. Lola plonge les pieds dans le ruisseau. L'eau froide fait comme des lames de rasoir entre ses orteils. Mais Lola tient bon. Ce serait dommage d'avoir échappé aux balles pour mourir d'une septicémie.

Lola ôte son pull couvert de taches de graisse, puis défait son chemisier. Neuf cents euros chez Michael Kors. Maintenant, elle va l'utiliser autrement. Avec ses dents, elle découpe de longues bandes irrégulières. C'est le problème, avec le taffetas de soie, les fils de différente densité se déchirent mal.

Putain, mais pourquoi j'ai pas mis des baskets ce matin, se lamente-t-elle. Pas pour la dernière fois.

Elle sort les pieds de l'eau et s'occupe de ses plaies. Des éclats de verre sont encore fichés dans l'une d'elles. Deux fragments carrés, venus s'incruster dans l'os. Lola les extrait de ses doigts glissants, notant le craquement quand ils sortent, se permettant un cri sourd qui se répercute sur les flancs du talus et à la surface de l'eau, sans obtenir d'autre réponse qu'une brève interruption du chant des cigales. Puis, très lentement, elle enveloppe ses pieds dans les bandes de taffetas. Elle tente de suivre un schéma en spirale, mais les bandages improvisés s'emmêlent, trempés par le sang et par l'eau qui dégoulinent de ses pieds. Ça lui prend près d'une heure, mais finalement, elle obtient une certaine compression, maladroite, mais convenable. Elle peut bouger péniblement ses orteils et se rappelle qu'il n'y a que ça à faire – souvenir de la fois où sa mère s'était tordu la cheville en glissant sur des cheveux, au salon – elle n'avait qu'à balayer plus souvent.

Le processus aurait été plus simple si elle avait utilisé son téléphone pour chercher des infos sur le web, mais elle n'ose pas le rallumer. Elle ne peut se permettre qu'on la localise.

Quand elle a terminé, elle remet son pull et s'endort, appuyée contre un arbre. Davantage un évanouissement qu'un acte délibéré. Quand elle s'éveille, l'après-midi est déjà bien entamé. Son estomac grogne, le sang afflue à ses tempes. Elle boit, penchée sur le cours d'eau, qui a un goût de terre acide et de corruption. Elle rote, l'estomac plein d'eau, faute de mieux, et se caresse le ventre où son fils – c'est forcément un fils, bien sûr, un petit Yuri – réclame sa pitance, qu'il tire de son corps.

Elle peut passer plusieurs heures sans manger. Même dans son état, même avec sa maladie. Mais sans s'injecter son insuline, c'est plus compliqué. Elle connaît bien les symptômes de l'hyperglycémie, que sa mère lui a fait répéter des centaines de fois, petite, quand le diagnostic est tombé. Elle ne les a jamais manifestés, parce qu'elle a toujours été très prudente. Mais elle les connaît.

Ça commence par le mal de tête, la soif, le besoin d'uriner, pense-t-elle en se massant les tempes.

Elle résout le dernier problème de la liste derrière un arbre avant de se remettre en marche.

Elle ne sait pas où aller, mais elle ne peut rester au bord du ruisseau. Pour l'instant, la température est clémente, mais cette nuit, elle descendra à huit degrés. Lola est frileuse. Si elle ne trouve pas d'abri, elle sait qu'elle peut mourir.

Elle reprend donc la direction du chemin, puis grimpe jusqu'au point le plus élevé possible. Le terrain, accidenté, monte et descend, composé de collines escarpées – un apéritif géologique avant le plat de résistance : la Sierra Blanca, en toile de fond. Et, au milieu, un bâtiment bas avec un toit rouge.

C'est là que se trouve Lola, à présent.

Elle ne peut se décider à entrer, car elle est consciente de son aspect épouvantable. Même en retournant son pull, les taches de graisse seraient impossibles à cacher. À dissimuler, oui. À cacher, non. Lola tourne donc en rond devant la porte, au coin du parking, jusqu'à ce qu'un groupe de femmes aux yeux rougis sortent fumer. Alors, Lola s'en remet au destin et entre dans le funérarium d'un pas décidé, sans regarder la femme, à l'accueil – qui est occupée à arnaquer une veuve en lui vendant des fleurs au prix de cartouches d'imprimante –, ni échanger de regard avec quiconque. Priant pour que personne ne remarque ses pieds bandés, couverts de boue et de poussière.

Même si, honnêtement, quand avez-vous regardé les chaussures de quelqu'un pour la dernière fois ?

Le funérarium comprend plusieurs salles, chacune avec ses morts dedans et ses vivants dehors, sur des canapés plutôt moins confortables que les cercueils. Dans la dernière salle, tout au fond, il n'y a personne dehors, juste des imperméables et des vestes abandonnés sur les canapés. Aucun sac à main. Lola passe rapidement devant la première veste – la bleu marine, ça n'ira pas avec son jean, mais bon, c'est comme ça –, la saisit, la pose sur ses épaules, baisse la tête, comme accablée par la perte d'un être cher, se frotte les yeux, revient sur ses pas, se réfugie dans les toilettes des femmes. Troisième cabine. Les pieds recroquevillés chaque fois que quelqu'un entre. Verrou fermé.

Il était une fois une petite fille qui avait grandi dans un foyer triste et sans amour, où la nourriture avait un goût de cendres et où l'avenir était sombre, se répète-t-elle, alors qu'elle attend.

Les heures défilent. Les funérariums ne ferment jamais tant qu'il y a des familles pour veiller leurs morts. Celles des macchabées de la salle 1 et de la salle 2 se sont retranchées à l'intérieur, laissant le champ libre à Lola, qui sort des toilettes vers 1 heure du matin. Chancelante, à bout de forces. Sa tête près d'exploser.

La femme de l'accueil, de dos, regarde la télévision. Le volume est très bas, mais Lola croit reconnaître une émission musicale consistant à chercher – vainement – de nouveaux talents.

Elle avance jusqu'à la salle 3, qui est vide. Pas de cercueil derrière la vitre, juste quelques chaises, une table. Un téléphone fixe.

Lola compose le numéro du portable de Yuri et retient son souffle, attendant d'avoir confirmation de ce qu'elle sait déjà.

Éteint, ou sans réseau.

— Il est mort, dit-elle à voix basse. Il est mort, ce con.

Il était une fois, une petite fille qui se retrouva toute seule.

10

Une autre scène

À l'heure où Lola est dans les vapes près du ruisseau, Antonia Scott et Jon Guttiérez arrivent à l'entrée de la propriété. Jon a dû la traîner jusque-là.

— On devrait être en train de chercher cette femme, proteste Antonia.

— Quelle est la probabilité que ceux qui ont tué le mari soient aussi ceux qui ont tenté de la tuer elle, ma jolie ?

— Élevée. Totale, admet-elle.

— Alors ? dit Jon avec une grimace.

Ce n'est pas son genre d'agir de façon aussi illogique.

— Je veux juste retourner à Madrid dès que possible, lance Antonia en croisant les bras.

L'endroit respire le fric. Le bon goût, un peu moins.

La résidence Solfiesta, à un quart d'heure en voiture du centre de Marbella, n'est pas un lieu ultra-sélect, un refuge pour grands patrons et millionnaires arabes, comme La Zagaleta. Solfiesta est seulement cher. Les bâtiments semblent avoir été posés là au hasard, comme si les plans avaient été faits par un enfant qui aurait renversé son coffre à jouets. Ils se succèdent à flanc de colline, sans ordre ni cohérence, murets en brique ou blanchis à la chaux, protégeant l'accès à des villas rivalisant entre elles à qui exhibera le marbre le plus laid et le plus ostentatoire.

Ce sont des maisons de chanteurs populaires, de footballeurs de troisième division, de gagnants de l'Eurovision.

— Le paradis du kitsch, dit Jon en se garant devant l'entrée.

L'après-midi, poisseux et gris, sent l'orage et rend l'environnement encore plus déprimant.

Antonia lève à peine les yeux des documents que lui a donnés le sous-inspecteur Belgrano.

— Une maison est une maison.

— Allez, avoue que ça t'en bouche un coin, dit Jon en se penchant par la vitre pour sonner à l'interphone. Toi, avec tes t-shirts blancs et tes vestes noires. Admets qu'il y a du style.

Antonia attend d'avoir lu la dernière lettre de la dernière page du dossier – cinquante pages, lues en neuf minutes – et referme la chemise d'un geste las avant de répondre.

— Quand j'ai rencontré Marcos, je choisissais moi-même mes vêtements. C'est lui qui m'a convaincue d'arrêter.

— C'est pour ça que tu t'habilles toujours pareil ? dit Jon, saisi d'un accès de tendresse en imaginant Antonia entrer à Primark et prendre le premier truc qu'elle trouve, assortissant ses vêtements au petit bonheur la chance.

Soudain, il la comprend un peu mieux. C'est ainsi, avec Antonia : pour la connaître, il faut assembler les pièces du puzzle à mesure que l'on perçoit de nouveaux détails.

Une seconde d'inattention, et c'est foutu.

— Apparemment, les gens me regardaient dans la rue. Marcos disait qu'avec le noir, on ne peut pas se tromper.

La villa des Voronin-Moreno, en revanche, a tout faux, comme Jon et Antonia le constatent lorsque le portail se met en branle avec un bourdonnement. Ils descendent de voiture. Il y a la statue d'un enfant qui fait pipi dans le jardin, un paillasson aux couleurs du Spartak devant la porte d'entrée, une sonnette qui joue « Kalinka » quand on la presse.

— Entrez, dit Belgrano en ouvrant la porte.

À l'intérieur, la fête continue. Il y a des colonnes de style roman dans le salon, une pompe à bière à côté du billard, au fond. Une barre de pole dance. Des canapés avec un revêtement imitation peau de vache.

Mon Dieu, je suis en enfer.

Antonia tire doucement son compagnon par la manche, et celui-ci se penche un peu vers elle.

— Je crois que je comprends ce que tu voulais dire, observe Antonia, désignant les LED de couleur rose sous la table centrale – ou bien, dessus, le chat porte-bonheur qui bouge le bras, dans un geste ambigu.

— Tout espoir n'est pas perdu, trésor.

Un minuscule détail : la maison est sens dessus dessous.

Les coussins sont éventrés, leur garniture répandue partout. Le fût de bière, déplacé et renversé. S'il y avait eu des livres, ils seraient tombés des étagères. L'unique concession à la culture est une centaine de films et de jeux vidéo tapissant le sol, leurs boîtes ouvertes et piétinées. Des copies pirates, bien sûr.

— C'est vous qui avez fait ça ?

— C'était ainsi quand on est arrivés, dit Belgrano. Quelqu'un cherchait quelque chose à tout prix. Suivez-moi, je vous emmène voir le cadavre.

Jon et Antonia contournent le canapé, marchant avec précaution sur ce qu'il reste des Blu-ray. Pour ne pas glisser sur le sol en damier, surtout.

— Pas d'empreintes ? demande Antonia, qui voit des résidus de poudre sur la surface bleutée des disques.

— Celles des propriétaires de la maison. On a utilisé des gants.

Ils passent près de la télé 98 pouces. Elle est allumée et diffuse une chaîne d'informations russe.

Jon éprouve un pincement de jalousie, lui qui aime tant s'endormir devant ses séries. *Devant un écran pareil, on doit ronfler comme un bienheureux.*

Dans le jardin à l'arrière, auquel on accède depuis le salon par une baie vitrée coulissante, l'horreur continue. Des mètres de pelouse artificielle. Des chaises en plastoc avec une housse verte. Une fontaine représentant deux dauphins bondissants crache de l'eau dans l'une des piscines. La grande.

Car il y en a deux. L'une en forme de haricot. L'autre, circulaire. Petite, climatisée et clôturée.

— Demandez-moi à quoi sert la petite piscine. Allez, demandez-moi, dit Belgrano.

— Au chien, répond Antonia.

Le sous-inspecteur la regarde, stupéfait.

— Comment… ?

Antonia désigne le portrait de famille, peint à la main, accroché au mur du salon. Yuri, Lola et un chien de la taille d'un autobus. Marron, au poil très long et un masque noir sur les yeux et le museau.

— C'est un berger du Caucase. Ils viennent des montagnes. Ils ne supportent pas la chaleur.

— Je croyais que tu n'aimais pas les chiens, s'étonne Jon.

— Je les déteste, reconnaît Antonia. Mais pour une raison qui m'échappe, ils m'adorent. Donc j'essaie d'en apprendre le maximum sur eux.

Jon ouvre la porte de l'enclos et met un doigt dans l'eau.

— Elle est froide.

— L'employée de maison m'a dit qu'ils maintenaient l'eau à vingt-deux degrés toute l'année pour que le chien puisse se rafraîchir, dit Belgrano, un peu déçu que sa révélation n'ait pas eu l'effet escompté.

— Où est le chien ?

— Il était enfermé dans l'enclos de la piscine quand on est arrivés. Déchaîné. Il s'est jeté plusieurs fois contre la grille quand on s'est approchés. Les gars de la fourrière ont dû l'endormir pour l'emmener.

— Et le cadavre ?

— Derrière, là-bas.

À l'autre bout du jardin, dans un coin, ils découvrent un barbecue, une table en verre – en mille morceaux – et un corps sur ce qu'il reste de la table. Quelqu'un l'a pieusement recouvert d'une couverture thermique. Seuls les pieds dépassent, nus et sales.

Jon se tourne vers Antonia, attendant des instructions. Elle est plus raide que la normale, mais ne réclame pas de gélule pour autant. L'inspecteur est surpris. Il peut sentir sa tension, l'énergie de son cerveau surdoué chargeant l'air environnant d'électricité statique. Ou peut-être qu'un orage est sur le point d'éclater et que le reste n'est que le fruit de son imagination. *C'est le plus probable.*

Ce qui est certain, en revanche, c'est qu'elle ne lui a rien demandé.

Quelque chose ne va pas, perçoit Jon.

Antonia lui adresse un signe – une douce inclinaison de la tête, presque une supplique –, et Jon ôte la couverture qui dissimule le corps.

Yuri est un homme d'une bonne trentaine d'années, au corps mince d'adolescent. Les abdominaux dessinés. Le torse nu. Le visage, disparu. Les mouches, pullulant sur ce qu'il en reste.

Il ne porte qu'un maillot de bain Superdry. Noir, qui contraste avec la lividité de son torse. Son dos, en revanche, est violacé. Le décès remonte à trente heures, le sang a donc quitté les zones supérieures du corps pour s'accumuler, faute d'être pompé par le cœur, dans les zones inférieures.

Celui qui n'est pas répandu sur le mur, éclaboussant le sol, ce qui reste de la table et le sac de briquettes de charbon, naturellement.

Jon a un sursaut. Brusque. Mélange de dégoût et d'horreur. Presque un haut-le-cœur.

— Votre premier cadavre ? dit une voix féminine dans son dos, avec une nuance moqueuse.

— Mon premier coup de fusil, dit Jon en se retournant.

Derrière lui se trouve une femme d'âge moyen, en uniforme. Plus forte que grande, les cheveux attachés en un chignon si serré qu'il a mal rien qu'à la regarder. Elle a les yeux sombres, les pupilles irrégulières, comme de l'encre qui aurait bavé. Le visage sévère. Elle dégage une certaine rigueur. Quand elle tend la main à Jon, son geste est bref et rapide, parcimonieux. Comme si elle réservait ses efforts à des choses plus importantes.

— Estimez-vous heureux. Commissaire Romero. UDYCO Costa del Sol.

— Inspecteur Gutiérrez. Et elle…

Jon désigne Antonia, mais celle-ci n'a pas fait mine de se tourner pour saluer la nouvelle arrivante et continue d'examiner la scène.

— Je sais qui vous êtes. À Madrid, on a beaucoup insisté sur le fait que vous nous serez d'un grand secours. Je l'espère. J'ai dû discuter ferme avec le juge d'instruction pour qu'il ne fasse pas lever le corps avant votre arrivée. C'est hautement irrégulier.

— Nous vous en remercions, commissaire.

— M. Voronin devrait déjà se trouver à la morgue, entre les mains du légiste.

— En même temps, la cause du décès ne fait pas tellement de doute, non ?

Romero sourit, un sourire presque complice.

— Pas tellement, non. Votre collègue est muette ?

— Juste introvertie. Voyez, Mme Scott a ses méthodes. Elles sont un peu particulières, mais elles donnent des résultats.

— On m'a avertie de ça aussi. J'espère que c'est vrai. Nous avons besoin de résultats.

— On nous a dit que vous étiez un peu seuls, par ici.

La commissaire lâche un éclat de rire. Désabusé, sans une once de joie.

— Inspecteur Gutiérrez… asseyez-vous un instant. Je vais vous raconter une petite histoire d'horreur.

11

Un coup d'accélérateur

Antonia a à peine remarqué la conversation qui se tient derrière elle. Elle est trop occupée à faire en sorte que le monde tourne moins vite.

Les singes dans sa tête s'étaient suffisamment calmés le matin pour traiter la scène du centre commercial. Mais en entrant dans la villa, les singes ont fait comprendre à Antonia que c'était juste la pause casse-croûte. Sitôt qu'elle voit le salon ravagé, son cerveau s'emploie à absorber, trier, classer. Il s'emploie à trouver un sens à tout cela.

Ça ne marche pas.

Dans sa tête

(les singes exigent. Les singes se battent
pour avoir toute son attention, hurlant,
brandissant des choses bien haut),

la jungle s'est transformée en un misérable asile de fous.

Seule face au cadavre de Yuri Voronin, Antonia Scott agrippe ses coudes, tentant de serrer son corps pour se calmer, pour remettre de l'ordre chez les singes. La seule réponse de son corps est l'impérieux désir de consommer plus de gélules.

Mais elle en a déjà pris deux ce matin.

Une troisième ne suffira pas. Une quatrième non plus.

Elle sait qu'elle doit parler à Jon de ce qui lui arrive. Demander de l'aide. Mais elle ne peut pas.

Il existe un mot pour définir son état d'esprit.

Bakiginin.

En carélien, langue parlée, du golfe de Finlande jusqu'à la mer Blanche, la « tristesse du bâtisseur de murs ». Le contraste entre la nécessité d'éloigner tout le monde de votre vie et l'impossibilité de le faire.

L'invocation du mot aide Antonia à se calmer temporairement. Elle sort la main de sa poche, où ses doigts effleuraient déjà une autre gélule rouge.

Elle tente de se concentrer sur le cadavre.

Il y a quelque chose d'étrange dans sa posture.

Son dos est sur la table, qui a dû se briser sous le choc. Le coup de feu, à bout portant, les éclaboussures de sang

(les singes brandissent les objets, hululent,
essayant de se faire entendre.
L'un d'eux ne devrait pas être là)

et de cervelle sur le mur, le maillot de bain, la lividité de la peau.

Quelque chose ne colle pas. Quelque chose ne va pas, pas du tout.

— Je ne sais pas ce que c'est. Je ne…

L'information la submerge. Elle ferme les yeux, reste coincée dans sa tête. Cernée par les

(singes)

informations, qui maintenant ne signifient plus que bruit et confusion.

Antonia part en courant.

12

Un avertissement

La commissaire Romero s'installe sur l'une des chaises de jardin, de l'autre côté de la piscine. Jon l'imite.

— Vous avez un curieux accent, inspecteur.

— Je pourrais vous en dire autant.

La commissaire le regarde longuement.

— Je me demandais seulement ce que quelqu'un venant de si loin au nord fabrique si loin au sud.

— Eh bien, je donne un coup de main. On continue les devinettes ou vous me racontez votre histoire d'horreur ?

Romero sort son portable de sa poche, l'éteint d'un geste et le range aussi sec.

— D'après ce que j'ai compris, on vous a demandé de nous aider à localiser Mme Dolores Moreno, l'épouse de la victime. Savez-vous pourquoi ?

Jon secoue la tête.

— On nous a seulement dit que c'était important pour l'enquête.

— Voyez-vous, inspecteur, le quotidien de l'UDYCO est un peu différent de ce que font le reste de nos collègues. Nous nous permettons une certaine… décontraction à l'égard des protocoles. Nous voyons moins au jour le jour qu'à long terme. Si vous permettez que je vous pose la question, sur combien d'affaires avez-vous travaillé jusqu'ici ?

Jon hausse les épaules.

— Vous n'avez qu'à consulter mon dossier.

— Ce n'est pas mon genre, dit Romero. Je préfère que vous me le disiez.

— Pas mal.

— Importantes ?

— Quelques-unes.

— Je dis ça, parce que ici aussi on entend certaines choses. Des rumeurs, sur les forums ou les groupes WhatsApp. Comme celle sur cet inspecteur anonyme qui a sorti Carla Ortiz d'un égout. Roux, costaud, à ce qu'on dit. Mais pas gros.

— Je me demande bien qui pourrait correspondre à cette description, dit Jon, un semi-remorque d'innocence dans la voix.

La commissaire commence à le rendre nerveux. Si on excepte le moment où elle a éteint son portable, elle est restée totalement immobile sur sa chaise. Le dos droit, les mains posées sur ses cuisses. La casquette de l'uniforme est calée sous son aisselle droite, comme l'exige le protocole. Dans la lumière mourante du crépuscule, on dirait qu'aucune partie de son corps ne bouge, à part ses lèvres et sa mâchoire.

On dirait une marionnette de ventriloque à piles.

— N'allez pas croire que j'essaie de vous piéger, inspecteur. Nous sommes très reconnaissants de l'intérêt que nous porte Madrid, pour une fois. Mais j'aimerais vous faire comprendre qu'ici, les choses fonctionnent autrement. Imaginons, par exemple, qu'une riche héritière ait disparu. On vous charge de la retrouver. Vous la pistez, vous la retrouvez vivante. Six collègues perdent la vie en cours de route, mais ce sont les risques du métier, j'imagine.

Ah, pense Jon, qui commence à comprendre.

— Je vous assure que…

— Ne m'assurez rien, l'interrompt la commissaire. Ici, les choses sont différentes. Nous n'avons pas besoin de chercher les méchants. Nous savons qui ils sont. Nous les croisons tous les jours dans la rue, dans les cafés. Au supermarché. Leurs enfants et leurs petits-enfants fréquentent les mêmes écoles que les nôtres.

— Ce qui s'est passé avec…

— Silence, inspecteur. Je n'ai pas terminé. On vous demande d'arrêter un tueur en série, vous l'arrêtez. Moi, je ne peux pas prétendre éliminer la mafia russe. Le travail consiste à réunir des preuves contre eux, petit à petit, lentement. À trouver des témoins, pas à pas. À faire en sorte qu'ils témoignent. À les garder en vie jusqu'à ce qu'ils le fassent. Après, si c'est possible et si ça ne coûte pas trop cher.

— C'est un travail de longue haleine.

— C'est une guerre, rectifie Romero. Quand ils sont arrivés, il y a une vingtaine d'années, ils avaient l'air d'un groupe de joyeux retraités venus prendre le soleil et danser. Il s'est avéré qu'ils faisaient plus que ça. Ils se sont mis à monter des entreprises. À acheter des équipes de football. À construire d'horribles villas comme celle-ci. Tout le monde était ravi. L'argent des Russes est inépuisable. Le problème, évidemment, c'est sa provenance.

Celle-là, Jon la connaît. La Sainte Trinité du mafieux.

— Drogue, racket et prostitution.

— Les crimes que commettent leurs collègues en Russie génèrent énormément de liquide. L'argent sale voyage jusqu'au Belize, aux îles Caïmans, au Delaware. Il rebondit dans les paradis fiscaux et revient, propre, sur le vieux continent, *via* une toile impénétrable de sociétés-écrans. Pas au niveau de celle de Google et Apple, mais presque.

— Et ensuite, il finit changé en marbre, dit Jon en désignant la façade.

— Ça, c'est une bagatelle. Des clopinettes. Ici, les mafias ont créé une franchise du blanchiment d'argent. Marbella et Malaga sont le dernier arrêt avant le retour de l'argent là d'où il vient. Saint-Pétersbourg, Moscou. La datcha de Poutine.

— La Russie est un État mafieux, tout le monde le sait, affirme Jon, avec la connaissance du sujet acquise dans un documentaire sur HBO.

— Saviez-vous que Litvinenko s'était rendu à Marbella avant que le Kremlin ne se débarrasse de lui ?

Jon se rappelle l'affaire. C'était un espion du FSB, le successeur du KGB, qui avait révélé les liens entre la mafia et le gouvernement russe. Quelqu'un avait sucré son thé au polonium radioactif et transformé ses reins en une succursale de Tchernobyl.

— Je croyais qu'il était mort à Londres.

— Il est venu ici trois mois avant. Je l'ai interrogé moi-même. À l'époque, j'étais inspectrice, comme vous. Il nous a appris beaucoup de choses, et nous en avons appris encore davantage ces quinze dernières années. Nous savons que la mafia russe n'existe pas. Qu'il s'agit d'une centaine d'organisations, dans treize pays. Avec un milliard d'alliances complexes. Les Géorgiens haïssent les Ouzbeks, mais ils les soutiennent face aux Russes de l'oblast de Tambov. La Tambovskaïa est en guerre contre la Malichevskaïa, mais seulement en Russie. Ici, les deux se tolèrent.

— Sacré bordel.

— Je pourrais continuer toute la nuit et, au petit déjeuner, la moitié des informations seraient obsolètes. Vous comprenez ce que j'essaie de vous dire, inspecteur ?

Jon se gratte la tête et soupèse ce qu'il vient d'entendre.

— Je crois que oui. Vous ne voulez pas qu'on donne un coup de pied dans la fourmilière.

Romero fait oui de la tête, lentement. Vu son économie de mouvement, c'est l'équivalent d'une gesticulation.

— L'année dernière, nous avons eu quarante-six morts, inspecteur. Quatre de plus qu'à Madrid. Dans une province d'un million et demi d'habitants.

— Combien de votre ressort ?

— Nous avons eu deux règlements de comptes à la bombe. Des fusillades à moto, à vélo, des attaques de maisons comme celle-ci. Avec enlèvement, mutilations faciales façon Joker, avec des kalachnikovs, dans des restaurants… Et à la sortie d'un baptême.

— Comme dans *Le Parrain* ?

— Comme dans *Le Parrain*. Dernièrement, les choses se sont beaucoup compliquées. Des haines enfouies, des conflits près d'éclater.

— S'ils n'ont pas déjà éclaté, dit Jon en désignant le cadavre du menton.

— Savez-vous combien d'agents j'ai perdus depuis que je suis commissaire ?

Jon n'en a pas la moindre idée. Il sait combien sont morts sur sa terre natale depuis qu'il a prêté serment. Ils n'ont pas été tués par des Russes, cela dit. Eux aussi, on leur tenait le même genre de discours. Ça commençait par la bravoure et la ténacité, et la stricte observation des règles. Et ça se terminait en exigeant qu'ils ne marchent sur les pieds de personne.

— Aucun, j'imagine, dit Jon en étirant les mots comme un élastique.

— Et je compte faire en sorte qu'il continue d'en être ainsi, inspecteur. C'est une petite ville. Il n'y a nulle part où se cacher. Chaque fois que nous obtenons des informations importantes, nous devons les dissimuler à la Garde civile, au GRECO, et même aux collègues, au cas où ils moucharderaient. Lorsque nous les apportons au juge ou au procureur, on nous dit que c'est insuffisant. Quand nous faisons une descente et que nous confisquons une tonne de cocaïne, la télévision n'en parle pas. Quand nous parvenons à placer quelqu'un sur le banc des accusés, nous perdons toujours. Et on ne nous envoie pas de renforts, hormis quand quelqu'un à Madrid a une brillante idée. Ou pour tirer les marrons du feu. Alors, dites-moi, inspecteur : pourquoi vous a-t-on envoyés ici, vous et cette femme dont nous savons tous les deux qu'elle n'appartient pas à Europol ?

Le changement de sujet est si soudain qu'on entend presque l'aiguille rayer le vinyle.

— Je vous l'ai dit. (Jon soutient son regard, mal à l'aise.) On nous a dit que Lola Moreno était importante et que nous devions la retrouver.

Avant de répondre, Romero prend le temps d'examiner ses explications et de les archiver.

— Lola Moreno est importante, c'est vrai. Ce que vous n'imaginez pas, c'est à quel point et pourquoi.

— Et vous n'allez pas me le dire.

— Non, pas tant que je n'ai pas décidé si je peux vous faire confiance. D'ici là…

Elle ne termine pas sa phrase, parce qu'à cet instant Antonia passe devant eux en courant. Jon ne demande pas la permission à sa supérieure et ne s'excuse pas. Il se contente d'incliner la tête vers la commissaire et de partir sur les talons d'Antonia.

11 (bis)

Un coup de frein

Antonia quitte la villa en courant. Elle s'appuie contre la voiture, porte la main à sa poche et accomplit une chose qu'elle n'avait pas faite depuis des années de son plein gré. Depuis l'époque de sa formation. Depuis l'époque où contrôler ses capacités était une bataille impossible à remporter.

Elle sort une gélule bleue.

Elle la croque rageusement.

Six secondes passent.

Sept.

Dix.

Les singes disparaissent.

Le monde devient un lieu plat, gris, uniforme.

Antonia, soudain, est vide. Le bruit assourdissant n'existe plus, tout comme la vitesse.

Tant que dure l'effet de la gélule bleue, dont le complexe chimique a été conçu pour l'annuler, Antonia n'est qu'une personne normale. Qui vient de se lever.

Le pouvoir a disparu, mais pas l'angoisse.

Son esprit se contente d'une idée à la fois. Et maintenant, elle n'est capable de penser qu'à une seule chose.

Je suis en train de le perdre, pense Antonia, en luttant pour reprendre son souffle. Elle sent des haut-le-cœur, halète, tenter d'avaler de l'air avec avidité. Les larmes qui coulent sur ses joues tombent dans sa bouche.

Ce n'est pas seulement que je ne peux pas le contrôler. C'est que je suis en train de le perdre complètement.

13
Un silence

Jon Gutiérrez n'aime pas Antonia Scott.

Ce n'est pas une question d'amour. En réalité, Jon l'aime, cela semble évident. Sous sa bizarrerie, Antonia a plein de qualités. Elle ne ferait pas de mal à une mouche ; elle est adorablement empotée. C'est une vraie tête de mule – et c'est un expert qui vous le dit. Sa générosité et son courage confinent à l'inconscience. Et elle appartient à une espèce en voie de disparition : ceux qui pensent qu'il faut défendre la justice et non l'attendre.

Elle est compliquée, elle a des manies pénibles. Elle est mutique quand il ne faudrait pas, et parle à contretemps, généralement pour mettre les pieds dans le plat. Les rares fois où elle manifeste un semblant d'affection, elle vous balance une remarque vexante moins de trente secondes après. *Elle donne et reprend aussitôt.*

Rien de tout cela ne gêne Jon. Il se ferait tuer pour elle.

Ce qui dérange vraiment Jon Gutiérrez, chez Antonia Scott, c'est de ne pas pouvoir la consoler.

Vous voyez votre collègue, votre amie, effondrée, en larmes, seule, enfermée dans une voiture, recroquevillée sur son siège, les bras entourant ses genoux. Ça vous remue. Une oppression dans la poitrine, de l'électricité dans les avant-bras. Un inconfort dans les pieds, auxquels le contact avec le sol devient soudain intolérable.

Ce serait n'importe qui d'autre, vous vous précipiteriez pour la serrer contre vous. *Allez, viens là*. Vous l'enfouiriez entre vos énormes bras, capables de soulever des pierres gigantesques ou de casser des noix au creux du coude.

Que faites-vous avec quelqu'un qui ne supporte pas qu'on le touche, qui fuit le moindre contact ou la moindre manifestation d'affection ?

Que faites-vous avec Antonia Scott ?

Vous ne bougez pas. Et, en vous, monte la *larritasun*. L'angoisse, bordel, l'angoisse !

Vous tentez de la comprendre, sans y parvenir. Parce que vous savez qu'il y a une distance infranchissable. Protégée par des murailles qu'elle-même a élevées. Et vous vous demandez ce qu'il y a, cette fois-ci. Ce qui peut bien se passer dans cette tête impossible et merveilleuse. Ce qu'elle peut bien voir, les batailles qu'elle est en train de livrer.

Et vous toquez à la vitre, doucement. Avec un peu de chance, elle vous ouvrira.

Piou, piou. Les portières se déverrouillent.

La chance vous sourit.

Jon entre, s'assied sur le siège conducteur. Dans l'air, la tristesse est palpable. Visqueuse, épaisse. On pourrait y tourner un clip de rock alternatif. Antonia a les yeux injectés de sang, la peau couleur de vieux papier.

La tentation de tendre la main et de la toucher est grande, mais Jon sait que ce n'est pas la bonne approche.

Tout comme la tentation de parler. De lui expliquer qu'il faut qu'elle tienne bon, que la chose qui la tourmente ne la laissera peut-être pas en paix, mais qu'elle doit résister, c'est tout. Mais Jon sait que ce n'est pas la bonne approche non plus.

C'est pourquoi il ne dit pas :

« Nos démons ne s'en vont jamais, Antonia. Tout ce que nous pouvons faire, c'est être encore plus forts. »

Et elle ne lui répond pas :

« Je suis fatiguée, Jon. Fatiguée de la cruauté de l'être humain. Fatiguée de toute la douleur que je perçois. J'ai comme des éclats de verre dans la tête, dont je ne peux pas me débarrasser. »

Et il ne répond pas :

« Je suis peut-être con, gay. Peut-être même gros. Mais grâce à Dieu, je suis là. Je suis là. »

Ils ne se disent rien de tout cela, parce que la vie n'est pas un film où un million d'émotions complexes tiennent dans un dialogue millimétré, tandis que Michael Giacchino, Thomas Newman ou Quincy Jones soulignent le tout d'une bande-son émouvante.

Ils ne se disent rien, et se contentent de rester assis dans la voiture, ensemble. En silence.

14

Un code

Les larmes sèchent.

Jon baisse la vitre. Entre-temps, il a plu et la pluie s'est arrêtée. Une odeur légèrement musquée pénètre par la fente, allégeant la tristesse. Ou la déplaçant. Avec le modeste réconfort de savoir que, quand plus rien ne subsistera de ce passé qui est aujourd'hui notre présent, les odeurs perdureront, emplissant notre souvenir.

— Pétrichor, dit Antonia.

— Comment ?

— L'odeur, après la pluie. Ça s'appelle le pétrichor.

Sans que Jon comprenne bien pourquoi, il devine que ce qui vient de se passer – ce mot qu'Antonia a partagé avec lui – est important. Il ne veut pas foutre en l'air ce qu'il ne comprend pas et attend donc qu'elle reprenne la parole.

Pour lui donner du temps, il emmène la voiture loin du domaine. La nuit est déjà tombée. Il parcourt quelques kilomètres, sans but, et s'arrête à une station-service déserte. Au loin, on distingue la ligne côtière de Marbella, évoquant un rosaire étincelant, idyllique. Le fait qu'on ne voie pas les immeubles n'y est pas pour rien. Plus près, une enseigne lumineuse Repsol tient lieu d'éclairage et leur permet de se voir.

— Il se passe quelque chose de très grave ici, dit enfin Antonia.

— Eh bien, ma grande, si on récapitule... Un type à qui on a fait sauter la cervelle. Et deux autres à la morgue, abattus par balles. Tous les trois en une seule matinée.

— Il ne s'agit pas que de ça. Les mafias sont violentes, mais jamais aussi ouvertement. D'abord ce matin, et maintenant ça. Il y a autre chose.

— J'ai fait la connaissance d'une femme très bizarre. La commissaire Romero.

— Hostile ? demande Antonia.

Chaque fois qu'ils arrivent quelque part, c'est pareil. Chaque fois, il y a quelqu'un, de leur côté, que leur présence indispose.

— Elle marche sur des œufs. Elle nous foutra la paix tant qu'on ne met pas de coup de pied dans la fourmilière. D'après ce que j'ai compris, ici, la guerre peut éclater à tout moment.

— Et en quoi elle est bizarre ?

— Elle m'a posé une question très étrange. Pas les conneries habituelles. Elle voulait savoir pourquoi on est là.

— Ils ne demandent jamais ça.

— Non. Ils demandent qui on est. Ils demandent d'où on vient. Ils demandent comment on va les aider. Surtout, ils demandent quand on dégage.

Mais jamais *pourquoi.* En général, le pourquoi est foutrement évident. Antonia cligne des yeux. Habituellement, elle baisse et remonte les paupières en accéléré, cinq fois. À la vitesse du battement d'ailes d'un colibri. Cette fois, elle le fait au ralenti. Cela et son élocution lente déclenchent toutes ses alarmes de flic expérimenté.

— Appelle Mentor.

Si je n'avais pas passé autant de nuits sur le parking du Fever à confisquer des sachets de beuh aux gamins, je dirais que cette nana est défoncée, pense l'inspecteur Gutiérrez.

— Tu vas bien, trésor ?

— Bien sûr que oui, répond-elle trois plombes plus tard.

Jon ne dit rien. Il met le téléphone de la voiture en mode mains libres et obéit.

Mentor répond à la sixième sonnerie. Sa voix résonne dans les huit haut-parleurs de l'Audi comme s'il était dans l'habitacle.

— Vous tombez mal.

— Écoutez, il y a des morts ici, proteste Jon.

— Je suis à Bruxelles, inspecteur. Une réunion des chefs d'équipe. Certains… problèmes ont surgi.

Jon et Antonia se regardent, surpris.

— Quel genre de problèmes ?

— Des problèmes avec des collègues d'autres pays. Je ne peux rien vous dire par téléphone. Je vous expliquerai quand vous reviendrez. Et maintenant, si vous voulez bien m'excuser…

— Pourquoi sommes-nous ici ? demande Antonia.

Pause. De l'autre bout de la ligne leur parviennent les échos distants de voix inquiètes.

— Qu'est-ce qui arrive à ta voix, Scott ?

Il a remarqué aussi, pense Jon. Avec une pointe de jalousie. Il n'a fallu à Mentor que quatre mots, au téléphone, à deux mille kilomètres de distance. Des silences éloquents. Quelle relation !

— Scott, insiste-t-il.

Antonia fait signe à Jon de répondre.

— Nous ne voudrions pas abuser de votre temps. Mais vous nous avez dit de vous tenir au courant. Et Antonia est…

— C'est à elle que j'ai posé la question, inspecteur, répond sèchement Mentor.

Pause. Dans la voiture, on entend la lourde respiration de Jon. Qui la force peut-être parce qu'il déteste le silence.

— Je suis fatiguée, c'est tout, répond Antonia.

Pause. Très longue. De l'autre côté, les voix s'estompent, comme si Mentor s'éloignait dans un couloir moquetté.

— Très bien. En quoi puis-je vous aider ?

Il ne la croit pas. Et moi non plus.

— En nous disant pourquoi Lola Moreno vous intéresse tant.

— Il n'y a pas de trace d'elle ?

— Aucune. Mais on a vu combien ils avaient envie de les éliminer, elle et son mari. Je vous résume : très envie.

Mentor souffle comme le cow-boy des pubs Marlboro interdites d'antenne parce que c'est mal de tuer les gens.

— Je pensais que ce serait du gâteau, Scott, dit Mentor, plus pour lui-même que pour eux. Retrouver une femme au foyer et rentrer à la maison. Une affaire facile, pour que tu arrêtes de poursuivre tes fantômes.

Antonia ne répond pas.

— On veut juste savoir dans quoi on met les pieds, intervient Jon. Pourquoi vous avez choisi cette affaire en particulier.

— Il ne te le dira pas, lâche Antonia.

— Tu sais que je ne peux pas, Scott. Et encore moins par téléphone.

Antonia regarde Jon, puis l'écran du portable.

— J'en prends la responsabilité.

— Ce n'est pas à toi de prendre cette décision, Scott.

— Alors, donne-moi juste le code alphanumérique. Je lui expliquerai le reste.

Pause. Éternelle. Au bout du fil, Mentor semble revenir sur ses pas, les voix inquiètes sont de plus en plus proches.

— Si je vous demande de rentrer, vous n'allez pas m'écouter, n'est-ce pas ?

L'image d'un boxer, dans une cuisine, avec un os de jambon, vient à l'esprit de Jon. Un boxer qu'il faut piquer parce qu'il refuse de lâcher sa proie.

— Tu connais déjà la réponse.

De l'autre côté, les voix inquiètes sont maintenant des cris inquiets. Peut-être est-ce cela qui fait flancher Mentor.

— Et puis merde ! À une condition. Trouvez-la vite, et rentrez dès que possible à Madrid. Je vais avoir besoin de vous. D'accord ?

— On a hâte.

Mentor marque une dernière pause, comme s'il se demandait si ces trois mots constituaient un engagement en bonne et due forme. Il prononce, à son tour, trois autres mots.

— Un. Cinq. Foxtrot.

Et il raccroche.

15

Une ouïe fine

Jon se tourne vers Antonia. Les sourcils levés, les mains serrées contre le volant. Les yeux comme des soucoupes. Pétrifié. Le monde avance d'un côté, sa compréhension de l'autre, en sens inverse. Sur une route à une voie.

— Ça t'ennuierait de m'expliquer, poussin ?

Antonia renifle, passe la main sur ses genoux.

— Il se peut que nous ne t'ayons pas tout dit.

— Il se peut que je m'en sois rendu compte, réplique Jon avec douceur.

Une douceur exquise. De celle qui précède les tempêtes.

— Je ne me sens pas très bien, avoue Antonia, en se massant l'arête du nez.

— Il se peut que je me sois rendu compte de ça aussi.

— Mais je ne veux pas en parler.

— Est-ce qu'on peut sauter cette partie-là ?

— Quelle partie ?

— Celle où tu réfléchis à ce que tu vas me raconter. Tu te barres quelque part derrière tes jolis yeux verts, et tu reviens trente secondes plus tard avec des demi-vérités. Des omissions, des euphémismes.

— Je ne fais pas ça.

— Si, tu le fais.

Antonia passe une demi-minute à réfléchir à la manière de contrer cette histoire de trente secondes.

— Il y a un *software*, dit-elle finalement.

— Comment ?

— Un *software*. Un programme informatique. Quand le projet Reine rouge a commencé, un projet parallèle a été initié à Bruxelles. Bien plus secret.

— Encore plus ?

Antonia lui fait signe de ne pas l'interrompre. Elle s'est transformée en Seat 600 sans freins sur une pente douce. Lente, mais imparable.

— Les responsables du programme se sont aperçus que la simple existence des équipes ne suffisait pas. Ça revenait à disposer d'une arme sans avoir de cible. Ils ont donc créé un *software* spécial. Il s'appelle Heimdall.

— Comme le grand Noir gaulé dans les films ?

Antonia, qui n'a pas mis les pieds dans un cinéma depuis la fin du siècle dernier, ignore sa question.

— On dit qu'Odin s'est épris de neuf géantes alors qu'il déambulait sur le rivage. Il a couché avec elles, et elles ont fusionné pour lui donner un fils unique.

— Fusionné. Comme un Power Ranger ?

— Je ne comprends pas non plus le coup de la colombe et du Saint-Esprit et je ne te dis rien, rétorque Antonia. Bref, les neuf femmes ont donné naissance à Heimdall et l'ont nourri du mieux qu'elles ont pu. En grandissant, Heimdall a découvert que ses yeux lui permettaient de voir jusqu'aux confins du monde, et que son ouïe était si fine qu'il pouvait entendre l'herbe pousser. Odin l'a alors désigné gardien du pont Bifröst, l'arc-en-ciel qui relie la terre à Asgard, le royaume des dieux. Heimdall est chargé de prévenir de l'approche des géants.

Jon écoute, maintenant parfaitement sérieux, parce qu'il commence à comprendre ce que peut faire un programme informatique portant le nom d'un dieu nordique à l'ouïe exceptionnellement fine.

— Le *software* a eu neuf mères, lui aussi. Neuf États de l'Union européenne, parmi lesquels l'Espagne. Deux cents millions d'euros ont été investis dans son développement, plus cinq cent mille autres pour concevoir le superordinateur le plus performant d'Europe. Il se trouve à Barcelone, enterré cinquante mètres sous le MareNostrum V.

Jon a entendu parler du MareNostrum, le superordinateur scientifique. Et qu'on ait choisi d'enterrer un superordinateur sous un autre lui paraît hautement plausible.

— Ça leur permettait de justifier la consommation d'électricité, les allées et venues du personnel, tout. Très malin.

— Je suppose que tu imagines ce qu'il fait.

Jon se l'imagine.

Et c'est un cauchemar.

Mais il veut l'entendre de sa bouche.

Antonia le lui explique. Dans les moindres détails. Comment chaque fois que nous allons sur Internet, Heimdall regarde. Il sait ce que nous faisons, ce que nous cherchons, ce que nous achetons. Il scrute chaque mail que nous envoyons, chaque photo que nous partageons dans nos groupes WhatsApp. Chaque message, chaque publication sur Facebook. Tout est analysé, stocké, pesé et mesuré. Chaque déclaration d'amour, chaque commentaire haineux, chaque selfie, chaque branlette devant l'écran. Chaque vidéo de chats, chaque question à Siri, chaque chanson, chaque retweet, chaque like.

Tout.

— Je savais que les États-Unis faisaient ça chez eux. Mais je n'aurais jamais imaginé que ça se passe aussi chez nous, dit Jon d'une voix aussi lasse que son âme.

— L'Europe n'allait pas rester à la traîne, Jon.

— Je n'arrive pas à croire que tu dises ça.

— C'est la vérité. Le système est loin d'être parfait. Ils ont fait venir des États-Unis un expert en reconnaissance d'images et un tas de cryptanalystes pour les données chiffrées, mais nous sommes encore à la traîne par rapport aux Américains. On ne peut pas tout analyser. Mais on peut au moins accéder à l'information-clé quand on en a besoin.

Jon secoue la tête. Il n'en croit toujours pas ses oreilles. Il a l'impression d'être dans un épisode de *Black Mirror*.

Soudain, une brique du Tetris tombe à la bonne place. *Plim*, une ligne.

— Explique-moi un truc. Quand tu as piraté le compte mail de Carla Ortiz pour localiser son téléphone, tu m'as dit que son mot de passe était noté sur un Post-it collé dans le tiroir de son bureau. Comme tout le monde, tu as précisé. Il n'y avait aucun Post-it, pas vrai ? Tu as utilisé Heimdall.

Antonia ne répond pas. Ni au bout de ses trente secondes réglementaires, ni de cinquante, ni même après une minute et demie.

Jon descend de la voiture. Il laisse la portière ouverte, fait le tour du véhicule d'un pas énergique.

Il a besoin d'air.

— Putain. Putain, putain et putain, et nom de Dieu de bordel de merde ! crie Jon à personne en particulier – à la nuit, à l'enseigne lumineuse de Repsol, aux graffitis sur les murs de la station-service.

Sa cravate l'étouffe. Sa veste l'étouffe. Il se débarrasse des deux et les jette par terre. Il étire ses bras. Les coutures de sa chemise blanche en coton égyptien craquent quand Jon les replie, gonflant deux biceps de la taille d'un ballon de football. Il s'assied sur le capot de l'Audi. Les suspensions protestent.

Antonia sort de la voiture et s'installe près de lui. Les amortisseurs ne bronchent pas.

— J'aurais préféré que tu ne me le dises pas, dit Jon. (Et c'est la vérité. D'une certaine façon, le silence gênant et réconfortant de tout à l'heure, le silence de celui qui se contente d'espérer que les choses se régleront toutes seules, était préférable à ce poids qu'Antonia vient de lui balancer sur le dos.) Il faut que je digère tout ça.

— Pense à tout le bien que nous pouvons faire.

Ce n'est pas à ça que pense Jon.

— Tu sais ce que Heimdall peut faire aux gens comme moi ?

— Aux Basques ?

— Aux pédés, trésor.

— On est au XXIe siècle. Les temps ont changé.

Jon lâche un éclat de rire sarcastique.

— S'il y a une chose dont je suis sûr, c'est qu'il y a toujours quelqu'un qui voudrait revenir en arrière. Toujours.

Il se penche pour récupérer sa veste et sa cravate. Il les secoue et tape dessus devant les phares au xénon. Une myriade de grains de poussière dansent, rageusement, dans le faisceau lumineux.

— Ce n'est pas tout, dit Antonia.

Quelle surprise.

— Mais encore ? demande Jon dans un soupir.

— Heimdall ne surveille pas seulement les communications. Sa fonction principale, pour le projet Reine rouge, est de nous coordonner. De fusionner toutes les bases de données des cent onze corps de police européens en une seule.

— Une seule, à laquelle vous n'êtes qu'une poignée à avoir accès. C'est pour ça que tu trimballes ton iPad partout.

— Pour ça, et pour Angry Birds.

Jon dédie cinq secondes de silence à sa maladroite tentative d'humour.

— Très bien. Il y a une base de données. Et c'est tout ?

— Heimdall traite des données pour identifier des affaires qui requerraient notre intervention. Des rapports de police, des plaintes, des appels d'urgence. Il analyse le contenu, mais aussi ce que ça pourrait impliquer.

— Attends une seconde. Tu es en train de me dire qu'une intelligence artificielle décide des endroits où tu dois aller ?

— Elle ne décide pas. Elle propose. Ensuite, chaque Mentor prend la décision. Aucun ordinateur ne peut remplacer l'humain.

— Et il proposait quoi, cette fois ?

— Mentor ne me dit jamais pourquoi nous sommes là. Il m'en dit le moins possible au départ, pour ne pas me conditionner.

— C'est pour ça que tu lui as demandé le code. 15F. Qu'est-ce que ça signifie ?

— « Possible informateur infiltré de niveau un. »

— Bordel ! dit Jon, en émettant un sifflement.

Soudainement, tout prend un autre sens. Un sens redoutable.

— Heimdall surveillait Yuri Voronin. Sa mort a déclenché une alerte dans le *software*. Voronin était le trésorier du clan Orlov. Orlov est la branche de la Tambovskaïa en Espagne. Nous n'avions jamais eu d'informateur aussi précieux.

— Si Voronin était un mouchard, ça expliquerait la brutalité de son exécution. Et qu'on ait tenté d'assassiner sa femme, réfléchit Jon.

— Et aussi que la commissaire Romero veuille tellement savoir pourquoi nous sommes là.

— Je ne pense pas qu'elle nous le dira. Si on a tué son indic, elle doit crever d'envie de trouver elle-même qui a vendu la mèche.

— Alors on doit mettre la main sur Lola Moreno au plus vite. C'est la seule qui puisse nous renseigner sur ce sac de nœuds.

— Sac de nœuds ? Non, chérie, non. Ce n'est pas un sac de nœuds. C'est un champ de mines.

Lola

Elle veut pleurer, dans un funérarium vide, sur l'homme dont elle est follement amoureuse. Elle veut pleurer sur elle-même, qui ne sait pas quoi faire. Sur son enfant à naître. Pleurer de peur et de fatigue.

Elle veut pleurer, mais elle n'y arrive pas.

Il était une fois une petite fille qui avait perdu ce qu'elle chérissait le plus, un prince charmant, vaillant et généreux.

Lola adore se vanter de son mari. Pas de ce qu'il lui achète, ce serait vulgaire. Elle se vante de ce qu'il n'y ait rien que son mari ne sache régler. De son humour. De ses talents au lit.

— Mon mari me bouffe la chatte comme si c'étaient des gambas à la plancha.

— Les petits sont spécialistes du broute-minou. J'imagine qu'ils s'appliquent pour compenser, jugeait la coiffeuse.

Une autre coiffeuse, pas sa mère. Elle ne laisse pas sa mère s'approcher de ses cheveux. Ce n'est pas qu'elles ne s'entendent pas, simplement la familiarité engendre le mépris, comme on dit. Mais elles s'aiment, attention. Lola l'appelle tous les jours. Presque toujours pour faire l'éloge de Yuri.

— Il est gentil et très tendre.

Ou bien :

— L'autre jour, il m'a offert des fleurs.

Ou bien, café à la main :

— Il m'a laissé un mot sur le frigo avant d'aller bosser pour me dire qu'il m'aime.

Et sa mère :

— Ah oui ? Pourtant les Russes ont tendance à avoir la main leste.

Et sa mère :

— Pourtant les Russes ont tendance à être radins.

Et sa mère :

— Pourtant les Russes…

Lola se dit qu'il n'y a rien de plus raciste qu'un Andalou. Ou du moins, que sa mère, qui n'a que la nationalité de son mari à la bouche. Elle qui voulait que sa fille épouse un brave Malaguène, dentiste ou médecin, qui lui achèterait un appartement à Torroles pour passer l'été.

Et Lola pareil, sans blague. Mais elle a rencontré Yuri.

Il était une fois une petite fille qui dansait en boîte, et qu'une bande de types a tenté de violer à la sortie, pense Lola. Ils l'avaient coincée contre le mur, la culotte aux chevilles, malgré ses tentatives de se défendre. Mais Yuri passait par là. Et les autres étaient sept. Malaguènes, aucun doute. Dentistes, allez savoir. Ils ne portaient pas de blouse.

Yuri a déboulé comme une tornade, sans crier gare. Il s'est pris un coup de couteau et une beigne. Lola juste une beigne. Les sept autres s'en sont pris un paquet et se sont taillés sans demander leur reste.

Aux urgences, alors qu'ils attendent leur tour, Yuri lui donne son nom. Il lui dit qu'elle l'a ensorcelé, qu'elle a la peau douce. Tente de lui voler un baiser.

Une gifle et un coup de genou – esquivé de justesse – plus tard, Yuri comprend que la reconnaissance de Lola a ses limites.

Un mois plus tard, ils convolent en justes noces.

Lola est la femme la plus heureuse du monde.

Il était une fois une petite fille qui aida un prince à bâtir son château, se dit Lola, essayant en vain de trouver une position moins inconfortable. Elle a les fesses en bouillie, la hanche anesthésiée.

Le sol en pierre n'est pas tellement pire que le premier lit qu'elle a partagé avec son mari. Yuri était fauché comme les blés. Il vivait dans un appartement près de la plage, avec trois bouseux géorgiens qui ne parlaient pas un mot d'espagnol.

Le premier mois, Lola, folle amoureuse, fait contre mauvaise fortune bon cœur. La deuxième fois qu'elle a ses règles et qu'elle doit supporter les coups à la porte des toilettes pendant qu'elle change sa serviette, Lola en a marre et convoque Yuri.

— Il nous faut un appart à nous.

— Mon patron me paie pas assez.

— Eh bien, réclame plus.

— C'est pas si simple.

— Bon, mais tu fais quoi, au juste ?

Yuri le lui explique. Avec son accent slave, ses *r* traînants, ses inflexions montantes et descendantes. Mais dans un espagnol qui ferait des envieux. Clair, très clair.

— Je tabasse.

— Comment ça, tu tabasses ?

— Je tabasse. Quelqu'un paie pas mon patron, mon patron m'envoie. *Bim, bam.* Je tape dessus, *da* ?

Lola regarde Yuri de haut en bas. Il atteint à peine le mètre soixante-dix et flotte dans une taille S. Pourtant, Lola le croit. Il n'a pas le physique de l'emploi, non. Mais dans sa tête, il a une case en moins. Quand on le cherche, il voit tout rouge et peut se farcir sept types comme vingt-sept. Parfois, la première chose qu'il fait en rentrant est de remplir un saladier de glaçons et de plonger la main dedans.

— Eh bien, tu laisses tomber. Tu dis à ton patron que tu cherches autre chose.

— Mais, Lola…

— Tu laisses tomber, c'est tout. On ne gagne même pas assez pour acheter des glaçons.

C'était il y a six ans. Six ans et quatre mois. Elle se rappelle parfaitement la date. C'était un peu avant son anniversaire, et Yuri le lui a promis comme cadeau.

Il était une fois une petite fille qui n'avait rien il y a six ans.

Lola pense qu'elle va enfin réussir à pleurer. Elle sent les larmes affluer derrière ses yeux. Le sanglot lové dans sa gorge, comme un ténia étouffant et avide.

Des bruits l'interrompent.

Lola entend des voix qui entrent, posant des questions. Des voix à l'arrogance inimitable.

Ils viennent me chercher.

Comment c'est possible ?

Lola perd quelques précieuses secondes à tenter de comprendre comment ils l'ont retrouvée. Elle a pourtant été prudente, son portable est resté éteint. Elle a même appelé Yuri depuis le…

Le téléphone fixe.

Le téléphone fixe du funérarium.

Quelle conne !

Les voix approchent, se mêlent à celles de la salle d'à côté. Il n'y a pas de temps à perdre. Elle doit s'enfuir. Le problème, c'est par où.

La pièce n'a pas de fenêtre, ni aucun endroit où se cacher.

L'unique porte donne sur le vestibule. Sortir par là reviendrait à se jeter dans les bras de ses poursuivants.

Le cœur battant à tout rompre, Lola écoute les voix qui lui parviennent, étouffées, de l'autre côté du mur, et se déplacent maintenant vers l'entrée. Le ton monte, pas seulement à cause de la proximité. On dirait que les voix se disputent.

Alors, Lola s'aperçoit qu'il y a une autre porte. Celle qui mène à la salle vitrée où sont exposés les cercueils.

Elle traverse la pièce, tourne la poignée, priant pour qu'elle ne soit pas fermée. Elle ne l'est pas.

Lola s'introduit dans la salle et referme la porte à l'instant où s'ouvre celle qui donne sur l'extérieur. Un rectangle de lumière se dessine sur le sol, sur la table, et éclaire brièvement le visage de Lola derrière la vitre. Lola aperçoit des mains puissantes, un pistolet, une silhouette sombre – peut-être celle qui était descendue de la voiture, un peu plus tôt, sur le chemin de terre. Elle sait que, s'ils la trouvent, elle est cuite.

Elle ne compte pas les laisser faire.

Accroupie, elle se glisse derrière les rideaux – d'un bordeaux grisâtre, abîmés par la poussière des ans – qui cachent la sortie par le tunnel de service. Ici, il n'y a pas de porte, juste un trou par lequel les employés du funérarium font entrer les cercueils *via* un couloir obscur. Celui par lequel Lola s'échappe, en direction de l'arrière du bâtiment. Sans but, mais pas perdue. Sans espoir, mais pas désespérée.

Il était une fois une petite fille qui ne comptait pas se faire prendre.

16

Une promesse

L'hôtel était bon, la nuit a été mauvaise.

Jon n'a presque pas dormi. Il s'est retourné dans son lit entre deux douches. Il a beaucoup sué, s'est beaucoup retourné. Il a beaucoup cogité.

Les mots que Mentor a prononcés le jour où il l'a recruté rebondissent dans sa tête comme une pelote sur un fronton. Sauf que, maintenant, ils prennent des nuances bien plus sombres.

« Le projet Reine rouge a été créé pour éliminer des cibles très particulières. Tueurs en série. Criminels dangereux particulièrement insaisissables. Pédocriminels. Terroristes. Sans attaches, sans hiérarchie », lui avait dit Mentor.

Sans responsabilités publiques, ajoute Jon.

C'est pour ça qu'ils voulaient quelqu'un comme moi. Ou du moins comme le moi qui avait planqué la came dans le coffre du maquereau. Quelqu'un pour qui la justice compte plus que la loi.

Le problème est de savoir qui décide de ce qui est juste.

Le problème, c'est que je ne suis pas sûr d'être toujours cette personne-là.

Ce que lui a raconté Antonia est terrifiant. Et pourtant, c'est la réalité. Dans un monde où la frontière du bien est de plus en plus floue, où nous avons remis notre intimité et notre intellect à un réseau social et un moteur de recherche, l'existence de Heimdall était inévitable.

Les entreprises le font déjà. Si vous parlez de fromage avec votre femme devant votre haut-parleur activé par la voix, une seconde plus tard, une pub pour de la tomme de brebis apparaît sur votre navigateur.

Mais Heimdall ne va pas vendre de fromage. Il va identifier les citoyens dangereux.

Et l'Histoire nous apprend que ce genre de chose n'a jamais, jamais mal tourné, pense Jon.

Il emporte ses préoccupations au petit déjeuner, puis dans la voiture, où il attend Antonia pendant environ deux heures. Ils ont rendez-vous à 10 heures, mais il est en bas un peu avant 8 heures. Il enchaîne les morceaux de Joaquín Sabina, apprenant que certains mensonges sont des drogues contre le mal d'amour.

Il ne sait pas quoi faire. Par moments, il éprouve la tentation de démarrer et de se tirer.

Qu'ils aillent tous se faire foutre.

Dans dix petites heures, il peut être à la maison avec sa petite maman. Se faire réprimander gentiment. Normal. Manger ses *kokotxas*, noyer tout ça dans un verre d'*ardo beltza*.

Mais ce n'est pas le style de Jon.

Cet enfoiré de Mentor le savait en me choisissant. Que maman n'a pas élevé un beldurtia. *Un froussard, une poule mouillée, un dégonflé. Il m'a grillé.*

C'est vrai, il a l'impression de participer à une abomination. Mais – et Jon est douloureusement conscient de l'incohérence et du cynisme de cette idée à l'instant où elle lui vient en tête –, si Heimdall doit vraiment exister, alors mieux vaut que nous l'ayons *nous*.

Ah, que la vie est dure, bordel de…

Jon est habitué à cultiver les paradoxes. Être flic et homo en est un, même si ça ne le devrait pas. Une double peine. Triple, en cas de conflit avec la hiérarchie. On peut se prendre une balle et un crachat pour le même prix. Les arêtes de votre vie sont plus tranchantes que celles des autres. Et on se fait une raison, parce que c'est ainsi. Parce qu'on l'a choisi, et qu'on sait que, si on tombe, ce sera avec les honneurs.

Même si on ne peut arrêter un fleuve avec les mains, on ne cesse pas de pêcher. Et surtout, on ne laisse pas ses collègues boire la tasse.

Antonia arrive. Dix minutes avant l'heure. De la part de quelqu'un qui est toujours en retard, c'est très appréciable.

Ils ne se disent pas bonjour. De fait, ils ne le font jamais, mais aujourd'hui, ils le remarquent.

— Tu es sûre de vouloir aller aux obsèques de Voronin ? Tu ne préfères pas qu'on cherche Lola Moreno ?

— La police surveille déjà les endroits habituels. Le domicile de la mère, les amis. Non, laisse-les ratisser les rues. J'aime mieux aller rencontrer le type auquel elle essaie d'échapper. À quelle heure commence la cérémonie ?

— À 11 heures. Allons-y en avance. Ça nous laissera le temps de les voir arriver.

Ils ont dit « Allons-y », mais ils ne démarrent pas.

Il y a toujours un éléphant sur le siège arrière, qui appuie ses pattes sur le dossier.

Jon ne sait comment aborder le sujet.

C'est elle qui se lance. De la façon la plus bêtement adorable qui soit.

— Tu es fâché ?

Jon sourit. Il y a plein de façons d'être fâché. On peut éprouver de la colère. On peut nourrir de la rancune. On peut ressentir du dépit. Ou avoir la certitude que quelqu'un qu'on aime nous prend pour un con. Maintenant, il doit faire comprendre ça à Antonia Scott. Ce qui pour lui coule de source est un casse-tête pour elle.

— Je continue de digérer. Ce que tu m'as raconté hier soir est très grave. J'ai besoin d'y réfléchir et de prendre des décisions. Mais je veux que tu me promettes une chose. Réfléchis bien, parce que, selon ta réponse, on reste ici ou on repart à Madrid.

Antonia hoche lentement la tête. Elle n'en mène pas large.

Jon non plus. Mais il est prêt à lui laisser cette chance.

— Je suis majeur, poussin, dit-il. On me laisse porter une arme. C'est moi qui protège ton petit cul maigrichon.

— Je sais.

— Je le fais parce que je le veux bien, personne ne m'y oblige. Plus maintenant.

— Je le sais aussi.

— Eh bien, si tu veux que je continue, ne me mens plus jamais. À partir de maintenant, plus de secrets entre nous. C'est donnant-donnant. Marché conclu ?

Qu'est-ce qu'on peut répondre à cela ?

Aslan

Aslan est un homme charmant, c'est incontestable.

Il suffit de le regarder. Assis à la terrasse du Kristin, comme chaque matin. Mangeant des toasts de pain complet, des saucisses, des œufs au plat en regardant la mer. Aujourd'hui, le temps est couvert, les gardes du corps ont donc retiré le parasol. Les rares touristes qui déambulent sur la promenade en bord de mer le voient penché sur son assiette, absorbé dans son petit déjeuner. S'il lève les yeux et que son regard gris croise celui de quelqu'un, il lui adresse un sourire courtois, une inclination de tête.

C'est une inclination posée, élégante. Aristocratique. Aslan a la peau brunie par le soleil, un bronzage prononcé, de retraité motivé. Qui offre un contraste saisissant avec sa chevelure blanche coiffée en arrière. Une coupe soignée, qui lui arrive presque aux épaules. Il n'a pas perdu un seul cheveu de toute sa vie. Cette crinière et son nom – *Aslan*, lion – lui ont valu son surnom de *vor v zakone*, de « voleur dans la loi ».

Aslan Orlov, le Fauve.

Il coupe les aliments avec précision. Des doigts longs et souples. Il réinitialise l'assiette à chaque bouchée : pas une miette sur les bords, la fourchette et le couteau reviennent sur la nappe au garde-à-vous. Un coin de la serviette nettoie la commissure de ses lèvres avant de retourner sur ses cuisses.

Il remercie pour chaque attention, chaque service, laisse toujours un pourboire. Gentil, presque onctueux.

— Désirez-vous autre chose, monsieur Orlov ?

— Non, merci, Karina.

En débarrassant le plat, la serveuse heurte malencontreusement le verre d'eau presque plein. Il se renverse, répandant le liquide sur la nappe et éclaboussant le pantalon d'Aslan.

La serveuse se raidit et regarde sa main, inquiète, comme si elle craignait de la perdre. Presque comme si elle savait qui est l'homme qu'elle sert chaque matin. Elle le sait.

Aslan lui adresse un sourire éclatant.

— Ce n'est pas grave. Ce n'est que de l'eau, tu vois ? Ça sèche déjà.

Il tient à mettre les formes. Il l'a toujours fait, dès sa jeunesse. Il dirigeait un bordel à Saint-Pétersbourg dans les années quatre-vingt. Quand une nouvelle esclave débarquait, enlevée dans une ferme de Pskov ou de Tchoudovo, il la traitait toujours aimablement. Avant de la violer pour la première fois – condition nécessaire pour qu'elle ne se rebelle pas –, il se faisait toujours un bain de bouche à la menthe. Ou, à défaut, un gargarisme de vodka.

— Il faut le faire, mais elles n'ont pas à souffrir plus que nécessaire.

L'un de ses subordonnés prit un jour son amabilité pour de la faiblesse et se permit un commentaire déplacé pendant le dîner. Aslan sourit avec grâce puis lui planta sa fourchette dans la gorge. Une, deux, trois fois. La dernière, il tourna la fourchette d'un coup sec, déchirant la peau et créant un trou, par où l'insolent put encore respirer deux ou trois fois, entre deux râles sanglants, avant de s'effondrer. Aslan se contenta de nettoyer la fourchette avec sa serviette et continua son repas.

Jamais plus personne ne se méprit sur l'amabilité d'Aslan Orlov.

Autres temps, autre pays. Pas meilleurs. Autres.

Plus sérieux, plus pauvres, plus libres.

Aslan a toujours été solide comme un chêne, mais nul n'est éternel. Lorsqu'il se lève, son corps dégingandé doit demander l'autorisation à ses genoux. Il porte un costume neuf. Noir, sur mesure, une délicate attention pour la circonstance. Un peu serré au ventre. Il aurait préféré une tenue plus décontractée, comme les survêtements en polyamide qu'il achète généralement à Carrefour pour quinze euros seulement. Des vêtements confortables, plus cléments pour ses articulations de septuagénaire. Mais aujourd'hui, il faut conserver un certain décorum.

C'est important.

Il ne choisit ni la Lexus ni la Ferrari pour faire le trajet. Elles ne sont pas appropriées. Plutôt la Maserati Quattroporte. Grise, élégante. Deux cent mille euros sur roues, mais avec de la classe. Il emmènera aussi six *boévik* dans les voitures de devant et de derrière. Six soldats. Il leur a demandé de porter des vêtements discrets. Qu'on ne les remarque pas.

Plus le temps passe, plus Aslan est soucieux de son image. Il n'aime pas qu'on le réduise à un stéréotype. Quand il descend de voiture devant l'église orthodoxe, de l'autre côté de la rue, il sent les regards des gens, des invités aux obsèques, des policiers. Il en connaît la plupart. Certains sont nouveaux. Il y a un grand type et une petite femme, assis dans une Audi. Ceux-là sont nouveaux. Les services secrets, peut-être. Il les imagine compulsant leurs notes, vérifiant les casiers, les photos.

La femme le désigne à son collègue. Ils ne sont qu'à huit mètres de lui, mais il n'arrive pas à voir si leurs lèvres bougent. Sa vue n'est plus ce qu'elle était. Il suppose que oui. Elle doit être en train de lire à l'autre sa biographie. Ça donne quelque chose comme :

> Arlan Oslov, né à Leningrad en 1951. A étudié à l'Académie navale Lénine. Occupe de nombreux postes entre 1967 et 1980, dans le corps des cadets de la Marine, comme marin de réserve. Entre en prison en 1985, pour six ans. Il y gagne le titre de *vor*, de membre officiel de la mafia russe. Six années en prison. De 1991 à 1998, il poursuit son irrésistible ascension dans la Tambovskaïa, éliminant de nombreux rivaux pendant les années de plomb, quand Saint-Pétersbourg sombre dans l'anarchie. On lui attribue vingt-trois meurtres, sans pouvoir en prouver aucun.
>
> En 2000, il est envoyé en Espagne, avec un visa grec, pour diriger les opérations de blanchiment de la Tambovskaïa.
>
> Nous n'avons rien contre lui.

De toutes ces phrases, seule la dernière lui plaît. Le reste est *vakuum*. Vide. Une simple énumération de dates et de lieux, de verbes et de substantifs. Ils ne signifient rien, ils ne peuvent rien saisir. Ni l'homme ni l'essence de ce qu'il a vécu.

Ça l'exaspère.

Comment une poignée de mots pourraient-ils refléter ce que signifie grandir à Leningrad dans la faim, parmi les rats ? Comment pourrait-on saisir la brutalité de l'Union soviétique, du communisme, en quelques phrases ? Soljenitsyne a eu besoin de trois mille pages, et ce n'était pas encore assez. Comment croire qu'un homme chaudement vêtu puisse comprendre celui qui a froid ? Ce qu'il est contraint de faire pour survivre ?

Les gens le désignent, le pointent du doigt. Ils prétendent le juger, alors même qu'ils ne le connaissent pas, et le comprennent encore moins.

Aslan Orlov ne ressent que mépris et colère face à ses persécuteurs, qui sont après lui depuis toutes ces années.

Les visages changent, les échecs demeurent. Il adresse cependant un salut de la main à l'homme corpulent et à la petite femme. Il faut conserver un certain décorum.

C'est important.

La rue est un enchevêtrement de voitures de luxe, de costumes bon marché et de mauvais goût. Des hommes d'âge moyen, au ventre proéminent. À l'arrière-plan, des femmes jeunes, très maquillées, les suivent en silence, le pas mal assuré sur les dalles rainurées de Marbella, ennemies des talons hauts.

Ils sont tous là. Une convention de mafieux, un congrès des pires pourritures. Le trottoir bondé, où ils fument, racontent des blagues et conspirent à voix basse, est une mappemonde.

Aslan déambule parmi eux, saluant par ordre d'importance ou de volume d'affaires.

D'abord les *vori* d'autres *bratva*, d'autres confréries. Rivales. Fières.

Ensuite les Colombiens. Ils louent des tueurs à gages, organisent des enlèvements, importent de la cocaïne. Des clients. Mielleux.

Les Algériens, à qui il prête de l'argent pour qu'ils importent du hachisch. Des subordonnés. Menteurs.

Les Suédois, qui paient le triple pour importer un kilo de coke jusque là-haut. Toujours en train de mendier un rabais. Prévisibles. Radins.

Les Kosovars et les Roumains. Voleurs, falsificateurs, importateurs d'armes. De la chair à canon. Instables.

Quand il est certain de n'avoir oublié personne, il s'arrête devant la porte de l'église, lisse sa veste et pose un pied sur la marche de l'entrée. C'est un signal tacite, que tous comprennent et auquel tous réagissent. Aslan devient le point de fuite où converge la marée criminelle qui entre dans l'église.

À l'intérieur, il y a les ouailles. La plèbe. Il y a les rares amis de Yuri qui ont osé venir. Il y a les salariés du clan Orlov, qui n'ont pas osé rester chez eux. Les coursiers, les gérants des restaurants, ceux qui conduisent ses camions, celles qui dansent dans ses discothèques, celles qui nettoient les villas et ceux qui réparent les voitures.

Ceux qui mangent les miettes tombées de la gueule du Fauve.

Les instructions sont claires, transmises à toute vitesse sur les groupes Telegram, en russe et en espagnol. Présence obligatoire.

L'église est pleine à craquer.

Aslan l'a fait construire et l'a payée de sa poche, il a fait venir le pope depuis la Mère Patrie. Les icônes, dont certaines datent du XVIe et du XVIIe siècle, ont été achetées ou volées à des paroisses et des musées d'Ukraine et de Biélorussie. L'un des côtés abrite le rocher de Pochaïev, une relique inestimable. D'après la légende, la fissure centrale fut laissée par le pied de la Vierge Marie en 1675, quand elle descendit des cieux pour aider les croyants dans leur guerre contre les Turcs. Religieusement couverte de baisers durant trois siècles par les fidèles, la fissure s'est agrandie et avec elle la fortune des moines qui la gardaient.

Pas étonnant qu'ils n'aient pas voulu s'en séparer. Il a fallu quinze hommes armés de mitraillettes pour la récupérer, se souvient Aslan en s'inclinant pour l'embrasser avec dévotion.

Il avance jusqu'à un siège au premier rang.

Ce sont des funérailles étranges. Juste une photo du mort, placée sur un lutrin.

Sans cercueil, sans fleurs, sans l'épouse du défunt.

Tout cela ne leur est pas destiné.

La cérémonie a été organisée pour Aslan. Pour qu'il puisse faire passer le message adéquat.

Quand le pope demande si quelqu'un veut bien dire quelques mots à propos du défunt, personne ne bouge. Dans l'église, l'air est lourd, dense. Et pas à cause de la profusion de bougies, de l'absence de lumière, du plafond bas, de l'encens, des chants sacrés qui s'enroulent autour des colonnes en pierre, refusant de disparaître.

Qui va se lever ?

Que pourraient-ils dire ?

« Yuri Voronin m'a aidé à faire transiter six cents kilos de cocaïne dans des camions modifiés. »

« Yuri Voronin a créé la structure juridique avec laquelle je blanchis mes revenus issus de la prostitution. »

« Yuri Voronin m'a aidé à mentir, à soudoyer, à tromper. »

« Yuri Voronin m'a commandé un meurtre. »

Personne ne va faire l'éloge de Yuri Voronin.

Aslan non plus, qui se lève et se dirige vers la chaire. Un aigle de bronze sur un pied en marbre rouge de la Baltique. Où repose une bible Peshitta. La traduction directe du syriaque. La plus pure, la plus proche de la parole de Dieu.

Sur le livre ouvert, Aslan Orlov pose ses longs doigts souples. Il commence à parler en russe.

— Yuri était mon ami. Un ami très cher, un fils pour moi. Quand Yuri a quitté la Mère Patrie, il n'avait rien. Il n'est pas venu ici fuyant les ennemis qui voulaient sa peau pour une dette de quelques roubles. Il est venu ici fuyant la pauvreté. Il a travaillé dur, il m'a donné tout ce qu'il avait.

Il fait une pause pour reprendre sa respiration. Il scrute les visages les plus proches – sa vue n'est plus ce qu'elle était –, et une partie de ce qu'il voit ne lui plaît pas. Lorsqu'il a salué chacun des invités de marque, un peu plus tôt, il a perçu du respect et de la peur, mais il est impossible – et très peu opportun – de ressentir autre chose quand Aslan Orlov vous serre la main.

Maintenant, protégés par le nombre, les regards révèlent ce qu'éprouvent les cœurs.

Aslan y voit le doute. La crise. L'opportunisme.

Orlov est vieux, pensent-ils.

Le Fauve a perdu ses dents.

Orlov avait pour lieutenant un traître, une balance, une ordure.

Aslan s'éclaircit la gorge.

Les leçons, il faut les donner d'une voix claire.

— Yuri a su gagner ma confiance, et celle de nous tous. Il était doué dans son domaine. Il a réussi. Un jour, une opération s'est particulièrement bien passée. Quand je suis allé chez lui pour le féliciter, j'ai vu qu'il avait acheté une nouvelle voiture. Une Maserati Quattroporte. Grise, magnifique.

Un léger murmure s'élève. Ceux qui étaient dehors ont vu le *vor* arriver dans cette voiture. Les autres l'apprennent par les chuchotements.

— Je lui ai dit : « Yuri, c'est une très belle voiture. » Et il a passé un bon moment à me parler de la vitesse, du nombre de chevaux. Des sièges en cuir. Je l'ai laissé parler. Quand il a eu terminé, je lui ai dit : « Ta voiture est plus chère que la mienne, Yuri. »

Aslan s'interrompt, laissant le danger flotter dans l'air.

— Savez-vous ce qu'a fait Yuri ?

Les murmures se sont tus. On n'entend rien d'autre dans l'église que le frottement du tissu quand certains s'agitent sur leur siège, mal à l'aise.

— Il s'est levé en titubant légèrement. Il avait un peu bu, pas beaucoup. Il a pris les clés de la voiture et me les a données. « Prends, *vor*. Elle est à toi. C'est ta voiture. »

Et maintenant, la leçon. En espagnol, pour que tout le monde comprenne bien.

— Yuri était un brave garçon. Il avait le sens de l'honneur. Jusqu'à ce qu'il l'oublie. Nous sommes ici aujourd'hui pour que personne n'oublie.

Alsan quitte la chaire.

Il caresse doucement la photo de Yuri en passant.

Il emprunte la travée centrale de l'église, dans un silence sépulcral où ses pas résonnent, implacables. Personne ne bouge. Personne ne sait s'il faut rester ou le suivre.

Aslan passe tout près des policiers qui se tiennent debout, près de la porte. La commissaire, ses subalternes. Les nouveaux, aussi, la petite et le gros.

Ils savent ce qui vient d'arriver, mais ils ne peuvent rien faire.

Ils s'écartent pour le laisser sortir.

Le pope se remet à chanter quand Aslan quitte l'église, seul. Le chant s'étouffe lorsque la porte se referme derrière lui.

Kiril l'attend près de la voiture.

Au lieu de monter à l'arrière, le vieux *vor* s'installe sur le siège passager. Le spectacle est terminé.

— Où est-elle ?

— Introuvable, dit Kiril.

— Si on ne la retrouve pas, on est foutus. Putain de Yuri ! Putain de salope insaisissable !

— Tous mes hommes sont sur le coup.

Aslan réfléchit. Il pense à la police, à l'intérêt qu'a suscité la mort de Yuri. Au regard des gens, rempli de doutes. Des doutes inacceptables.

Le châtiment pour ceux qui trahissent la *Bratva* est sans appel. La mort, pour eux et leur famille.

Comment Orlov pourrait-il conserver son empire s'il est incapable de faire appliquer la loi de la confrérie ?

Comment Orlov pourrait-il conserver son empire s'il est incapable d'attraper une misérable femme au foyer ?

Le moment est peut-être venu de lui trouver un successeur, disent ces regards.

— Rappelle tes hommes, Kiril. On a besoin de quelqu'un d'autre. Quelqu'un qui n'échouera pas.

— Qui ?

Aslan prononce deux mots.

Tchernaïa Volchitsa.

Kiril se tourne vers lui.

Ils se côtoient depuis plus de trente ans. Aslan l'a vu égorger, étriper, descendre et démembrer une cinquantaine d'êtres humains. Faire souffrir sans cesser de sourire, sans le moindre trouble derrière ses yeux bleus. Il l'a vu affronter à mains nues des hommes armés, en riant aux éclats.

Jamais auparavant il n'avait vu ce regard.

Dans le regard de son lieutenant, un psychopathe-né, il y a de la peur. Et c'est ce dont Aslan a besoin.

— Tu es sûr, *vor* ?

Il me faudra l'autorisation du pakhan. *Ce sera très cher. Et dangereux.*

Qu'ils me craignent. Qu'ils sachent ce qui arrive quand on me défie.

— Je suis sûr. Appelle la Louve noire.

DEUXIÈME PARTIE

LOUVE

Poignez le loup,
plaignez le loup.

Alexandre Soljenitsyne

Elle ne sait pas qui elle est ni où elle se trouve.

Seule la douleur existe.

Il n'y a pas de conscience, ni de souvenir de ce dont elle a rêvé. Pas de trace de la chaleur des draps, de la douce caresse de l'oreiller. La respiration paisible d'un compagnon, d'un amant. Pas de gueule de bois du lendemain ni pénible sonnerie du réveil du portable.

Il n'existe que la douleur.

Une douleur extrême, intolérable. Une décharge électrique qui ne laisse aucune place au moi. Qui s'empare de chaque os, de chaque muscle, de chaque centimètre carré de peau. Il ne reste pas une once d'elle-même. Elle ne ressent que l'injustice de ne pas savoir quels péchés elle a commis pour mériter cela.

L'épouvantable souffrance ne dure que quelques secondes. Puis elle s'atténue, suffisamment pour qu'elle se rappelle qui elle est. Ce qu'elle a fait. Les vies qu'elle a fauchées. De sa gorge sèche monte un aboiement rauque, entre le rire et la plainte. La gratitude. Si cette douleur qu'elle éprouve chaque matin est une punition, elle n'est rien comparée au mal qu'elle a fait à d'autres.

Les sensations de son corps lui révèlent où elle se trouve. À terre, un sol dur. Du parquet. Nue, hormis une culotte. Sur le dos. La sueur glisse sur ses seins, rampe le long des collines de ses abdominaux dessinés, forme un lac salé dans son nombril. Une femme de chambre frappe à la porte d'à côté. Elle reconnaît la langue. Espagnol.

Madrid. Je suis à Madrid.

Elle n'a pas le temps de chercher dans ses souvenirs. Le plus urgent est de réussir à bouger. Son corps ne répond pas, paralysé.

Comme chaque matin.

Bouger le bras droit lui prend une éternité. Elle commence par les doigts, d'abord une phalange, puis une autre. Ensuite elle plie le poignet, le coude. Quand son épaule lui obéit enfin, c'est un triomphe. À présent, elle est capable de lever la main à la hauteur de ses cuisses. Sous la peau fine, ses muscles sont tendus comme des câbles d'acier. Elle se masse avec insistance le quadriceps droit.

L'extrémité ne répond pas. Elle continue d'essayer. L'effort est épuisant. Fastidieux. Dans la chambre plongée dans le noir, elle ne voit que l'horloge de la télévision. Qui indique 7 h 11. Elle se concentre sur les minutes qui défilent. Dix-sept passent avant qu'elle puisse débloquer sa jambe.

Elle appuie une main sur le lit : ferme, compact. Doux au toucher. Pas défait. Ce n'est que par terre qu'elle parvient à trouver le sommeil. En faisant levier, elle réussit à se retourner. En se traînant sur les coudes, elle arrive jusqu'à la salle de bains.

La douche est à côté de la baignoire. Elle ne loge que dans des hôtels cinq étoiles modernes, rénovés. Une douche indépendante est indispensable.

Elle s'appuie sur un coude pour s'y hisser. Après plusieurs tentatives, elle réussit à activer la commande, du bout des doigts. L'eau jaillit à la pression maximale, brûlante. Elle se place dessous tant bien que mal, faisant en sorte que le jet lui frappe le dos, à l'endroit précis où la douleur irradie dans tout son corps.

Le temps passe. Elle s'assoupit même un bref instant, après cet effort exténuant. Elle remue, se relève suffisamment pour s'asseoir. Sous l'eau chaude, sa peau est rouge, douloureuse. Quand elle a obtenu le répit que l'eau peut lui apporter, elle va jusqu'au lit, à quatre pattes. S'y hisser est une nouvelle souffrance. Une négociation entre son corps, la douleur et la gravité, où chacun réclame sa part.

Quand elle se laisse tomber sur le matelas, elle éprouve un immense soulagement. La pression cède. Mais la torture n'est pas terminée, elle fait seulement une pause.

Il est presque 9 heures quand la porte de la chambre s'ouvre. L'homme est ponctuel, qualité rare chez un Espagnol. Évidemment, il est moitié slave, par sa mère, une Ukrainienne. Donc ça ne compte pas vraiment.

Elle le regarde, depuis le lit. Allongée sur le flanc, elle s'assure que c'est bien lui. Elle le contemple tandis qu'il retire son manteau.

— Tourne-toi.

L'homme s'exécute, les mains levées. Il est jeune, trente ans à peine, mais ses cheveux s'éclaircissent déjà sur les tempes et le sommet du crâne. Une fine moustache surmonte sa lèvre supérieure.

— Tu sais ce que tu dois faire.

L'homme termine d'ôter son manteau, puis sa veste. Il soulève sa chemise, laissant voir un bourrelet naissant – mais inexorable – à la taille.

Lorsqu'elle a vérifié qu'il n'est pas armé, elle lui permet de s'approcher. Elle le connaît. C'est la troisième fois qu'ils se voient. Mais dans sa situation de vulnérabilité, deux précautions valent mieux qu'une.

— Viens.

L'homme prend sa mallette et s'approche du lit. Ses yeux parcourent le corps de la femme avec envie, mais il ne fait aucun geste. Il ne prononce pas un mot, cependant une bosse bien visible se forme au niveau de son entrejambe.

Elle sort sa main droite de sous l'oreiller. Elle serre le pistolet avec force. Trop de force. Elle ne va pas tirer. Elle veut simplement rappeler à l'homme pourquoi il est là.

Il se met à sortir divers objets de sa mallette et les pose sur la table de nuit. Il allume la lampe. Tire les rideaux. Il a besoin de lumière pour ce qu'il s'apprête à faire.

— Ça empire depuis quand ?

— Avant-hier, répond-elle. Ça allait à peu près jusque-là. Dans la journée, du moins.

C'est à cause de la L4 et de la L5. Deux vertèbres qui ne se sont jamais tout à fait remises d'une mauvaise chute d'un camion en marche. Pour n'importe quel être humain, cela impliquerait plusieurs opérations chirurgicales et des années de rééducation.

Elle n'est pas disposée à en passer par là.

Son temps est très précieux, tout comme ses talents. Elle sait que son corps lui hurle d'arrêter de faire ce qu'elle fait, mais elle n'est pas ouverte au dialogue.

Cela requiert des mesures extraordinaires.

— À quand remonte la dernière injection ?

Elle se contorsionne pour lui offrir son épaule. Réprime un cri.

— Amsterdam. Il y a quatre mois.

Elle ment. C'était à Belgrade, il y a trois semaines. Mais ça n'a pas fonctionné comme les autres fois. Elle ne le lui dira pas non plus, car elle craint qu'il refuse de lui donner ce dont elle a besoin.

Non que ça importe tellement, la marque des aiguilles, blanche, est encore visible sur sa peau.

— C'est très risqué, dit l'homme. C'est trop tôt. Ça pourrait détruire totalement ta moelle épinière. Et alors…

Elle sait que c'est dangereux. Elle sait qu'elle pourrait rester paralysée. Elle n'a pas besoin qu'un médecin fraîchement diplômé qui fait des consultations sous le manteau le lui dise.

— Fais-le.

— Mais…

— L'argent est sur la table.

L'homme se retourne et regarde la table. Quatre billets violets dépassent de l'enveloppe ouverte.

— C'est ton corps, dit l'homme.

Le coton imbibé d'alcool est froid sur sa peau. L'homme frotte consciencieusement la zone lombaire. Quand il retire le coton, il observe les cicatrices dans son dos. L'album de souvenirs de son mode de vie.

— Celle-là est nouvelle, dit-il en la parcourant de l'index – une ligne rouge sous l'omoplate.

Un coup de couteau. Elle sent encore le tranchant de la lame. Le visage de celui qui lui a fait ça vient toujours la hanter la nuit. Il ne s'est pas fondu dans la masse de visages qui la tourmentent dans le noir.

— Préviens-moi quand tu piques. Je ne voudrais pas te descendre par inadvertance.

L'homme émet un rire nerveux. Puis il pose les doigts sur elle, cherchant l'endroit précis. Il la prévient avant d'introduire l'aiguille. Elle serre les dents, ôte son index de la détente. Elle sent le métal plonger en elle.

L'homme retient son souffle. Il doit introduire l'aiguille dans le sac dural, sans toucher l'épine dorsale. Un millimètre vers l'extérieur, et l'injection n'aura aucun effet. Un millimètre vers l'intérieur, et elle ne pourra plus marcher.

Il progresse très lentement jusqu'à trouver le point exact. Démultipliant la douleur.

Lorsqu'il commence à presser le piston, le cocktail de cortisone, d'analgésiques et autres stéroïdes pénètre dans son corps, avec une promesse de soulagement. De force. De temps retrouvé.

Elle ne lui adresse pas un mot quand il récupère son argent et s'en va. Au bout de quelques minutes, elle se lève et marche jusqu'à la fenêtre. Les rayons du soleil illuminent sa peau nue, tandis qu'elle contemple la vue sur les toits. Un phénix lui rend son regard depuis l'immeuble d'en face. Ses ailes déployées se découpent sur le ciel invraisemblablement bleu et trompeur de l'hiver madrilène. Elle envie la force inébranlable du bronze.

C'est alors que son téléphone vibre sur la table de chevet. Un mail vient d'arriver dans sa boîte de réception.

Elle l'ouvre. Il contient un document joint codé. Le programme est installé sur son appareil de façon qu'il ne puisse être lu ailleurs.

Ses yeux verts parcourent le texte en cyrillique. Des instructions. Des photos.

Elle sourit.

Ils appellent la Louve noire.

1

Une mère

Assister aux obsèques n'a pas servi à grand-chose. À part à compléter un album Panini de mafieux. Ils ont perdu la soirée à rouler sans but. Antonia, sur le siège passager. Essayant de contrôler le tremblement imperceptible de sa main.

Sans dire un mot.

Le lendemain matin, ils se retrouvent dans le hall de l'hôtel.

Antonia sort son iPad et lui montre la photo du cadavre de Yuri. Sa main est presque – presque – ferme.

— J'ai passé la nuit à penser à ça.

— Content que tu aies bien dormi.

— Ça ne tient pas debout. Pourquoi le tuer puis fouiller la maison ?

Jon se gratte minutieusement le crâne.

— Ç'aurait été un peu plus facile de le convaincre de parler d'abord.

— Orlov cherche quelque chose. Avec une certaine détermination.

— Ce n'est peut-être pas juste l'exécution d'une balance, dit Jon.

Antonia acquiesce.

— On pourrait poser la question à la commissaire Romero.

— Elle ne te dira rien sur son indic. Elle nous a bien fait comprendre que, pour ce qui la concerne, nous sommes là au cas où Lola Moreno monterait par hasard dans notre voiture.

— Eh bien, nous allons devoir rendre visite à sa mère.

— La police l'a déjà interrogée, trésor.

— Je n'ai pas d'autre idée.

— Tu ne peux pas utiliser la magie fasciste de ton iPad ?

— Pour quoi faire ?

— J'en sais rien, réorienter des satellites pour voir s'ils tombent sur Lola Moreno. Des satellites fascistes magiques.

Antonia consacre plusieurs minutes à expliquer à Jon, concrètement, comment fonctionne Heimdall, ce qu'il peut apporter à Reine rouge, ce qu'il peut et ne peut pas faire. Entrer dans des bases de données, forcer la sécurité de comptes mail, appliquer des algorithmes de reconnaissance faciale à des enregistrements de vidéosurveillance, et divers autres trucs. Le tout en phase bêta. Faillible.

— Bref, aucune fonctionnalité fasciste magique, comme tu dis.

Jon écoute attentivement, sérieux et circonspect. Puis il presse la touche latérale de son téléphone et parle au micro.

— Dis, Siri. Est-ce que les fascistes magiques existent ?

« *J'ai trouvé* Fast and Furious 7. *Voulez-vous que je lance la vidéo ?* » suggère Siri.

— Tu vois ? Il fonctionne aussi mal que le tien, dit Jon.

Antonia sourit. Son fameux sourire. Celui qui creuse des fossettes de part et d'autre de sa bouche, dessinant un triangle parfait avec la pointe du menton. Celui qui se fait rare ces temps-ci.

Ce matin, elle va beaucoup mieux. Il ne reste plus trace de l'angoissante pesanteur qui l'enveloppait la veille comme une chrysalide.

Jon sait que quelque chose ne va pas. Mais le matin a fait ce que font tous les matins en arrivant – nous promettre un jour nouveau, libéré des contraintes et des peines. Comme le savent toutes les orphelines à taches de rousseur, le soleil brille au matin. Ensuite, la journée se charge de vous rappeler que vous n'avez pas de parents, mais bon, le soleil brille au matin.

Jon balaie donc ses inquiétudes sous le tapis.

Et ils partent rendre visite à la mère.

Toutes les façades de la rue Salvador Rueda sont peintes en blanc. Sauf celle du salon de coiffure Tere's. La façade du salon de coiffure Tere's est peinte d'un mauve obscène. L'intérieur aussi, au cas où ça ne suffirait pas.

Tere, la coiffeuse, n'est pas peinte en mauve. À part les ongles. Et une mèche de cheveux. *À cinquante balais, le mauve, c'est pile ce qu'il faut*, pense Jon. Il ne le dit pas, parce que ça ne se fait pas d'insulter les témoins d'une enquête. Mais il prend une carte du salon, pour envoyer un mail anonyme, en professionnel du bon goût.

— Quand avez-vous vu votre fille pour la dernière fois ? demande Antonia.

— Oh, quelle barbe ! Je l'ai déjà dit à la police. Il y a six jours. Tout ce que je veux, c'est qu'on me laisse tranquille. Je ne sais rien, dit la femme, dressée sur ses ergots, en lissant ses cheveux de la main. Vous effrayez la clientèle.

Antonia et Jon se retournent et contemplent le salon vide, dans cette rue déserte de Marbella en plein mois de février. On peut presque voir tumbleweed poussé par le vent.

— C'est plutôt calme ce matin, dit Antonia.

— Ça va vite se remplir, dès que vous serez partis. Vous voulez un café ? J'ai une Nespresso.

— Vous me feriez un *moitié*, madame ? demande Jon.

— Demandé comme ça…

Tere est une belle femme. Pas seulement compte tenu de son âge. C'est une belle femme tout court. Sa beauté irradie sous ses mèches ridicules. Ce n'est pas non plus une bombe comme sa fille, non. Mais on voit bien de qui la petite tient. *Le genre de beauté qui dit « allez, regarde-moi »*. Jon a participé à trop d'interrogatoires pour se faire avoir. Passé les protestations d'usage, elle est ravie d'être au centre de l'attention.

La coiffeuse chantonne tandis que la machine à café bourdonne à 19 bars de pression.

— Vos collègues sont venus ici plusieurs fois. Ils m'ont aussi dit de les prévenir si elle prenait contact avec moi d'une manière ou d'une autre.

Une précaution inutile. Deux flics en civil planquent, assis dans une voiture, à quelques mètres de là. Dans l'immeuble d'en face, deux messieurs d'aspect slave ont loué un appartement avec vue sur la devanture mauve obscène de Tere's. Assis sur des chaises en plastique, sur la terrasse, avec leur marcel et leurs avant-bras tatoués. Ils fument et boivent sans quitter le salon de coiffure des yeux.

Si Lola se pointait ici, vous serez la cinquième à vous en apercevoir, pense Jon, penché à la fenêtre.

— Parlez-moi de votre relation avec votre fille, dit Antonia.

— Ça va. On s'entend bien. Enfin, vous savez, les enfants... Si vous avez des enfants, vous voyez ce que je veux dire.

— J'en ai un. Et je ne vois pas.

— Alors vous n'allez pas tarder à le savoir. Vous leur donnez tout l'amour que vous pouvez, et dès qu'ils grandissent, ils n'en font plus qu'à leur tête. Mais bon.

— Vous n'êtes pas très proches, donc ?

— Si, elle m'appelle tous les deux jours. Mais elle fait ce qui lui chante. Combien de fois je lui ai dit que ce garçon n'était pas fait pour elle.

— Vous n'approuviez pas sa relation avec Yuri.

— C'est un Russe.

Antonia incline la tête.

— Je ne comprends pas.

— C'est pourtant clair. Comment ça aurait pu bien tourner ?

— Il y a vingt mille Russes qui vivent à Marbella. Je suppose que vous ne les connaissez pas tous.

Tere secoue la main, écartant des hypothèses qui lui déplaisent.

— Avec tous les gentils garçons qu'il y a ici. Des Espagnols, bien comme il faut. Ma fille est un bijou. Elle pourrait être avec qui elle veut, tous les garçons lui tournent autour. Mais non, il a fallu qu'elle aille fricoter avec un étranger… Et voilà où elle en est. Enceinte et veuve. Maintenant, plus personne ne voudra la toucher.

— Ça n'allait pas avec son mari ? Ils ne s'aimaient pas ?

— Pour ça non, au contraire ! Elle était folle de lui. Yuri par-ci, Yuri par-là. Elle n'avait que ce nom-là à la bouche. Quelle plaie. Elle pensait qu'elle pourrait le changer. On est toutes comme ça. On voudrait toutes changer quelqu'un. Après, la vie nous rattrape.

— J'aimerais vous poser quelques questions sur le jour où…

Une alarme sonne dans la tête de Jon. Il lève la main pour interrompre Antonia.

— Excusez-moi. Qu'entendez-vous par « c'était son homme à changer » ?

— Ce gamin était un bon à rien. Ma fille l'a pris en main et en a fait un homme.

— Dans quel sens ?

— À votre avis ? C'était un crève-la-faim. Regardez où ils en sont, maintenant, avec leur villa dans un domaine privé, comme les riches. Je l'ai toujours dit : dans un couple, l'homme est la tête et la femme est le cou. Par où regarde la tête ? Là où le cou lui dit.

— Donc elle était au courant des affaires de son mari.

Ici, Tere s'interrompt soudainement. Un freinage d'urgence, comme quand le feu passe au rouge et qu'il faut reculer sur le passage clouté.

— Ah, ça, je ne sais pas.

— Que faisait Yuri dans la vie ? Vous le savez ?

— Il importait des trucs de Russie. Ce Nutella bizarre. Délicieux, d'ailleurs. Tenez, j'en ai un peu ici, dit-elle en montrant un pot, près de la Nespresso. (Elle leur tend une petite cuillère propre.) Allez, allez. Goûtez, si ça vous fait envie.

Jon assiste à une lutte entre deux forces invisibles. L'attraction gravitationnelle du pot contre la puissance de la volonté d'Antonia, qui bouge le menton d'une épaule à l'autre, les yeux fixés sur la pâte marron.

— Eh bien, moi, je vais goûter, si vous permettez, dit Jon.

Haine féroce. Jalousie malsaine. Ressentiment amer. Antonia envoie tout cela à son équipier en un seul regard. Ce qui n'en rend le Funduk que plus délicieux encore.

— Bon Dieu, quelle merveille ! dit Jon en se léchant les lèvres.

— N'est-ce pas ? Je lui avais bien dit qu'ils allaient faire fortune avec ce truc-là. C'est bien meilleur que le nôtre, qui est devenu fadasse.

Antonia tend la main pour prendre la cuillère à son tour, mais Tere s'avance et la balance dans un grand Tupperware avec la tasse vide de Jon. Le bruit du métal contre la faïence est celui que fait le cœur d'Antonia en se brisant.

— Vous n'êtes pas inquiète pour votre fille ?

— Bien sûr que si. Très, dit la femme. Mais je sais qu'elle s'en sortira. Elle a toujours su se protéger.

2

Un message

— Tu as vu les types sur la terrasse d'en face ? dit Jon quand ils sortent.

— J'ai remarqué. Ils vont faire une overdose de mauve s'ils n'arrêtent pas de regarder la façade.

— Ils sont russes. J'imagine qu'ils sont immunisés.

Ils ont laissé la voiture sur le front de mer, parce que Jon avait envie de se dégourdir les jambes. De marcher un peu. L'air sent l'iode et l'humidité. C'est agréable. Cela rend même Antonia légèrement perméable à l'ironie de son équipier.

— Je t'ai trouvé un peu nerveux.

— L'Espagne aux Espagnols, dit Jon.

— Personnellement, c'est plutôt son état d'esprit qui me préoccupe.

— Disons que ce n'est pas l'inquiétude qui l'étouffe.

— Tu ne réagis pas comme ça quand tu ne sais pas où est ta fille.

Antonia a le regard perdu dans un lieu très sombre.

Jon n'a pas d'enfants. Il n'a jamais rien perdu de plus important qu'une perruche, quand il était petit. La cage vide un matin, quelle tristesse. *Elle est sûrement partie s'amuser, t'inquiète pas.* Des années plus tard, sa mère lui avait avoué que le chat l'avait mangée, mais qu'elle ne lui avait rien dit pour ne pas le traumatiser. *Après, ne t'étonne pas que je sois devenu pédé, m'man*, se plaignait-il.

Antonia, elle, a perdu son fils, Jorge, il y a quelques mois, durant les heures les plus angoissantes de sa vie. Ce qui s'est passé dans le tunnel de la station Goya Bis l'a changée. Jon le sait. Reste à voir de quelle façon.

— Tu as parlé avec le petit ?

Elle secoue la tête.

— La prochaine visite est dans onze jours. On m'a dit que tant que je serais à l'épreuve, le contact quotidien resterait limité.

— Tu verras, tout va bien se passer.

— Je ne sais pas. Sa dernière visite a été… compliquée. Il se comportait d'une manière très bizarre. Il cherchait tout le temps à me provoquer. Comme s'il voulait me pousser à la faute.

— Peut-être qu'il cherchait juste à te faire réagir.

— Peut-être que je ne suis pas faite pour être mère.

— Trésor, aucune femme n'est faite pour être mère. On vous met un truc là-dedans, et *pop*, il en sort un petit monstre qui vous chamboule la vie, et vous croyez que les hormones vont débarquer en chantant un hymne à la maternité pour vous transformer en supermaman. Spoiler : non.

— C'est juste que je ne le comprends pas. Et que j'ai très peur de mal faire.

— Mais tu n'as pas à le comprendre. Et tu n'as pas non plus à tout contrôler, Antonia. Tu as juste à l'aimer. La plupart des gosses s'en contenteraient.

De l'endroit où ils se trouvent, ils voient la mer. Grisâtre, menaçante. Un danger contenu à grand-peine par des dieux fatigués, prêts à jeter l'éponge. À l'horizon, un orage se dirige lentement vers eux. Ils pressent le pas pour rejoindre la voiture avant qu'il n'éclate.

— Tu penses qu'elle est en contact avec sa fille ? demande Antonia, revenant à la coiffeuse.

— Là-bas, chez moi, à l'époque où pas mal de jeunes se planquaient pour échapper aux flics, les familles s'inquiétaient aussi, dit Jon, le souffle court. Ils n'appelaient pas, ils n'envoyaient pas de lettres ni d'e-mails, quand il y en a eu. Ils faisaient comme on fait dans les villages. On transmet le message à quelqu'un : « Dis aux parents que je vais bien. Bisous. Ciao. » Et ce quelqu'un appelait quelqu'un d'autre. L'épicier, la fille de la voisine. Quelqu'un que tu allais croiser, qui te passerait le message en te faisant la bise.

— Ça expliquerait l'attitude de la mère, dit Antonia après quelques instants de réflexion. Donc Lola Moreno continue de se cacher. Sans sac à main, sans cartes de crédit.

— Sans autres parents connus que sa mère, qui ne l'aide pas, pour ce que nous en savons.

— Elle est enceinte et diabétique. Elle doit s'injecter de l'insuline tous les jours.

— Ou sinon ?

— Convulsions, perte de conscience, mort. Dans cet ordre, évidemment, explique Antonia.

— Et vu qu'on ne surveille pas les pharmacies…

— J'y ai pensé aussi. Il y a trente pharmacies à Marbella. C'est impossible.

— Sans compter qu'elle ne peut pas l'acheter elle-même.

— On devrait peut-être surveiller les prêteurs sur gages. Elle va bien devoir trouver de l'argent quelque part.

— Possible. Mais c'est le même problème. Sauf si… le fric qu'il faudrait surveiller, c'est celui de la mère.

— Pourquoi tu dis ça ?

— Trésor, j'ai jamais vu de ma vie un salon de coiffure avec le sol aussi propre.

Un éclair illumine le visage d'Antonia, le pare-brise de la voiture et la vitrine de la boutique de souvenirs déserte devant laquelle ils sont garés. Le tonnerre qui suit est accompagné de trombes d'eau, des grosses gouttes qui explosent sur le capot de l'Audi. Jon ouvre la portière de son côté, mais Antonia reste immobile près de la sienne.

Les singes réclament son attention.

Jon entre, retire sa veste, qu'il balance sur la banquette arrière. Il met sa ceinture, allume l'essuie-glace. Il contemple le va-et-vient des balais sur la vitre avec leur *chouic chouic*. Il presse un bouton sur l'accoudoir. La vitre du côté passager s'abaisse lentement, révélant une Antonia immobile, sous la pluie.

— Tu montes ? Ou tu préfères choper une pneumonie ?

Elle semble se réveiller et se rendre compte qu'elle est trempée.

— Tu es un génie, dit-elle en montant en voiture.

— Je le savais. Mais dis-moi pourquoi.

— Le panneau, à l'entrée du salon de coiffure. Avec les horaires d'ouverture.

Antonia saisit ses cheveux, les essore. L'eau dégouline sur le revêtement des sièges et du sol.

— Bénie soit ta mémoire photographique… Il disait quoi ?

— Lundi, mardi et jeudi, de 11 heures à 13 heures.

— Une accro au boulot.

— Aucun salon de coiffure au monde n'est fermé le vendredi, Jon. Cet endroit sert de couverture pour blanchir de l'argent.

Ça se tient, pense Jon. *Voronin monte la boîte. La dame y passe deux heures par jour, trois jours par semaine. Peu importe qu'il n'y ait pas de clients, elle facture ce qu'elle veut, puisque personne n'exige de reçu pour une coupe de cheveux. Son gendre lui verse une petite commission, et les « bénéfices » reviennent blancs comme neige à une société du clan Orlov.*

— Il faut qu'on vérifie à qui appartient le salon de coiffure.

— On n'a qu'à demander à Siri, dit Antonia en sortant l'iPad pour activer Heimdall.

Jon la regarde du coin de l'œil.

Sacrée Scott. C'est qu'elle apprend, cette petite conne. Pas vite, mais elle apprend, pense-t-il, riant intérieurement.

Lola

Il était une fois une petite fille qui avait grandi dans un foyer triste et sans amour, où la nourriture avait un goût de cendres et où l'avenir était sombre, se répète Lola, et elle finit par y croire. Ce n'est pas l'un de ces mensonges faiblards qu'on triture dans tous les sens pour voir s'ils tiennent. Non, c'est un mensonge dur comme de la pierre, shooté au Viagra et blindé de coke. Elle se l'est répété si souvent, en y ajoutant tellement de strates de détails tordus, qu'elle a réussi à brouiller la réalité. À la maison, devait-on vraiment se priver de dîner ? Sa mère était-elle sur le point de se faire expulser de chez elle quand Yuri a monté le salon de coiffure ? Le bûcheron a-t-il sauvé le Petit Chaperon rouge ? Sangoku a-t-il trouvé les boules de cristal ? Toutes les questions se confondent.

S'il y a une chose que Lola a apprise de notre monde moderne, c'est que la vérité est indifférente. Seule importe la version de la réalité qui correspond à vos désirs et à vos aspirations.

Sauf quand vous vous retrouvez sans un sou, à dormir sur le canapé d'une copine avec qui vous avez coupé les ponts il y a sept ans en décrétant qu'elle n'était pas assez bien pour vous.

Il est 7 heures quand Yaiza pousse la porte. Elle est de sale humeur, crevée et dégoûtée. Elle balance le sac de sport où elle range les vêtements qu'elle porte pour danser en discothèque. Elle a encore des traces de paillettes sur le visage.

— Je me suis fait virer, dit-elle en entrant.

— C'est pas possible. T'es la meilleure, dit Lola, quand Yaiza se laisse tomber à l'endroit où se trouvait sa tête quelques minutes plus tôt.

— J'ai trente-trois ans. Je suis une vieille. Et je suis grosse.

Yaiza a pris du poids. Rien d'étonnant quand vous dormez le jour, que vous vous nourrissez de plats préparés et que vous picolez pour oublier que vous avez quitté l'école parce qu'il faut être conne pour faire des études quand on peut gagner plein de fric en bougeant son cul au rythme de *Dragostea din tei*.

— Qui est-ce qui t'a virée ? Samir ?

Le gérant du Copacabana était déjà un débile quand elles dansaient toutes les deux là-bas.

— Ce fils de pute veut juste de la chair fraîche. Des gamines à baiser dans les loges, explique Yaiza.

Elle a les yeux injectés de sang et les pupilles dilatées. Chaque nuit, elle doit se défoncer un peu plus pour tenir le coup, continuer de danser, morceau après morceau, des heures durant, avec seulement deux pauses de quinze minutes.

— Tu vas faire quoi ?

— Rentrer à Estepona chez mes parents.

— Mais tu ne leur parles plus.

— Je ne peux pas rester là. Je dois déjà deux mois de loyer. J'ai versé trois mois de caution, donc le proprio m'en devra un si je lui rends les clés demain.

La poitrine de Lola est en ébullition.

— Merde, meuf. T'aurais pas pu faire un effort !

Yaiza la regarde, bouche bée.

— Écoute, désolée si mes problèmes tombent mal pour toi en ce moment.

— Tu me laisses tomber, pour quoi ? Cinq cents putains d'euros de caution ?

Lola est affreusement injuste, et elle le sait. Les seuls contacts qu'elles ont eus depuis qu'elle a lâché le boulot de gogo dancer se sont limités à quelques « j'aime » sur Facebook. Elle peut s'estimer heureuse que Yaiza lui ait ouvert sa porte quand elle s'est plantée devant chez elle, deux soirs plus tôt, transie de froid, les pieds nus, bousillés. Le temps qu'elle a passé assise sur les marches, à attendre que Yaiza rentre du boulot, lui a semblé une éternité. Elle ne s'est jamais autant réjouie que son amie ait foiré sa vie. Foiré au point d'être toujours coincée dans cet appart d'Albarizas. Une chambre, une cuisine américaine et un canapé deux places tellement collé à la télé qu'on peut changer de chaîne en battant des cils.

— Cinq cents balles, c'est peut-être rien pour toi, mais c'est tout ce que j'ai.

— Je n'ai nulle part où aller !

— Ouais, ben, moi non plus. J'ai plus de taf, je ne sais rien faire et mes parents sont au chômage tous les deux. J'ai plus qu'à nettoyer des villas ou à faire la pute à la rotonde de Guadalobón. Alors, lâche-moi la grappe.

— Je suis dans la merde et je ne sais pas comment en sortir.

— Écoute, tu vis comme une petite princesse depuis un bail, meuf. Avec tes jolies photos sur Insta, et la nouvelle voiture par-ci, et le spa par-là. Et la grossesse. Je t'ai déjà assez aidée comme ça. Maintenant, démerde-toi et fous-moi la paix.

Pas moyen de réparer ce que j'ai cassé, pense Lola.

— Je suis désolée, dit-elle.

Mais c'est trop tard. Yaiza se lève et s'éloigne en direction de la chambre.

— Tu as jusqu'à demain matin.

— Écoute, je…

Yaiza lui envoie un « j'aime pas » sous la forme d'un claquement de porte qui fait trembler le miroir au-dessus du sofa.

Lola s'habille. Yaiza lui a prêté des vêtements. Un sweat à capuche, un pantalon cargo avec un tas de poches. Des baskets moches de chez Decathlon, un peu trop petites. Il y a une semaine, elle aurait regardé ces fringues avec horreur. C'est toujours le cas. Mais elle les enfile. Et elles sont assez larges pour dissimuler son ventre, qui grossit jour après jour.

Il lui reste une dose d'insuline. Elle hésite entre se l'injecter maintenant et attendre encore. Finalement, elle choisit de la prendre, car elle sent venir les nausées et la déshydratation. Elle n'a pas son analyseur d'hémoglobine, mais elle n'en a pas besoin pour savoir que son niveau de glucose est trop élevé.

Elle baisse un peu son pantalon et se pique dans la fesse. Ça fait plus mal que dans le bras, mais elle a lu un jour sur Internet que l'effet durait plus longtemps.

Espérons.

Elle ne peut pas en racheter. Sans ordonnance, ça coûte les yeux de la tête. Elle a pu s'en procurer un peu avec les quarante euros que lui a laissés Yaiza, mais elle ne peut plus compter dessus. Elle ne peut pas non plus envisager d'en voler, car les seringues sont toujours stockées dans un frigo de l'arrière-boutique.

Elle ne saurait même plus comment faire. Ça fait quinze ans qu'elle n'a plus rien chouré dans un magasin. Le temps où elle allait piquer des rouges à lèvres au Corte Inglés avec ses copines est révolu. À l'époque, elle savait que le plus important, c'était d'être bonne. Et elle était super bonne.

Elle était futée, mais ce n'était pas ça qui comptait. Elle devait seulement profiter de la chance qui lui était donnée.

Il était une fois une petite fille qui attendait son prince charmant…

Lola secoue la tête. Ce n'est pas le moment de rêvasser.

C'est le moment de réfléchir à ce qu'elle doit faire.

Elle n'a pas d'argent, elle n'a pas de temps.

Des options ? Très peu.

Une seule.

Mais elle est très risquée.

3

Une petite bougie

— Et maintenant, la version pour les nuls, trésor.

Antonia soupire et reprend, pour la quatrième fois. En essayant de simplifier au maximum. Ils se sont installés pour manger un morceau à La Bodega del Mar, maintenant que l'orage est passé. Jon a commandé de l'espadon au *pisto* qui a un goût de paradis. Antonia, une salade de poulet à laquelle elle a à peine touché, parce qu'elle est trop absorbée par les magouilles de Yuri.

— Voronin crée une entreprise aux îles Caïmans appelée Balalaïka Ltd. Il n'a même pas besoin de prendre un vol pour les Caraïbes, tout se fait par Internet. La démarche lui coûte moins de deux cents euros.

— Balalaïka, OK, pigé.

— Balalaïka possède une entreprise au Luxembourg, qui elle-même en possède une en Irlande, elle-même propriétaire d'un commerce à Marbella.

— Le salon de coiffure Tere's.

— Toutes les entreprises se mettent à croiser leurs factures, et à se faire des virements pour des services fictifs. Le dernier maillon de la chaîne est le salon de coiffure. Dans sa dernière déclaration d'impôts sur les sociétés, Teresa a indiqué un chiffre d'affaires de deux millions trois cent mille neuf cent quarante-sept euros.

Jon émet un sifflement aigu et musical.

— Ça fait un paquet de permanentes.

— Le fisc prend ses vingt-cinq pour cent et ne pose pas de questions. La mère de Lola passe sûrement toutes ses matinées à apporter les prétendues rentrées d'argent du salon de coiffure à la banque. Dans des sacs poubelles.

— Mauves, probablement.

— Tu as compris, cette fois ?

Jon fait oui de la tête.

— J'avais compris du deuxième coup.

— Alors pourquoi tu me l'as fait répéter quatre fois ? proteste Antonia avec un gémissement de frustration.

— Tu dois améliorer tes aptitudes communicationnelles.

Elle se laisse tomber sur sa chaise et croise les bras comme un gosse qui menace d'arrêter de respirer. Elle peut identifier onze raisons pour lesquelles Jon se trompe, mais elle n'est capable d'en communiquer aucune.

Jon finit tranquillement son *pisto* et fait signe au serveur, qu'il a discrètement prévenu au préalable. L'homme apporte un brownie au chocolat, avec une petite bougie allumée. Le restaurant au grand complet – deux retraités allemands, une dame avec un petit chien, le serveur et Jon – massacre, traîne dans la boue, viole et assassine les deux premiers couplets de « Joyeux anniversaire ».

— Qui te l'a dit ? demande Antonia, les bras toujours croisés.

— Aguado, il y a un bail. J'avais mis un rappel dans mon agenda.

— Je ne vais pas manger ça. Il faut que je maigrisse.

— Les saveurs sucrées très prononcées sont à peu près les seules que tu perçois, non ? Allez, on n'a qu'une vie.

— Je ne vais même pas y toucher.

— Souffle au moins la bougie et fais un vœu. C'est moi qui le mangerai.

Antonia pose les coudes sur la table, sans décroiser les bras. Elle souffle la bougie. Qui ne s'éteint pas. Encore une fois. Non plus. Une dernière fois. C'est la bonne.

Jon prend une petite cuillère. Antonia aussi. Sans aucune justification.

— Ça n'a pas le goût de carton, dit-elle quand elle porte la cuillère à sa bouche, très surprise.

— Cette ganache est réalisée à base de Funduk, madame, explique le serveur en débarrassant la table. Vos cafés arrivent tout de suite.

En quelques dixièmes de seconde, Jon se retrouve à défendre chèrement sa vie à coups de couverts sur un champ de bataille de dix-huit centimètres de diamètre. Antonia est encore plus rapide pour manger un gâteau que pour penser.

Il n'est pas de problème qui ne puisse se résoudre avec un brownie.

— Est-ce qu'on peut poursuivre la dame pour blanchiment d'argent ? dit Jon, quand il estime que sa colère est passée.

— Non, répond Antonia, encore un peu fâchée. La mère est salariée. Quatre mille euros par mois.

— C'est pas mal pour aller glander au salon six heures par semaine.

— Par ailleurs, le parquet risque de ne pas apprécier certains aspects de l'enquête.

— Tu te réfères au fait totalement anodin que tu as obtenu toutes les informations de manière illégale, dit Jon en désignant l'iPad.

— Et ça n'a pas été facile. Le seul lien entre la société irlandaise et le salon de coiffure est le salaire de cette femme. Si tu n'avais pas repéré que le salon était vide, je n'aurais pas su par où commencer.

— C'est un compliment ?

— Il t'arrive d'apporter ta contribution, dit Antonia en raclant l'assiette avec sa cuillère.

Elle donne d'une main et elle reprend de l'autre.

— Combien ça paie de blanchir de l'argent ?

— Ils n'ont pas de convention collective.

— Mais d'après ton expérience, combien ?

— Pas grand-chose. Dans les un pour cent.

— Alors la commission de Yuri pour le salon de coiffure ne suffisait pas à assurer leur train de vie, trésor. Donc on n'a toujours rien.

Antonia réfléchit. Elle cesse même de défier les lois de la physique en tentant d'extraire des résidus de brownie de la céramique.

— Il n'y a que deux façons d'avancer. Primo, avoir une discussion avec Aslan Orlov.

Jon la regarde comme si elle venait de proposer d'organiser l'enterrement de vie de garçon d'Adolf Hitler. Avec un budget illimité.

— Affronter le principal suspect. Qui en plus est un parrain de la mafia. Qui est entouré de tueurs en permanence. Qui ne va rien nous dire. En ignorant l'interdiction de la commissaire Romero, qui pour l'instant nous fout la paix.

— C'est une option.

— Que je gagne le concours de Miss Univers aussi.

Antonia analyse les possibilités et dit très sérieusement :

— Ça n'arrivera pas.

— Ton truc non plus. Et l'autre option ?

— Suivre la piste de l'argent. Voir où ça nous mène.

— Je sens qu'il y a un « mais ».

— On a eu de la chance avec le salon de coiffure. Il y a des virements réguliers qui mènent à la société irlandaise. D'habitude, c'est beaucoup moins facile. Pourquoi tu crois que l'UDYCO, le SEPBLAC[1] et le parquet n'arrivent pas à arrêter ces gens ? Ils utilisent le moindre recoin, la moindre faille, le moindre vide juridique qu'ils peuvent trouver. Ils disposent de sommes considérables pour se payer les meilleurs avocats. Ça nous prendrait des mois pour plonger dans la toile qu'ils ont tissée. Ce qu'il nous faudrait, c'est un fil à tirer.

— Tu pourrais commencer par le Funduk, dit Jon.

Antonia le regarde en clignant des yeux à toute vitesse.

Il m'arrive d'apporter ma contribution, pense Jon en prenant une gorgée de café.

---

1. *Servicio ejecutivo de la comisión de prevención del blanqueo de capitales e infracciones monetarias.* Cellule de renseignement financier pour l'Espagne, compétente, notamment, en matière de lutte contre le blanchiment des capitaux et le financement du terrorisme.

Enregistrement 01

Onze mois plus tôt

Commissaire Romero : Voronin, vous vous êtes planté dans les grandes largeurs.

Yuri Voronin : Commissaire, je peur que mon espagnol pas assez bon. Quoi dire vous ?

Sous-inspecteur Belgrano : Joue pas au con, Voronin. Tu parles mieux que moi. Je t'ai entendu frimer au bar de l'Astral.

Yuri Voronin : Peut-être c'est pression.

Commissaire Romero : Écoutez, Voronin, nous avons deux possibilités.

Yuri Voronin : Je pas bien comprendre votre langue.

Sous-inspecteur Belgrano : Arrête de jouer au con !

Commissaire Romero : Asseyez-vous, Belgrano. Vous êtes très fort, monsieur Voronin, je le reconnais. Nos experts sont impressionnés. Ce que vous avez réalisé n'est pas à la portée de n'importe qui. Mais vous avez vu les preuves. Nous pouvons vous relier à la livraison de la semaine dernière.

Yuri Voronin : Je être seulement honnête entrepreneur. Homme d'affaires.

Commissaire Romero : Oui, c'est ce que vous dites toujours. « Je suis un homme d'affaires. Je travaille juste pour gagner ma vie. »

YURI VORONIN : C'est vérité.

COMMISSAIRE ROMERO : Alors, comment expliquez-vous ceci ?

(Bruit de papiers sur la table. Pause de trente-trois secondes.)

YURI VORONIN : Il n'y a rien à expliquer. Je n'ai rien à voir avec cette entreprise et cette livraison.

SOUS-INSPECTEUR BELGRANO : Tiens, on dirait que tu parles espagnol, maintenant.

YURI VORONIN : Je ne vous dirai rien.

COMMISSAIRE ROMERO : Nous avons des preuves qui relient votre entreprise à celle qui a chargé le conteneur à Saint-Pétersbourg.

YURI VORONIN : Tout ce que ça prouve, c'est que j'ai fait des affaires avec une entreprise qui, selon vous, a commis une faute.

COMMISSAIRE ROMERO : C'est un motif valable. Suffisant pour que le parquet et le SEPBLAC interviennent.

SOUS-INSPECTEUR BELGRANO : Ils vont te mettre un microscope dans le cul, Voronin. Assez profond pour voir tes plombages.

YURI VORONIN : J'ai dit que je ne vous dirai rien. Dites-lui de ne pas m'adresser la parole.

COMMISSAIRE ROMERO : Dans ce cas, parlez-moi. À votre avis, que va-t-il se passer quand ils mettront le nez dans vos affaires, Voronin ?

YURI VORONIN : Rien. Je sais comment marche la justice espagnole. Opération Oligarkh, six ans. Marbre rouge, huit ans.

COMMISSAIRE ROMERO : Les tribunaux sont lents. Très lents. C'est vrai. Maintenant, nous vous avons dans le viseur, Voronin. Ça nous prendra peut-être des années, mais ce n'est pas une bonne nouvelle pour vous.

YURI VORONIN : Je ne comprends pas.

COMMISSAIRE ROMERO : Nous savons ce que vous faites. Nous savons que c'est vous qui gérez l'*obshchak*. La caisse commune. Vous avez les clés du coffre-fort. Et vous faites vos petites magouilles dans votre coin, pas vrai ? Des commissions. Comment ça s'appelle dans le langage des bobos, déjà, Belgrano ?

SOUS-INSPECTEUR BELGRANO : Euh... Je ne vois pas de quoi vous parlez, commissaire.

COMMISSAIRE ROMERO : Je vais vous le dire. *Outsourcing*. Externalisation. Vous proposez vos services aux Colombiens, aux Suédois. Financement. Logistique. Conseil. Vous avez monté une franchise du trafic de stupéfiants.

SOUS-INSPECTEUR BELGRANO : Un putain de McDo.

YURI VORONIN : Vous ne pouvez pas le prouver.

COMMISSAIRE ROMERO : Belgrano ?

SOUS-INSPECTEUR BELGRANO : Écoutez plutôt ce qu'on a enregistré l'autre jour.

(Bruits de conversations dans une autre langue. Inaudibles.)

YURI VORONIN : C'est juste des gens qui parlent. Tout le monde parle de tout le monde.

COMMISSAIRE ROMERO : C'est vrai. Tout le monde parle. Et que croyez-vous que diront vos clients quand on vous placera sous surveillance vingt-quatre heures sur vingt-quatre ? La procédure est très claire. On gèlera vos comptes bancaires, on procédera à l'analyse de votre permis de séjour.

SOUS-INSPECTEUR BELGRANO : *Clac clac*. Une croix. Grillé.

COMMISSAIRE ROMERO : Et combien de vos clients actuels voudront travailler avec un type grillé ?

YURI VORONIN : Je...

COMMISSAIRE ROMERO : Vos clients ne voudront même plus vous approcher. Quant à votre patron... Pour Orlov, vous représenterez un danger. Il vous renverra en Russie. À quelle heure est le prochain vol pour Moscou, sous-inspecteur ?

Sous-inspecteur Belgrano : Demain, 10 heures, par Aeroflot. Tu pourras même te commander un bortsch sur la place Rouge pour le déjeuner.

(Pause de cinquante-deux secondes.)

Yuri Voronin : Je ne peux pas retourner dans mon pays.

Sous-inspecteur Belgrano : Eh ben, t'es baisé.

Yuri Voronin : Vous ne comprenez pas. Si j'y retourne, je suis mort.

Commissaire Romero : Alors, vous allez devoir nous aider, Voronin. Vous devrez nous donner quelque chose.

Yuri Voronin : Quoi ?

Commissaire Romero : Des informations.

Yuri Voronin : *(Inaudible, en russe.)*

Sous-inspecteur Belgrano : Je maîtrise assez mal ta langue.

Yuri Voronin : J'ai dit que je ne suis pas *shpik*. Je ne suis pas une balance. Si je donne des infos, ils me tueront ici. Pas besoin de prendre l'avion.

(Pause de vingt-sept secondes.)

Lola Moreno : Excusez-moi, commissaire. J'aimerais faire une suggestion.

4

Un paquet

Deux cent mille.

C'est le nombre de conteneurs qui transitent chaque année par le port de Malaga.

Trois millions.

Ce sont les tonnes de marchandises qu'ils contiennent.

Onze.

C'est le nombre de douaniers au port.

Jon montre sa plaque au vigile du terminal, qui lui ouvre la barrière.

— Je cherche le responsable, dit-il par la vitre.

— Tout droit, le bureau est juste à côté de la trémie.

— De la quoi ?

— Un énorme entonnoir pour stocker des produits, précise Antonia.

— Le préfabriqué, près de la grue.

— Merci, dit Jon. D'abord à gauche, puis à droite.

Il y a soixante kilomètres de distance entre Marbella et Malaga. Jon les a couverts en quarante minutes. Sur ces quarante minutes, il en a fallu vingt-trois à Antonia pour identifier l'entreprise d'import de Voronin.

— Elle n'est pas à son nom, explique-t-elle. C'est une holding domiciliée à la Barbade. Je l'ai localisée *via* une filiale de Macao, à qui appartient la villa de Yuri.

Tôt ou tard, les criminels doivent se poser. Quelqu'un doit posséder les maisons où ils vivent. Les voitures qu'ils conduisent. Les cartes de crédit qu'ils font chauffer dans les bijouteries et les restaurants. Mais les lois sont faites par des gens, et les gens sont faillibles. Que Yuri vive dans une villa à cinq millions d'euros au nom d'une société étrangère enregistrée dans un paradis fiscal n'a rien d'illégal. Tant que la société ne proteste pas, tout le monde est content.

Par contre, la déco pourrait être illégale. En tout cas elle le devrait. Mais la propriété, non.

Si bien qu'ils n'ont pas d'autre choix que de suivre des miettes de pain pour s'orienter dans la forêt.

Cette forêt-là est en acier.

C'est un espace gigantesque. Douze kilomètres carrés de solide béton basque, rempli d'énormes boîtes en métal de six mètres de long. Empilées jusqu'à cinq les unes sur les autres.

Il y a quelques années, une entreprise privée, Noatum Maritime, a trusté la concession du terminal des conteneurs. Depuis, à Malaga, le trafic a explosé. Un va-et-vient permanent de marchandises, qui, peu à peu, a grignoté des parts de marché aux ports voisins.

Le directeur du terminal est debout, devant son bureau. Téléphone portable dans une main et talkie-walkie dans l'autre. Il porte un gilet orange et un casque de sécurité blanc. Le teint rouge, il a la peau et les cheveux si clairs que vous vous attendriez à ce qu'il s'adresse à vous dans une langue étrangère. Jusqu'à ce que vous l'entendiez parler à un employé.

— Mollo sur la zone H4 sud, OK ? Avec l'arrivée du *Karaboudjan* demain, on va avoir besoin de place. Remplissez d'abord la H5.

Le directeur se tourne vers eux.

— Vous êtes de la police, non ? Comment puis-je vous aider ? La douane est fermée. D'ailleurs, moi aussi, j'allais partir.

— Nous ne vous prendrons que quelques minutes, dit Jon. En fait, nous enquêtons sur l'activité d'une société d'import. Lemondrop Malaga Limited. Si vous pouviez nous aider à…

— J'ai bien peur que non, le coupe le blond. Pour les boîtes d'import, il faut voir avec un inspecteur des douanes. Vous allez devoir revenir demain.

L'homme se retourne et s'éloigne d'un pas rapide vers la sortie.

— Votre femme sait que vous avez une liaison avec une de vos employées ? lâche Antonia.

L'homme s'arrête net, un pied sur le seuil. Son dos se raidit.

Il revient vers eux.

— C'est un mensonge dégueulasse, madame, s'indigne-t-il à voix basse en regardant à droite et à gauche.

— Pupilles dilatées, pouls accéléré. Je dirais que non, déclare Antonia à Jon.

— Je dirais de même, répond Jon, mettant les mains dans les poches et haussant les épaules.

L'homme s'approche encore.

— Écoutez, n'en parlez à personne de tout ça. Je ne veux pas risquer de perdre mes filles.

— Nous, on s'en moque. Tout ce qui nous intéresse, c'est l'activité de Lemondrop Malaga Limited, reprend Antonia.

— Où vous trempez votre nouille, c'est pas nos oignons. Vous nous aidez, on la boucle, propose Jon.

L'homme se passe la main sur le visage, encore plus rouge qu'avant. Il fait un peu pitié, comme un toutou qui n'arrête pas de tourner autour de la table. Il ne manquerait plus qu'il remue la queue.

La décision vient toute seule.

— C'est bon, putain, c'est bon, capitule-t-il, en ouvrant son ordinateur portable. C'était quoi, le nom de la société, déjà ?

Jon le lui répète.

— Oui, ils sont clients du terminal, dit le directeur après une recherche dans son système. D'ailleurs, ils ont un TEU stationné en ce moment dans la *hot zone*.

— TEU ?

— *Twenty-feet equivalent unit*. C'est comme ça qu'on appelle les conteneurs standard. TEU, ou *vingt pieds*. Parce qu'ils mesurent vingt pieds de long, six mètres. Comme ils font tous la même taille, on peut les transférer facilement du bateau à un camion ou un train. D'ailleurs, celui-là aurait dû partir il y a trois jours. C'est bizarre.

Antonia et Jon échangent un regard.

— On y est presque, dit le directeur en éclairant les lettres peintes au sol qui indiquent les différentes zones. Par ici.

L'après-midi sombre et nuageuse s'est transformée en un crépuscule précoce. Jon et Antonia suivent le directeur à une certaine distance. Assez pour que Jon puisse satisfaire sa curiosité.

— Comment tu as su ? dit-il à voix basse.

Antonia fait l'innocente.

— Su quoi ?

— Tu le sais très bien.

Elle hausse les épaules.

— Chaque fois que tu me demandes un truc comme ça, j'ai l'impression d'être un singe savant.

— OK. Si ça te fait plaisir.

Antonia soupire. Et se met à réciter avec lassitude :

— Il ne porte pas son alliance, la marque sur l'annulaire est très visible et récente. Il a mis le deuxième bouton de sa chemise à la place du troisième. Et tu as entendu ce qu'il disait à son employé. C'est un maniaque, il s'en serait rendu compte à un moment en allant aux toilettes. Donc il venait sûrement de remettre sa chemise. En plus, quand il nous a tourné le dos, j'ai vu les semelles de ses chaussures.

— Et ?

— Il a un emballage de préservatif collé sur la semelle gauche. Peut-être qu'il tombera avant qu'il rentre chez lui. Peut-être pas.

Jon réprime un éclat de rire. Il ne compte pas le prévenir. Et il sait qu'Antonia non plus. Dans des moments comme celui-ci, l'inspecteur Gutiérrez est heureux. Il ne les échangerait pour rien au monde. Quel dommage qu'ils soient si rares !

— C'est là ! dit le mari volage, éclairant devant lui avec sa lampe de poche.

Le conteneur se trouve au niveau du sol, et il y en a deux autres au-dessus de lui. Quand ils arrivent à sa hauteur, l'homme consulte le bordereau sur son ordinateur.

— GD772569. Arrivé de Saint-Pétersbourg il y a trois jours. Le transbordement était prévu pour le jour même, c'est pour ça qu'il est dans la zone des départs rapides, mais personne n'est passé le chercher. L'importateur devra payer une majoration.

— Et il n'a pas passé l'inspection des douanes ?

— Tous les conteneurs ne la passent pas. Il en arrive beaucoup, et les inspecteurs sont très peu nombreux. Et à Algésiras, vous n'imaginez même pas. Nous, on a deux cent mille TEU par an, eux, ils en ont cinq millions. Presque sans personnel.

Jon frappe le métal bleu foncé du plat de la main.

— Eh bien, les renforts sont arrivés. Ouvrez-le.

Le directeur secoue la tête.

— Je ne peux pas faire ça sans un fonctionnaire des doua…

— Allez vous faire foutre ! dit Jon en saisissant les poignées, tirant et poussant. Putain, comment ça s'ouvre, ce truc ?

— Vous ne comprenez pas. Même si vous trouvez quelque chose, la loi est très claire…

Le grincement de la barre d'acier tournant sur elle-même couvre les protestations du gratte-papier, qui se retourne, exaspéré, et lève les bras au ciel.

— Je m'en lave les mains, dit-il. Je m'en lave les mains.

Jon débloque la barre. Il tire de toutes ses forces. Nouveau grincement, strident. Des blocs de sel se détachent de la porte du conteneur quand elle commence à tourner sur ses gonds.

La puanteur les frappe en plein visage.

Âcre. Nauséabonde.

Rien que Jon n'ait expérimenté auparavant. Excréments. Urine. Putréfaction. Odeur douceâtre de la chair en décomposition. Tout ça mélangé, mais un milliard de fois pire.

Le directeur porte les mains à son visage pour tenter de contenir sa nausée, mais il n'y parvient pas, et le vomi glisse entre ses doigts et tombe sur ses chaussures.

Jon s'en tire mieux. Il arrive à se retourner et à prendre appui sur une paroi du conteneur avant de vider le contenu de son estomac au complet. Les crampes sont si violentes qu'il peine à contrôler son corps.

— N'entre pas là-dedans, dit-il à son équipière. Laisse ça à la Scientifique.

Antonia l'esquive, en direction du rectangle de ténèbres.

5

Un conteneur

Antonia, impassible, les regarde lutter contre la puanteur. Elle ne perçoit pas grand-chose. Son anosmie n'est pas une absence totale d'odorat. Presque tous ses récepteurs olfactifs sont morts. Quelques-uns subsistent, agonisants. Ils parviennent à peine à capter le miasme qui s'échappe de la porte ouverte du conteneur. Un vague souvenir de parfum sucré bon marché.

— N'entre pas là-dedans, a tenté de la retenir Jon. Laisse ça à la Scientifique.

Antonia l'ignore. Elle se baisse, récupère la lampe de poche par terre, où le directeur du terminal l'a laissée tomber, et pénètre dans le conteneur.

Ses pieds adhèrent au sol. Il est en bois, humide, collant. Les parois intérieures, en acier, ne sont pas recouvertes de peinture anticorrosion comme à l'extérieur. Antonia peut donc voir les taches de sang sur les murs. Les traces des mains qui ont glissé, laissant cinq traînées irrégulières sur le métal ondulé.

D'un côté, un dispositif extracteur d'air.

Ce n'est sûrement pas ça qui leur a manqué, sans quoi ils n'auraient pas tenu si longtemps, pense Antonia.

Les singes commencent à crier, récupérant des éléments de la scène et tentant de raconter l'histoire.

Le seau débordant d'un côté.

Le réservoir d'eau, balancé dans un coin, lacéré et couvert de sang.

Le couteau par terre.

Assez.

Antonia ne peut se le permettre. Elle doit refréner son dégoût – rationnel, pas instinctif –, mettre la main dans sa poche. Ouvrir la bouche dans cette atmosphère remplie de particules en décomposition, dont beaucoup sont infectieuses.

Tu as oublié ? Tu as oublié le fleuve ?

La voix de Mentor résonne dans sa tête.

Tu ne peux pas dompter un fleuve. Tu dois céder.

Non, répond Antonia.

Je ne céderai pas le contrôle.

Je peux le faire.

Cette fois, ce sont les trois gélules rouges qu'elle glisse dans sa bouche. Elle utilise ses molaires pour briser la gélatine et libérer la précieuse substance amère. Son entraînement l'a préparée à compter à rebours, en inspirant entre chaque chiffre, pour descendre, marche après marche, jusqu'au lieu où elle doit aller. Mais la quantité de drogue change tout.

Elle ne fait pas le décompte.

Elle ne descend pas l'escalier.

Elle tombe en roulant sur les marches, vers l'obscurité.

Où le silence l'attend.

Antonia sent son corps s'agiter, comme sous un coup de vent. Puis la clarté l'atteint, d'une manière qu'elle n'avait jamais vécue auparavant.

C'est merveilleux.

C'est terrifiant.

C'est *chãdanãca.*

En bengali, le « plaisir effrayant de danser au bord d'un toit ».

C'est un calme identique à celui qu'elle ressent quand la gélule bleue annihile ses capacités, mais en les préservant. Pour la première fois depuis qu'elle a débuté l'entraînement pour devenir une Reine rouge, Antonia *voit* ce qui s'est passé sur une scène. Elle ne se contente pas de le déduire.

Elle le voit.

Et ce qu'elle voit est un cauchemar.

Elle voit les huit femmes mortes par terre, parties de Saint-Pétersbourg. Belles, peut-être ; désormais, il est impossible de le savoir. Attachées avec des serre-câbles – les cadavres en portent encore les marques aux poignets. La neuvième n'est pas attachée, elle libère les autres. Elles ont de quoi boire et manger, mais pendant le voyage, quelque chose tourne mal. Elles se disputent. Elles se battent pour l'eau et la nourriture. L'une d'elles finit blessée dans un coin. Les autres l'ignorent. Elle est la première à mourir.

Puis une deuxième, que les autres placent à côté de la première.

Sept survivent au voyage. Mais personne ne vient récupérer le conteneur. À court d'électricité, l'extracteur d'air cesse de fonctionner. Les femmes cognent les parois, tentant désespérément de sortir.

Quand elles comprennent qu'elles vont étouffer, quelques-unes se jettent sur les autres. Sous le faisceau lumineux qui saute d'un bout à l'autre du conteneur, Antonia ne voit pas les résidus de sang sous les ongles, les cheveux arrachés, les vêtements en lambeaux. Elle voit les femmes s'empoigner, les blessures qu'elles s'infligent, elle voit une femme en frapper une autre contre la paroi, avant d'être étranglée par une autre encore, consommant plus rapidement le restant d'oxygène pour lequel elles se battent. Jusqu'à s'entretuer.

Sauf une.

La dernière, la plus menue. Antonia la voit se hisser jusqu'à l'extracteur d'air, griffer le tuyau de ses ongles.

Peut-être.

Peut-être.

Antonia se précipite vers la femme, effondrée sur le moteur renversé de l'extracteur. Elle est couverte de sang, elle a une atroce lacération au front qui la défigure et a sans doute abîmé son œil. Sa robe, probablement verte autrefois, n'est plus qu'une loque qui ne tient que par une bretelle. Sa jambe droite est pliée selon un angle improbable. Brisée par la chute du moteur.

Peu importe, en réalité.

La seule chose qui importe, c'est le pouls, ténu, qu'Antonia trouve à son cou quand elle y pose les doigts.

Vivante. À peine.

Elle la prend par les épaules, tente de la tirer, glisse sur le sang.

Elle appelle Jon, à grands cris, d'une voix étrange, métallique. Qu'elle n'a jamais entendue auparavant. Qu'elle ne pensait pas posséder.

Puis elle s'évanouit.

6

Deux arrangements

— Quand votre collègue est tombée, elle s'est cogné la tête ? demande l'infirmier avec un mouvement du pouce derrière lui.

Antonia est assise dans l'ambulance garée dehors, sur le quai. Les vêtements, le visage et les mains maculés. Une couverture jetée sur ses épaules basses, le dos voûté. Le regard fixe, vague et lointain. Vide.

— Je ne sais pas. Je dirais que non, répond Jon. Elle essayait de tirer la femme que vos collègues ont emmenée. Je pense qu'elle s'est évanouie à cause du manque d'oxygène.

L'infirmier penche la tête en faisant la moue. L'explication ne le convainc pas.

— Nous pouvons écarter la commotion cérébrale. Elle avait rendez-vous chez l'ophtalmo, aujourd'hui ?

— Je suis certain que non.

— Eh bien, je n'ai jamais vu de ma vie des pupilles aussi dilatées. Donc si ce n'est pas du collyre ou une commotion… je vais devoir le signaler.

C'est ce que Jon redoutait. La dernière chose dont ils ont besoin maintenant est que l'infirmier aille raconter des histoires de stupéfiants à la commissaire.

Il pose donc une main sur son avant-bras.

— S’il vous plaît. Non.

Les lumières orange de l’ambulance semblent tourner plus lentement pendant que l’infirmier le scrute de haut en bas. Jon lui rend son regard. Mignon. Le crâne rasé. La barbiche taillée avec soin. Une boucle d’oreille au drapeau arc-en-ciel met les choses au clair. Sa phrase suivante achève de mettre les points sur les i :

— Je suis marié, inspecteur.

Jon retire son bras avec douceur. Il ne cherchait pas à le draguer. Même s’il n’aurait eu rien contre. Le type a un regard bienveillant, et c’est le genre de panneau dans lequel il tombe à pieds joints. Avant de s’apercevoir que le proverbe est une arnaque. Que les yeux ne sont pas le miroir de l’âme. Qu’en amour, les actes valent mieux que les paroles. Et il referme son cœur brisé. Jusqu’au regard bienveillant suivant.

— Laissez tomber le rapport, insiste-t-il. Elle traverse un moment difficile, avec la garde de son fils, tout ça.

L’infirmier étudie attentivement le bout de ses chaussures, puis Antonia, puis revient vers Jon.

— Dites à votre collègue de faire gaffe au prochain dépistage, dit-il, enfilant sa veste et s’éloignant vers les agents en uniforme qui attendent à l’entrée du terminal.

Les caméras se braquent sur lui, les journalistes lui tendent leur micro de l’autre côté du cordon de sécurité. L’infirmier leur fait non du doigt. Encore un qui ne fera aucune déclaration.

Bon, bah finalement c’est vraiment un mec bien, pense Jon, en lui adressant un regard d’adieu. *Forcément. Les meilleurs sont déjà pris.*

Il se tourne vers l’ambulance, prêt à avoir une discussion avec Antonia. Mais quelqu’un d’autre le devance.

— Écoutez-moi, madame, dit Belgrano. (*Pam pam*. Deux petits coups sur le plancher du véhicule.) Écoutez-moi.

Antonia ne réagit pas.

— Sous-inspecteur, l'interpelle Jon.

Belgrano se retourne. Son attitude paraît moins amicale qu'il y a deux jours.

— Ah, Gutiérrez. C'est quoi, ce bordel ?

— Voyez vous-même. Apparemment, le sieur Voronin avait aussi la traite d'êtres humains pour hobby.

Le sous-inspecteur soupire, baisse la fermeture de son blouson et se passe la main dans les cheveux.

— Combien de personnes ?

— Huit femmes décédées. Une vivante. Enfin presque. On l'a emmenée à l'hôpital dans un état critique.

— Putain, ça tombe mal, râle Belgrano. Et vous, qu'est-ce que vous foutez là ?

— On suivait une piste.

— Qui vous a menés jusqu'à un conteneur. Dites-moi qu'il y avait un fonctionnaire des douanes présent et que vous aviez un motif valable.

L'inspecteur Gutiérrez se gratte le cou et attend, en silence, que le temps remette les choses en place.

— Pfff… Ça ne va pas plaire du tout à la commissaire, inspecteur. On ne pourra pas utiliser ça contre Orlov. Et Dieu sait si j'adorerais lui coller huit meurtres sur le dos, croyez-moi.

— Que voulez-vous que je vous dise…

— Au moins, vous avez sauvé cette femme. On peut toujours bidonner le rapport, dire que vous avez entendu des cris et que vous avez été forcés d'intervenir.

Jon le regarde, surpris.

— Le procureur ne gobera jamais ça, explique Belgrano, mais au moins, vous éviterez la procédure disciplinaire.

— Je vous remercie, dit Jon en lui tendant la main.

Ça fait du bien de jouer tous dans la même équipe, pour une fois.

Belgrano la serre avec force. Et prévient :

— Par contre, vous n'éviterez pas le savon de la commissaire.

Non, ça, c'est clair, pense Jon, observant Antonia. Qui a un voile de goudron dans le regard.

— Ça va, votre collègue ?

— Elle va bien, oui, ment Jon avec aplomb. Juste affectée par ce qu'on a vu.

— Je peux appeler une collègue du soutien psychologique, si besoin.

L'inspecteur Gutiérrez décline la proposition d'un signe de tête. À n'importe quel autre moment, il aurait payé cher pour assister à la scène. Aujourd'hui, il est d'humeur magnanime.

Pauvre psy. Épargnons-lui le traumatisme.

7

Une autre promesse

En fin de compte, toute la question est de savoir gérer ses attentes.

Par exemple, si votre projet est d'avoir une discussion très sérieuse avec votre collègue, mais que votre collègue n'est pas là, vous devrez gérer votre frustration.

Or Antonia est partie.

Certaines personnes partent en voyage en oubliant leur chien. Leur grand-père à une station-service. Ou le petit dernier, qui doit affronter tout seul des voleurs avec des stratagèmes ingénieux.

Antonia, elle, a oublié son corps.

Jon l'aide donc à descendre de l'ambulance, la fait monter en voiture et l'emmène à l'hôtel. Il l'accompagne jusqu'à sa chambre, sans qu'elle manifeste aucune réaction. Elle reste debout, près de la porte. À l'endroit où tous les hôtels du monde cachent bien en vue le lecteur de carte qui active l'éclairage de la chambre. Où vous tâtonnez d'une main dans le noir, la valise dans l'autre, en retenant la porte avec les fesses.

C'est là qu'Antonia s'est perdue.

— On se bouge le cul, dit Jon.

Il entre dans la chambre d'Antonia et l'emmène à la salle de bains. Ses vêtements sont foutus, il n'y a pas un centimètre de peau qui ne soit couvert d'immondices.

Je ne peux pas la laisser comme ça, elle va se choper un cancer d'Ebola, pense Jon en ouvrant le robinet d'eau chaude.

Un jour, il y a de nombreuses années de cela, avec ses copains du catéchisme, il était allé aux champignons. C'était en 1990, 1991, peut-être. Il avait quinze ans, faisait une demi-tête de plus que les autres et deux fois leur poids. Non pas qu'il ait été gros.

Ils se baladaient dans la forêt, plus disposés à raconter des conneries qu'à ramasser des cèpes. À un moment, l'un des gamins, Gorka, un beau gosse, a désigné la branche basse d'un chêne. Un nid de guêpes. Il a dit, je parie que tu le touches même pas, Jon. Et Jon, ah ouais, regarde ça. Il s'est approché avec son bâton de marche et a frôlé le nid avec l'embout. Et Gorka a dit, avec la main. Et Jon, t'es malade ou quoi. Et Gorka, bah qu'est-ce qui se passe, Jon est une tapette.

Pour Jon, c'était la pire accusation possible. Il était tellement au fond du placard que les cintres l'empêchaient de voir la porte. Alors il a balancé le bâton et fait trois pas en avant, le bras en l'air. Très lentement.

Le plus dur n'a pas été la douleur causée par la dizaine de piqûres – dont une, sous le sourcil gauche, l'a empêché d'ouvrir l'œil pendant une semaine –, ni les rires de ses potes. Le plus dur a été la peur qu'il a ressentie en faisant ces trois pas en avant. Le poids au ventre qui se forme dans l'intervalle entre ce qui vous pousse à agir et ce que vous redoutez.

L'angoisse qu'il a ressentie avant de toucher le nid de guêpes est ridicule comparée à celle qu'il éprouve en levant la main pour ôter le t-shirt d'Antonia Scott. Il saisit le vêtement par l'ourlet, le lève. D'abord un bras, puis l'autre, et enfin le cou.

Aucune réaction.

Avec une infinie délicatesse, Jon lui retire son pantalon, ses chaussettes, son soutien-gorge et sa culotte. Sans ses vêtements, elle paraît beaucoup plus jeune, avec son pubis épilé au laser et ses seins de la taille d'un citron. Ah oui, elle a de la cellulite aux fesses. Mais pas en quantité suffisante pour renoncer aux brownies.

Il a peur qu'elle ne trébuche en entrant dans la baignoire et se contente de la soulever par le dos et les cuisses. Entre ses mains, Antonia est une plume, aussi légère que si ses os étaient creux. Il la dépose avec précaution dans l'eau chaude. L'eau mouille les manches de sa chemise jusqu'aux coudes, diluant les taches de sang.

Ça brûle un peu.

Tant mieux.

Pendant que la baignoire finit de se remplir, Jon fourre les vêtements d'Antonia dans le sac de la blanchisserie. Il compte les jeter demain matin, de même que tout ce qu'il porte sur lui. Son costume gris anthracite en laine froide sur mesure, son préféré. Trois mille euros et des poussières. Mais à quoi bon le faire nettoyer. Les taches partiront peut-être, mais il n'y a pas moyen de se débarrasser de l'odeur de la mort, Jon ne le sait que trop bien. Elle peut mettre des années à quitter une maison. Une voiture, jamais. Si quelqu'un meurt dans une voiture et y reste plus de onze heures, les compagnies d'assurances ne prennent même pas la peine de faire venir un expert. Elles envoient directement le véhicule à la casse, quels que soient sa valeur ou son âge.

Jon fait un triple nœud aux poignées du sac, qu'il met ensuite dans la poubelle de la salle de bains. Puis il s'occupe d'Antonia.

Il commence par le corps. Il enduit le gant de toilette de savon – vert, aux arômes d'agrumes – et frotte délicatement, insistant sur le dessous des ongles et le cou. Il laisse le robinet ouvert et entrouvre la bonde, de façon qu'Antonia ne baigne pas dans un marécage. Sous la couche de crasse, le gant de toilette révèle une marque sur le dos, de la taille d'une pièce de cinquante centimes. La première balle qu'a tirée White est entrée par là. La seconde s'est logée dans la tête de son mari.

Jon réprime l'impulsion de passer les doigts sur la cicatrice.

Ce n'est pas facile.

Huit grammes peuvent sembler un poids dérisoire.

Les huit grammes de plomb d'une balle de 9 mm, capable de traverser en une seconde quatre terrains de football, c'est une autre affaire.

Si vous êtes policier, vous pensez fréquemment à ces huit grammes. Identiques à ceux que vous chargez dans votre holster d'épaule. Presque toujours avec angoisse. Mais par moments, quand vous avez merdé dans les grandes largeurs, l'angoisse se transforme en désir.

Jon se demande si Antonia pense parfois au suicide.

Sur son épaule gauche, il y a une autre cicatrice. Plus grande. Une étoile irrégulière à cinq branches, tordues là où la peau s'est refermée.

Un médecin qualifierait cela d'orifice de sortie. Pas l'inspecteur Gutiérrez. Il se peut que les huit grammes de plomb aient traversé son corps, mais la balle est restée là-dedans.

Voyageant jusqu'au cœur d'Antonia.

Jon lui lave plusieurs fois les cheveux, la sort de la baignoire, la coiffe. Il lui met un peignoir et des chaussons. Le sol est froid. Il l'entraîne hors de la salle de bains pour l'asseoir au bord du lit.

Quand il se penche pour lui ôter les chaussons, une goutte tombe sur son front. Jon lève les yeux et constate qu'Antonia est en train de pleurer. Il se redresse un peu, de sorte que leurs têtes soient au même niveau. Antonia plante ses yeux vert olive dans les siens. Ses pupilles sont redevenues normales. Les larmes continuent de couler.

— Où étais-tu ?

— Loin.

— Loin, où ?

— Je ne sais pas, répond-elle. Je n'y étais jamais allée avant.

Jon pense à tout ce qui ne va pas, à ce qu'il devrait dire, à ce qu'il doit passer sous silence. Il décide que, ce soir, rien de tout cela n'a d'importance.

— Et la femme ? demande Antonia.

— État critique.

Antonia renifle, hoche la tête, s'allonge sur la couverture sans retirer le peignoir. Ils connaissent les règles. L'univers leur fait payer un prix colossal, mais n'envoie pas toujours la marchandise. Inutile de protester ou de se noyer d'amertume. Il faut juste l'accepter.

— Essaie de te reposer, dit Jon.

Il se lève et se dirige vers la porte.

— S'il te plaît. Ne t'en va pas, demande-t-elle sans se retourner.

Jon s'arrête, à mi-chemin. Sa peau est poisseuse, ses vêtements répugnants. Il dégage la même puanteur qu'il a passé tant de temps à enlever de la peau d'Antonia. Cette odeur de mort qu'elle ne perçoit pas, mais que lui ne peut ignorer. Il est fatigué, triste, confus et frustré. Il veut seulement se laver, dehors d'abord, dedans ensuite.

Mais il ne la laissera pas seule. Parce que d'une certaine façon, il sent qu'il est l'électroaimant qui empêche la balle logée dans le corps d'Antonia de poursuivre son chemin et d'atteindre son cœur.

Il éteint donc la lumière, s'étend près d'elle sur le lit et la prend entre ses énormes bras. C'est comme s'il tenait une poupée.

— Ces femmes, dit Antonia.

Ces deux mots suffisent à évoquer l'horreur de ce qu'ils ont vu ce soir. Le savon a peut-être remplacé l'odeur de

mort par des notes d'agrumes – *fraîcheur, soleil et nuances de la Méditerranée !* annonce l'étiquette. Mais rien ne pourra éliminer la noirceur indélébile de la réalité. Rien ne pourra effacer cette atrocité de leur esprit et de leur cœur.

Antonia s'agite, inquiète.

— Celui qui leur a fait ça va le payer, promet-elle.

Un doux murmure émis par un petit bout de femme à moitié brisée. Un minuscule grain de poussière dans un univers indifférent.

Qui perturbe à peine l'obscurité.

L'obscurité ne sait rien. Jon, si. C'est pourquoi il sent un glaçon descendre le long de son épine dorsale. Il préférerait ne pas être le destinataire de cette promesse.

Que Dieu protège celui qui a provoqué la colère d'Antonia Scott.

Enregistrement 04

Onze mois plus tôt

Sous-inspecteur Belgrano : C'est de la merde, Voronin. Sur ces papiers il n'y a strictement rien.

Yuri Voronin : Je ne peux rien vous donner de plus concret sur Orlov. Je vous l'ai dit. Ils me tueraient.

Commissaire Romero : Ils ne vous toucheront pas si nous le décidons.

Yuri Voronin : Vous ne pouvez pas me protéger d'Orlov.

Sous-inspecteur Belgrano : On est la police, Voronin.

Commissaire Romero : Combien de soldats Orlov a-t-il ?

Yuri Voronin : Huit *boévik*, deux *brigadir*.

Commissaire Romero : Huit soldats, deux chefs. Ce n'est pas grand-chose.

Yuri Voronin : Vous ne comprenez pas.

Sous-inspecteur Belgrano : C'est simple. On est cinquante. Lui, dix.

Yuri Voronin : Ce n'est pas une question de chiffres. Ce n'est pas la Russie. En Russie, il en aurait cent, deux cents. Autant qu'il faudrait. Parce que, là-bas, c'est le Far West, vous comprenez ? À Tambov, la police n'entre pas. Ils restent dehors, ils protègent. Ils fument près de leur voiture et ils regardent ce qui se passe dehors, jamais dedans, parce que si tu regardes dedans, alors tu peux voir ce que tu ne devrais pas.

Mais ici, il n'a pas besoin d'une armée *boévik*. Pour quoi faire ? Ici, c'est la paix. Et il a d'autres méthodes.

COMMISSAIRE ROMERO : Alors ses hommes ne vous font pas peur.

YURI VORONIN : Bien sûr que non. Ce qui me fait peur, c'est une femme.

Le restoroute est la seule option.

Il est minuit passé, et elle est affamée. Elle prend donc la sortie 244 de l'autoroute Madrid-Cadix, au beau milieu du Despeñaperros, et se gare le plus loin possible de la porte. Un belvédère qui ne doit servir que l'été surplombe le défilé. Le vent le secoue avec force, mais ne parvient pas à faire taire la rumeur du cours d'eau, qui s'écoule rapidement en direction du sud, cinquante mètres en contrebas.

Elle tourne le poignet et le moteur s'arrête avec une secousse. Elle donne une petite tape sur le réservoir, comme pour flatter sa monture. Elle n'aime pas les motos japonaises, elle a toujours préféré le fougueux tempérament italien des Ducati ou des Aprilia. Le concessionnaire n'en avait aucune disponible, elle s'est donc contentée d'une Kawasaki Ninja H2R. Entièrement noire, hormis le logo et le nom de la marque. Elle a balayé ses préjugés.

— Soixante mille euros.

— Donner aussi peinture, dit-elle en désignant une bombe aérosol métallisée.

Le concessionnaire lui tend la bombe, et elle lance la carte de crédit sur le comptoir. Fabriquée en titane, sans plafond de dépense. Les fonds ne sont pas un problème.

L'homme ne peut contenir un sourire cupide en voyant le fameux profil du centurion romain. Mais il fait taire ses scrupules.

— Ce modèle n'est pas immatriculable. Il est réservé à la compétition. Si la Garde civile te chope, ils t'arrêtent et te l'immobilisent.

Elle met un certain temps à décrypter ce qu'essaie de lui dire le vendeur. Son espagnol est rudimentaire, mais elle comprend presque tout. Quand elle a assimilé l'information, elle décide :

— Pas grave.

Son devoir civique accompli, l'homme se tourne pour introduire la carte dans le terminal. Elle prend alors la plaque d'exposition, qu'elle glisse entre son t-shirt et son blouson.

Plusieurs heures et deux cent cinquante kilomètres plus tard, elle profite de l'arrêt sur le parking désert pour poser la plaque d'immatriculation. Le numéro – 000 ABC – ne résistera pas à un examen attentif, mais ça devra faire l'affaire en attendant qu'un de ses contacts lui envoie une plaque définitive. De toute façon, si la Garde civile lui fait signe de s'arrêter sur la route, elle se fera une joie de voir ce que vaut un de leurs Renault Kadjar face à ce monstre de 310 chevaux.

La dernière étape consiste à effacer le logo et la marque avec la bombe de peinture noire. Cela nécessite plusieurs passages, avec deux interminables minutes d'attente entre chaque couche, pour un résultat inesthétique au possible. Ça en vaut la peine. Aucun témoin, sauf à tomber sur un professionnel, n'est capable d'identifier une moto. En revanche, n'importe quel crétin est capable de lire et de se rappeler huit lettres.

Elle jette l'aérosol parmi les arbustes, place son pistolet à l'intérieur du casque et le recouvre avec les gants, avant de se diriger vers la porte de l'établissement. Elle n'a d'autre bagage que les vêtements qu'elle porte. Blouson et pantalon en cuir ajustés. Avec des renforts aux avant-bras, mais suffisamment discrets pour que sa tenue n'attire pas l'attention. Aux pieds, une paire de

Dr. Martens coquées. L'ensemble est aussi sombre que la moto. La seule concession à la couleur, ce sont les lacets rouges des bottines. Elle n'a pas pu résister.

Elle marche un peu voûtée.

Pas à cause du froid, bien que la température au sommet du Despeñaperros descende en dessous de zéro. Non, elle a connu des étés en Russie qui provoqueraient une pneumonie aux hivers espagnols. Mais son dos proteste à cause du long trajet à moto. Elle veut croire que c'en est la raison. Elle veut croire que, cette fois, l'effet de l'injection de cortisone va durer plus de quelques jours, avant que ses vertèbres ne se réveillent et la changent en un amas de douleur.

L'intérieur du restoroute n'a rien de spécial. Elle est déjà venue dans des lieux comme celui-ci. Ils survivent au milieu de nulle part, quitte à faire aussi supermarché, magasin de souvenirs, toilettes publiques. Les murs en brique nue sont couverts de trophées de chasse, de vieilles photos, de drapeaux jaune et rouge. L'un d'eux, le plus grand, affiche, au centre, un aigle aux ailes repliées. Ça lui rappelle les armoiries de la Russie, sauf que cet oiseau-là n'a qu'une tête.

Il n'y a qu'une poignée d'hommes au comptoir, occupés à discuter, à regarder la télé et à boire des bières. Ils tournent la tête quand elle entre, mais ne disent rien.

Elle s'installe à une table près de la porte, dos au mur. Le serveur lui apporte la carte. Elle est en deux langues – en espagnol et quelque chose qui se prétend de l'anglais. Elle ne s'aventure pas à commander du « poulpe qui va à une fête » ou des « lions cuits », et se contente de montrer les photos sur la carte. Le serveur hausse les épaules et lui apporte un sandwich garni d'une escalope de veau.

Elle écarte le pain et dévore les protéines avec calme, à petites bouchées, tout en suivant un cours d'espagnol sur son portable. L'application lui montre des photos de différents objets. « Sélectionnez la chaise. » *Elle choisit la bonne photo, et le téléphone émet un son joyeux en guise de récompense.*

À la télévision, les informations montrent une image qui attire son attention. Elle n'entend presque rien – le volume est très bas –, mais elle comprend le gros titre en surimpression. TRAITE D'ÊTRES HUMAINS. *Ce sont des mots compréhensibles dans de nombreuses langues.*

Elle absorbe les images d'un air grave. Les policiers interdisent aux journalistes de franchir la ligne, mais la caméra capte des bribes de mouvement de la scène. Les flashs des photographes éclairent les infirmiers sortant des cadavres dans des housses de couleur bleue. Le zoom au maximum, un cadrage tremblotant montre une femme de petite stature, enveloppée dans une couverture, attendant à l'extérieur d'une ambulance.

Elle cherche l'info sur son portable, à l'aide d'un traducteur automatique, aussi nul que celui qu'elle a utilisé pour la carte du restaurant. Mais elle saisit l'essentiel.

Elle jure à voix basse.

Ce n'est pas une bonne nouvelle. Ça va l'obliger à modifier ses plans. C'était censé être l'affaire de vingt-quatre heures. Arriver, exécuter, rouler jusqu'à Lisbonne et regagner Moscou en avion via *Rabat et Ankara. Quitter la ville en trois minutes, le pays en quatre heures et l'Union européenne en neuf. Avec un tel plan, impossible de se faire prendre.*

Maintenant, elle va devoir tout changer en cours de route. Prendre des risques. Improviser.

Et il n'y a rien qu'elle déteste plus que l'improvisation.

Frustrée, elle se lève en direction des toilettes. Les regards et les coups de coude du groupe de pochetrons, à l'aller et au retour, ne lui échappent pas.

Elle évalue la menace.

Cinq. Trentenaires, ventres à bière. Niveau d'alcoolisation élevé. L'un d'eux est grand. Celui de droite sait se battre, peut-être un vigile ou un ancien militaire.

Niveau de menace : minimal.

Elle tend un billet de vingt euros au serveur. Il le prend, lui dit quelques mots à voix basse qu'elle ne comprend pas. Mais son regard vers l'extrémité du comptoir, où se trouve le groupe de pochetrons, est éloquent.

Elle acquiesce, attrape son casque et sort tranquillement. Elle n'a fait aucun geste en direction des cinq hommes, mais elle sait qu'ils vont la suivre. Toutes les meutes de prédateurs se ressemblent, quel que soit l'endroit du monde où vous vous trouvez. Des chiens. Séparément, ils ne sont rien. Quand ils se rassemblent, ils se croient capables de tout. En droit de tout faire.

Le gravier crisse sous ses bottes à un rythme régulier, tandis qu'elle se dirige vers la moto. Elle n'a pas le temps de jouer, mais elle ne compte pas non plus leur accorder la satisfaction de voir qu'ils lui ont fait presser le pas.

La porte de l'établissement s'ouvre avec un craquement et un tintement de clochette. Des voix l'appellent. D'abord seulement lubriques, puis clairement menaçantes. L'un des hommes s'avance, imité par un deuxième, puis les cinq franchissent la distance qui les sépare d'elle. De plus en plus vite.

Elle pose le casque sur la selle de la Kawasaki. Elle ne prend pas la peine d'en sortir son pistolet, ce n'est pas nécessaire. Il lui suffit d'enfourcher la moto, de mettre le contact et de démarrer. Ce serait le plus simple.

Pendant qu'elle met ses gants, avec des gestes lents et méticuleux, les pochetrons forment un cercle autour d'elle, aboient dans sa direction. Elle ne comprend pas les mots, mais le ton ne laisse aucun doute. C'est une question de secondes avant que le premier ne tende la main pour la toucher.

Elle évite le contact visuel, elle ne veut pas les provoquer. Ce qui n'est pas étranger au fait que ne leur prêter aucune attention les rend plus agressifs encore. Au lieu de monter sur la moto, elle fait quelques pas vers le belvédère. Seule une petite barrière de quatre-vingts centimètres de haut protège les visiteurs d'une chute de cinquante mètres. La croyant acculée, la meute s'approche encore, la bave aux lèvres.

Elle a cherché, en mangeant, la signification du nom du défilé. Despeñaperros, « précipite chiens ».

Quel drôle de nom.

Elle jette un œil à sa montre. Il lui reste encore deux heures de trajet. Mais la moto est puissante. Ce sera facile de rattraper le temps perdu.

Elle sourit.

Elle peut bien s'accorder quelques secondes d'amusement.

8

Un lever de soleil

Jon Gutiérrez n'aime pas se réveiller.

Ce n'est pas une question d'horaires, car sa profession l'a habitué aux astreintes les plus étranges – périodes de jeûne et grandes bouffes, planques de cinquante heures et siestes de onze.

Jon tolère l'idée de se réveiller tant qu'on ne le prive pas de sa routine d'hibernation préférée. Programmer l'alarme de son portable une heure avant, appuyer sur rappel quand elle sonne, tituber vers les toilettes, pisser pendant ce qui semble un siècle – regarde, maman, les yeux fermés ! –, tituber à nouveau jusqu'au lit, s'y laisser tomber, appuyer quatre fois sur rappel entre deux ronflements et, finalement, céder aux exigences de la verticalité.

Non, ce qui dérange Jon dans le fait de se lever tôt est de devoir le faire d'un coup. Un brusque choc électrique entre les deux oreilles. La lumière du soleil qui vous brûle les yeux. Un épuisement pathologique. La menace d'une journée difficile. L'absolue certitude qu'il n'y aura humainement pas moyen de se rendormir, même en mettant la tête sous l'oreiller.

Antonia est debout, habillée, assise au bureau, l'iPad à la main. La télévision, sans le son, diffuse une chaîne d'information en continu. Elle transmet des images du port de Malaga.

Trop de cadavres pour faire croire à un braquage.

— Quelle heure il est ? demande Jon, la gorge sèche.

— Presque 8 heures. Va te doucher. Tu pues.

— Qu'est-ce que t'en sais, l'handicapée ?

— Je *sais* que tu sens mauvais. Et, pire encore, je sais que des molécules imprègnent tes fringues et tes cheveux. Va te doucher.

Éberlué par la gratitude d'Antonia pour ses attentions de la veille, Jon se lève. À son rythme, qui est celui des plaques tectoniques, des dinosaures, des remboursements du fisc. Quand il parvient à redresser son dos – avec force grincements et craquements –, il s'applique à examiner sa collègue.

Elle a l'air normale. Du moins aussi normale que puisse paraître l'être humain le plus intelligent de la planète qui est aussi l'agent d'une organisation secrète européenne avec une activité frisant l'illégalité.

Comme ça, sans virgules, c'est plus impressionnant.

— Je veux des beignets, dit Antonia. Va te doucher.

Jon ne compte pas quitter cette chambre sans aborder ce qui s'est passé la veille.

— Antonia…

— Quoi ?

— Je ne compte pas quitter cette chambre sans aborder ce qui s'est passé hier soir.

— Hier soir, quand ?

— Dans le conteneur.

— Je me suis évanouie. Va te doucher.

— Ça, je le sais. C'est moi qui t'ai sortie de là. Je veux savoir pourquoi tu t'es évanouie.

— À cause d'une diminution du flux sanguin dans le cerveau, provoquée par le choc émotionnel, le manque d'oxygène à l'intérieur du conteneur et l'effort brutal de me baisser pour tenter d'extirper la femme de là. Va te doucher.

— C'est tout ?

— Ça te semble peu ?

Son explication est exhaustive. Mais pas suffisante. Car elle n'explique toujours pas pourquoi elle avait les pupilles si dilatées, si elle n'avait pris aucune des gélules rouges. Mais Jon est à plat, et commet donc pour la deuxième fois l'erreur de remettre le sujet à plus tard.

Le soleil brille au matin.

— Qu'est-ce que tu fais ?

— La société qui a importé le conteneur est une impasse. Ce n'est qu'un intermédiaire. Mais c'est une autre société qui était chargée de le récupérer. Un prête-nom. Un Arménien nommé Ruben Ustyan. Il a ses bureaux ici, à Marbella. Va te doucher.

— Sûrement encore un maillon de la chaîne.

— Qui nous mènera au suivant. Va te doucher.

Ce n'est pas grand-chose. Mais après ce qui s'est passé la veille, Antonia est décidée à arrêter Orlov à tout prix.

Jon noue sa cravate. Possible que le trajet pour regagner sa chambre soit le dernier voyage de son costard foutu, mais Jon compte bien lui permettre de l'accomplir dans la dignité.

Lola

Il était une fois une petite fille qui voulait avoir une cape d'invisibilité. Ou une potion qui lui permettrait d'échanger son visage avec celui de quelqu'un d'autre. Ou une carte qui lui indique où se trouvent ses ennemis.

Aucun de ces artefacts magiques n'étant à la portée de Lola Moreno, elle enfonce sa capuche sur sa tête et avance voûtée, comme si elle avait froid. Ce qui est le cas. Les orages ont encore fait baisser les températures, laissant dans l'air une humidité malsaine et poisseuse.

Aujourd'hui, Lola n'a plus nulle part où dormir.

Le délai que lui a donné Yaiza est expiré. Elle a quitté l'appartement il y a quinze minutes. L'idée lui est venue d'aller voir son amie pour la supplier de lui pardonner et de lui permettre de l'accompagner à Estepona. Elle avait déjà la main levée pour frapper à la porte quand ses doigts se sont immobilisés avant d'effleurer le bois. La facilité est une voie sans avenir. Pour elle comme pour son fils. C'est forcément un fils, bien sûr, un petit Yuri, un beau petit fils de pute comme son père, bon à rien. *Ou à presque rien*, pense Lola, avec une pointe de nostalgie dans la zone sud.

L'énergie et la détermination avec lesquelles elle a quitté l'appart de Yaiza ont un peu décliné tandis qu'elle marche vers Lomas Blancas. Elle a peur. Soudain, repartir de zéro ne lui semble plus un si mauvais choix. Même au noir. Récurer des escaliers de neuf à huit. Servir des verres de dix à six. Des souvenirs de l'époque du Dreamers et du Mirage lui reviennent. Quand les clients du petit matin, bourrés comme des coings, pissaient contre le bar pour ne pas aller jusqu'aux chiottes. Ou la cliente qui avait chié entre deux baffles, au fond de la piste. Ou toutes les touristes qu'il fallait sortir des toilettes, ivres mortes, à moitié à poil, couvertes de leur propre vomi.

Une nouvelle vie, oui, mais pas celle-là, promet Lola au petit Yuri, en se caressant le ventre, les mains dans la poche de son sweat. Sans savoir si elle pourra tenir parole. Mais qui peut faire des promesses impossibles à trahir ?

En chemin vers Lomas Blancas, à la hauteur du parc des Amoureux, son cœur a un sursaut et sa bouche devient sèche.

Face à elle, son visage, en dix fois plus grand, la regarde dans les yeux.

Le camion d'information de la Police nationale était une blague récurrente parmi les amis de Yuri. Un véhicule à six roues, muni d'un écran LCD de cent cinquante pouces reproduisant les visages des délinquants les plus recherchés. Trois d'entre eux appartiennent au clan Orlov. En dessous, un numéro de téléphone et un site web à contacter si on le croise.

— Leurs photos sont affreuses. Elles sont tellement dégueulasses que je pourrais m'arrêter devant le camion et faire un selfie sans qu'on me reconnaisse, se vantait l'un des types qui venaient régulièrement chez Yuri porter des messages – un Fomin, Kolia ou Vania quelconque.

Lola regarde sa photo de deux mètres de haut, son nom, sa date de naissance, et elle n'a aucune envie de rire. La photo est très mauvaise, mais c'est bien elle. Elle ne rend même pas si mal. Et Dieu sait si personne ne rend bien sur les photos d'identité. Le policier posté devant le camion tient une mitraillette ou assimilé. Noire, avec un canon énorme. Très menaçante.

Comme si toutes les armes à feu ne l'étaient pas, quand c'est un autre qui les tient en main.

Le camion est garé sur le trottoir d'en face et le flic regarde dans sa direction. Ou pas, mais il n'y a pas moyen de le savoir – ce n'est pas pour rien qu'ils portent leur casquette enfoncée jusqu'aux yeux. Lola ne peut pas se retourner ni changer de direction. Elle attend donc au passage piétons que le feu passe au rouge, l'estomac noué. Si elle avait son portable, elle pourrait le sortir et faire semblant de consulter son Instagram, mais elle l'a balancé aux ordures après ce qui s'est passé au funérarium. Elle est certaine qu'ils surveillent non seulement son téléphone et celui de Yuri, mais aussi celui de sa mère et ses numéros favoris. De nos jours, c'est bien trop facile pour s'en priver.

La dernière voiture passe devant elle – une énorme Audi A8 aux vitres teintées –, la suivante freine, le feu change de couleur et Lola n'a d'autre choix que de traverser vers le flic qui garde le camion.

Ne t'arrête pas. Ne change pas de direction. Agis normalement.

Le cœur battant la chamade et la respiration entrecoupée, Lola est très loin de se sentir « normale ».

La voilà presque à la hauteur du policier. Elle doit rassembler la moitié de sa volonté pour ne pas le regarder en face. L'autre moitié, elle l'emploie à réprimer son envie de sortir les mains de ses poches et de rabattre encore plus la capuche de son sweat sur ses yeux.

— Fait froid, hein, dit le policier quand elle passe à côté de lui.

Lola met un moment à comprendre que la voix qui s'adresse à elle ne fait qu'un commentaire aimable. Peut-être parce que son pouls résonne à ses oreilles comme un tambour.

— Très, dit-elle sans s'arrêter.

Elle le dépasse. Maintenant, elle mobilise tous ses efforts pour contrôler ses pieds, qui exigent de courir pour s'éloigner de là aussi vite que possible.

Doucement. Doucement.

Une demi-heure plus tard, elle arrive à destination. Lomas Blancas est un quartier résidentiel destiné à la classe moyenne, qui mêle pavillons individuels et maisons mitoyennes. Lola est exténuée, nauséeuse et assoiffée. Elle paie le manque d'insuline au prix fort. Sa bouche est si sèche que sa langue fait du bruit en raclant son palais.

Elle se sent au bout du rouleau.

Elle n'arrive pas à reconnaître la maison. Un jour, elle a ramené Zenya ici, parce que sa voiture était au garage, mais c'était il y a plus de deux ans, et Lola n'est pas en possession de tous ses moyens. *C'est une maison mitoyenne*, se rappelle-t-elle. *Presque au bout de la rue.* Mais quand elle arrive à l'endroit en question, après le deuxième ralentisseur, tout lui paraît étranger.

Ses jambes ne peuvent pas la porter davantage.

Elle se laisse tomber sur le trottoir, entre un conteneur à verre et une Peugeot, et se met à pleurer.

Putain, Yuri. Comment t'as pu être aussi con ?

— Madame Lola ?

Lola lève les yeux, entre deux sanglots, et Zenya est là. Une femme d'âge moyen. Forte, la peau mate, un sourire triste. Elle est en jean et blouson, chargée de deux sacs de courses.

Lola tente de se lever, mais sent de nouveau la tête lui tourner, de plus en plus vite. Elle doit s'appuyer au pare-chocs de la Peugeot, moucheté de boue séchée et d'insectes écrasés.

— Allez, entrez.

Zenya est une brave femme. Elle travaillait pour eux depuis quatre ans. Elle s'est toujours bien occupée du ménage, du repassage et des autres corvées. Elle n'avait pas de contrat, bien sûr, parce que Yuri était comme ça. Mais ils la payaient bien. En dehors de celle de Lola, Zenya ne travaillait que dans la maison où elles se trouvent en ce moment. Les vendredis, comme aujourd'hui.

— Je vous sers encore un peu de café ? dit-elle, approchant la cafetière de la tasse.

Lola se laisse servir, non sans une certaine gêne. Elle se sent humiliée de devoir demander de l'aide à sa femme de ménage, de s'introduire dans une maison qui n'est pas la sienne et d'accepter l'hospitalité involontaire d'inconnus. Ici vivent un cuisinier et sa femme, quinquagénaires. Ils sont au travail tous les deux, explique Zenya. Sur la porte du frigo, Lola remarque une photo du couple, tenue par un aimant. Des vacances à Rome. Mari et femme regardent l'objectif avec un grand sourire. Ils portent des bracelets identiques.

J'aurais pu avoir ça avec Yuri. Je ne voulais rien de plus.

Elles sont assises devant l'îlot de la cuisine, ouverte sur le salon. Tout est bien agencé, simple, mais chaleureux. Lola sourit en voyant la minuscule télévision trente-deux pouces. Elle n'aime pas les grandes télés. Ça la dérange de voir les pores du nez des présentateurs, leurs couronnes dentaires fluorescentes. Yuri a acheté l'un de ces écrans gigantesques, qui lui font l'effet d'être le miroir de salle de bains d'un tas d'inconnus. Un miroir grossissant. Pas des plus flatteurs.

Lola n'a pas apprécié qu'il claque plus de dix mille euros dans cette télé. Elle aurait préféré qu'il lui offre une montre, ou un beau bijou. Mais la galanterie et la subtilité n'étaient pas le fort de Yuri. Quand approchait son anniversaire, elle glissait des allusions à ce qui lui faisait envie. Elle n'avait pas fini sa phrase que Yuri lui tendait une liasse de billets de deux cents euros avec un grand sourire.

Tout ça, c'est fini.

La certitude liquide, vénéneuse, lui parcourt les veines. Plus pernicieuse encore ici, assise au beau milieu d'une existence parfaite qu'elle ne connaîtra jamais.

— Pourquoi vous ne m'avez pas appelée, madame ?

Lola hésite à lui dire la vérité. Elle pourrait prendre peur.

Mais non. Cette femme est dure. Elle a quitté l'Ukraine, fuyant la répression. Elle n'a aucune raison de lui mentir.

— C'était trop dangereux, Zenya, dit-elle. La police a sûrement mis ton téléphone sur écoute.

Zenya lui explique qu'ils lui ont posé beaucoup de questions, même si elle ne savait pas grand-chose, parce qu'elle n'était pas là quand le drame s'est produit. C'est elle qui a découvert le cadavre et qui les a prévenus.

— Où est Kot ?

— Ils l'ont emmené à la fourrière. Je ne pouvais pas m'en occuper, dit-elle avec regret.

Lola comprend. C'est un chien de quatre-vingt-dix kilos, qui consomme cinq mille euros de nourriture par an. Il a beau bien s'entendre avec Zenya – ce qui est curieux, car Kot n'aime personne –, la pauvre femme ne pouvait pas le prendre dans son appartement.

— J'ai une proposition à te faire, dit Lola.

Elle explique son plan à Zenya, du moins la partie qu'elle doit connaître. Et pour laquelle elle est indispensable.

Zenya écoute en silence. Elle écoute toujours en silence, la tête inclinée, le menton pointant légèrement sur la gauche de la personne qui lui parle. Comme si elle n'était pas vraiment concernée. Qu'on lui demande de mettre les plats dans le lave-vaisselle ou d'abandonner son logement, sa vie, son boulot.

Un appartement où elle vit seule, et des revenus insuffisants pour payer son loyer. Le choix est vite fait, pense Lola. Et elle a raison.

Zenya accepte.

Mais met une condition.

— J'ai besoin de cinq mille euros à envoyer chez moi.

— La semaine prochaine, je t'en donnerai dix fois plus.

— Non. Il me les faut maintenant.

— Je n'ai pas cet argent.

— Il me les faut. Ma sœur a besoin d'une prothèse pour marcher, c'est très cher. S'il m'arrive quelque chose, je ne pourrai pas l'aider. Vous me donnez l'argent pour que je lui envoie au cas où, et je vous aide.

Lola s'énerve. Elle tente de la raisonner, de lui expliquer qu'elle doit se montrer patiente. Mais Zenya n'entend pas d'autres raisons que les siennes.

— Très bien, dit Lola. Je vais te trouver cet argent. Rejoins-moi demain soir à la fourrière.

— Madame Lola, cet endroit est surveillé. Ce n'est pas une bonne idée.

— C'est une très mauvaise idée. Mais je ne partirai pas sans mon chien.

9

Un prête-nom

Personne ne qualifierait Ruben Ustyan de visionnaire.

Pas même Ruben lui-même.

En 2001, Ruben (accent tonique sur le « u », comme il le précise à tous ceux qu'il croise) venait d'émigrer en Italie. En Arménie, il n'avait ni avenir ni travail. Pourtant, Ruben n'excluait rien. À presque quarante ans, il avait fait un peu de tout. Un peu pickpocket, un peu dealer, un peu proxénète. Il avait débarqué à Rome *via* un cousin à lui, et était resté pour le nombre de touristes à plumer sur la piazza Navona. Peu ami avec les forces de l'ordre, il avait été le premier à s'indigner quand, le 20 juillet, un *carabiniere* a abattu Carlo Giuliani, un manifestant antimondialisation.

— Cette mondialisation, c'est un fléau. Un fléau. Il faut y mettre un terme le plus vite possible.

Oubliant le fait que lui-même exerçait une activité commerciale sur un sol étranger, avec des clients internationaux – il volait des portefeuilles indistinctement à des Espagnols, des Japonais, des Américains ou à n'importe qui –, Ruben Ustyan professait un mépris de la mondialisation rejoignant d'autres grandes prédictions historiques.

Comme celle d'Alex Lewyt, inventeur de l'aspirateur qui porte son nom, qui déclara en 1955 que dans dix ans, tous les modèles fonctionneraient à l'énergie nucléaire.

Comme celle de Thomas Watson, président d'IBM, qui déclara en 1943 qu'il y avait un marché mondial pour cinq ordinateurs maximum.

Non, personne ne qualifierait Ruben Ustyan de visionnaire. Mais sa capacité d'anticipation nulle finirait par se révéler un avantage évolutif. Pendant un séjour touristique en Espagne, deux ans plus tard, il avait rencontré Aslan Orlov. Comment ? C'est une longue histoire, impliquant une crevaison, une chèvre et une bouteille de vodka. Disons simplement que ce fut un hasard.

Le Fauve regarda attentivement Ruben Ustyan. Petit, le teint cireux. Doté d'une face de rat, tout en coudes et en genoux. Ses dents, plus grandes que sa bouche, l'obligeaient à arborer un sourire perpétuel. Il vit en lui une personne dépourvue d'imagination et lui confia la gestion d'un bordel à Puerto Banús.

— L'Arménien est fiable, dit Orlov. Il est trop « dense » pour merder.

Orlov énonce, littéralement, « dense comme du caca d'ours », mais certaines expressions idiomatiques russes sont difficilement traduisibles.

Ainsi s'écoula l'existence de Ruben Ustyan, sans éclat. Tenant les comptes. Assurant une rotation des femmes, pour les revendre à d'autres établissements moins luxueux dès qu'elles montraient des signes d'usure. Commandant des canettes de soda par palettes. Un gestionnaire efficace pendant les années de la bulle immobilière.

Quand la brique s'est cassé la gueule, Ruben fut le dernier à s'en rendre compte. Le jeu et la prostitution sont les deux derniers vices auxquels on renonce quand on est ruiné. Il mit si longtemps à s'en apercevoir que, lorsqu'il finit par apprendre que la bulle avait éclaté, la suivante était déjà en train d'enfler.

— Une chance qu'on soit sortis de la crise, lui dit Yuri.

— Quelle crise ?

— Remets-moi une bière, allez.

Yuri se rendait fréquemment au bordel, pour porter des messages ou de la coke pour un client, ce genre de trucs. En tant que gros bras d'Orlov, il avait droit aux filles gratuitement. Les boissons, en revanche, il devait les payer. Même avec la réduction réservée aux employés, Ruben calculait que quatre-vingts pour cent du salaire de Yuri finissaient dans son tiroir-caisse.

Du jour au lendemain, Yuri cessa de venir.

Ruben, piqué au vif dans son chiffre d'affaires, le lui reprocha un jour qu'il le croisa au rayon parfums du Corte Inglés. Il portait un sac dans chaque main.

— C'est fini, tout ça. Je suis amoureux, dit Yuri avec une radieuse imbécillité.

Ruben éclata de rire. Yuri était son client numéro un. Si en plus des bières, il avait dû payer pour les filles, Ruben posséderait déjà un yacht. Qui avait bien pu l'éloigner du vice ? Il continua de rire jusqu'à ce que ses yeux suivent la direction du doigt de Yuri. Il était pointé sur une femme grande et mince, debout près d'un présentoir Louis Vuitton. L'enseigne lumineuse montrait Léa Seydoux, une fleur à la main. La femme qui farfouillait dans les parfums, tapotant les bouchons dorés d'un ongle peint en rose, ressemblait à l'actrice. En plus belle et en moins française.

Ruben parvint à fermer la bouche avec un gros effort en voyant qu'elle approchait.

— Voici Lola, mon épouse.

C'est alors qu'arriva la proposition.

Cinq années ont passé depuis. Six ? Sept ? Ruben ne sait plus. Ça pourrait aussi bien être cent. Pour lui, tous les jours se confondent depuis ce jour-là. Ils sont plus tranquilles, aussi. Mais plus ennuyeux.

Ce jour-là, Yuri lui parla d'une nouvelle activité qu'il voulait développer. Ruben rit derechef en pensant à ce caïd aux jointures ensanglantées montant un boui-boui avec la bénédiction d'Orlov.

Deux semaines plus tard, il cessa de rire quand le Fauve lui ordonna de laisser tomber le bordel et de faire tout ce que Yuri lui demanderait.

En l'occurrence, louer des bureaux à San Pedro Norte. Bâtiment Palomas. Un espace fermé, sans fenêtres, avec juste deux bureaux. Une table, une chaise, des murs nus.

Yuri assit Ruben sur la chaise et le mit devant un ordinateur portable pour qu'il s'occupe.

— Je fais quoi ?

— Je sais pas. Rien.

— Et si ça sonne ? dit-il en désignant le téléphone.

— Ben tu décroches.

— Et je dis quoi ?

— Que c'est un faux numéro.

Ruben se gratta le cou et alluma une cigarette.

— Et vous allez me payer combien pour faire ça ?

Yuri le lui dit.

C'était cinq fois plus que ce qu'il touchait au bordel.

Si bien que Ruben est maintenant l'employé de Yuri.

Il passe la plus grande partie de ses journées de travail assis à son bureau. Il joue à Tetris, il regarde des vidéos YouTube sur des sujets intéressants. Il y a un jongleur coréen qui fait des trucs à poil – comme retirer une nappe d'une table en tenant le tissu entre ses fesses – qui le fascinent.

— Je pourrais faire ça de chez moi.

— Tu dois être ici, au cas où j'aurais besoin de toi, répond Yuri.

Et c'est vrai que Yuri débarque presque tous les jours avec un attaché-case, des papiers ou un notaire de circonstance. Il lui demande de signer là, là et là. Ruben signe. Il passe la semaine à signer. Des documents avec des tampons bleus, dans des chemises bleues. Des chèques, des prêts, des demandes. Des procurations, des livrets, des virements. Des contrats. Des mises en demeure. Des pouvoirs. Des déclarations.

Et des actes de vente. Beaucoup, énormément d'actes de vente. Jusqu'à trente certains jours.

Ruben a appris l'art de signer sans regarder. Littéralement. Il continue de jouer à Tetris de la main gauche, pendant que la droite monte et descend. Yuri lui passe le papier en question et dit : « Allez. » Ruben signe, le notaire certifie, Ruben lève la main et recommence. Tout ça sans quitter l'écran des yeux.

Une brique jaune, un acte de vente, une brique bleue, un chèque.

Ruben rêve de battre le record mondial de 4 988 lignes. Pour l'instant, il en est à la moitié.

— Ce serait plus facile si tu me faisais pas signer autant, proteste-t-il.

— Arrête de te plaindre. Je suis sûr que tu es l'homme qui gère le plus d'entreprises au monde. Ou peut-être en Europe, je ne sais pas.

— Combien ? demande Ruben, vaguement intéressé.

Yuri fait un rapide calcul.

— Un peu plus de sept mille.

— Je suis un magnat, fanfaronne Ruben. Comme Ramón Ortiz ou Donald Trump.

— Bien sûr, Ruben.

Yuri lui donne deux tapes sur l'épaule, et va ranger les papiers. Au fond, il y a un bureau aux parois vitrées. À l'intérieur, d'énormes classeurs et un ordinateur. Seul Yuri entre ici. Lui seul a la clé.

Maintenant, Yuri est mort.

Ruben a assisté à ses funérailles, comme tout le monde. Il a reçu cinq sur cinq le message d'Aslan Orlov. Des rumeurs bizarres courent à propos de la mort de Yuri et de la tueuse qu'il a engagée pour se charger de sa femme. Même si tout ça ne le concerne pas. Il reste loyal à la *Bratva*, donc personne ne peut le toucher.

C'est pourquoi il continue de venir tous les jours.

Parce que c'est son boulot.

En quoi ça consiste, il ne le sait pas trop, maintenant que plus personne ne vient lui donner de papiers à signer, mais la force de l'habitude est très puissante. Chez lui, il s'ennuie, sans personne à qui parler.

Et puis, il y a Tetris.

Donc il arrive, bouge la souris pour quitter l'économiseur d'écran, et continue la partie qu'il a laissée en pause la veille. Il en est à 1 200 lignes, et il n'a fait qu'une petite erreur dans un coin – les foutues briques rouges, y a jamais moyen de les caser – qu'il pourra facilement rattraper.

On frappe à la porte.

Ruben n'y prête pas attention. Personne ne vient jamais.

On frappe encore, avec insistance.

10

Un panneau

Le Palomas Building est situé loin du centre. C'est l'une de ces reliques des merveilleuses années 1990. Une époque où les mafieux ne venaient pas des steppes de Russie, mais de celles de Soria. Une époque où ils ne se cachaient pas, mais faisaient campagne pour la mairie en couverture d'*As* et de *Marca*. Une époque où ils gagnaient et construisaient sans aucun contrôle. Plus de trente mille logements illégaux, des dizaines de bâtiments construits sans autre objectif que le pognon. Presque tous ont survécu, malgré d'infinies décisions judiciaires exigeant leur démolition. Certains, comme le Palomas Building, abandonnés à leur sort par un homme d'affaires sans scrupules.

Il n'y a pas de gardien. Les trois quarts des bureaux sont inoccupés. Du moins d'après le panneau du hall, fabriqué dans une confondante imitation bronze.

— C'est la boîte d'Ustyan. Services aux Entreprises, S. L. Huitième étage, porte B, indique Antonia quand elle repère la plaque qu'elle cherche.

— Pour des mafieux, ils ne manquent pas d'humour, répond Jon.

— Ils créent des entreprises à partir de rien et facilitent leur démarrage. Techniquement, la description est correcte, dit Antonia, en pressant le bouton de l'ascenseur.

Jon émet un soupir. Théâtral.

— Tu crois qu'un jour tu seras capable de rire sans que je doive t'expliquer la blague ? Juste une fois.

— C'est du domaine du possible. Après toi, dit-elle en le laissant entrer dans la cabine.

11

Une cheville

Ruben peste, se lève et va jusqu'à la porte du bureau. Il l'ouvre avec agacement.

— Écoutez, vous vous êtes…

Un mur blanc, un flash, un léger vertige. Ruben ne sait pas comment définir ça, sinon qu'il est maintenant par terre, à se tenir le nez.

Le coup de poing le lui a cassé, faisant jaillir un torrent carmin qui glisse entre ses doigts et se répand sur le sol. Ruben regarde ses mains couvertes de sang avec incrédulité.

C'est un homme petit, timoré. Qualités qui représentent un avantage pour un pickpocket. Qui ne nuisent pas excessivement au boulot d'un gérant de maison close, tant qu'il a des costauds sous la main. Mais qui compliquent considérablement les capacités de défense d'un homme de paille qui a passé six ans sur une chaise, lorsque ces mêmes costauds se présentent à sa porte.

Ruben les reconnaît. Les frères Fomin. Deux Géorgiens particulièrement vachards. Ils sont grands, tous les deux, rugueux. Deux chênes, les fringues en plus. La boule à zéro et les bras tatoués. Souvenir de leur passage dans l'armée.

Ce n'est pas la seule chose qu'ils en ont rapportée. Ils y ont aussi acquis de précieuses connaissances. Comme appliquer assez de pression sur un os pour qu'il casse. C'est justement ce qu'ils font à cet instant, penchés sur Ruben. L'un d'eux le fouille, l'autre lui écrase la cheville avec insistance.

Le prête-nom est si dérouté qu'il en oublie de crier.

Son premier hurlement suit le craquement de son péroné qui se brise. Sec, désagréable. Comme le bruit que fait le bâtonnet d'un Magnum quand on le casse en deux avant de le remettre dédaigneusement dans l'emballage.

Ruben crie. La douleur est aiguë, lancinante, mais elle lui semble loin de son corps, comme si cela arrivait à quelqu'un d'autre. Si Ruben crie, c'est d'incrédulité. Il y a quelques secondes, il était là, peinard, à jouer sur son ordinateur, avec plus de fric en banque qu'il ne pourrait en dépenser jusqu'à la fin de ses jours.

— Qu'est-ce que vous faites ? Qu'est-ce que vous faites ? répète-t-il, comme si ce n'était pas évident.

Puis il ajoute, parce qu'il ne peut pas s'en empêcher, parce que quiconque a été un jour dans sa situation a éprouvé le besoin de le dire :

— Vous savez qui je suis ?

— Bien sûr, dit l'un des Fomin – le plus jeune. Ruben pense qu'il s'appelle Vadim. Ou Kolia.

— Il faut que je parle à Orlov. Il faut que je parle à Orlov, dit Ruben, en tentant de se lever et de rejoindre son bureau.

Il glisse sur sa cheville cassée, tombe, décide de ramper.

L'un de ses agresseurs s'approche, va jusqu'au bureau, prend le portable de Ruben et le met dans sa poche. Naturellement, l'homme de paille ne peut pas le voir, puisqu'il est toujours allongé à plat ventre.

— Il faut que je parle à Orlov, insiste Ruben, s'adressant aux pieds qui passent devant lui.

L'un des pieds en question se dirige vers sa pommette droite, qu'il heurte à grande vitesse. Le craquement et la douleur ne lui permettent pas d'entendre l'autre Fomin

– Vadim, ou peut-être Kolia – démolir la porte du bureau où Yuri rangeait ses archives.

Ruben perd connaissance quelques secondes. Quand il émerge, il reprend sa rengaine. La seule chose à laquelle il puisse s'accrocher à cet instant. Nous avions bien dit que Ruben était un homme dépourvu d'imagination.

— Je vous en prie. Laissez-moi parler à Orlov.

La persévérance de Ruben est récompensée lorsque l'un des Fomin interrompt sa tâche, compose un numéro de téléphone et met le haut-parleur près de la bouche de Ruben.

— Vous avez terminé ? dit Orlov avec brusquerie.

— Aslan. Aslan, c'est moi.

La voix du Fauve change en reconnaissant qui est au bout de la ligne. Elle devient calme. Résignée.

— Ah, salut Ruben.

Ruben émet un halètement joyeux et soulagé en entendant le *vor* de l'autre côté. Il peut enfin dissiper ce malentendu.

— Aslan, les Fomin sont ici.

— C'est moi qui les ai envoyés.

L'homme de paille sent une humidité sur sa nuque, ses bras, son dos. Il perçoit une odeur pénétrante, même avec son nez brisé, d'où de grosses gouttes ne cessent de couler, désormais plus denses et intermittentes. Il parvient à se tourner suffisamment pour voir que Kolia – il est pratiquement sûr que c'est lui – est en train de l'asperger avec le contenu d'un bidon métallique.

— Dis-leur de ne pas me faire de mal. Je n'ai rien fait.

— Je sais. Mais tu as vu la nouvelle à propos du conteneur, hier soir.

— Quelle nouvelle ? demande Ruben avec stupeur.

Orlov éclate de rire.

— Crois-moi, Ruben, je regrette vraiment de te perdre. C'est difficile de trouver des idiots aussi utiles que toi. Mais il ne doit rester aucun problème en suspens, dit-il avant de raccrocher.

Kolia récupère son portable, s'assied sur le dos de Ruben, le saisit par le cou et se met à lui cogner la tête contre le sol. Avec calme. C'est une excellente méthode quand vous n'êtes pas pressé, qui équivaut à frapper un œuf sur le rebord d'une poêle. Tôt ou tard, la coquille finit par se briser.

L'homme de paille perd conscience entre le troisième et le quatrième coup.

Quand il revient à lui, seule l'obscurité l'entoure. Il pense qu'il est devenu aveugle, mais alors surgissent les flammes.

Et puis, les cris.

12

Un peu de fumée

— J'ai des preuves de ce que j'avance. T'as pas pigé la blague du chat non plus, insiste Jon en pressant le bouton du huitième étage.

— Il a grimpé à l'arbre. C'est un code que son ami et lui ont adopté pour atténuer le choc émotionnel produit par une mauvaise nouvelle. Évidemment que j'ai compris.

L'inspecteur Gutiérrez lève les yeux au ciel. Rien à faire. *Complètement imperméable à l'humour.*

Il presse à nouveau le bouton du huitième, au cas où ça ferait accélérer l'ascenseur. En fond musical passe une version de *Despacito*. Jon est persuadé que l'enfer est un lieu plus agréable.

— Nous aussi, on devrait avoir un code, dit Antonia.

— Pour quoi faire ?

— Pour se prévenir du danger, des trucs comme ça. Un mot clé. « Camées du Vatican », par exemple. Si l'un de nous deux le dit…

Jon lève une main pour l'interrompre et porte l'index à ses lèvres.

— Tu as entendu ça ?

Antonia secoue la tête. Mais Jon sait qu'elle a entendu. Un cri. Et un bruit sourd, comme un sac de quatre-vingt-cinq kilos rempli de viande et d'os, tombant d'environ soixante-dix centimètres. Pour donner un exemple. Et il y a autre chose encore.

Avant même que les portes s'ouvrent, il a senti l'odeur de brûlé. De papier, de plastique, de grillade. De barbecue de trésorier de parti politique.

Ding.

Le couloir est plongé dans le noir, et seule la lumière ténue provenant de l'ascenseur éclaire les volutes de fumée qui dansent à mi-hauteur et envahissent la cabine.

Jon sort sa lampe de poche.

À sa droite, il y a une porte, celle du bureau A. Fermée. Au bout du couloir, celle du bureau B. Ouverte.

Il devine d'où vient la fumée.

— Préviens la commissaire et Belgrano, dit Jon à voix basse, tirant son pistolet.

Ce n'était pas la peine : les doigts d'Antonia volent déjà sur le clavier. Le message part avant que Jon ait pu finir sa phrase.

— Qu'est-ce qu'on fait ?

Jon désigne le plafond. L'applique a été arrachée. Les câbles pendent, l'ampoule est brisée sur le sol.

Si quelqu'un voulait du noir, c'est réussi.

— Camées du Vatican, dit Jon en avançant vers la porte.

La lampe dans la main gauche, brandie comme un couteau. La droite appuyée sur l'autre avant-bras, visant droit devant.

— Ce n'est pas comme ça que ça marche, dit Antonia.

— Je sais. Mets-toi derrière moi.

L'inspecteur Gutiérrez se rappelle avec une grande clarté ce qui s'est passé la dernière fois qu'il a dit ça à Antonia Scott. Une Porsche Cayenne a surgi du néant, a failli les percuter et il s'est ensuivi une hallucinante poursuite dont ils ont réchappé par miracle.

Jon sent un étrange fourmillement dans son cuir chevelu. Un millier d'insectes grouillent à la surface de son crâne. Qui ne s'agitent que quand les choses vont mal tourner.

Il respire lentement, par la bouche. La fumée n'est pas dense et se dissipe déjà. Quelle qu'en soit l'origine, elle est en train de s'éteindre.

Jon Gutiérrez ne croit pas aux coïncidences. Il ne croit pas qu'un incendie accidentel puisse se déclarer dans les bureaux auxquels ils vont justement rendre visite, pile quelques instants avant leur arrivée. Il ne croit pas non plus que pénétrer dans un espace potentiellement hostile en brandissant l'unique source de lumière soit la meilleure manière de prendre l'ennemi par surprise. Autant se faire tatouer une cible sur le front. Il est aussi conscient que, à la différence des délinquants lambda, la mafia russe a accès à des armes de poing. Et même à des fusils d'assaut. S'ils vous ont dans le viseur, votre compte est réglé en moins de deux.

Jon franchit donc la porte de Services aux Entreprises, S. L. en – selon l'expression en vigueur dans le jargon policier – chiant dans son froc.

— Reste dehors, ordonne-t-il à Antonia.

Il balaie la pièce du faisceau de la lampe comme on le lui a appris à l'école de police. Angle gauche, angle droit, autre angle, derrière la porte. Personne.

Un bureau vide, une chaise. À l'autre bout de la pièce, ce qui ressemble à un second bureau. Une porte. Dans l'embrasure, un corps. Noirci, fumant.

— Bordel de merde !

Le juron fonctionne comme une invocation. Une formule qu'on pourrait associer à des mots magiques pour faire apparaître des trucs du néant. *Abracadabra, Dracarys, bordel de merde.* Antonia surgit de derrière son torse protecteur, voit le corps allongé au sol et s'élance vers lui.

— Doucement, ma belle. C'est toujours la même chanson, prévient Jon, qui doit encore vérifier la pièce du fond.

Il enjambe le corps. Épaule vers l'avant, pistolet pointé vers le bas, il explore de nouveau les quatre coins.

Angle gauche, angle droit, autre angle, derrière la porte. Personne.

Juste les restes fumants d'un feu de camp éteint au centre de la pièce. Des résidus de polymères fondus, une puanteur de kérosène et de plastique brûlé qui rend l'atmosphère irrespirable.

Deux autres corps par terre. Jon tâte le pouls du premier. Ou plutôt son absence. Pour le second, pas la peine, le couteau incrusté dans son œil rend la vérification inutile.

— Il est vivant ? demande Jon, pointant la lampe vers Antonia.

13

Deux secondes

Antonia, agenouillée près du corps fumant, constate qu'il respire encore. Elle se tourne vers Jon pour le lui dire, mais n'en a pas le temps. Elle entend un bruit métallique, un doux *klonk*. Comme quand on referme un tiroir métallique. Un visage semble surgir du néant, flottant près de la tête de Jon. Un bras lui enserre le cou.

La lampe tombe par terre et s'éteint avec un claquement.

Maintenant, l'obscurité est totale.

Antonia, à quatre pattes, se met à palper le sol, à la recherche de la lampe, tandis que les ténèbres devant elle semblent prendre vie et se peupler de stimuli menaçants.

Un grognement sauvage.

Le frottement de deux corps, peau contre tissu.

Un coup. Métallique.

Un fracas.

Un instant d'incertitude, un silence.

Un déplacement de l'air vicié du bureau quand un corps tombe au sol.

Un halètement.

Un pas.

Un autre pas.

Les doigts d'Antonia saisissent enfin la lampe, par le bout de l'ampoule.

Ils ne sont pas seuls. La lumière s'allume, éclairant l'intérieur de la main d'Antonia d'une lueur rouge spectrale.

— Lâche, dit une voix féminine.

Antonia ouvre les doigts, lâchant la lampe.

Pendant le bref instant durant lequel le faisceau se reflète sur son t-shirt blanc, elle aperçoit le visage d'une femme jeune, aux yeux durs et perçants, qui fendent l'obscurité.

Puis celle-ci recule, pointant la lampe vers les yeux d'Antonia, qui se redresse pour se mettre à genoux.

Un pistolet apparaît dans la zone éclairée. Son canon se trouve à moins de six centimètres du front d'Antonia.

Celle-ci plisse les yeux.

Un Makarov 9 mm.

— Qui ? dit la femme.

Elle pose la question d'un ton qui ne laisse aucune place au doute : réponds ou je te tue. Mais ce n'est pas la première fois qu'Antonia fait face au canon d'une arme. Ce n'est pas la première, ni même la dixième. Et elle non plus ne doute pas. Ne jamais montrer sa peur, ne jamais céder.

— Et vous, qui êtes-vous ? demande-t-elle à son tour.

Le canon du pistolet s'avance jusqu'à frôler son front, mais Antonia ne bouge pas, hormis un frénétique battement de cils, tandis qu'elle tente de prendre une décision.

— Qui ? répète la femme.

Son doigt s'incurve sur la détente. Elle est sur le point d'appuyer. Antonia n'a plus qu'une ou deux secondes.

Pour la plupart des gens, deux secondes représenteraient un infime intervalle de temps.

Pas pour Antonia Scott.

En deux secondes, Antonia envisage trois réactions physiques possibles, à savoir :

- rouler sur elle-même ;
- s'éloigner en rampant ;
- tenter de s'emparer du pistolet.

Elle les écarte. Tant qu'elle est désarmée, toute tentative d'attaque est vouée à l'échec. La suspecte vient de tuer deux hommes volumineux et d'en immobiliser un troisième – Antonia peut entendre sa respiration – encore plus volumineux. Non pas qu'il soit gros.

Mentalement, elle calcule le temps de réaction de la Police nationale dans ce quartier excentré. Elle extrait de sa mémoire photographique la page du dossier qu'a envoyé Mentor concernant la mission. Cinq minutes, maximum. Combien de minutes ont passé depuis qu'elle a envoyé le message ? Trois et demie, avec une marge d'erreur de dix secondes.

Sa seule option est de gagner du temps. De rester en vie jusqu'à ce qu'ils arrivent. Ce que Mentor appelle la technique DDS. Déroute. Distrais. Soutire.

— À votre place, je ne tirerais pas, dit Antonia. Ce serait une grave erreur.

La femme éteint la lampe, ramenant l'obscurité, lourde et épaisse.

Elle est maligne. Elle ne veut pas que je la voie.

— Je ne parler bien espagnol, dit-elle.

— Mon russe n'est pas parfait non plus, répond Antonia dans cette langue, avec un impeccable accent moscovite.

La voix se fait plus douce, aimable, même, quand elles se mettent à parler russe.

— Tu es flic ?

— Quelque chose d'approchant. Mes collègues ne devraient pas tarder.

Comme si l'univers attendait son signal, les sirènes de la police se font soudain entendre au loin.

— J'ai jamais compris pourquoi ça se passe comme ça dans les films. (Dans le noir, la voix s'est maintenant déplacée sur la droite d'Antonia.) Le méchant a le héros à sa merci.

On entend les sirènes, et il s'en va. Ça ne prend pas plus de temps d'appuyer sur la détente que de ne pas appuyer.

Antonia sourit face à cette logique implacable.

— C'est ce que tu vas faire ? Nous tuer ?

Il y a un frôlement de semelles sur le sol, un déplacement d'air. Soudain, la voix de la femme résonne tout près de son oreille droite. Elle prononce les syllabes en russe avec une douceur déconcertante.

Juste derrière elle.

— T'as de la chance, fliquette. Aujourd'hui, tu n'es pas au menu.

Antonia a un sursaut de surprise.

Le temps qu'elle se reprenne, il n'y a plus que l'obscurité derrière elle.

Elle est partie.

Elle se relève, sort son téléphone de sa veste et allume la lampe. Jon est à l'autre bout de la pièce, allongé sur le dos, évanoui. Antonia s'agenouille près de lui, pince fortement la zone de peau située entre son pouce et son index d'une main, et un point sous son nez de l'autre.

Jon revient à lui avec un cri de douleur. Sa lèvre inférieure est fendue, et un filet de sang coule sur sa barbe.

— Qu'est-ce que tu fais ?!

— Rétablissement par stimulation sensitive.

— Ça fait super mal !

— C'est l'idée, dit Antonia, qui se relève et retourne près du corps allongé au sol. Aide-moi à le retourner.

— T'es sûre que c'est une bonne idée ?

Ruben Ustyan est mourant.

Antonia le sait.

Elle sait aussi, parce qu'elle a attentivement examiné ses blessures, que le retourner sur le dos lui causera une immense douleur.

D'ailleurs, c'est là-dessus qu'elle compte.

Jon, lui, ne le sait pas et n'a aucune raison de le savoir. Il faut savoir prendre seule certaines décisions.

— Aide-moi, insiste-t-elle.

Ils retournent Ruben.

L'Arménien crie d'une voix rauque. Le benzène qu'ils ont enflammé sur son corps a brûlé plus de quarante pour cent de sa peau, détruisant l'épiderme et atteignant la couche graisseuse. Les terminaisons nerveuses ont été détruites par le feu sur une bonne partie de son dos, mais les zones extérieures, où ses vêtements en polyester ont fondu avec sa peau, conservent les récepteurs de la douleur. C'est le même principe que la technique qu'Antonia a employée avec Jon, en beaucoup plus brutal. Ses nerfs s'activent tous en même temps, envoyant des dizaines de millions de signaux d'alerte au cerveau, accroissant la fréquence cardiaque, dilatant ses voies aériennes abîmées et contournant les dommages du traumatisme crânien. Réduisant aussi, malheureusement, son espérance de vie, de sept minutes à quelques secondes.

Il tente de se relever. Antonia lui prend la main, bien que le contact avec la peau brûlée

(chaude et rugueuse, craquelée
comme de la boue séchée à l'extérieur,
glissante au toucher à l'intérieur)

lui procure un immense dégoût.

— Du calme, monsieur Ustyan, dit-elle.

— J'ai rien fait. J'ai rien fait. Dites à Orlov que j'ai rien fait.

— L'ambulance arrive, ne vous inquiétez pas, dit Jon.

Dehors, on entend les policiers crier. L'inspecteur Gutiérrez se remet debout, lève les mains et communique son grade et sa position, car il ne veut pas se prendre une balle.

— C’est lui qui vous a fait ça ? Orlov ? C’est lui qui a envoyé la femme ? Vous savez comment elle s’appelle ?

Ruben tousse, halète. Il lutte pour respirer. Sa voix est comme du papier de verre. Il regarde Antonia, les yeux grands ouverts.

— *Tchernaïa Volchitsa.*

14

Une réplique

La commissaire Romero n'est pas contente du tout.

C'est une femme hiératique, réservée, peu encline à exprimer ses sentiments. Mais Jon peut percevoir sa désapprobation, car elle lui hurle dessus à deux centimètres de son visage. Avec postillons et tout le bazar.

— Je vous ai demandé d'être prudents. J'avais dit pas de coup de pied dans la fourmilière. Et je me retrouve avec quoi ?

Jon, qui s'est assis sur le bureau d'Ustyan pour que la commissaire puisse lui hurler dessus à son aise, se laisse faire. D'une part, parce que en vingt-quatre ans d'ancienneté dans la Police nationale, il s'est pris un paquet de soufflantes. Et il sait que le mieux à faire est de les laisser cracher leur venin le plus tôt possible.

Littéralement, pense Jon, en décroisant les bras le temps d'essuyer un postillon sur sa joue.

Et, d'autre part, parce qu'il se sent coupable.

Ces derniers jours, il s'est renseigné sur la commissaire. Major de sa promotion, première femme commissaire d'Andalousie, un impressionnant palmarès de coups de filet, d'arrestations et de saisies. Le *Diario Sur* cite son nom pour la prochaine direction régionale. Puis Madrid, forcément.

Comme toutes les femmes dans ce métier de merde, elle est deux ou trois fois plus scrutée que les hommes. Donc elle doit bosser quatre fois plus. Pas d'enfants. Célibataire. Dure à cuire.

Ça doit être son jour de congé, parce qu'elle est habillée normalement, en jean et chemise. Elle a quand même son chignon – toujours aussi serré, au point que Jon se demande si ce n'est pas un casque. Et la fumée qui lui sort des naseaux a vite fait de chasser celle de l'incendie.

— Deux morts au centre commercial, récite-t-elle, crachant les chiffres au visage de Jon. Huit femmes mortes plus une à l'hôpital, hier soir, dans le conteneur. Deux autres morts ici même, ce matin.

Belgrano lui murmure quelque chose à l'oreille.

— Trois. Ustyan est décédé sur le chemin de l'hôpital. Ce qui nous fait un total de treize.

— Quatorze. N'oublions pas Yuri Voronin, intervient Antonia.

Jon se passe la main dans le cou. La douleur persiste à l'endroit où la mystérieuse femme lui a fait une clé d'étranglement qui l'a laissé groggy. Il ne sait pas comment dire à Antonia que c'est le moment de faire profil bas. Il n'est peut-être pas le mieux placé, vu que la dernière fois qu'elle lui a demandé la même chose, il a fini par gifler un supérieur. Le bruit que sa paume ouverte a produit en heurtant la joue du capitaine Parra l'excite encore la nuit.

— Je ne l'oublie pas, dit Romero sans quitter Jon des yeux.

— Mais vous avez oublié de nous dire qu'il était votre indicateur, commissaire. Et ce n'est pas tout. Un indicateur qui se livrait au trafic de femmes.

Pitié, ne rentre pas là-dedans, pense Jon.

— Vous êtes la consultante.

Romero se tourne vers Antonia comme si elle venait seulement de remarquer sa présence.

— Antonia Scott.

Elle aussi a les bras croisés et est assise sur le bureau, sauf que ses pieds ne touchent pas le sol.

— Belgrano m'a parlé de vous. Il dit que vous êtes très forte sur les scènes de crime. Et il y a des rumeurs. C'était vous, à Valence ?

Antonia ne répond pas.

Jon regarde ses mains. Elles se sont remises à trembler.

— Ça vous ennuierait de nous faire une démonstration ? insiste Romero, désignant la porte du bureau derrière elle, éclairée par intermittence par les flashs des collègues de la Scientifique. Au moins on saura ce qui s'est passé ici.

— Je ne suis pas un singe savant.

La sévérité du visage de Romero s'accentue.

— Scott, permettez-moi de vous rappeler ce qui est en jeu. Cela fait quatre ans que nous sommes sur le dossier Orlov. Quatre ans, à batailler avec cent cinquante kilomètres de côte et treize mafias organisées. Chaque jour qui passe sans qu'on les arrête, des gens meurent. Alors si vous pouvez nous aider, faites-le. Sinon…

Antonia reste murée dans un silence protégé par des mitraillettes et du fil barbelé.

À moi de sauver son cul.

— Si vous me permettez, commissaire, intervient Jon. Je vais vous expliquer. Nous sommes arrivés ici en suivant une piste qui reliait le conteneur où ces femmes étaient enfermées à une société dont ce M. Ustyan était le prête-nom. Notre intention était de lui demander s'il savait où se trouvait Lola Moreno, mais malheureusement, quelqu'un a décidé de nettoyer les lieux avant notre arrivée. Nous savons qu'il y avait des documents, des ordinateurs. Tout a brûlé.

— Et ces deux-là étaient morts. Et une mystérieuse jeune femme russe vous a attaqués dans le noir. Une jeune femme que vous n'avez pas vue et que vous ne pouvez pas décrire, l'interrompt Belgrano. Tout ça, on le sait.

— Ce que nous ne savons pas, c'est comment elle a pu tuer seule les frères Fomin, déclare la commissaire en plissant le front. Ils ont une liste d'antécédents longue comme mon bras. Deux mastards, anciens militaires. Sans utiliser d'arme à feu.

— Très vite, dit Antonia.

— Pardon ?

— Elle les a tués très vite.

Romero se tourne vers Belgrano.

— Tant que la Scientifique ne propose pas autre chose, nous allons partir de l'hypothèse que les Fomin se sont entretués.

— Naturellement, commissaire.

Jon tente de ne pas réagir. D'imiter le hiératisme de la commissaire. Mais il subodore qu'à sa tête on doit voir que la pique ne lui a pas plu.

Voilà ce que c'est d'être de Bilbao. Crâne brachycéphale, rhésus négatif, couteaux dans les yeux quand on insulte votre collègue. Mais il se tait. Pour préserver la paix.

Pour ne pas la mettre dans la merde.

Même si elle s'y met toute seule.

— Ça ne doit pas être si difficile de retrouver une femme au foyer, inspecteur Gutiérrez, conclut Romero en se dirigeant vers le bureau pour discuter avec les policiers scientifiques. Prévenez-nous si vous ou l'*externe* tombez sur quelque chose.

Romero prononce la deuxième lettre d'*externe* en détachant le son *k* du *s*, avec une insolente volupté. Un chef-d'œuvre de corporatisme, condensé en une seule petite lettre.

— Si vous voulez dire que je ne suis pas fonctionnaire, vous vous trompez, commissaire, riposte Antonia.

Romero se retourne.

Entre elles deux, l'air se change en givre.

— Ah oui ? Et je peux savoir quel genre de fonctionnaire ?

— Cette information dépasse vos attributions.

La couleur se retire des joues de la commissaire Romero. Les ailes de son nez se gonflent légèrement, et c'est tout ce qu'elle laisse voir. C'est une femme dotée d'un contrôle d'elle-même presque surnaturel.

Et Jon, dans tout ça ?

Il n'en croit pas ses yeux.

Comparé à ce que vient de faire Antonia, la baffe qu'il a donnée à Parra, c'est du cirage de pompes !

— Retrouvez Lola Moreno. C'est pour ça qu'on vous paie, dit-elle d'une voix glaciale. Et disparaissez de ma vue au plus vite.

15

Un conseil

Dans la voiture.

— On peut savoir ce qui t'arrive ? demande Jon, constatant les dégâts dans le rétroviseur. (Sa lèvre est fendue et enflée, mais rien qui ne puisse se soigner en appliquant sur la zone concernée du verre bien frais, sous la forme de bouteille de bière.) Tu aurais pu interpréter la scène de crime.

Antonia attache sa ceinture. Elle peine, avec ses mains tremblantes, que Jon feint, une fois encore, de ne pas voir.

L'inspecteur Gutiérrez démarre vers nulle part en particulier. Pour s'y rendre, il doit esquiver les voitures de police et une ambulance inutile. Un policier municipal en uniforme lui ouvre le passage au bout de la rue, où l'accès a été interdit aux piétons. Par piétons, il faut entendre la presse. Il n'y a qu'un caméraman de la télé locale, qui est déjà en train de remballer. Aujourd'hui, les infos évoqueront un effondrement d'immeuble, une explosion de gaz, un incendie qui a fait trois victimes.

— Elle ne m'a pas semblé très disposée à nous croire, répond Antonia.

— Moi, je te crois, dit Jon en caressant son cou encore endolori. Même si je ne sais pas d'où cette fille a bien pu sortir. J'ai pourtant fait un balayage de la zone à la lampe avant d'aller voir les corps.

— Angle gauche, angle droit, autre angle, derrière la porte ?

— C'est la procédure habituelle.

— Je sais. Et apparemment, elle aussi. Elle était perchée sur l'armoire de classement.

L'armoire de classement. Métallique, à cinq tiroirs. Un mètre cinquante de haut. Jon se rappelle ce qu'il a fait en entrant. Il a vérifié chacun des angles, mais uniquement au niveau du sol. Autrement dit, ce qu'on vous apprend à l'école de police, car il n'est pas prévu que vous affrontiez Batman.

— Putain, c'était qui, cette nana ?

— Une professionnelle. Très dangereuse.

Mais encore ?

— Et on ne devrait pas s'assurer que Romero la recherche ?

— Les hommes de la Brigade scientifique lui expliqueront que cette femme a tué les deux Fomin. Mais cette scène de crime est sans importance. Nous ne devons pas retrouver ton assaillante. Nous devons retrouver Lola Moreno. La commissaire a été très claire.

— Tu n'y es pas allée de main morte non plus.

Antonia appuie la tête sur la vitre, épuisée.

— Ça m'insupporte qu'elle rejette la responsabilité sur nous. Surtout quand son informateur est directement coupable de la mort de ces femmes.

— Bon, trésor. Je vais te donner un conseil. Aussi en colère sois-tu, tu ne peux pas, je répète, tu ne *peux* pas dire à un supérieur : « J'ai plus d'autorité que toi. » Même si c'est vrai.

Elle se frotte l'arête du nez entre le pouce et l'index, les yeux plissés.

— C'était… Je ne sais pas comment exprimer ça.

— Comment exprimer quoi ?

— Ce sentiment. Quand quelqu'un t'asticote pour t'énerver, mais de manière sibylline. Subrepticement. En cherchant à déclencher une réaction négative de ta part. Il doit bien y avoir un mot dans une langue quelconque pour exprimer ça.

Ils s'arrêtent à un feu. Jon en profite pour la regarder, intrigué.

— Essaie plutôt de t'expliquer dans *cette* langue, poussin.

Antonia marque une de ses pauses évaluatives de trente secondes. Puis une autre, et encore une autre. Le feu passe au vert, mais ils ne démarrent pas. La rue est déserte, dans ce quartier excentré. Jon se contente de couper le moteur et de regarder la lumière changer de couleur.

Vert.

Rouge.

Encore vert.

C'est la vie qui défile en attendant que cette femme se décide à parler, pense Jon.

— Parfois… Parfois je cherche des mots dans d'autres langues. Des mots qui n'ont pas de traduction dans la nôtre. C'est un truc que j'avais… que j'ai avec Marcos. On capture des sentiments. Quand on en trouvait un vraiment spécial, on se l'offrait. J'en trouvais plus que lui, forcément. Lui, il devait les noter, il les notait… il les note tous sur un papier.

Jon attend. Patiemment. Sans commenter la valse des temps verbaux. Si révélatrice chez quelqu'un d'aussi pathologiquement précis qu'Antonia Scott. Sans commenter, mais en prenant acte. Elle parle de plus en plus de son mari au passé. Souvent, Jon se demande (en cachette, les lumières éteintes) quand viendra le moment de lui en parler.

Ce n'est pas facile.

Sur la liste des tabous conversationnels d'Antonia, le coma de Marcos se trouve au milieu d'un temple perdu dans la jungle du Pérou, protégé par des tarentules, des pieux et un rocher géant.

— Donne-moi un exemple, l'encourage-t-il, quand il devient évident qu'elle s'est enlisée dans l'introspection au détriment du récit.

— De mot spécial ? Je ne sais pas lequel choisir.

— Le premier qui te vient à l'esprit.

Elle ne l'écoute manifestement pas, car elle réfléchit. Peut-être qu'elle écarte certains mots trop personnels. Peut-être qu'elle cherche le spécimen parfait.

— *Boketto*, finit-elle par dire.

Et elle se tait.

— OK. *Boketto*. Ça m'arrive tout le temps.

— Non, à toi, ça ne t'arrive pas.

— Comment tu peux le savoir ?

Antonia semble soudain comprendre comment fonctionne une conversation. Qu'il faut employer des termes intelligibles.

— C'est du japonais. Ça veut dire « ce sentiment que tu éprouves quand tu regardes fixement au loin et que tu te perds en toi-même sans motif apparent ».

— Ça t'arrive tout le temps, dit Jon, essayant de ne pas sourire.

Antonia essaie de ne pas sourire non plus.

— Attends. Je crois que celui-là va te plaire. On va voir si tu trouves à qui je pense. *Backpfeifengesicht.* C'est de l'allemand.

— Et ça veut dire ?

— Littéralement, une tête à claques.

Jon entrouvre la bouche, avant de regarder Antonia dans les yeux et de prononcer en même temps qu'elle :

— Mentor.

Ils éclatent de rire tous les deux.

— Je commence à comprendre pourquoi tu aimes ce jeu.

— Ce n'est pas seulement un jeu. C'est… plus que ça. Je ne saurais pas l'expliquer.

Et c'est bien ça, le problème, pense Jon.

Quelqu'un comme Antonia, qui vit enfermée dans la prison de son propre cerveau, perçoit bien plus clairement que les autres êtres humains une vérité implacable. Que les limites de votre langage sont les limites de votre monde. Sans nécessairement l'exprimer en ces termes, tout grand lecteur comprend cela de manière intuitive, c'est pourquoi il ne lira jamais assez.

Antonia a poussé cette idée à l'extrême, en apprenant une dizaine de langues, et en cherchant dans celles qu'elle ne connaît pas des mots introuvables dans celles qu'elle connaît.

Jon n'est pas du genre à lire ou à apprendre des langues étrangères. Il est plutôt du genre à mater des séries et à soulever des pierres. Si bien qu'il résume tout ce qui précède d'un socratique :

Cette fille doit se connaître un peu.

— Et ton truc qui est plus qu'un jeu, ça marche aussi s'il y a plus d'un mot ?

— Une expression idiomatique.

— Une quoi ?

— Une phrase. Ça marche si ça n'a de sens que dans la langue en question.

— Bon, alors j'ai une expression pour ce que Romero fait avec toi.

— Laquelle ? demande Antonia en se penchant légèrement vers lui, les yeux grands ouverts.

— « Tu me casses les ovaires. »

La grossièreté, la violence, presque, de la phrase prend Antonia de court. Elle se raidit.

— Qu'est-ce qu'il y a ? Ça ne te plaît pas ?

— Je n'aime pas la vulgarité, dit-elle avec une moue dégoûtée. Ça appauvrit la langue.

Jon roule des yeux. Tu parles d'une idée reçue ! Cette nana devrait se faire un petit séjour à Bilbao, ça lui ferait un bien fou. Boire des coups à Pozas et García Rivero. Goûter au saumon à la piperade du Mugi, aux *felipadas*[1] de l'Alameda. Boire quelques *txikitos* en écoutant bavasser la faune locale, et fini les conneries !

— Chérie, les gros mots, c'est culturel. Ça permet d'exprimer des émotions bien mieux qu'un tas d'autres mots. Pense à la commissaire Romero, par exemple.

Il regarde Antonia, jusqu'à ce qu'elle comprenne qu'il est vraiment en train de lui demander de penser à la commissaire.

— Imagine que tu l'as devant toi. Et maintenant, dis-lui : « Tu me casses… »

Elle secoue la tête, le rouge aux joues.

— Je ne le dirai pas. C'est bien trop gênant.

Jon se penche au-dessus d'elle. Il tire la poignée. La portière s'ouvre.

— Fais-le, ou descends.

Elle le regarde, en se demandant si c'est du lard ou du cochon. Elle comprend qu'il est sérieux. Elle regarde le ciel, couleur uranium appauvri. L'orage menace de nouveau. Entre les deux maux, elle choisit le moindre.

— C'est bon, d'accord.

Puis :

— Tu me casses les ovaires, formule-t-elle à voix basse.

Irrecevable, pense Jon en secouant la tête.

— Plus fort. Il faut que tu t'en imprègnes entièrement. Tu ne dis pas juste ce que tu ressens. Tu pisses autour de ton territoire. Tu construis le mur de Berlin. Tu affirmes : « Ici c'est chasse gardée, connasse. » Encore.

Antonia prend une inspiration, comme pour recevoir un Oscar.

Puis, enfin :

— Tu me casses les ovaires ! proclame-t-elle d'une voix forte.

---

1. Sandwich aux anchois, mayonnaise et salade.

Le *r* final rebondit, énergique, sur le pare-brise.

Jon applaudit. Sobrement, comme toujours. Mais ravi intérieurement. Il sent qu'il a décroché quelque chose. Même s'il ne sait pas trop quoi.

— Et voilà le travail. Comment tu te sens ?

— Comme si j'avais capturé un sentiment.

Précision inutile. Elle resplendit comme si elle avait avalé un néon.

Mais elle précise quand même.

— Content pour toi, répond Jon en redémarrant la voiture. (Soudain, il se rappelle qu'il ne sait pas où aller.) On fait quoi, maintenant ?

Le visage d'Antonia retrouve sa gravité habituelle, tandis que le retour au réel fait disparaître le moment *My Fair Lady*.

— L'argent était notre seule piste. Et on nous l'a brûlée.

— La solution serait de retrouver Lola Moreno. Mais je commence à me dire qu'elle s'est volatilisée. Ou qu'on l'a fait se volatiliser.

— J'y ai pensé aussi. Non, les Russes ne continueraient pas à monter la garde devant le salon de coiffure de sa mère. Et moi, je commence à me dire qu'ils ne la cherchent pas seulement pour se venger de la trahison de Yuri. Je crois que tout ça est bien plus compliqué qu'il n'y paraît à première vue.

Jon se gratte vigoureusement la nuque. Il se demande s'il existe un mot intraduisible qui signifierait « se gratter pour stimuler sa créativité ». Il ne dit rien à Antonia, au cas où ça existerait.

— J'en sais rien. Quelquefois, il ne faut pas chercher midi à quatorze heures.

— Oui, dit-elle, très lentement. Quelquefois.

Dans ton monde, peut-être pas. Mais vu que tu vis dans le mien, l'heure du déjeuner, c'est l'heure du déjeuner, pense soudain Jon, alerté par l'alarme de son estomac. Qui n'a pas de fonction « snooze ».

— Pause déjeuner. Ensuite, tu pourras te prendre la tête autant que tu voudras.

— Je n'ai pas faim, ment Antonia.

— Certaines choses sont inévitables.

— Tu as raison. Certaines choses sont inévitables, dit Antonia au bout de quelques secondes.

Jon se tourne vers elle. Il a entendu l'expression de son visage avant de la voir.

— Non. Pas cette tête-là.

— Quelle tête ?

— La tête de « tu viens de me donner une idée, mais je ne sais absolument pas laquelle, et maintenant mon cerveau carbure à toute berzingue et je ne vais pas me fatiguer à t'expliquer ». Y a rien de plus pénible.

Antonia ajoute à l'expression un demi-sourire, prouvant au passage que Jon se trompe. Si, cette tête-là est encore plus pénible.

Puis elle sort son téléphone, appelle le Dr Aguado et lui récite la liste des choses dont elle a besoin. Jon n'entend pas ce que lui répond la légiste, mais à son ton précipité, il croit comprendre que l'appel ne tombe pas au meilleur moment.

— Une dernière chose, ajoute Antonia. J'ai besoin que vous cherchiez un nom de code dans les bases de données : *Tchernaïa Volchitsa.* Louve noire. Interpol, Europol. FSB.

Une pause. Ton précipité encore.

— Je sais. Faites ce que vous avez à faire. Nous assumerons les conséquences.

Ce qu'ils lui ont fait à l'époque

Dans la cabine d'observation du projet Reine rouge, Mentor converse avec un octogénaire ratatiné, tremblant, chauve et à moitié aveugle, vêtu d'une veste en tissu écossais. Il n'a pas l'air en forme. À vrai dire, il a plutôt l'air d'avoir un pied dans la tombe et l'autre sur une peau de banane.

Mais ne nous arrêtons pas à son âge. Il est peut-être le neurochimiste le plus génial de sa génération. Son nom pourrait figurer sur la liste du Nobel, s'il n'était un tantinet déséquilibré.

— Elle n'est pas prête, docteur Nuno.

De l'autre côté de la vitre, une jeune Antonia Scott, qui ignore que l'avenir la privera d'un mari et d'un fils, s'efforce d'ordonner une série de chiffres en séquences logiques. Elle a des électrodes placées sur le crâne et ne porte qu'une blouse d'hôpital.

— Elle s'entraîne depuis combien de temps ?

— Plus que tous les autres candidats. Mais je ne parviens pas à la faire sortir de sa zone de confort. C'est très frustrant.

— Comment a-t-elle réagi à la substance ?

Le médecin lève une main striée d'un réseau de veines variqueuses, qui ressemblent à des éclairs dans un ciel d'orage, et prend la feuille que lui tend Mentor.

— Les données sont très encourageantes. Mieux que ça, en fait. Aucun autre candidat n'a de marqueurs si élevés.

— Et pourtant, je ne constate aucun résultat. Elle va toujours trop vite ou trop lentement. La gélule rouge lui permet de se concentrer, mais pour un temps très court.

Nuno s'éclaircit la gorge, prend une profonde respiration et Mentor sent venir un discours. Il éprouve la forte tentation d'ordonner aux vigiles de le neutraliser, de l'emmener dans une ruelle sombre et de le faire disparaître discrètement. Il pourrait le faire. Personne ne protesterait.

— Savez-vous ce qui nous distingue des animaux, Mentor ?

— Le loto sportif ? dit-il, car toute réponse autre que la bonne ne compte pas.

— La capacité de raisonnement diagnostique. Voir les morceaux d'un vase par terre et savoir qu'auparavant, c'était un vase, qu'il se trouvait sur une étagère, et que le ballon de l'enfant, à côté des morceaux, a quelque chose à voir là-dedans. Remplacez morceaux de vase par cadavre, si vous préférez.

— Va pour le vase. Continuez.

— Des recherches ont été menées pour tenter de trouver des traces de raisonnement diagnostique chez les animaux. Nous avons commencé par les chimpanzés et les bonobos. Nous avons continué avec les dauphins. Rien. Finalement, quelqu'un a eu la brillante idée d'essayer avec un corbeau. On a placé un morceau de viande dans un tube en Plexiglas, et on a observé. Le corbeau a compris qu'il devait utiliser un outil pour accéder à la viande, tout en évitant un trou placé au milieu par où le morceau risquait de tomber.

— Ce n'est pas ce qu'on fait avec les poulpes ?

— Non. Les poulpes sont capables de sortir de la nourriture d'un pot. Cette expérience-là est beaucoup plus complexe. Il y a le tube, l'outil et le trou. Les chercheurs ont découvert que le corbeau était capable de récupérer le morceau de viande même lorsqu'ils changeaient l'emplacement du trou.

Fin du préambule, soupire intérieurement Mentor.

— Nous, les humains, ne sommes pas très doués pour le raisonnement diagnostique. En tant qu'espèce, s'entend. Nous avons développé une machine cérébrale hautement complexe, qui, pour fonctionner, cherche des raccourcis. C'est pourquoi nous nous racontons des histoires destinées à simplifier le raisonnement diagnostique. Ou à nous l'épargner. Que la terre est plate, que Paul McCartney a été remplacé par un sosie…

— Que le gouvernement recrute des agents super-intelligents pour monter un projet ultra-secret… suggère Mentor.

— Cette grossière caricature que vous venez d'énoncer est en effet un exemple valable. Ce que nous faisons ici surpasse tout ce qui a jamais été réalisé dans le domaine des neurosciences.

— Je n'ai pas besoin que vous me rappeliez notre véritable objectif, dit Mentor. J'ai besoin que vous m'aidiez à débloquer Scott.

— Si vous preniez la peine de m'écouter jusqu'au bout…

— J'espère que tout cela mène quelque part, dit Mentor, appuyé contre la vitre.

Nuno s'éclaircit de nouveau la gorge.

— Pour vous démontrer l'importance de ces fameuses histoires dans le raisonnement diagnostique, je vais vous en raconter une.

Il y avait, dans l'Allemagne nazie, un commerçant juif qui arriva un matin à sa boutique et trouva la vitrine couverte de croix gammées et d'insultes racistes. Péniblement, il nettoya la peinture et ouvrit son magasin. Cela recommença le lendemain. Le troisième jour, le commerçant veilla toute la nuit et, lorsqu'il vit arriver les chemises brunes portant des seaux de peinture, il s'approcha et leur dit :

— Je vous donne dix marks si vous peignez cette vitrine.

Les chemises brunes acceptèrent l'argent avec joie, puisque de toute façon, elles auraient fait le travail gratuitement.

Après leur départ, le commerçant nettoya la vitrine. Le soir suivant, il les attendit encore.

— Je vous donne neuf marks si vous peignez cette vitrine.

Et il continua ainsi, nuit après nuit, jusqu'à ce que la dernière, il ne leur propose plus qu'un seul malheureux mark pour salir sa vitrine. Les chemises brunes refusèrent. Elles n'allaient pas travailler pour si peu d'argent !

Elles repartirent et ne revinrent plus jamais.

— Que nous apprend cette histoire sur le raisonnement diagnostique ?

— Qu'avec ces cinquante-quatre marks, le commerçant aurait pu s'acheter un billet de train et s'enfuir avant que les nazis ne se lassent de la peinture et l'envoient dans un camp de concentration, dit Mentor.

Nuno cligne des yeux, surpris.

— C'est en effet une façon d'analyser le piètre raisonnement du commerçant. Cependant, je souhaitais vous montrer à quel point les humains dévient facilement du diagnostic correct. Les chemises brunes avaient oublié quelle était la véritable raison de leurs efforts, parce qu'elles avaient remplacé la cause par une analyse consciente. Par de l'arithmétique.

— Et quel est le rapport avec Antonia Scott ?

— Que fait Cristiano Ronaldo avant un tir au but ? Est-ce qu'il pense à lancer sa jambe vers l'avant, à lever un bras pour s'équilibrer, à contracter les abdominaux pour garder sa colonne vertébrale droite ?

— Il se contente de tirer dans le ballon, dit Mentor, comprenant enfin où le Dr Nuno veut en venir.

— Cette femme est l'être humain le plus stupéfiant qui ait jamais existé, dit le médecin en tapotant la feuille que lui a donnée Mentor d'un ongle long, dur et jaunâtre. Si vous ne parvenez pas à la guider pour qu'elle exprime son plein potentiel, c'est parce que vous lui apprenez à élaborer des diagnostics avec une pensée dirigée.

— Dites-moi ce qu'il faut faire, dans ce cas.

— Vous devez l'aider à trouver son histoire, répond le médecin. Si elle trouve son histoire, elle cessera de penser à la façon de tirer et se contentera de le faire.

Nuno déchire la feuille en petits morceaux irréguliers et les lance en l'air.

— Et alors, *boum*.

16

Une liste

Voici ce qu'Antonia Scott demande au Dr Aguado :

– une liste des personnes que Lola Moreno suit sur Facebook et Instagram, ainsi que leur nom et adresse ;

– un dossier rassemblant la totalité des messages privés qu'elle a pu échanger durant les quinze derniers jours, y compris ceux qui ont été effacés par les utilisateurs (mais que la plateforme conserve en permanence) ;

– un accès aux mails de Lola, avec une attention particulière à toute activité récente.

Il n'y a que deux possibilités : premièrement, quelqu'un aide Lola, auquel cas l'information devrait se trouver sur ses réseaux sociaux ou dans sa boîte mail. Mais Antonia sait que tous ses efforts risqueront d'être vains.

Ce qui nous amène à la seconde hypothèse.

Soit un proche que nous n'avons pas repéré la protège, soit elle survit dans la nature comme elle peut, pense Antonia. *Dans ce cas…*

— Je veux que vous interceptiez tous les appels au 112 passés depuis la région de Malaga.

— Je peux vous envoyer le fichier audio dès que la personne qui appelle raccroche. Aujourd'hui, tout est numérisé. Mais il y en aura trop.

Antonia ne répond pas. Le tremblement qui agite sa main droite est de plus en plus fort. Elle la glisse entre sa cuisse et le siège de la voiture pour que Jon ne le voie pas.

— Scott ?

Le besoin d'une gélule rouge est de nouveau là. Il va et vient, par vagues, d'autant plus puissantes que les stimuli qu'elle doit affronter sont intenses ou liés à son entraînement. Les singes dans sa tête deviennent encore plus dingues quand elle arrive sur une scène de crime ou qu'elle doit élaborer de nouvelles hypothèses sur l'affaire.

À cet instant, le cerveau d'Antonia carbure si rapidement que son corps subit un stress extrême. Elle a les joues creusées, de profonds cernes sous les yeux. Ce matin, en se regardant dans le miroir, c'est à peine si elle s'est reconnue.

Elle a besoin d'une gélule rouge. Mais elle se refuse à la prendre.

— On peut filtrer par mot clé ? dit Antonia, revenant à la conversation avec difficulté.

— Oui, c'est possible. Lesquels voulez-vous introduire ?

— Jeune, enceinte, vol, pharmacie, prêteur sur gages, hôpital, supermarché, alimentation. Je veux tous les résultats qui contiennent deux de ces mots clés.

« Une dernière chose, ajoute Antonia. J'ai besoin que vous cherchiez un nom de code dans les bases de données : *Tchernaïa Volchitsa*. Louve noire. Interpol, Europol, FSB.

Jon hausse un sourcil en entendant le dernier sigle. Le Service fédéral de sécurité de la Fédération de Russie est une entité qui ne partage pas volontiers ses données avec l'Union européenne.

— Ce n'est pas le meilleur moment pour pénétrer dans les bases de données russes sans autorisation, dit Aguado. Ils sauront que c'est nous. Et je devrais en répondre.

— Je sais. Faites ce que vous avez à faire. Nous assumerons les conséquences.

Lola

Il était une fois une petite fille qui avait tout.

Elle le dit à Yuri.

Pas le jour de sa mort, non. Ces moments symboliques et déterminants, qui précèdent la perte d'un être cher, n'arrivent jamais dans la réalité. Dans les films, un père peut transmettre à son fils une vérité fondamentale et, la seconde d'après, être terrassé par un infarctus. Ou emporté par une tornade.

Dans la vraie vie, la dernière chose que Lola a dite à Yuri fut :

— Je vais faire des courses !

Yuri répondit quelque chose d'inintelligible à travers la porte des toilettes des invités, qu'il utilisait uniquement parce que Lola ne le laissait pas faire dans les toilettes principales (Yuri mangeait très épicé).

Et ce fut tout. Pas un triste baiser, pas un *je t'aime*.

Rétrospectivement, l'assassinat de Yuri était un événement prévisible, et aurait pu être évité. Il est très facile de prédire le passé, comme le savent tous les économistes, les éditorialistes et votre beau-frère, qui n'ont qu'à ajouter un « c'était évident » au titre du journal de la veille.

Mais Lola mettait Yuri en garde depuis longtemps.

— Nous avons déjà tout. Qu'est-ce que tu veux de plus ?

Et Yuri ne répondait pas.

Que veut une personne qui a déjà tout ?

Plus, comme tout le monde.

Le bon sens de Lola n'était pas constant, il se présentait plutôt de façon vague et intermittente. Comme le projet d'apprendre l'anglais, de se mettre au régime ou de s'inscrire à la salle de sport. Quatre-vingt-quinze pour cent de ces bonnes résolutions se matérialisaient « demain ». Il est vrai que Lola n'insistait pas tellement auprès de Yuri.

La naïve Lola, qui s'imaginait amoureuse de lui. En matière d'amour, se considérer comme amoureux ne revient-il pas à l'être réellement ?

Lola se croyait amoureuse. Et elle pensait qu'ils devaient changer de vie. Peut-être est-ce pour cela qu'elle avait jeté sa pilule aux ordures et s'appliquait à trouer, avec une fine aiguille, chaque capote qui franchissait le seuil de la maison. Parce que inconsciemment elle voulait tomber enceinte.

Et elle tomba enceinte.

En pensant que ça inciterait Yuri à se bouger le cul.

Et il se bougea le cul, évidemment. Sauf que cette andouille, cet abruti de première, le fit sans lui demander conseil. En réfléchissant tout seul, comme si c'était la chose à faire.

Et maintenant, Lola est là, dans ce bordel sans nom.

Cette avidité, ce « toujours plus », est la raison pour laquelle Lola est pourchassée et menacée de mort. Mais c'est peut-être aussi la clé de son salut. Il ne faut pas seulement voir là l'ironie de la vie, ce serait trop facile. Ironiquement.

La nuit tombe ; à 19 heures passées, le soleil ronfle déjà dans le berceau de la mer. Lola descend la rue Enrique del Castillo, qui débouche sur l'avenue Ramón y Cajal. Elle tourne à gauche. Trois boutiques de téléphonie plus loin se trouve le local d'Edik Gousev.

À l'extérieur, il a mis une enseigne Instant Cash, mais à l'intérieur, tous les initiés savent ce qu'il y a.

Gousev est un receleur et un enfoiré. Dans les deux professions, il a atteint l'excellence.

C'est aussi une relation de Yuri. Ami serait un terme trop fort. Yuri l'a toujours traité cordialement, mais avec une certaine distance. Si même Yuri – qui ramassait tous les déchets de la société qu'il trouvait dans la rue dès lors qu'ils parlaient la langue de Tolstoï – était capable de voir que Gousev était toxique, il fallait vraiment que la situation soit désespérée.

La porte de la boutique s'ouvre avec un *ding dong* mécanique, qui ne semble alerter personne. Lola laisse errer son regard sur les grille-pain *quasi neufs* !, les cafetières *d'occasion* ! et même un optimiste *à saisir* ! à côté d'un graveur de CD.

C'est alors que Gousev fait son apparition.

Il ne la reconnaît pas immédiatement. Ça fait des jours que Lola ne se maquille plus, et ses cheveux sont sales et hirsutes. Elle a des cernes aussi profonds qu'un hamac.

— Heureux de vous voir, madame Voronin, dit-il après quelques secondes d'hésitation. Vous êtes plus belle que jamais.

Gousev est un petit gros, qui a dû bosser comme cible dans un stand de tir dans une vie antérieure vu le nombre de furoncles sur sa tronche.

— Bonjour, Gousev.

Ils s'observent avec une certaine méfiance. Lola sait qu'elle le met dans une situation délicate en débarquant dans sa boutique sans prévenir.

— Vous nous avez manqué aux obsèques de votre mari.

— Je n'étais pas en mesure d'y assister.

— Il y avait foule. Tout le monde est venu.

Lola n'a pas besoin d'en entendre davantage. Gousev est dans l'obligation d'avertir Orlov qu'il l'a vue. Peut-être même touchera-t-il une récompense, si tant est que le Fauve ait mis à prix son crâne de piaf. Mais Gousev n'est pas idiot. Il sait que Lola le sait. Et il sait donc qu'elle n'aurait pas pris un tel risque si ce n'était pas important.

— Qu'est-ce qui vous amène ici de manière si… inopinée ?

Gousev maîtrise mieux le castillan que bien des Espagnols, même s'il commet quelques erreurs. Et il parle d'une voix basse, d'où suintent de désagréables perspectives.

— J'ai une pièce à vendre d'urgence.

Inutile de préciser pourquoi.

— Eh bien, voyons cela.

— Pas ici, dit Lola en jetant un regard à la rue.

Gousev acquiesce, va jusqu'à la porte qu'il ferme à clé. Il retourne la pancarte « Ouvert ».

— Suivez-moi.

L'arrière-boutique est une pièce exiguë, pleine de cartons et d'écrans de surveillance. Elle ferait dans les quatre mètres carrés si elle n'était remplie de babioles. Il y a des morceaux de poupées, des pièces de montres, des mines de stylos. Des jeux vidéo dont plus personne ne veut.

Lola ne s'y trompe pas. La réserve de Gousev se trouve ailleurs, loin des regards indiscrets. Ses véritables affaires, il les fait de nuit, et elles consistent à acheter et à vendre de tout. Absolument tout.

— Une fois, il a vendu le foie d'un gamin, lui avait raconté Yuri en prenant l'apéro dans un bar.

— Tu me fais marcher.

Yuri avait haussé les épaules et repris un morceau de lard.

Lola ne l'avait pas cru. Maintenant, elle le croit. Se trouver si près de Gousev dans un lieu clos lui fait entrevoir des choses très sinistres.

— Voyons ce que vous avez pour moi, dit Gousev, impatient.

Lola se penche, comme si elle allait refaire son lacet. Au lieu de quoi, elle retire son bracelet. Elle l'a accroché à sa cheville, parce que c'est tout ce qui lui reste.

Le bracelet que lui avait offert Yuri quand elle s'était plainte que celui qu'elle possédait, en or rose, n'allait avec rien.

Yuri avait souri avec suffisance et acheté le bracelet. Un bracelet dont elle n'avait aucun besoin, une dépense absurde, un caprice de petite fille gâtée.

À présent, c'est sa bouée de sauvetage.

C'est aussi la seule chose qui lui reste de Yuri.

Elle ne voulait pas s'en défaire, sous aucun prétexte. D'abord, parce que personne ne l'aurait acheté sans un certificat d'authenticité. Ensuite, parce qu'elle y est très attachée. Bien que ce soit de la folie d'être venue ici, elle a besoin de cet argent. Et Zenya a refusé d'accepter le bracelet en paiement. Lola n'a pas le choix.

Elle le tend à Gousev.

Le receleur observe le bijou sous la lumière, d'un œil expert. L'autre, plissé et bigle, est fixé sur Lola, qui lui fait l'article de la marchandise.

— C'est un De Beers en or blanc, 18 carats. Serti de trente diamants. Il doit valoir dans les…

— Vingt-cinq mille euros, madame Voronin. Un cadeau de votre mari, je présume. C'est un bijou trop précieux pour se l'offrir soi-même.

Il le retourne entre ses doigts.

— Un peu plus, peut-être. Il est en excellent état. Et le prix des diamants a considérablement augmenté cette année.

Lola ne peut retenir un soupir de soulagement en constatant que Gousev ne tente pas de minorer la valeur du bijou.

— J'ai besoin de cinq mille euros. C'est tout. Si vous me les donnez, le bracelet est à vous. Vous pourrez faire un beau bénéfice.

Gousev sourit, et passe la main sur sa chemise qui fut autrefois blanche et dont le plastron est orné d'une tache de jaune d'œuf.

— J'ai bien peur de ne pouvoir vous donner cet argent, madame Voronin.

Le sourire disparaît du visage de Lola.

— Combien… Combien pouvez-vous m'en donner ?

— *Nitchego*. Rien, répond Gousev, agitant les doigts dans l'air.

— Très bien, dit Lola en tendant la main pour qu'il lui rende le bracelet. Je vais chercher ailleurs.

Le sourire de Gousev s'élargit. Il a les dents blanches. Bien soignées. Cela fait un drôle d'effet, chez un type aussi répugnant, qui se vautre dans la fange.

— Vous ne m'avez pas compris. (Il se retourne et fouille dans une boîte.) Je vais garder le bracelet, et je ne vous donnerai rien.

De la boîte, il a sorti un pistolet. Il le pointe sur la tête de Lola qui recule, terrifiée.

— Vous ne pouvez pas me faire ça. C'est… irrespectueux. Nous nous connaissons. Yuri vous a aidé quand vous aviez besoin de lui.

— Vous faites encore erreur. Je vais le faire, parce que je le peux. Et ne mentionnez plus votre idiot de mari. Il a trahi la *Bratva*. Je peux faire de vous ce qui me plaît. D'ailleurs…

Les bras maigrelets de Gousev obligent Lola à se tourner. Une main presse le pistolet contre sa nuque, l'autre triture la fermeture de son pantalon.

Lola réprime un gémissement. Elle ne veut pas pleurer. Elle ne veut pas supplier. Elle ne peut l'éviter.

Les doigts parviennent à déboutonner son pantalon, s'empêtrent dans l'élastique de sa culotte. Les ongles la griffent quand il la lui baisse. Lola sent une brûlure infectieuse sur sa peau, qui la fait sursauter.

Gousev bataille avec son propre pantalon. Tous deux sont debout, et Lola fait une tête de plus que lui, si bien qu'il ne peut la pénétrer. D'autant moins qu'il a le pénis mou et flasque.

— Si j'avais su que tu venais, j'aurais pris quelque chose pour te recevoir comme tu le mérites, dit Gousev en frottant son membre flasque contre ses cuisses. Toi et ton mari, vous vous êtes toujours crus supérieurs aux autres, pas vrai ? Eh bien, maintenant, vous n'êtes plus rien.

Il prend Lola par les cheveux et la traîne jusqu'à la sortie.

— Cours, salope. Casse-toi. Je ne vais peut-être pas appeler Orlov, après tout. Comme tu dis… ce serait irrespectueux.

Enregistrement 06

Dix mois plus tôt

SOUS-INSPECTEUR BELGRANO : On a été suffisamment patients avec toi. Maintenant ça suffit.

YURI VORONIN : Attendez un moment.

COMMISSAIRE ROMERO : C'est trop tard, Voronin. Nous sommes venus vous informer que demain, nous allons présenter les preuves au parquet. Le dossier contre vous est prêt et nous avons suffisamment d'éléments probants.

LOLA MORENO : J'ai dit que je pourrais vous aider.

SOUS-INSPECTEUR BELGRANO : Madame, vous nous aviez dit que vous nous apporteriez du solide. Et nous n'avons reçu que de la merde.

COMMISSAIRE ROMERO : Laissez-la parler, Belgrano.

LOLA MORENO : Nous ne pouvons pas vous aider comme vous le voulez pour l'instant. Mais nous pouvons vous donner quelque chose en attendant.

(Bruits de papiers.)

(Pause de quarante et une secondes.)

COMMISSAIRE ROMERO : Là-dedans, il y a tout sauf la date et le nom du bateau.

LOLA MORENO : Je vous les donnerai. J'ai besoin que vous nous teniez à l'écart de tout cela.

SOUS-INSPECTEUR BELGRANO : Si vous croyez que vous vous en tirerez avec un tuyau crevé, vous vous trompez, madame.

Yuri Voronin : Il y a quatre cents kilos.

Sous-inspecteur Belgrano : Du shit. Ça fait bander personne, le shit.

Commissaire Romero : Belgrano, s'il vous plaît. Votre vocabulaire.

Lola Moreno : Avec tout le respect que je vous dois, commissaire. Il y a quatre cents kilos. C'est un volume considérable. Et les Marocains qui l'apportent sont de vrais méchants.

Commissaire Romero : Madame Moreno. Ce bateau est un point de départ. Je vais l'accepter, comme preuve de votre bonne volonté. Nous ferons la perquisition. Mais ce n'est pas grand-chose.

Yuri Voronin : Il y a quatre cents kilos.

Commissaire Romero : Vous répétez cela comme si ça signifiait quelque chose. Les quantités n'ont pas d'importance. L'important, ce sont les produits.

Lola Moreno : Important, pourquoi ?

Commissaire Romero : Si demain nous confisquons six tonnes de hachisch marocain, cela ferait six secondes maximum au JT national.

Sous-inspecteur Belgrano : Et la moitié des téléspectateurs hausseront les épaules, et diront : « Bah y a qu'à légaliser. » Comme si cette saloperie pouvait être bénéfique.

Lola Moreno : Et donc ?

Commissaire Romero : Donnez-moi de l'héroïne. Donnez-moi de la cocaïne.

Sous-inspecteur Belgrano : Et pas de Maghrébins. Les Maghrébins, c'est des petits joueurs.

Yuri Voronin : Je vous assure que…

Commissaire Romero : Nous connaissons très bien les délinquants marocains, Voronin. Mais ils ne font pas les gros titres.

Sous-inspecteur Belgrano : Des Russes. Ça, c'est sexy.

Commissaire Romero : Soit vous nous apportez directement Orlov, soit vous devrez nous le donner en petits morceaux.

Lola Moreno : Ce que vous voulez, c'est qu'on travaille pour vous.

Commissaire Romero : Ce que je veux, c'est débarrasser cette plage de tous ses déchets. Mais la question, madame Moreno, n'est pas ce que je veux. La question est ce que je peux vous faire si vous ne me le donnez pas.

Lola

Il était une fois une petite fille qui parvint à échapper à un ogre sale et malodorant.

Lola sort dans la rue, les vêtements fripés et le col de son sweat-shirt trempé de larmes. Les lumières des réverbères lui semblent imaginaires, l'air ténu, volatil, comme si l'atmosphère était sur le point de disparaître. Elle remonte la rue en chancelant, tout en reboutonnant son pantalon – sa culotte est restée baissée au milieu de ses fesses, mais elle le remarque à peine. Ses pieds effleurent le pavé, en apesanteur. Une femme lui adresse quelques mots inquiets, mais les ondes sonores se perdent dans l'espace avant d'atteindre ses tympans.

Rien de tout cela n'est réel.

Rien de tout cela n'est en train d'arriver.

Lola a le sentiment qu'elle ne tient au sol que par un fil, aussi fin et fragile que de la barbe à papa. Une simple rafale de vent suffirait à la décrocher. Elle s'élèverait et s'éloignerait d'un souffle, comme les aigrettes des pissenlits.

Rien de tout cela n'est réel.

On ne m'a pas pris ma seule chance de sortir de tout ça. C'est impossible.

Lola, qui sait toujours quoi faire. Lola, qui abrite en elle une froideur sèche, amère comme de la terre de cimetière.

Lola qui, depuis qu'elle est enfant, fait des plans pour le moment où elle sera à court de plans, se retrouve, pour la première fois, le bec dans l'eau.

C'est sans doute pour cela qu'elle n'a pas l'impression que c'est elle qui agit. Son esprit se dissocie de son corps, tandis que celui-ci titube jusqu'au restaurant du coin qui, à cette heure, en cette saison, ne sert qu'un couple de retraités distraits. Elle s'approche de la première table dressée et prend un couteau.

— Madame. Madame, écoutez...

Lola n'écoute pas davantage le serveur que la dame qui l'a abordée dans la rue.

— Madame !

Dans un premier temps, le serveur ne lui court pas après, car il a une commande à la main (salade, calamars à la romaine surgelés). Quand il s'élance à la poursuite de l'intruse, Lola ouvre la porte d'Instant Cash. Le serveur s'arrête en la voyant entrer, se livre à un rapide syllogisme – il a évidemment un master de philo – et décide qu'il vaut mieux appeler la police.

Tout se réduit à un simple choix, s'obstiner à vivre ou s'obstiner à mourir, pense Lola en se ruant vers l'arrière-boutique, sur un Gousev pris de court.

Elle le surprend, occupé à se tripoter l'entrejambe en regardant quelque chose sur son écran. Lola ne distingue pas ce que c'est, car elle est occupée, elle aussi, à le poignarder dans le bras et le dos. C'est un de ces couteaux que les serveurs vous donnent pour que vous batailliez avec votre steak avant d'en demander un qui coupe vraiment, si bien que le premier assaut ne parvient qu'à égratigner la peau de Gousev et à déchirer sa chemise blanche tachée de jaune d'œuf.

Le deuxième l'atteint à l'omoplate, qui plie la pointe de la lame et dévie la trajectoire de l'acier, lequel s'introduit entre l'os et le muscle, glissant sur une longueur de six centimètres, déchirant la chair et arrachant un cri de douleur à la gorge de Gousev quand Lola extirpe le couteau et que la pointe pliée détruit bon nombre de fibres musculaires sur son chemin.

Le troisième atteint le dossier de la chaise.

Le quatrième l'atteint, elle, au bras, quand Gousev se laisse tomber sur elle. Pendant qu'ils roulent au sol, Lola s'aperçoit que le receleur s'est pissé dessus, et la crudité, la brutalité de ce qui est en train de se passer lui apparaît clairement pour la première fois.

Il reste suffisamment de rage en elle pour un dernier coup, qui s'enfonce dans le ventre gras et dur de Gousev, manquant son nombril de quelques petits centimètres. Le couteau reste là, fiché jusqu'au manche, sous les yeux incrédules de l'homme. Lola reconnaît ce regard déconnecté de la réalité, car c'était le sien il y a moins de deux minutes.

La vie ne cesse de vous surprendre.

— J'ai appelé Orlov, *suka.* Sale pute ! Tu es morte, tu es une salope morte.

Lola se redresse, soutenant son bras blessé. Elle relève la manche de son sweat-shirt pour constater que ce n'est qu'une égratignure. C'est douloureux, mais supportable. Elle ne peut pas se permettre d'y prêter attention pour l'instant.

Gousev, au contraire, n'a d'autre préoccupation que le couteau qui émerge de son ventre sphérique comme le drapeau de Neil Armstrong à la surface de la Lune. Il l'agrippe des deux mains et tente de le sortir un peu, mais la douleur que produit la lame dentée, de forme triangulaire, est insoutenable. Il hurle encore, tandis que deux rigoles de sang ruissellent des bords de la plaie et se dirigent vers le sud, maculant la chemise blanche de Gousev sur leur passage.

— Je ne ferais pas ça. Tu ne regardes jamais la télé ? Tu peux te vider de ton sang si tu retires le couteau, dit Lola.

Son bracelet est sur la table. Elle trouve le pistolet dans la boîte, après avoir enjambé le corps gémissant et fouillé un peu. Elle met le premier dans la poche de son pantalon et braque l'autre sur le visage de Gousev.

— Le coffre-fort.

Un receleur doit avoir beaucoup d'argent liquide. C'est son outil de travail. Mais Gousev ne semble pas disposé à coopérer pour l'instant.

— T'as pas enlevé le cran de sûreté, connasse.

Lola retourne l'arme, l'étudie pendant quelques secondes et décide finalement que le petit levier sur le manche doit être ce qu'elle cherche. Elle le pousse avec prudence, entend un *clic* satisfaisant et pointe l'arme en direction du visage de Gousev, qui émet un *argh* encore plus satisfaisant.

— Merci. Le coffre-fort.

— Je te donnerai rien.

Lola lève la jambe droite, juste assez pour effleurer le manche du couteau du bord de sa basket, provoquant un nouveau hurlement.

— Je pourrais faire ça toute la journée.

En réalité, elle ne pourrait pas, parce qu'elle a encore la tête qui tourne et la bouche si sèche qu'elle a du mal à bouger la langue. Elle doit se piquer au plus vite. Ce gros porc a averti Orlov. Le serveur a peut-être appelé la police. Elle doit partir.

Mais elle n'a pas d'insuline et pas d'argent pour s'en procurer. Elle n'a pas l'argent pour Zenya et cet enfoiré a frotté sa bite sur sa jambe. Donc elle ne sortira pas d'ici sans lui avoir pris tout ce qu'elle peut. Quitte à ne pas partir plus loin qu'au fond d'un panier à salade.

Ou d'un corbillard, pense Lola, levant de nouveau la jambe.

— C'est bon. C'est bon. Là-bas, derrière, dit Gousev, désignant un point sur l'étagère.

D'un geste de la main, Lola dégage un tas de vieux films et découvre le coffre-fort. Il y a un clavier numérique. Obtenir la combinaison lui coûte trois coups de pied dans les côtes de Gousev, et bien plus cher en secondes, puisqu'elle perd une précieuse minute.

Le coffre s'ouvre avec un grincement. L'odeur frappe Lola au visage, amère et terreuse. Un sachet de cocaïne de la taille d'une balle de tennis sur une pile de documents sur l'étagère du dessus, en est la cause.

Sur celle d'en dessous, il y a plusieurs liasses de billets de cinquante euros, attachées avec des élastiques. Le nombre de billets de chaque liasse est inscrit à la main sur des morceaux de papier carrés coincés sous l'élastique. Lola en fourre quelques-unes dans les poches de son pantalon cargo, en savourant les gémissements qu'émet Gousev au cours de l'opération. On dirait que le pillage lui fait plus mal que le couteau.

— T'es morte, t'es une pute morte, répète-t-il, un peu plus faiblement.

Ses paupières se ferment, et ses doigts ne serrent plus aussi fort le manche.

Il est en train de se vider de son sang.

Une grande perte, pense Lola en se dirigeant vers la porte.

Elle fait un pas vers la partie de la boutique ouverte au public et pose le pied droit hors de la réserve.

C'est à ce moment que le flic apparaît à la porte. Grand, barbu, fatigué. Il a la main sur la poignée. En un instant, son visage passe de la lassitude à la panique, quand, à travers la vitrine, il voit Lola, pistolet à la main.

C'est aussi ce moment que Gousev, toujours allongé par terre, choisit pour étendre le bras et saisir le pied gauche de Lola par le talon. Il n'a pratiquement plus de force dans les mains. Ses doigts glissent sur le cuir de la basket de Lola, laissant trois traînées rouges sur la surface blanche. Mais le pied avait commencé à se lever, de telle sorte que Lola vacille légèrement et que son diaphragme se contracte sous l'effet de la peur, ce qui fait que l'index de sa main droite se contracte à son tour.

Blam.

La balle quitte le canon en direction du flic. Elle manque sa tête de quelques millimètres, et la vitrine se désintègre. Le flic s'écarte de l'entrée, avec un cri très peu masculin, quoique compréhensible étant donné les circonstances.

Tout cela s'est passé en moins de trois secondes.

Lola s'appuie au mur pour ne pas tomber, braque l'arme sur Gousev – qui semble s'être évanoui –, regarde de nouveau le pistolet sans comprendre. Dans ses yeux démesurément ouverts se reflètent les lumières bleues de la voiture de police. Dehors, on entend des cris.

PUUUTAIN !!!

17

Une avenue

— Eh ben, on dirait qu'en fin de compte elle a réapparu, dit Jon en descendant de voiture.

— Tu l'as dit toi-même, répond Antonia en se dirigeant avec lui vers le cordon de police. Certaines choses sont inévitables.

Jon et Antonia débarquent au milieu de ce foutoir une demi-heure après la bataille. Sans surprise, la commissaire Romero n'a pas cru bon de les prévenir des progrès de l'enquête sur la disparition de Lola Moreno. Peut-être parce qu'elle était occupée à l'encercler avec deux voitures de police et un fourgon, qui ont coupé l'avenue Ramón y Cajal, et posté six hommes armés, le pistolet braqué sur une vitrine de trois mètres de large.

Antonia était plongée dans les informations que lui avait envoyées Aguado sur l'iPad, quand le fichier de l'appel au 112 est arrivé. Son intuition s'est révélée exacte. Un heureux coup du sort. Le même qui a épargné la tête du policier quand la balle a fait exploser la porte vitrée. À une lettre près, le sort n'est guère plus que la mort.

Personne n'a cru bon de les prévenir, ce qui provoque chez Jon une rogne de compétition. Ça se voit à son pas martial, comme s'il voulait briser l'asphalte, et à son visage rouge.

Mais une prise d'otage n'est pas le moment idéal pour pousser un coup de gueule. Encore moins avec une dizaine de petits vieux occupés à filmer la scène sur leur portable depuis leur balcon. Pourtant, les haut-parleurs du fourgon demandent aux curieux de s'éloigner des fenêtres et de rentrer chez eux, grésillements parasites, ceci est un message urgent de la Police nationale, grésillements parasites, le suspect est armé et vous pourriez prendre une balle perdue, grésillements parasites.

Les gens sont cons, pense Jon, fort justement.

L'expression de Belgrano et de la commissaire, quand apparaissent Antonia et Jon, est chaleureuse. Comme un goulag.

— Qui vous a prévenus ? demande le sous-inspecteur.

— On l'a lu sur Twitter, dit Jon.

— Votre présence ne sera plus nécessaire, dit la commissaire Romero. Nous avons retrouvé la suspecte.

— Lola Moreno, la femme au foyer. Elle a rejoint Al-Qaïda ? dit Jon, désignant les flics abrités derrière les voitures, pistolet au poing.

— Elle est armée et a tiré sur un agent qui avait répondu à un appel au 112. Elle s'est réfugiée dans la boutique et menace de descendre le proprio, un certain… (Belgrano consulte ses documents) Edik Gousev, citoyen russe disposant d'un permis de séjour permanent en Espagne.

— Nous vous remercions de votre collaboration, mais à partir de maintenant, nous sommes chargés de l'affaire, dit la commissaire Romero, glaciale.

Elle porte son gilet pare-balles par-dessus son uniforme.

— Nous aimerions rester en tant qu'observateurs jusqu'à son arrestation, commissaire, dit Antonia, innocente comme l'agneau qui vient de naître. Si cela ne vous dérange pas.

Romero observe Antonia avec étonnement. Elle s'attendait à une lutte de pouvoir, pas à une modeste requête. Elle a trop de choses à penser et trop de témoins pour refuser.

— Faites en sorte de ne pas nous gêner.

Jon entraîne Antonia quelques pas à l'écart.

— Je vois que tu as bien assimilé mes leçons de politesse.

— Ce n'était pas le moment de lui dire qu'elle me casse quoi que ce soit. On doit rester pour les aider de notre mieux. Il y a un tas de bonshommes armés par ici, dit Antonia en regardant autour d'elle avec inquiétude.

Les policiers sont nerveux, pistolets chargés, prêts à l'emploi. Et ils sont nombreux. Qu'importe qui tirera le premier. La responsabilité se dilue dans le groupe. Et cette femme, là-dedans, a tenté de tuer un collègue, qui a été conduit à l'hôpital en pleine crise d'angoisse. Un classique, dans ce genre de situation, et qu'on ne voit jamais dans les films. Une angoisse qui ne s'en va pas en ambulance avec l'agent, mais qui demeure et se démultiplie parmi les six gars restés sur place. Une angoisse qui s'enroule autour de leur colonne vertébrale, étire ses vrilles vénéneuses jusqu'à leurs poumons, qui respirent avec difficulté, frôle le cœur et le fait accélérer, poursuivant son chemin vers l'index courbé sur la détente.

— On doit la faire sortir de là par tous les moyens, dit Jon.

— Elle a tiré, dit Antonia. Sur un policier. Si elle ne se rend pas, et vite, on sait comment elle sortira d'ici.

Lola

Il était une fois une petite fille qui était piégée par la faute de vilaines personnes.

Lola est assise dos à l'étagère de l'arrière-boutique. Gousev a perdu connaissance et respire très lentement. Il sent la pisse et le sang. Il sent la défaite.

— Sortez les mains en l'air, beugle un haut-parleur.

— Foutez-moi la paix. Allez-vous-en !

Le mal de tête continue d'empirer. Il s'est installé derrière son œil gauche et la tenaille jusqu'aux tempes.

Et la soif.

Sa salive est aussi épaisse que de la colle. Sa gorge est comme du vieux cuir séché au soleil. Le besoin de boire devient urgent, désespéré.

Dans le bureau de Gousev, il n'y a qu'une petite bouteille d'eau presque vide. Malgré son dégoût de boire la bave du receleur, Lola cède à sa pulsion primaire et place la bouteille à l'horizontale, laissant les précieuses gouttes tomber sur sa langue. Le soulagement est bref et inefficace. Et répugnant.

Lola porte la bouteille à son œil, regarde le fond à travers le goulot, comme si cela pouvait la remplir par magie. Tout ce qu'elle obtient, c'est une image sextuplée d'un Gousev agonisant, ou déjà mort.

Lola jette la bouteille, écœurée. Elle atterrit sur la poitrine du receleur, roule jusqu'à son double menton, où elle reste un court instant avant de glisser au sol.

Je vais crever ici.

Je vais crever seule, enfermée avec un porc répugnant.

Les symptômes de l'hyperglycémie augmentent à mesure que le glucose s'accumule dans son sang. Elle est affaiblie, désorientée. La vision floue. Le ventre gonflé, pas seulement à cause de la grossesse.

Et la soif.

Elle a tout l'argent qu'il faut dans son sweat-shirt, mais aucune possibilité de le dépenser. Elle pense aux magasins alentour, remplis de bouteilles d'eau et de sodas. Elle pense aux tuyaux qui longent les murs, inaccessibles.

Je vais crever ici.

Peut-être que je devrais me rendre, laisser tomber.

Elle tient toujours le pistolet à la main – le responsable de tout ce merdier. L'espace d'un instant, elle songe à l'utiliser sur elle-même, puis elle rit. Un rire âpre comme la belle-mère d'un mari infidèle, comme la lime d'un prisonnier. Dans ce rire, il y a un humour sauvage qui rebondit sur les étagères encombrées de mixeurs, de vieux slips, de déshumidificateurs déglingués. Autant de rebuts de la société de consommation qui ont voulu être quelque chose, ont échoué et refusent de mourir.

Je ne finirai pas comme une yaourtière.

Rester vivante. Ce qu'elle tenait pour acquis chaque jour. Ça n'a jamais été aussi difficile.

Si seulement je savais comment.

C'est alors que le téléphone sonne.

Le timbre métallique, sans gêne, fait grossièrement irruption dans l'angoisse contenue entre ces quatre murs à l'odeur de poussière, de coke, de sang et d'urine.

Lola contemple l'appareil avec répugnance et stupéfaction, comme si elle découvrait un scorpion dans un œuf Kinder. Elle le laisse sonner, jusqu'à ce que l'appel s'interrompe abruptement.

Il sonne de nouveau.

Elle tend la main. Elle décroche avec appréhension, porte le combiné à l'oreille, comme s'il allait en surgir un flic armé jusqu'aux dents ou l'un des *boévik* d'Orlov.

— Écoute, dit une voix de femme. *Ruski ?* Russe ?

— *Nemnogo*. Un peu.

— Faire comme je dis. Prends pistolet. *Ponimaïech ?*

Ponimaïou. Lola comprend. Mais la situation lui échappe totalement.

— Qui êtes-vous ?

— Pas de temps. Vivre ? Tu vouloir vivre ?

Lola respire profondément.

Oh oui, je beaucoup vouloir vivre, pense-t-elle.

— Tu faire comme je dis.

18

Une sortie

Romero donne des instructions à ses hommes. Les voitures sont garées en travers de l'avenue. Elle est large, et dans le tronçon face au magasin de Gousev, il y a une demi-douzaine d'arbres. Ils sont les seuls occupants d'un trottoir désert. Le restaurant du coin est vide et plongé dans l'obscurité, les boutiques de téléphonie sont fermées depuis un bon moment. Seule la devanture d'Instant Cash est toujours éclairée.

— Où est le négociateur ?

— Ils nous en ont trouvé une à Cadix. Elle vient de résoudre une situation de violences conjugales, informe Belgrano. Elle sera là dans trois heures, d'après la préfecture.

— Trois heures, répète Romero avec lassitude. Trois heures pour réussir à faire venir une professionnelle, qui arrivera sur les rotules. Et tout est comme ça.

Jon a enfilé un gilet pare-balles et obtenu, de haute lutte, qu'Antonia fasse de même. Avec Belgrano et la commissaire, ils sont les seuls à en porter. Encore une preuve de l'alarmant manque de moyens de la police. Jon a lu que quelques mois plus tôt, il y a eu un échange de tirs entre des collègues et des trafiquants colombiens lors d'une opération sur un bateau labo. Paradoxalement, les narcos disposaient de gilets pare-balles et de fusils d'assaut AR-15, alors que les flics étaient à poil avec leurs flingues réglementaires.

Personne n'est mort, parce que les narcos ont eu la trouille. Dans un pays où les prisons sont loin d'être des hôtels trois étoiles, vous réfléchissez à deux fois avant de tirer sur un flic. Les armes sont réservées à la concurrence.

Personne n'est mort, cette fois.

Mais le problème subsiste.

— Qu'est-ce qu'on fait ? demande Belgrano.

— On ne va pas attendre trois heures. On va exfiltrer la suspecte.

— Pas la peine, dit Antonia. Elle est en train de sortir.

— Il y a du mouvement, commissaire, dit l'un des policiers abrités derrière une voiture.

Une ombre apparaît à la porte.

— Ne tirez pas. Je répète, ne tirez pas, dit la commissaire. Je ne veux pas de bavure, compris ?

— Sortez les mains en l'air ! dit Belgrano dans le mégaphone.

L'appareil déforme son accent grenadin et le rend moins menaçant que prévu. Mais il n'y a rien de drôle dans le canon des pistolets pointés sur le rectangle éclairé.

— Je vais sortir ! répond une voix. (Belle, légèrement rauque. Altérée par la peur, mais pas exempte de beauté.) Je vous en prie, ne tirez pas.

Lola Moreno est bien mal en point. Les cheveux sales et emmêlés, les cernes marqués, les lèvres sèches et gercées. Sa peau déshydratée luit sous les phares des voitures, qui découpent son ombre contre la façade du magasin.

Et elle est toujours belle, pense Jon.

Parmi tous les policiers présents, il est le seul à ne pas avoir touché à son arme. Même la commissaire a sorti son pistolet. Quant au sous-inspecteur Belgrano, il tient le mégaphone de la main gauche, tandis que la droite est posée sur l'étui qu'il porte à la ceinture.

— Elle ne présente pas de danger, indique Antonia. Que personne ne tire.

Lola a l'arme à la main, mais elle la tient par le canon, entre le pouce et l'index. Elle a les bras levés, le dos voûté. Elle avance à pas lents, s'éloignant de la porte de la boutique.

— Madame Moreno, beugle le mégaphone. Jetez votre arme.

— C'était un accident !

— Vous devez jeter votre arme, madame. Dernier avertissement.

Lola regarde dans leur direction, les yeux agrandis par la peur. Mais on peut y lire davantage. Elle les bouge d'un côté à l'autre. Attendant quelque chose.

— Il se passe un truc, dit Antonia.

Jusque-là, elle se tenait debout. Elle se baisse, très lentement. Non qu'elle fasse une cible de choix. Une petite main saisit le gilet pare-balles de Jon et le tire aussi vers le bas.

— Madame, je ne le répéterai pas. Jetez votre arme, dit Belgrano, reniant sa promesse.

— C'était un accident. Je vous jure que c'était un accident. Vous devez me laisser partir, dit Lola entre deux sanglots.

Elle fait un autre pas vers la droite, s'éloignant un peu plus de l'entrée de la boutique.

— Ne bougez plus, madame. Jetez votre arme !

La commissaire Romero prend le micro de son talkie-walkie et appuie sur le bouton émetteur.

— Bravo Un, vous me recevez ?

Grésillements.

Silence.

— Soler, vous êtes où, bordel ? insiste Romero, pressant plusieurs fois le bouton d'intercommunication.

— Votre homme, pas là, répond une voix féminine.

Elle résonne dans le casque de Romero, de Belgrano, et de chacun des six policiers.

— Ceci est une fréquence réservée à la police, grogne Romero. Quittez ce canal ou…

— Votre homme pas là. Je utilise sa radio.

Les policiers se regardent sans comprendre. Romero et Belgrano échangent un regard un peu différent.

— Qui parle ? Est-ce que l'agent Soler va bien ?

Romero adresse un signe de tête à Belgrano. Le sous-inspecteur pose le mégaphone par terre et fait un geste à l'un des agents planqués derrière la voiture.

— Homme bien. Vous pas bouger.

— Écoutez, je ne sais pas qui vous êtes, mais…

— Roue droite, dit la voix dans le casque.

À plus de huit cents mètres par seconde, la balle crève le pneu de la Citroën C4 avant que la détonation n'arrive aux oreilles des policiers rassemblés devant Instant Cash. Lorsqu'elle leur parvient, elle se fond avec le bruit de l'explosion de la roue, la rendant assourdissante. La voiture de patrouille s'incline sur le côté, pendant que les agents se jettent au sol, cherchant d'où provient le tir et se protégeant comme ils peuvent.

Jon s'est jeté au sol, lui aussi. À cela près qu'il l'a fait en couvrant Antonia de son corps. Laquelle tente de se retourner et de dégager sa tête.

— Là-bas, en haut, dit Antonia, désignant le toit-terrasse derrière eux.

Romero sait où se trouve le tireur. À l'endroit où elle avait posté l'agent Soler avec un fusil de sniper PSG1. Un bijou de précision. L'agent Soler n'a que vingt-quatre ans, mais avec cette arme, il fait des merveilles. Il peut atteindre une pastèque à six cents mètres de distance. Ou plutôt la désintégrer, car le PSG1 tire des cartouches 7.62 mm, capables de traverser un bloc de ciment de cinq centimètres d'épaisseur.

Pour l'UDYCO de la Costa del Sol, obtenir cette arme avait été une grande victoire. Romero avait dû insister pour qu'on lui envoie de Madrid l'un de ces fusils de précision habituellement réservés à des unités telles que les GEOS[1] ou à des villes comme Bilbao ou Barcelone. « Entre des mains qui savent l'utiliser, c'est une arme imparable », avait dit Romero quand le paquet était arrivé au commissariat. Ç'avait été la fête.

À présent, ce n'est plus le cas.

— Montez jusqu'à la position de Soler. Par tous les moyens, exige Romero, couchée sur le bitume, tête contre tête avec Belgrano.

Le sous-inspecteur rampe sur la chaussée en direction du fourgon, mais ne va pas bien loin. La voix résonne de nouveau dans les talkies-walkies.

— Grande voiture, roue gauche. Petite voiture, roue arrière.

Les détonations, très rapprochées, résonnent dans toute l'avenue Ramón y Cajal, dispersant les badauds et les journalistes présents derrière le cordon de police. Et les retraités dérangés sur leurs terrasses. La roue de la voiture crève proprement, celle du fourgon, plus lourde, projette des morceaux de caoutchouc noir un peu partout.

— Commissaire, la suspecte s'en va, dit l'un des agents qui voit, sous la voiture de police, les pieds de Lola s'éloigner d'eux.

— Arrêtez-la ! ordonne Romero.

L'agent se redresse légèrement, lève son arme.

Cette fois, il n'y a pas d'avertissement.

La balle l'atteint à la cuisse gauche, pénétrant par l'arrière. La puissance de l'impact est énorme, cassant son fémur en

1. Grupo especial de operaciones, l'équivalent espagnol du GIGN.

trois et dispersant de petits fragments d'os à la sortie. Ils restent là, très blancs sur le sang et l'asphalte, comme des dés après un lancer où la banque gagne.

Quand le son du quatrième coup de feu se dissipe, il y a un instant de silence. Un instant figé de calme, pas de paix. Un instant suspendu de visages décomposés, d'yeux grands ouverts. Un instant de cette peur mêlée de stupéfaction, de cet orgueil bafoué que ressent le chasseur lorsqu'il se transforme en proie.

On a foiré, résume Jon.

Le silence est brisé par les cris de l'agent blessé, qui agrippe sa jambe mutilée à deux mains. Un autre policier s'approche de lui, retire sa ceinture et fait un garrot sur la jambe.

— Toi pas bouger, répète la voix dans les talkies-walkies.

Lola Moreno, pendant ce temps-là, atteint déjà le coin de la rue. En arrivant, elle se trouve face à une caméra de télévision, à l'angle de la rue Enrique del Castillo. Le caméraman et la journaliste qui l'accompagne la regardent fixement. Lola lève le pistolet vers le ciel et tire deux fois. Le caméraman et la journaliste s'enfuient.

Lola aussi. Elle pénètre dans le parc de la Alameda et se met à courir sans regarder derrière elle.

Le visage de la commissaire Romero, pendant ce temps-là, n'est que colère à l'état pur. Joue sur l'asphalte, dents serrées, poings fermés. Toute sa maîtrise d'elle-même et son hiératisme s'emploient désormais à maintenir son corps collé au sol. Au lieu d'empoigner son arme pour répondre aux coups de feu.

— Combien de balles ? lui murmure Antonia, du moins la partie d'elle qui parvient à émerger des cent dix kilos de Bilbayen qui l'abritent.

— Quoi ?

— Combien de balles il y a dans le chargeur ? répète Antonia.

Romero s'efforce de réfléchir. Mais elle n'arrive pas à s'en souvenir. Les cris de son homme, par terre, ne lui permettent pas de penser à autre chose. Il s'appelle Vázquez. Il a une femme et deux petites filles. Un jour, elles sont venues au commissariat. Pour voir l'endroit où papa arrête les méchants.

— Le modèle. Dites-moi le modèle, insiste Antonia.

— PSG1, dit Romero d'un ton automatique.

Avoir rempli treize formulaires de demande, ça laisse des traces.

— Cinq cartouches. Elle en a tiré quatre, dit Antonia.

Elle donne un coup de pied dans le tibia de Jon, dont les bras se relâchent un instant, suffisamment pour qu'Antonia se relève et le contourne par la gauche.

La balle traverse l'air qu'elle occupait une seconde plus tôt, s'enfonçant dans la portière de la voiture de patrouille et ouvrant un trou parfaitement rond dans la bande jaune d'or.

— Et de cinq, dit Antonia, le souffle court.

Romero réagit enfin.

— Elle doit recharger ! Bougez-vous !

Il faut courir.

Elle n'avait jamais tiré auparavant avec un PSG1, mais elle en a étudié le fonctionnement. C'est une arme puissante, conçue par les Allemands après le massacre des Jeux olympiques de Munich, pour permettre à la police d'éliminer à distance des assaillants armés.

Malheureusement, il faut plusieurs secondes pour la recharger. La petite flic l'a prise par surprise. Elle n'avait pas prévu qu'elle se lève d'un coup, et son corps et l'entraînement ont fait le reste. Son doigt a instinctivement pressé la détente, le chargeur s'est retrouvé vide.

Elle ne se fatigue pas à le recharger. Elle recule, s'écartant du bord du toit, accroupie, et passe par-dessus le corps inconscient de l'agent.

Elle connaît bien les règles. On ne tue pas de flics. L'approcher a été facile, le mettre hors de combat sans lui causer de graves dommages, un peu moins.

S'enfuir ne va pas l'être du tout.

Et encore après avoir blessé l'un d'eux.

Elle les entend dans la radio, qui coordonnent leurs mouvements, mais la plupart des mots lui échappent. Elle retire donc son oreillette et jette l'appareil par terre. D'après ses calculs, elle dispose d'environ quarante secondes avant qu'ils n'atteignent le toit-terrasse. Elle a mis l'ascenseur hors d'usage, autant de temps gagné pendant qu'ils montent les sept étages à pied. Plus sept autres secondes pour défoncer l'accès au toit, qu'elle a bloqué avec des cordes.

Ça va être très juste.

Elle court jusqu'au mur ouest du bâtiment. Là-bas, elle a laissé la corde d'escalade et les crochets. Moins de quarante euros au total au magasin de sport, deux rues plus loin. S'ils regardent les vidéos des caméras de surveillance, ils auront une idée de son aspect actuel. Ce n'était pas une solution idéale. Mais elle a dû improviser. Le message sur son portable, envoyé par les hommes d'Orlov, ne contenait qu'une adresse.

Elle était à six minutes à moto.

Elle est arrivée en trois.

Trop tard.

Quoi qu'il arrive, Lola Moreno ne peut pas tomber entre les mains de la police. Pas avant qu'elle en ait fini avec elle. Ensuite, la police pourra récupérer ce qu'il en reste.

Elle enfile le casque et les gants. Vérifie deux fois le grappin d'acier. Pas le temps pour des mousquetons, harnais ou mécanisme auto-freinant, elle descendra donc sans sécurité. Elle passe la corde entre ses jambes, derrière l'une de ses cuisses, en travers de son torse puis sur son épaule, et attaque la descente. Il y a une raison pour laquelle ce type d'escalade ne se pratique plus depuis un siècle, c'est qu'il produit une intense friction. Elle peut gérer ça. Son pantalon et sa veste sont en cuir épais. Mais la tension sur son épaule est une autre affaire. À chaque saut, la douleur augmente. Ses jambes la propulsent vers l'arrière, tandis que ses mains laissent filer de la corde. Mais pendant la courbe descendante, quand ses pieds s'approchent du bâtiment, elle serre les dents. Elle fléchit les genoux lorsque les semelles de ses bottes atteignent la façade, mais ça ne suffit pas. L'impact envoie un coup de fouet le long de sa colonne vertébrale, une décharge électrique qui la fait hurler. À trois mètres du sol, elle est près de vomir dans son casque. C'est un miracle qu'elle ne lâche pas. En haut, elle entend les cris des policiers, et elle est vaguement consciente que quelqu'un la filme ou la prend en photo depuis l'une des fenêtres.

Ses bras cèdent à l'avant-dernier saut. La douleur lui fait desserrer sa prise, et elle tourne sur elle-même, accrochée à la corde comme un étrange yoyo entre les mains d'un enfant maladroit. Elle parvient à se rattraper au dernier moment, juste assez pour tomber de face et pas sur le dos. Une chute d'un mètre cinquante, qu'elle n'a aucun moyen d'amortir. C'est le casque qui trinque le plus. La visière, noire, se brise, laissant voir un œil, qui regarde en direction du toit. Les policiers se penchent au-dessus du garde-corps, les armes à la main.

Stimulée par l'adrénaline, elle parvient à surmonter sa douleur au dos, roule sur elle-même et se colle à la façade, où elle offre une mauvaise cible pour les policiers du toit. La moto est toute proche, garée derrière un conteneur.

Encore quelques mètres, c'est tout.

Enveloppée dans un nuage de douleur, elle atteint la Kawasaki. Les 310 chevaux du moteur rugissent, débridés, quand elle met en marche le moteur.

On entend des tirs, qui finissent dans le vide.

Quelques secondes plus tard, elle est partie.

Aslan

Aslan est un homme déboussolé, cela va sans dire.

Il n'y a qu'à le voir, attablé à sa terrasse habituelle du front de mer, devant son petit déjeuner préféré. Les œufs sont devenus caoutchouteux, les toasts ont durci. Les saucisses, froides, révèlent leur véritable nature : quatre-vingts pour cent de gras, vingt pour cent de restes de viande.

Aslan n'a même pas touché les couverts. Il est assis depuis plus d'une heure, à essayer de comprendre ce qui est arrivé. Pourquoi Lola Moreno n'est pas morte, comme il l'avait ordonné. Pourquoi la Louve noire l'a aidée à échapper aux flics, au lieu de se contenter de lui mettre une balle dans la tête.

On lui a expliqué comment ça s'est passé. Dans les moindres détails. Et le Fauve sait qu'il a suscité de l'inquiétude dans la communauté. Le message qu'il a fait passer pendant les funérailles de Voronin était très clair. Quiconque trahit Aslan Orlov ne vit pas assez longtemps pour le raconter. Kiril Rebo, son bras droit, a fait savoir qu'elle était venue pour accomplir sa vengeance.

Maintenant, il est couvert de ridicule.

Aslan s'agite sur sa chaise. Après une heure, le siège en rotin le plus confortable devient un instrument de torture pour le cul osseux d'un homme âgé. Il n'a guère d'autre choix qu'appeler Saint-Pétersbourg pour expliquer ce qui s'est passé. La Louve va devoir leur rendre des comptes.

Après plusieurs sonneries, une voix fatiguée, aux relents de vodka, lui répond :

— Aslan. Quel bonheur de t'entendre.

— *Pakhan*, le salue Orlov avec respect, utilisant le titre réservé au chef de l'organisation, au parrain.

Il l'imagine, au bout du fil, avec son éternelle canne en argent, avec ses yeux aveugles et vides. Un livre, en braille, ouvert sur la table.

— Que puis-je faire pour toi ?

Orlov le lui explique et raconte le fiasco de la veille. Il y a même eu un policier blessé, en violation de toutes les règles. Le *pakhan* l'écoute poliment, sans l'interrompre.

— Tout se passe comme prévu, dit le vieil homme lorsque Orlov a terminé.

Celui-ci, troublé, penche la tête et regarde autour de lui avec méfiance. Il ne comprend pas. Or toutes ces années passées dans la *Bratva* lui ont appris que ne pas saisir ce qui se passe est l'antichambre d'une mort certaine.

— *Pakhan*…

— Ne t'en fais pas, Aslan. J'entends bien ton désarroi.

— Je ne comprends pas. Pourquoi la femme n'est-elle pas morte ?

— Pourquoi t'ai-je envoyé ici, *vor* ?

— Pour établir une…

— Je t'ai envoyé ici pour blanchir notre argent. Une mission que tu as accomplie avec une certaine désinvolture.

— Je ne fais que mon travail.

— Ah, mais c'est toute la question. Tu ne le faisais pas. C'est Voronin, qui le faisait. Un simple *boévik*, qui en quelques années est devenu un véritable magicien de la finance. C'était trop beau pour être vrai. Pourtant, ça l'était.

Une ombre apparaît derrière Orlov. Le mafieux se retourne, sursaute, persuadé qu'on va le tuer. Il en a toujours été ainsi quand vous vous sentez *temnote*, dans les ténèbres. Quelqu'un en surgit et vous plante un couteau dans la gorge.

À part que, cette fois, le couteau prend l'apparence d'un tas de papiers.

— Regarde les documents que l'on vient de t'apporter, *vor*. Tu comprendras que la trahison de Voronin est bien plus grave et dommageable que de simples confidences à la police.

Orlov feuillette les documents en cyrillique que lui a tendus Kiril Rebo avec un haussement d'épaules. Et il n'en croit pas ses yeux.

— Ça signifie...

— Ça signifie qu'il te volait. En vidant l'*obshak* sous ton nez, Aslan. Si cela venait à se savoir...

Orlov sent un frisson descendre le long de son dos. Un mouchard dans l'organisation représentait un danger. Un voleur est une catastrophe inconcevable. Si le bruit courait dans la *Bratva* que la Tambovskaïa se laissait dévaliser, ça reviendrait à se peindre une cible au milieu du front. Dans un monde de chacals, le moindre signe de faiblesse est une sentence de mort.

— C'est moi qui ai dépêché la Louve noire, une semaine avant que tu le demandes, Aslan. Pas toi. Ce ne sont pas tes instructions qu'elle suit, ce sont les miennes.

— Si j'en avais eu connaissance...

— Tu n'aurais peut-être pas envoyé tes hommes brûler les archives de Voronin. C'était une mauvaise décision. À présent, il va être bien plus difficile de retrouver l'argent. Mais c'est la seule raison pour laquelle tu es encore en vie.

— La femme de Voronin sait où se trouve l'argent, dit Orlov.

— La Louve noire le trouvera. Et quand elle aura terminé, tu resteras peut-être le *vor*. Ou peut-être pas.

La communication est coupée, bien qu'Orlov mette un certain temps à éloigner le portable de son oreille et à le reposer sur la table.

Il n'a pas évité la sentence de mort pour ses erreurs. Il l'a simplement différée.

Jusqu'à ce que l'argent réapparaisse. Pour autant qu'il réapparaisse.

Il étudie de nouveau les papiers. Les comptes ne permettent aucune place au doute. Voronin a eu beau être malin, les traces qu'il a laissées ont fini par affleurer, même si elles mènent à une impasse.

Une centaine de cartes de crédit anonymes, qui ont effectué des paiements considérables des mois durant.

Orlov se maudit, pas pour la dernière fois, d'avoir été assez stupide pour faire confiance à Voronin. Lui, qui a tout fait pour aider ce plouc.

Comment a-t-il pu me tromper ainsi ?

Et comment diable a-t-il pu dépenser six cent cinquante-trois millions d'euros ?

TROISIÈME PARTIE

LOLA

Nous condamnons le loup,
non en raison de sa nature,
mais de la perception que nous en avons.

Farley Mowat

1

Un curriculum vitæ

Jon Gutiérrez a encore mal.

Pas au tibia. Il faudrait à Antonia Scott une demi-heure et un marteau pour réussir à lui faire un bleu. Mais l'âme, ah, l'âme. L'âme de Jon est de nature fragile et délicate, et le fait qu'Antonia soit parvenue à le doubler et à lui échapper si facilement l'a laissé meurtri. D'une humeur farouche. Et le programme d'aujourd'hui ne risque pas d'améliorer ça.

Il ne comporte qu'un point.

Appeler Mentor.

Il les a convoqués tous les deux pour une visioconférence à 13 heures précises. Et il leur a spécifié de ne pas quitter l'hôtel d'ici là. Jon en a profité pour accomplir deux tâches en suspens.

Un.

Vérifier que le petit jeune de Grindr ne lui a toujours pas donné signe de vie. Proférer des jurons de dépit.

Deux.

Appeler sa maman, qui s'est répandue en doléances contre la voisine du deuxième pendant une demi-heure. Jon, toujours disposé à médire de la voisine – cette vraie langue de vipère, regarde donc le bazar qu'elle a fichu avec ses géraniums –, l'écoute d'une oreille distraite. Il éprouve moins de plaisir qu'avant à déblatérer contre la susdite. L'eau éteint le feu, et les années, l'ardeur. Cette inimitié de voisinage, qui dure depuis la moitié d'une vie, lui apparaît maintenant comme une perte de temps mesquine, voire abjecte. Et il le regrette à l'instant où il y pense, car ce n'est pas bien d'ignorer ceux qui nous offensent.

Pas sans l'autorisation de maman. Il ne manquerait plus que ça.

En raccrochant, Jon se sent encore plus mal qu'avant. Dernièrement, les coups de fil à sa mère sont devenus une corvée, avec leur rythme propre, mécanique, rouillé et grinçant. Ça ne devrait pas. À quarante ans et des poussières, Jon a pris son indépendance, enfin. Et il n'aime pas trop les péages émotionnels que ça suppose.

Jon est tout ce qui lui reste.

Mais, et moi ? Qu'est-ce que j'ai, moi ?

Comme dans toute relation asymétrique – et la plupart le sont –, l'une des deux personnes a davantage besoin de l'autre que l'inverse. Et la balance a tendance à pencher toujours plus, à ajouter des grains de riz sur le plateau le plus lourd, jusqu'à ce que la chaîne se rompe et que le riz se répande sur la table.

Soudain, Jon n'est plus si certain que ces réflexions ne concernent que sa mère.

Antonia lui ouvre la porte de sa chambre à 12 h 57. À 13 h 11, Mentor n'a toujours pas appelé.

Ils sont assis là, tous les deux, chacun dans un fauteuil, sans se parler. Lui regarde les nouvelles sur son portable. Elle est plongée dans sa lecture. Au rythme déconcertant qui est le sien.

— Tu lis quoi ?

Ce n'est pas la première fois qu'il la voit plongée dans un livre papier. Presque toujours de denses manuels de criminologie. Des analyses brillantes sur la sérologie ou la psychologie, dans des langues étrangères. Avec des titres incroyablement longs et barbants, que Jon s'amuse à rebaptiser à sa sauce. *Comment se débarrasser de son voisin. Nettoyer les taches de sang sans peine. La médecine légale pour les nuls.*

Mais celui qu'elle lit en ce moment a l'air différent.

— Je te le dis si tu promets de ne pas te moquer, exige Antonia.

Jon jure sur ce qu'il y a de plus sacré. La tête de sa mère, la côte de bœuf, les costumes à rayures tennis.

Antonia lui montre la couverture. On y voit la photo d'une petite basket jetée par terre. Et un titre qui met la virilité et le savoir-vivre de l'inspecteur Gutiérrez à l'épreuve.

Enfants, mode d'emploi.

Avec une expression granitique, Jon se lève et regarde par la fenêtre, qui offre une vue ravissante sur une cour intérieure marbellienne, avec ses marques d'humidité sur les murs, ses flaques marronnasses sur le terrazzo rouge clair.

— Mieux vaudrait que tu retiennes ce sourire avant que je te casse la gueule, dit Antonia.

— Je te tourne le dos.

— Et le verre est une surface réfléchissante.

Jon capitule. Il se retourne, l'arme du crime encore fumante sur le visage.

— Bon, et donc ? Des conseils utiles ?

— En fait, non. Un tas de variations sur le thème « écoute et fais de ton mieux ».

— Ça, j'aurais pu te le dire pour moins de vingt euros.

— Oui, mais tu n'as pas de photos de bébés toutes les neuf pages.

— Un argument supplémentaire en ma faveur.

Quand Mentor apparaît sur l'écran de l'iPad, avec près d'une heure de retard, il a une tête épouvantable. Même Antonia, peu encline aux critiques portant sur le physique, s'en aperçoit.

— Qu'est-ce qui se passe ?

Mentor s'éclaircit la gorge et se tord les mains.

— Un événement très grave. Deux Reines sont mortes.

Jon et Antonia se regardent, alarmés.

— Lesquelles ?

— Angleterre et Hollande.

— C'est pour ça que tu es à Bruxelles ?

— Nous ne sommes plus à Bruxelles. Je ne peux pas te dire où nous nous trouvons.

Derrière lui, il n'y a qu'un mur blanc, nu. La lumière dichroïque accentue la fatigue de ses traits. Cela fait plusieurs jours qu'il ne s'est pas rasé.

— Mais en effet, c'est la raison pour laquelle nous avons réuni tous les chefs d'équipe. La situation est très complexe.

— Comment est-ce arrivé ?

— Je ne peux pas te donner davantage de détails.

— Vous avez besoin qu'on s'en aille ? demande Jon.

— Non ! lâche Mentor. Non, je n'ai pas besoin que vous veniez. Non, tant que la situation ne s'éclaircit pas un peu, ce dont j'ai besoin, c'est que vous restiez là où vous êtes, loin de Madrid.

— Un sabotage, dit Antonia.

— Ne compte pas sur moi pour te dire quoi que ce soit, Scott. Inutile d'essayer de me manipuler. Tous les trucs que tu connais, c'est moi qui te les ai appris, tu le sais très bien.

Antonia se replie sur son siège, contrariée.

— Ici, la situation n'est pas franchement réjouissante non plus.

— Je sais. J'ai les informations que tu as demandées à Aguado, dit Mentor, agitant des documents devant la caméra. Il va falloir qu'on parle de la façon dont tu les lui as soutirées, Scott. C'est très inconséquent de ta part. Mais j'ai de plus gros problèmes à régler pour l'instant. Et vous aussi.

— Elle a trouvé quelque chose sur cette femme ?

— Oh oui. Tu vas adorer.

Mentor commence à lire.

— Olena Jovonovich, *aka Tchernaïa Volchitsa*. Fille d'un champion de sambo, l'art martial russe, et d'une Grand Maître d'échecs. Elle est née en 1990 à Kstovo, sur les bords de la Volga. On l'a arrachée à ses parents à sa naissance, en leur disant que le bébé était mort.

— Quelle merveille…

— En Espagne, ça se faisait encore récemment, je ne vois pas en quoi ça vous étonne, dit Antonia.

— La petite s'est retrouvée embarquée dans un programme secret du KGB, alors moribond. C'était une époque de paranoïa, avant qu'on découvre qu'on pouvait contrôler le monde avec des ordinateurs. Ils voulaient créer l'arme humaine ultime. Une expérience qu'avaient déjà tentée les nazis ou les Américains, avec moins de succès. Les Russes sont partis des échecs de leurs rivaux. Ils étaient décidés à réussir, c'est pourquoi ils ont séquestré des centaines de bébés. Certains ont été abandonnés. D'autres ont survécu. Des enfants comme elle, avec une intelligence et des capacités physiques exceptionnelles.

Jon croit déceler un accent nostalgique et envieux dans la voix de Mentor.

Mieux vaut les prendre quand ils sont tout frais. Ça t'évite de te retrouver avec des agents capables de réfléchir par eux-mêmes, pense-t-il en regardant Antonia.

— Après la chute du mur, le programme *Ossobyïe Dieti* (Enfants spéciaux) est passé sous la responsabilité du SVR, le Service des renseignements extérieurs. Quand les enfants ont grandi, les patrons du SVR avaient déjà découvert que pour conserver leur datcha à la campagne, leur Mercedes et l'augmentation mammaire de leur *lioubovnitsa*, ils devaient se mettre à vendre des actifs.

— C'est comme ça que l'Asie et l'Afrique se sont remplies d'armes automatiques et de missiles sol-air, dit Antonia. Les trafiquants ont fait leur miel de l'ambition des dictateurs et des terroristes.

— Et quand ils n'ont plus eu de bombes, ils ont vendu les enfants.

— Je le crains. Sauf que ce n'étaient plus des enfants, inspecteur. C'étaient des armes. Nous ignorons le nombre exact de *Deti* que le SVR a vendus à la *Bratva*. Les informations varient. Cinq, dix. Presque tous sont indiqués comme morts dans les bases de données du FSB.

— Presque tous, dit Antonia.

— Presque tous. Pas celle-ci.

— Antécédents ?

Mentor s'allume une cigarette et fouille parmi ses papiers.

— Il y a beaucoup de conjectures, et peu d'informations confirmées. Deux morts à Amsterdam, quatre en Belgique. Un juge assassiné à Moscou, un autre au Daghestan. Tous ennemis de la Tambovskaïa.

— Des témoins ?

— Très peu. Ils déclarent tous avoir vu une inconnue surgir de nulle part.

— Ça me rappelle un truc, fait Jon.

— Évidemment, il n'y a aucune photo, dit Antonia.

Mentor secoue la tête.

— Un deuxième fantôme pour ta collection, Scott.

— Autre chose ?

— Les autres informations dont je dispose sont si confuses et impossibles à distinguer de la légende que ça ne vaut pas la peine de te les donner. Des exécutions impossibles, des ennemis abattus par dizaines. Du bidon, certainement. Mais la Tambovskaïa s'en est servie pour alimenter la terreur chez ses rivaux.

— Leur ogre personnel.

— Ce n'est pas un ogre, dit Mentor. La Louve noire est celle qu'on envoie pour tuer l'ogre.

Jon se passe la main sur le visage et croise les bras. Lui, il n'est qu'un gamin de Bilbao.

— Fantastique. Manquait plus qu'on se cogne la cousine de Keanu Reeves. C'est pas toi qui trouvais les mafieux ennuyeux ?

2

Un avertissement

— Encore une chose, dit Mentor avant de raccrocher. J'ai décidé de mettre un terme à votre participation à l'affaire Lola Moreno.

Antonia, qui était perdue quelque part dans sa tête, la lève avec étonnement. Jon aussi, mais avec perplexité. Tous trois savent ce qui va se passer ensuite. La seule inconnue, ce sont les mots qu'Antonia va choisir pour l'envoyer paître.

— Ça n'arrivera pas.

Mentor se tait. On dirait que la vidéo s'est figée, mais non, c'est juste qu'il a opté pour le silence. Jon aussi. Il n'a pas oublié l'histoire que Mentor lui a racontée quelques mois plus tôt, celle du chien qu'il avait dû sacrifier parce qu'il n'avait pas été capable de se contrôler. Il est donc surpris que quelqu'un qui connaît aussi bien Scott ait choisi une façon aussi peu adéquate de lui communiquer une décision stupide.

Quelques secondes de malaise passent. Des secondes portant l'étiquette : « le premier qui parle a perdu ».

— Inspecteur Gutiérrez... dit Mentor.

— Pas la peine de me regarder. Vous connaissez le topo.

— Le topo, c'est que nous sommes face à une situation impossible. Avec trop de variables dangereuses. Vous êtes là-bas tout seuls, sans appui médico-légal. L'équipe de

Madrid aide à déterminer ce qui s'est passé en Angleterre et en Hollande. Si je ne vous demande pas de rentrer, c'est parce que je crains qu'il vous arrive quelque chose.

— On doit rester ici. Compris. Eh bien, tant qu'on est là, profitons-en.

— Scott. Vous avez déjà croisé le chemin de cette femme, deux fois. C'est un miracle que nous ayons évité le pire. Vous n'êtes pas une unité d'intervention. On a besoin de vos compétences de façon très concrète.

— Allez. Ce sera comme à Valence, dit Antonia.

— Toi et moi n'avons pas le même souvenir de Valence, soupire Mentor.

— Possible. Mais nous allons retrouver Lola Moreno et découvrir ce qui s'est passé ici.

— Tu es trop précieuse pour qu'on prenne le risque de te perdre, Scott.

— Combien ?

Mentor la regarde, déconcerté.

— Je ne comprends pas.

— Précieuse, à quel point ? Dis un chiffre.

— Je ne crois pas que…

— J'adorerais savoir ça. Alors, je vaux combien ? Deux femmes ? Trois ? Huit femmes mortes, comme celles du conteneur ?

Jon se rappelle l'odeur. La pourriture. Le sang qu'il a dû nettoyer sur le corps d'Antonia, sur le sien. La promesse qu'elle a faite. Un doux murmure émis par un petit bout de femme à moitié brisée. Un minuscule grain de poussière dans un univers indifférent.

Qui a à peine perturbé l'obscurité.

Et, pourtant…

— Je ne choisis pas où aller. Quoi faire de ça, dit-elle en se touchant le front de l'index, avec douceur.

— Ce n'est pas juste.

— Tu choisis où nous devons entrer en scène. Eh bien, moi, je choisis quand nous faisons notre sortie. Et si ça ne te plaît pas…

Elle marque une pause.

— Si ça ne te plaît pas, tu peux aller te faire voir.

Le visage décomposé de Mentor, avec des yeux de la taille d'une balle de golf, est la dernière chose qui reste sur l'écran, figé un instant, lorsque Antonia coupe la communication.

— Alors, j'ai été comment ? dit-elle en se tournant vers Jon.

L'inspecteur se caresse la barbe, affectant de réfléchir.

— Je te donne un 10 pour la réalisation, un 5 pour le choix de l'insulte et un 4 pour l'à-propos.

— Une moyenne de 6,3 ? dit Antonia avec une moue.

— Tu gagnes des points pour la tête qu'il a faite. Disons un 7.

— C'est pas mal. Mieux que mes notes à la fac.

Jon se lève. Il regagne la fenêtre, met les mains dans les poches. Son corps tout entier émet un signal disant « demande-moi ce que j'ai » que même un radar bousillé comme celui d'Antonia est capable de capter.

— Qu'est-ce que tu as ?

— C'était marrant de t'entendre le remettre à sa place. Mais je crois qu'il a raison.

Jon n'a besoin d'aucune surface réfléchissante pour voir la déception sur le visage d'Antonia. Ni d'yeux derrière la tête, comme le père Carlos, au catéchisme. Il en avait, lui, des super pouvoirs.

— Toi aussi… Non.

— Je ne te dis pas qu'on doit laisser tomber, dit Jon en se tournant vers elle, les bras levés en signe de conciliation. Lola Moreno reste la clé pour choper Orlov. Mais maintenant on doit en plus se farcir Xena, la princesse guerrière. Et elle cherche la même chose que nous.

— On l'a déjà affrontée directement une fois. Nous ne sommes pas son objectif.

Jon porte la main à son cou, qui garde encore le souvenir de ce moment.

— Nous ne sommes pas son objectif tant que nous ne nous mettons pas en travers de son chemin. Tu as vu ce qui s'est passé avec le flic qui s'est levé.

— On a déjà eu affaire à des tueurs avant. Et Sandra Fajardo, alors ?

— Une ordure maligne qui utilisait la ruse. C'est dans nos cordes. Mais ça…

— C'est juste un être humain. Elle s'en est tirée de justesse.

— En descendant du toit en rappel. Ce n'est pas de notre ressort, trésor.

Antonia croise les bras.

— Alors qu'est-ce qu'on fait ? On s'enferme dans la chambre et on regarde la télé ?

— Non plus. Mais la police quadrille déjà les rues. Et ça ne sera pas la solution. Maintenant que Lola Moreno a de l'argent, elle va pouvoir se cacher. Tout ce que je te demande, c'est qu'on arrête de courir comme des dingues pendant un jour ou deux. Cherche-la là-dedans, dit Jon en touchant l'iPad. Et là-dedans, ajoute-t-il en désignant son front.

Antonia plante son regard sur le minibar pendant un long moment. Les arguments font la queue derrière ses lèvres. Mais en fin de compte, elle décide de serrer la mâchoire et de les laisser enfermés à l'intérieur.

— Très bien. Laisse-moi seule. J'ai besoin de réfléchir.

Enregistrement 11

Huit mois plus tôt

COMMISSAIRE ROMERO : Ce n'est pas ce dont nous étions convenus.

YURI VORONIN : Ce dont nous étions…

SOUS-INSPECTEUR BELGRANO : La ferme, Voronin. On sait que tu comptes pour du beurre.

COMMISSAIRE ROMERO : C'est la vérité, n'est-ce pas, madame Moreno ?

LOLA MORENO : Je ne sais pas de quoi vous parlez.

COMMISSAIRE ROMERO : Bien sûr que non.

SOUS-INSPECTEUR BELGRANO : Tu continues à nous refiler de la merde.

YURI VORONIN : Ce sont de bonnes informations.

COMMISSAIRE ROMERO : Ce ne sont pas celles que nous voulons.

SOUS-INSPECTEUR BELGRANO : On vous a demandé des infos sur Orlov. Tout ce que vous faites, c'est balancer sur ses rivaux.

YURI VORONIN : Et vous les attrapez.

SOUS-INSPECTEUR BELGRANO : Vous êtes en train d'éliminer la concurrence.

YURI VORONIN : Vous vouliez de la cocaïne, vous vouliez de l'héroïne. Vous en avez. Des armes, aussi. Les Biélorusses vont bouger le mois prochain.

Commissaire Romero : Nous voulons Orlov.

Lola Moreno : Non, commissaire. Ce que vous voulez, ce sont des gros titres. C'est ce que vous nous avez demandé. Et c'est ce que je vous donne… Ce que nous vous donnons.

Sous-inspecteur Belgrano : Ah, l'inconscient.

Commissaire Romero : Ce n'est pas ce que…

Lola Moreno : *(qui parle en même temps et l'interrompt)* C'est déjà arrivé. Avec l'opération Oligarkh, avec l'opération Marbre rouge. Si vous coincez Orlov, il mettra dix ans à être jugé.

(Pause de sept secondes.)

Sous-inspecteur Belgrano : D'ici là, il sera mort de vieillesse ou trop vieux pour aller en prison.

(Pause de trois secondes.)

Commissaire Romero : Que suggérez-vous, madame Moreno ?

Lola Moreno : Je suggère qu'on augmente la pression. Continuez à obtenir des coups de filet, des gros titres. Arrêtez de pourchasser le gros poisson et mettez la pression sur les petits.

(Pause de vingt-trois secondes.)

Commissaire Romero : Supposons que votre suggestion m'intéresse. Quel serait le premier de ces petits poissons ?

Yuri Voronin : Un chargement va partir dans quelques jours. Serbe. Drogue et argent, direction Barcelone. Deux véhicules, un ouvreur et un porteur.

3

Un besoin

Sitôt Jon parti, Antonia ouvre la porte du minibar et mange les barres chocolatées.

Depuis ce matin, elle les entend qui l'appellent d'une voix aguicheuse depuis leur séduisant emballage coloré. Elle les dévore à pleines dents, les fait descendre avec un Coca light, rote et s'assied, se sentant à la fois mieux et comme une truie. La dichotomie des aliments ultra-transformés. Antonia pourrait faire une thèse là-dessus.

À la seconde où la culpabilité remplace le besoin de gras sucré, une nouvelle urgence prend la relève.

Cela fait bien longtemps qu'elle diffère cette conversation avec elle-même. Il faut dire que c'est une discipline dans laquelle elle n'a jamais brillé.

Antonia a toujours fonctionné comme un feu d'artifice. Une fois sa mèche allumée, elle ne peut partir que dans une direction, consumant sa poudre avant d'exploser en un nuage de magnésium, d'antimoine et de sels de strontium. Ce qui inclut le fait de ne pas s'interroger, durant le processus, sur ce qui va se passer à la fin.

Mais cette fois, elle est capable de voir qu'il y a un problème.

Le fourmillement électrique dans ses mains, sa poitrine et son visage est presque permanent. Conserver une respiration régulière devient plus difficile, bien que pas impossible. Mais le tremblement de ses mains n'a cessé de s'intensifier. À présent, elle ne peut même plus tenir l'iPad de la main droite sans que les lettres ne se mettent à danser, devenant illisibles.

Elle a de plus en plus de mal à se contenir en public. Jon ne s'y trompe pas, elle le sait. Plus d'une fois, elle l'a vu détourner délibérément le regard de ses mains tremblantes. Ou au contraire les observer d'un œil soupçonneux, croyant qu'elle ne s'en aperçoit pas.

Trois gélules. Trois, c'est tout ce dont j'ai besoin.

Seulement trois.

Cela semble peu comparé aux quatre qu'elle a prises hier pour garder ses pensées sous contrôle. Elle a ouvert les gélules et versé leur contenu dans un verre de lait, se disant que le gras du liquide permettrait une diffusion plus régulière dans le flux sanguin.

Ça a fonctionné, à moitié.

Les trois qu'elle veut prendre aujourd'hui semblent peu, à cela près qu'elle est censée se contenter d'une seule dans les moments où son cerveau ne peut plus gérer les stimuli externes ni l'excès d'histamine produit par son hypothalamus.

Anụ ọhịa-azụ.

En igbo, langue que parlent dix-huit millions de Nigérians, la « bête sur votre épaule qui mange votre nourriture et ne vous laisse que les restes ».

Elle ôte son t-shirt et son soutien-gorge, s'agenouille près de la baignoire et ouvre le robinet de la douche. Après dix minutes d'eau glacée sur le cuir chevelu, elle tremble et ne peut plus bouger, mais le besoin a diminué. Du moins jusqu'à ce qu'elle finisse de se sécher les cheveux.

Anụ ọhịa-azụ.

Antonia connaît parfaitement le visage de cette bête. Des centaines de bêtes qui peuplent son crâne, sautant de liane en liane en montrant les crocs.

Dans la vraie vie, elle ne l'a vue qu'une fois. Un dimanche matin, au zoo de Barcelone, avec sa mère. Poil brunâtre, hirsute, face noire. Bras longs et fins, longue queue préhensile. Elle se déplaçait comme un fantôme sur les cordes tendues dans sa cage. Dans ses yeux bleus, il y avait quelque chose de surnaturel. Pas diabolique, mais indiscutablement pas amical non plus. Elle semblait en savoir trop pour sa propre sécurité.

En la découvrant, Antonia a fondu en larmes.

— C'est un singe-araignée. Ils ne mangent que des fruits. Il ne te fera pas de mal, a dit sa mère.

Voyant qu'Antonia ne cessait pas de pleurer, Paula a voulu l'éloigner de la cage, mais la fillette a refusé. Elle est restée là, soutenant le regard de ce fantôme sagace, qui frappait la paroi vitrée de ses mains dépourvues de pouce, comme s'il tentait de lui transmettre un avertissement.

Ce fut la dernière sortie que Paula Garrido fit avec sa fille. Une semaine plus tard, elle ne pouvait plus quitter l'hôpital. Un mois plus tard, le cancer l'emportait.

Le monstre le savait, pensa Antonia.

Anụ ọhịa-azụ.

Antonia ne veut pas céder si vite à l'angoisse, mais elle a besoin d'avoir l'esprit clair. Elle sort trois gélules du sachet, les place dans la petite boîte métallique. Au cas où.

Il n'en reste que six autres.

Ensuite, elle devra demander à Jon. Lui expliquer ce qui lui arrive.

Il ne le prendra pas bien.

Elle range la petite boîte métallique dans la poche de son pantalon, et cache le sachet contenant les six dernières gélules restantes sous son lit. Elle préfère affronter la bête plutôt que de faire du mal à Jon. Cela arrivera forcément, à un moment ou un autre. *Mais, comme dit la chanson, le soleil brille au matin.*

Foutue connerie !

Soudain, les paroles de Jon lui reviennent en tête avec netteté. Ce qu'il a dit à propos de la Louve noire.

Nous ne sommes pas son objectif.

Alors, quel est-il ?

Il n'y a qu'une façon de le savoir.

Antonia s'habille, sort dans le couloir de l'hôtel. Elle évite l'ascenseur et prend l'escalier, où elle n'a aucun risque de tomber sur l'inspecteur Gutiérrez. Dehors, elle monte dans un taxi, et donne une adresse, rue Salvador Rueda. Une adresse dont la façade est peinte d'un mauve obscène.

En chemin, elle programme sur l'iPad deux messages destinés à Jon, qui lui parviendront avec deux heures d'intervalle.

Il va me haïr d'avoir fait ça. Mais c'est la seule solution.

Le taxi s'arrête devant le salon de coiffure Tere's. Antonia paie, descend et change de trottoir.

— Hé, coucou ! Les mafieux !

Elle agite les bras en direction de la terrasse du deuxième étage, où se trouvent deux messieurs d'apparence slave. Assis sur des chaises en plastique, avec leur marcel et leurs avant-bras tatoués. Ils se penchent, perplexes, en entendant cette dingue crier.

— Je voudrais voir M. Orlov. Dites-lui que je sais où est Lola Moreno.

4

Un problème

Jon Gutiérrez n'aime pas le room service.

Ce n'est pas une question de commodité. Ils vous apportent des tonnes de bouffe sur un plateau hypertrophié. Plus froide que chaude, que vous n'alliez pas vous brûler. Vous savez qu'elle aura exactement le même goût que celle que vous avez mangée la dernière fois, dans cet autre hôtel de la même chaîne, à mille kilomètres de là. Parce que personne n'aime être surpris. Vous pouvez déguster votre repas en toute tranquillité dans votre chambre. La plupart du temps, en contemplant, dans l'un des multiples miroirs, votre corps en chaussettes et en caleçon.

En outre, c'est une occasion appréciable de nouer un contact humain. Ouvrir la porte à un inconnu, qui envahit votre espace personnel avec un grand sourire. En feignant de ne pas voir le lit défait, les vêtements éparpillés. L'écouter réciter la liste des plats commandés. Lui jurer vos grands dieux que vous n'avez besoin de rien d'autre. Que vous avez étudié le menu pendant dix minutes avant de passer commande. Lui promettre que vous l'appellerez pour qu'il récupère le plateau. Savoir que ce que vous ferez, en réalité, c'est pointer la tête dans le couloir, regarder à droite et à gauche comme l'inspecteur Clouzeau, et glisser le plateau sur la moquette quand la voie sera libre.

Rien de tout cela ne dérange particulièrement Jon, dans le room service.

C'est même tout bénef'.

Non, ce qui dérange Jon Gutiérrez, dans le room service, c'est que ça le fait se sentir encore plus seul. La solitude d'un naufragé, des quais au petit matin, d'une étoile dans la nuit noire. La solitude d'un dimanche soir, un jeudi en plein jour. Que ne peuvent apaiser ni la télé allumée, ni le mouvement mécanique de son pouce sur l'écran pour vérifier ses messages sur Grindr, ni les bruits d'orgasme en provenance de la 604. Elle, jouissant avec discrétion. La discrétion d'une cloche de bronze roulant dans un escalier. Deux fois.

Il est 16 heures, madame.

La solitude de Jon se transforme en sieste, interrompue de la pire des façons. Par un coup de téléphone de Mentor.

— Laissez-moi deviner, maintenant, on doit aussi affronter un albinos maléfique de l'Opus Dei.

Mentor ignore sa phrase d'introduction, comme toujours. Jon a décidé que, la prochaine fois, il lui récitera la composition de l'équipe de l'Athletic, pour voir si sa théorie se confirme.

— Vous êtes seul ?

— Je suis seul, dit Jon, remuant le couteau dans la plaie.

— J'ai besoin qu'on discute de Scott. Avez-vous remarqué quelque chose d'inhabituel chez elle, ces derniers temps ?

Jon se remémore la semaine écoulée.

Sans ordre particulier. Sans rechercher l'exhaustivité.

Des départs précipités de scènes de crime ; des bouteilles lancées dans le Manzanares ; un épisode de catatonie après avoir sauvé une femme agonisante dans un conteneur rempli de cadavres ; un corps-à-corps avec une tueuse dans le noir ; avoir dit un, non, deux gros mots ; ordonner le piratage de la base de données d'un gouvernement étranger ; avoir servi intentionnellement de cible à un sniper ; avoir refusé un dessert.

— Va falloir que vous soyez plus précis.

Mentor émet un grognement exaspéré. De chien à qui on refuse le gras d'une entrecôte.

— Je parle de son comportement. De son état physique.

Jon visualise la main tremblante d'Antonia, qu'elle tente de dissimuler dans son blouson.

— C'est possible.

— J'ai besoin d'en être certain, inspecteur. J'ai besoin que vous m'en disiez plus.

— Eh ben, on est deux.

Au bout du fil, Jon entend le *clic* du briquet, la longue aspiration puis l'exhalaison de la première bouffée.

— Alors, la vape, c'est comment ? Ça marche bien ?

— Écoutez, inspecteur. Ici, la situation est très grave. Je sais que vous essayez de la protéger, mais j'ai besoin de savoir.

— Et moi, j'ai besoin que vous me disiez pourquoi, putain ! Comme ça, je pourrai savoir comment la protéger.

Mentor fait une pause de trois bouffées et deux secousses dans le cendrier.

— Très bien. Nous avons détecté un problème au siège de Madrid. Dans la chambre froide de sécurité.

— Quel genre de problème ?

— Il manque des gélules. Cinquante gélules rouges et dix bleues.

Ah.

— Vous avez la liste des gens qui y ont accès ?

— Oui, elle est plutôt courte. Moi, c'est tout.

— En effet, c'est un problème.

— Vous allez m'aider, maintenant ?

Règle numéro un dans un interrogatoire. Poser vos questions sous forme affirmative.

— Vous pensez que c'est Scott.

— Si Scott voulait deviner le code à dix chiffres du pavé numérique, elle le pourrait. Elle pourrait aussi obtenir une copie de la clé physique. Et même contourner les dispositifs biométriques, y compris mon empreinte digitale. En revanche, faire tout cela sans être repérée par les caméras de sécurité, c'est compliqué, inspecteur.

Jon se gratte vigoureusement le crâne. Ça n'a pas de sens.

— Si je prenais l'une de ces gélules rouges, qu'est-ce qui se passerait ?

— Eh bien, vous auriez surtout des effets secondaires. Gastro-entérite, rougeurs cutanées, presque certainement. Nausées, peut-être. Selon ce que vous avez mangé.

— Mais ça ne me rendrait pas plus malin.

— La substance chimique est conçue sur mesure pour le cerveau de Scott. Elle ne fait que l'aider à réguler la dopamine et à contrôler les stimuli. Le mécanisme, c'est elle, inspecteur, pas les gélules. D'ailleurs, nous pensons qu'elle n'en a pas besoin. Le problème, c'est ce qu'elle croit, elle.

— Que voulez-vous dire ?

— Une partie de la substance est destinée à stimuler la libération présynaptique d'acide gamma-aminobutyrique. Et son usage permanent demanderait davantage de présence de la substance dans l'organisme.

— En français ?

— C'est hyper-addictif.

Ah.

— Voilà pourquoi elle ne peut pas prendre plus d'une gélule sur la scène de crime, qui est le moment où son entraînement l'a conditionnée à recevoir un maximum de stimuli. Davantage de gélules représenteraient un danger.

Règle numéro deux dans un interrogatoire. Poser et reposer vos questions jusqu'à ce que vous obteniez une réponse.

— Et vous pensez qu'elle pourrait être derrière tout ça, insiste Jon.

— Ça me tranquilliserait, croyez-moi. Ce serait grave, mais acceptable. Ma véritable inquiétude est que cette disparition soit liée aux événements actuels. Maintenant, dites-moi : avez-vous remarqué quelque chose d'inhabituel chez Scott, ces jours derniers ?

Bon, à part qu'elle ne m'a pas demandé une seule gélule, qu'elle a des symptômes intermittents de manque et qu'elle est plus irascible que d'habitude…

— Non, rien du tout.

— Tant mieux, répond Mentor d'un ton morose. Pas un mot de tout cela à Scott, c'est bien compris ?

— Naturellement, je ne dirai rien. Vous me prenez pour qui ? dit Jon, qui a déjà enfilé son pantalon et se dirige vers la chambre d'Antonia.

5

Une équation

Le trajet a été bref.

Une quinzaine de minutes, voire moins. Ils ne lui ont pas bandé les yeux ni placé un sac sur la tête. Elle a bien eu le canon d'un flingue contre ses côtes, mais pas longtemps. Juste assez pour laisser une marque sur sa peau et lui faire comprendre qu'il vaudrait mieux les prendre au sérieux.

Qu'ils aient sauté les préliminaires classiques qu'on voit dans les films n'est pas pour la rassurer. C'est là que les amateurs puisent leurs idées. Les professionnels se moquent que vous voyiez l'endroit où ils vous emmènent, surtout si le voyage est un aller simple.

L'endroit est plutôt moche. Pas de la même façon que la villa de Voronin, ce monument de mauvais goût. Cet endroit n'a simplement pas d'âme. Une maison mitoyenne neutre, aux murs blancs et au sol de grès rouge. Comme la myriade d'autres qui l'entourent. Sur les murs, il n'y a ni photos ni tableaux. Les meubles sont fonctionnels.

On l'emmène à la cuisine.

Sur le plan de travail, du sel renversé et quelques taches d'huile çà et là. Un jambon entamé. Des traces de doigts sur la cafetière en acier brossé. Un noyau d'olive oublié près d'un pied de chaise. *Quelqu'un a vécu là.* Une assiette dans l'évier plein d'eau.

Une seule personne, qui n'utilisait qu'une petite partie du placard, déduit-elle en observant la poussière accumulée sur les poignées les plus hautes, tandis que les plus basses en sont dépourvues.

— Bonjour, chère madame. Je ne crois pas avoir le plaisir de vous connaître, dit une voix derrière elle.

Antonia se retourne. Orlov. Teint bronzé, chevelure blanche. Cernes prononcés, qu'il n'avait pas aux obsèques. Un peu plus voûté, peut-être. Saturé de préoccupations. Il a troqué son coûteux costume contre un survêtement à dix euros. Marque Tex. Acheté récemment, avec encore la marque de l'antivol sur le col.

— Je m'appelle Antonia Scott.

Elle ne tend pas la main.

Lui non plus.

En revanche, il fait un signe aux deux *boévik*. Deux gorilles de quatre-vingt-dix kilos ne sont pas nécessaires pour immobiliser Antonia, la fouiller, lui prendre son sac. La moitié d'un aurait suffi.

Elle se laisse faire.

Ils sortent une à une ses affaires. Du moins celles qu'elle y a laissées pour qu'ils les trouvent. Ses clés, des AirPods. Un chargeur, divers câbles. Une batterie portable. L'iPad, des lunettes de soleil. Sa carte d'Europol. Un paquet de Smint. Son téléphone.

Elle se laisse faire. Même quand ils prennent, dans sa poche, la petite boîte métallique contenant les gélules.

— C'est quoi, ça ? dit l'un des gorilles.

— Pour mes migraines, dit Antonia.

Le gorille hausse les épaules et vide la boîte dans l'évier.

— Tu n'en auras plus besoin.

Antonia essaie de ne pas crier.

L'iPad et le téléphone reçoivent deux coups de marteau sur le plan de travail, si près du visage d'Antonia que quelques fragments de verre volent sur ses joues. Puis ils vont rejoindre les gélules et l'assiette à tremper.

Pour finir, les deux gorilles attachent Antonia à l'une des chaises de la cuisine, enroulant du sparadrap autour de ses poignets. Ils approchent la chaise de la table ronde. Antonia serre les lèvres, priant pour qu'ils la placent en face de l'horloge – qui reste hélas dans son dos.

Merde !

Ça complique les choses.

Orlov s'approche de la table et s'assied sur la chaise devant Antonia, dans un angle parfait. Un agencement conçu pour des réunions sérieuses, afin que deux personnes puissent se regarder et lire leurs intentions respectives tout en négociant. Ou pour un interrogatoire sous la torture.

— Je me souviens de vous. Vous étiez aux obsèques, *da* ?

— Je pense que ce serait plus simple que nous communiquions dans votre langue, monsieur Orlov, dit Antonia en russe.

— Eh bien ! Il n'y a pas de vérité dans les jambes, répond Orlov, agréablement surpris – une expression commune pour que l'interlocuteur se sente comme chez lui.

— Ah, je crains que vos hommes ne m'aient déjà invitée à m'asseoir, réplique Antonia en indiquant ses poignets.

— Une précaution nécessaire. Comme vous le savez sans doute, je suis un homme menacé.

— Je présume que c'est normal dans votre domaine d'activité.

Orlov fait un geste de ses mains osseuses.

— Vous avez dit à mes hommes que vous vouliez me voir.

— J'ai besoin de vous parler.

— C'est ce que nous faisons. Où est Lola Moreno ?

— Nous y viendrons. Au préalable, je souhaiterais passer un accord avec vous.

Le vieil homme sourit. Un sourire acerbe.

— Je ne sais ce qui vous laisse penser que votre opinion a une quelconque importance.

— Toutes les opinions ne comptent-elles pas ?

— C'est la plus grande faiblesse de l'Occident. Un jour, vous avez décidé que vous pouviez tromper les gens en répétant ce mensonge jusqu'à la nausée. Cela fait près d'un siècle que vous le martelez. Que vous répandez ce mensonge, pour qu'il atteigne jusqu'aux derniers rebuts de la société. Ça ne me semble pas vous avoir menés bien loin.

— Il vaut mieux employer la force, selon vous ?

— La force est mathématique, chère madame, dit Orlov en haussant les épaules. Maintenant, par exemple. Regardez bien.

Sur un signe de lui, l'un des gorilles se place près d'Antonia et lui donne une gifle. Pas très forte, mais suffisamment pour colorer de sang sa lèvre inférieure.

— Vous êtes certainement capable de résoudre l'équation que je viens de vous poser.

— C'est assez clair, oui, dit Antonia en se passant la langue sur la lèvre.

— Alors, répondez à ma question. Où est Lola Moreno ?

— Je ne sais pas.

Orlov incline la tête avec étonnement. Il plisse les yeux, qui disparaissent presque dans ce visage émacié et buriné.

Il est comme une murène, qui se replie dans son rocher.

— Pourquoi êtes-vous venue, dans ce cas ?

— Parce que je veux négocier avec vous.

— Alors, négocions, dit Orlov.

Il fait à nouveau signe.

Une autre gifle vient fouetter le visage d'Antonia, qui sent ses dents s'entrechoquer au moment de l'impact. Son tympan droit émet un bourdonnement désagréable.

— Je ne trouve pas que ce soit une façon de négocier, dit Antonia.

— Encore une fois, madame, vous surestimez l'importance de votre opinion. Où est Lola Moreno ?

— Je ne sais pas.

Orlov se triture l'oreille, puis hoche lentement la tête.

— Très bien. Commençons par le plus simple. Êtes-vous de la police ?

— Quelque chose dans ce goût-là.

L'un des gorilles tend à Orlov la carte d'Antonia. Le vieil homme la pose sur la table.

— Europol. C'est la première fois que j'en vois une.

— Nous ne sommes pas nombreux. Mais nous faisons notre travail.

— Et quel est votre travail ?

— Retrouver Lola Moreno.

— Alors il semble que nous ayons… Comment dit-on ? Un conflit d'intérêts.

— Pas nécessairement. Nous pouvons nous aider mutuellement.

Orlov appuie les bras sur la table et se penche légèrement vers l'avant.

— Expliquez-moi donc comment, madame la flic.

— Votre problème ne concerne pas Lola Moreno. Il concernait son mari.

— Ah, Yuri. Quand il est arrivé, il n'était rien.

Alors, Orlov emploie une expression qui rejoint directement le répertoire de mots impossibles d'Antonia.

Khouïem grouchi okolatchivat.

En russe, « faire tomber des poires en frappant le tronc avec son pénis ».

— Ça veut dire bon à rien, n'est-ce pas ? dit Antonia.

— Exact, pardonnez-moi. Vous parlez très bien notre langue, je vous en demande peut-être un peu trop.

— Je vous en prie. Ce que je ne comprends pas, je le déduis du contexte, explique Antonia, tournant la tête pour cracher un peu du sang qui coule à la commissure de ses lèvres.

— Vous êtes une maligne. Gocha, apporte-lui une serviette.

L'un des gorilles lui tend un rouleau de Sopalin. Orlov en arrache une feuille et se lève pour essuyer le sang.

Aslan Orlov est un homme charmant, la cause est entendue.

Antonia ne sait pas si ce qui lui déplaît le plus est le contact de ces doigts longs et souples ou le fait qu'il ait coupé la feuille de Sopalin sans suivre les pointillés.

— Yuri était un bon à rien. Soudain, il est devenu malin. Trop malin.

— Vous n'avez pas besoin de Lola Moreno.

— Elle doit mourir.

Antonia sourit. Le moment est arrivé de jouer son va-tout. Elle est arrivée jusqu'ici pour cela.

— La Louve noire aurait pu la tuer hier. Elle l'avait dans le viseur. Et elle ne l'a pas fait.

Orlov la scrute avec intérêt. Calcule. Il y a des poids, des mesures, des mètres-rubans dans le regard qu'il lui lance.

— C'est pour cela que vous êtes venue.

— Ça me paraît évident, dit Antonia, qui n'a pas la moindre idée de ce dont il parle.

— À présent je vois clair dans votre jeu. Vous voulez échanger l'argent contre Lola Moreno. Que vaut cette femme pour vous ?

— Une vie. J'imagine que, pour vous, ce n'est pas grand-chose. J'ai vu le résultat de votre équation au port de Malaga.

— C'était vous, dit Orlov, ouvrant la bouche et les yeux très lentement, comme s'il comprenait soudain quelque chose. C'est aussi vous qui avez rendu visite à Ustyan ?

— Je plaide coupable.

Le Fauve rejette la tête en arrière et éclate d'un rire guttural, détestable. Le son d'une vessie gonflée qui éclate à la chaleur du feu.

— Quelle ironie ! Savez-vous où nous sommes ?

— Non.

— Dans la maison de Ruben. Elle est inhabitée, c'était l'endroit parfait pour avoir une discussion avec vous. Vous l'avez tué avec votre intrusion, évidemment. Et maintenant, vous m'avez dit tout ce que j'avais besoin de savoir.

Il se lève, s'approche de sa prisonnière et se baisse jusqu'à ce que leurs nez se frôlent.

Si Antonia pouvait sentir, elle percevrait le relent de liniment, de crème hydratante. De pommade contre l'arthrite.

— Je ne pense pas que vous sachiez où se trouve l'argent. Mais au cas où, je vais vous laisser entre les mains de mes hommes. Ça prendra le temps que ça prendra. Mais ils finissent toujours par faire parler les gens, dit-il en se dirigeant vers la porte. Vous savez. Les mathématiques.

Antonia avale sa salive – mêlée de sang – et prie pour que ses propres calculs ne soient pas erronés.

6

Une attente

L'inspecteur Gutiérrez parcourt la distance qui le sépare de la chambre d'Antonia en s'efforçant de contenir la colère qui lui cuit le foie à basse température. Ses pas annoncent : « Tu vas m'entendre. »

Ses doigts tambourinent impatiemment à la porte.

Rien.

Au bout du couloir, une femme de chambre pousse un chariot. Jon lui montre sa plaque et lui demande d'ouvrir la porte de la 512.

— Je ne peux pas vous aider. Il faudra demander à la réception, dit la femme.

Jon émet un souffle de mécontentement. Plus personne ne respecte la police, de nos jours.

Il recule, lève la jambe et balance un coup de pied dans la serrure de toutes ses forces.

— Vous ne pouvez pas faire ça !

— Appelez la police.

Au deuxième coup de pied, la serrure cède, emportant avec elle un morceau de l'encadrement. Jon fait irruption dans la chambre et se met à tout retourner. Il lui faut moins d'une minute pour trouver le sachet contenant la came. Possible qu'il soit moins doué pour d'autres trucs, mais ça… il le fait depuis des décennies.

À cet instant, un message d'Antonia lui parvient.

> Jon, ceci est un message programmé. Si tu le reçois, ça signifie que j'ai un problème. Attends mon second message dans la voiture. Je te prie, quand tu le recevras, de conduire comme si tu étais moi.

En dessous, le *sticker* d'un canard avec des lunettes de soleil.

Il est difficile d'expliquer en termes polis les sentiments qui traversent l'esprit de l'inspecteur. Au départ, Jon éprouvait déjà une colère conséquente, qui avait accéléré son pouls et le prédisposait à la bagarre. Ou au conflit. Maintenant, le message d'Antonia fait siffler la Cocotte-Minute.

Les jurons qu'il profère en chemin vers la voiture ne peuvent être reproduits ici.

Il entre dans l'Audi, garée à cinquante mètres de l'hôtel, retire sa veste, claque la portière, attache sa ceinture, tourne la clé pour que le système électrique s'active, sans parvenir à faire démarrer le moteur. Il jure de plus belle.

Dehors, il fait déjà sombre.

De l'extérieur, un simple observateur qui passerait par hasard près de la voiture – à l'habitacle parfaitement insonorisé – tournerait la tête avec stupeur. Ce n'est pas tous les jours qu'on voit un type hurler en silence en essayant d'arracher le volant. Le simple observateur accélérerait aussitôt le pas, car le type en question est énorme. Non pas qu'il soit gros.

Le défoulement ne permet pas à Jon de se rassurer. Loin de là.

Et ce qui va suivre, encore moins.

De nos jours, attendre un appel, un SMS, un message WhatsApp ou Grindr est un supplice. Habitués à l'immédiateté, au double *check*, à la réponse instantanée, nous sommes devenus capricieux. Puérils.

Voyez l'inspecteur Gutiérrez. Le téléphone à la main, il vérifie toutes les trois secondes la présence des quatre barres indiquant qu'il y a du réseau. Il serre les poings, regardant autour de lui, au cas où Antonia déciderait de surgir au coin de la rue par magie. Le siège passager, douloureusement vide.

L'attente le rend vulnérable, perdu dans les limbes entre l'inertie et l'action. Et puisque ce qu'il attend n'arrive pas, il se met à parler tout seul. Un *allez*, *allez*, *allez* intermittent et vain. À chaque exhortation, la menace grandit. Ce qui arrive à Antonia, à cet instant même, pendant qu'il patiente, devient le pire des dangers. Une menace imprécise, où le monstre de l'incertitude change de forme trop rapidement pour vous laisser le temps de décider comment l'affronter. Tous les enfants du monde qui sont un jour restés seuls connaissent bien ce monstre. Il vit dans l'espace de temps entre le moment où nous pleurons et appelons notre mère, parce que les ombres ont révélé une patte griffue ou une gueule assoiffée de sang, et celui où elle apparaît. Dans cet intervalle, notre mère a connu mille morts atroces, nous laissant à la merci de l'obscurité.

Chaque instant d'attente, chaque seconde écoulée concentre l'angoisse de Jon, au point de la changer en un unique point brûlant. Un trou noir de violence et de désespoir qui dévore tout.

Alors arrive le message.

> Viens me chercher, sois gentil. Clique ici.
> PS : j'espère ne pas être morte.

En dessous, le *sticker* d'un affreux chien montrant les dents du haut.

Jon lance le moteur et appuie sur l'accélérateur. Si fort que son pied frôle l'asphalte.

J'espère qu'ils ne t'ont pas encore tuée. Parce que je tiens à le faire moi-même.

7

Une cuisine

Antonia a perdu le compte des gifles.

Ils sont prudents. Ils savent qu'ils ne peuvent pas cogner trop fort. Antonia pèse moitié moins lourd qu'eux. S'ils se lâchent, ils lui briseront le cou, ou la tête, ou pire encore.

Pour l'instant, ils en sont à un sourcil et deux lèvres.

Ça ne leur réussit pas.

À elle, encore moins.

L'un des coups lui fait perdre connaissance. Pas longtemps, juste quelques secondes. Le son désagréable et insistant d'un carillon à l'intérieur de son crâne la réveille. Elle secoue la tête, constatant alors que la sonnerie est, en réalité, celle d'un téléphone. Elle n'entend pas la conversation, mais voit les gorilles discuter entre eux dans le reflet de la cafetière en acier brossé.

Elle a du mal à garder l'œil gauche ouvert. Sa bosse au sourcil grossit, à mesure que le sang s'accumule dans les capillaires éclatés. À cet endroit, elle ne sent plus la douleur. Cet aspect-là, c'est son nez et surtout ses dents qui s'en chargent. Elle doit les serrer fort à chaque coup, pour ne pas se mordre la langue ou les joues. Elle n'y est pas arrivée chaque fois et elle a l'intérieur de la bouche lacéré. Les muscles de sa mâchoire accusent l'effort. De même que ceux de son cou, qu'elle tend, chaque fois, pour accompagner le mouvement de la gifle.

À la dixième, ça paraît nettement moins facile.

À la vingtième, vous voulez juste qu'ils vous tuent.

Malgré tout, ça ne fonctionne pas. Antonia ne leur a pas dit où se trouve l'argent. Avant tout parce qu'elle ne le sait pas. Et cet appel leur a appris un truc. Un truc *important*. Antonia est sûre de savoir quoi. L'un de ses singes cherche à attirer son attention, à lui montrer quelque chose, mais une nouvelle gifle le fait disparaître.

— Où est l'argent ? entend-elle au loin.

— Je voudrais savoir l'heure qu'il est, murmure Antonia en espagnol.

— Quoi ? Qu'est-ce que tu dis ?

— L'heure. Je voudrais savoir l'heure qu'il est.

Ou au moins, que vous me tourniez.

Ou que vous arrêtiez de me frapper.

L'un de ses trois souhaits se réalise, quand l'un des hommes fait brusquement pivoter la chaise. Après avoir contemplé le coin opposé de la cuisine avec la conviction que le carrelage aurait pu être sa dernière vision, cette perspective nouvelle lui apparaît comme une bénédiction. Elle est dans cet état d'esprit lorsqu'elle s'aperçoit que le plus grand a tiré l'un des tiroirs de la cuisine pour y piocher des objets qui piquent, coupent et broient.

Donc ce n'était pas de la prudence. Ils voulaient juste bavarder, pense Antonia.

L'autre, celui qu'Orlov appelle Gocha, se décide pour un instrument en acier. Nauséeuse, la vision troublée, Antonia a du mal à déterminer ce que c'est.

C'est à peine si elle peut voir l'horloge de la cuisine, qui se trouve à moins de trois mètres.

— Tu vas parler, maintenant ? menace le plus petit.

Il lui montre l'objet. C'est une pince à crustacés. Capable de broyer la chitine de l'exosquelette des décapodes. D'une langouste, par exemple. Ou l'auriculaire d'Antonia, dont il comprime la phalange distale à cet instant précis.

— Où est le fric ? Tu le sais ? Le gros flic le sait ? Parle.

L'intense douleur au doigt fait soudain ouvrir les yeux d'Antonia. Elle parvient à focaliser sa vision sur le plan de travail de la cuisine. L'endroit où, un peu plus tôt, se trouvait le jambon.

— C'est bon, c'est bon. Je vais vous parler, susurre Antonia.

Celui qui tient la pince la lâche, se baisse, approche la bouche de l'oreille de sa prisonnière. L'autre s'avance légèrement aussi.

— Quoi ?

— L'Enfer approche.

Le plus grand doit avoir un pressentiment. Lequel se révèle à son désavantage, car lorsqu'il se tourne, il offre une cible parfaite pour que la partie externe de l'épaule de jambon – dénommée palette – l'atteigne en plein dans l'os frontal.

Antonia fait involontairement le calcul. Un système d'équations de forces, pour l'impact d'un corps de cinquante kilos frappant un crâne.

Considérant que :

– La masse se déplace à une vitesse d'environ 50 kilomètres-heure.

– La surface de contact avoisine les 400 millimètres carrés.

– L'épaisseur d'un crâne humain est d'environ 6 millimètres, et son point de rupture moyen se situe à 150 newtons/mm^2.

La force totale de l'impact est de :

Huit tonnes.

Antonia conclut son calcul dans l'intervalle de temps qui s'écoule entre le craquement du crâne qui se brise et le bruit que fait le mafieux en s'effondrant au sol. Mort, selon toute probabilité.

— Je ne suis pas gros, dit Jon en laissant tomber la palette. Je suis rempli de haine.

L'autre *boévik* se lève, sort un couteau papillon de sa poche, l'ouvre et se jette sur Jon. L'inspecteur fait un pas en arrière, puis un autre, esquivant comme il peut les attaques, qui fendent l'air avec des sifflements aigus.

Quand il a réussi à l'éloigner suffisamment d'Antonia – ce qui était son objectif depuis le début, c'est pourquoi il ne l'a pas fait avant –, Jon sort son pistolet et vise le visage du mafieux, qui s'interrompt en plein milieu d'un assaut et laisse tomber le couteau, contrarié.

— Je veux avocat, dit-il.

Tu as bien appris ta leçon.

— Laisse-moi te poser une question. Si je t'avais demandé un avocat quand tu allais me planter, tu aurais fait quoi ?

Le mafieux hausse les épaules, avec un demi-sourire sur son visage ahuri. Ce ne sont pas les règles.

— Je vois, fait Jon en s'approchant, pointant le canon sur son front. La loi ne t'intéresse que quand elle est de ton côté. Je devrais tirer.

Le sourire de l'autre s'élargit en une grimace moqueuse et déplaisante.

— Toi, pas de couilles.

— Toi, pas de dents, réplique Jon en lui mettant son poing dans la gueule.

Le corps du *boévik* devient une marionnette qui pend d'un unique fil invisible et se balance d'avant en arrière avant de s'effondrer, inconscient.

Jon en profite pour lui balancer un coup de pied à la mâchoire, ajoutant mille euros à la facture dentaire.

Puis il se tourne vers Antonia.

Il n'a pas l'air content.

8
Un souffle

— Je suis contente de te voir, dit Antonia en lui offrant un sourire sanguinolent.

Jon émet un souffle de dépit que n'aurait pas renié la reine d'Angleterre.

Il ne dit rien.

Il se contente de se diriger vers l'évier et de passer ses jointures sous l'eau froide pendant un long moment. Puis il se nettoie les mains au Fairy, car elles sont encore graisseuses. Agacé, il remarque qu'une trace noire s'est formée au bord du poignet de sa chemise en coton égyptien. Il prend donc un moment pour la frotter sous l'eau, ne parvenant évidemment qu'à empirer les choses.

— Ton iPad et ton portable sont là-dedans, enfin ce qu'il en reste. Comment tu m'as envoyé le signal de localisation ?

— Regarde dans la boîte de Smint.

Jon voit la boîte, posée sur le plan de travail. Il l'ouvre et découvre à l'intérieur, parmi les bonbons, le même genre d'appareil GPS que ceux qu'on met au cou des malades d'Alzheimer. Cinquante euros dans n'importe quel Media Markt.

— Tu es fâché contre moi ?

Jon rit sous cape en fouillant dans le congélateur.

— Qu'est-ce qui te fait croire ça ?

— Pour commencer, que tu ne m'aies pas encore détachée.

À défaut de glace, Jon trouve un sac de petits pois surgelés Mercadona, qui sont la deuxième meilleure option en cas de contusions et d'hématomes. Il approche le sachet d'Antonia et le balance sur la table.

— Prends ça.

Antonia agite ses doigts pour attirer son attention sur le sparadrap qui maintient ses poignets attachés aux bras du fauteuil.

— Démerde-toi, répond Jon en s'asseyant sur la chaise auparavant occupée par Orlov.

Antonia se propulse avec les pieds, produisant des bruits plutôt désagréables lorsque le pied métallique de la chaise racle le carrelage, pour venir se placer devant le sac de petits pois. Puis elle courbe l'échine jusqu'à ce que son visage ne soit plus qu'à quelques centimètres du froid tant convoité.

— Tu veux bien… ?

Jon tend le bras et pousse d'un doigt les petits pois pour qu'Antonia puisse y poser la tête.

— Je suis désolée, soupire-t-elle.

— Tant que tu ne m'en auras pas dit plus…

— Détache-moi, s'il te plaît.

— On va commencer par discuter un peu.

— Je t'ai déjà demandé pardon.

— Je sais que ce que font les humains t'échappe complètement, observe Jon, tentant d'adopter une intonation patiente. Mais essaie au moins de comprendre ça. Demander pardon n'est pas une sorte de baguette magique qu'on agite et qui efface instantanément nos erreurs.

Antonia ne répond pas. Jon ne sait pas si elle réfléchit, si elle dort ou si elle a succombé à ses blessures. Au bout d'un moment, elle gigote un peu et change de position.

— Marcos me le disait souvent.

— Et tu répondais quoi ?

— Que je ne voyais pas l'intérêt, dans ce cas.

L'intérêt.

Elle ne voit pas l'intérêt.

— Avancer. Essayer de ne pas commettre les mêmes erreurs. Dire la vérité.

— Je ne t'ai pas menti là-dessus.

— Non. Pas là-dessus.

Jon sort le sachet contenant la came. Il l'ouvre, renverse son contenu sur la table. Puis la boîte de gélules. Idem.

Antonia se redresse et le regarde fixement.

Ce qu'il y a dans ses yeux, Jon l'a déjà vu auparavant. Chez des gens aux dents brunies et à l'hygiène corporelle douteuse. Cette défaite, cette soumission. Ce vide où ils ont un jour sauté et dont ils ne semblent pas trouver le fond. Ils ne crient plus, ils ne se raccrochent plus à rien.

Avec un effort, il détourne le regard.

— Tu as pris les gélules derrière mon dos.

Elle n'essaie pas de se justifier ni de nier. Elle soutient juste son regard.

— Pourquoi ?

— Tu sais pourquoi. Parce qu'on ne la trouve pas.

Sandra. Tout ramène toujours à cette cinglée. Et à ton foutu fantôme. J'ai l'impression que depuis qu'on se connaît, on ne joue qu'à un seul jeu. Dont aucun de nous deux n'a établi les règles.

— Tu as volé les gélules dans la réserve, à Madrid.

— Non, dit Antonia.

Elle a un œil mi-clos, l'autre qui ne le lâche pas. Elle ne le tourne pas vers les petits cylindres rouges et bleus éparpillés sur la table. Jon ne s'y laisse pas prendre non plus. Il sait qu'elle les a comptés, qu'elle connaît leur nombre exact. Leur poids total, la pointure du technicien qui les a conditionnés.

Bon, ça, peut-être pas. Mais elle ne me ment pas.

Il n'y a qu'une façon de le vérifier.

— Mais tu sais qui l'a fait.

Antonia sourit. Son manque de confiance la déçoit.

— Tu ne vas pas me dire qui te les a données ?

— Non.

Elle dit la vérité.

Ce qui rend la chose encore plus compliquée.

— Mentor est complètement parano en ce moment.

— Dis-moi que tu ne lui as rien dit.

— Qu'est-ce que tu crois ?

Elle secoue la tête, la rejette en arrière et expire lentement avant de reposer les yeux sur lui.

— Tu as raison. Je suis désolée. Toi, tu ne me laisses jamais tomber.

— À la bonne heure, dit Jon. (Il se lève, enjambe le corps du grand mafieux. Il prend des ciseaux dans le tiroir posé sur le plan de travail et se penche sur la chaise d'Antonia.) Cette fois, c'étaient de vraies excuses.

— C'est le coup de la grande respiration avant de demander pardon ?

Jon commence à couper le sparadrap en faisant semblant de n'avoir rien entendu.

Elle donne et reprend aussitôt.

— Tu es dans un sale état.

Plusieurs zones de son visage sont enflées. À commencer par son œil. Son t-shirt est couvert de sang.

— Contusions et coupures superficielles. J'ai juste besoin d'analgésiques et d'un peu de glace, dit-elle en se frottant les poignets.

— Je m'en réjouis. Parce que tout ça, c'est fini, déclare Jon.

De son énorme main, il balaie toutes les gélules de la table, les récupère et les balance dans l'évier.

— Qu'est-ce que tu as fait ? crie Antonia en se levant et en courant jusqu'au bac.

Jon lui bloque le passage.

— Le nécessaire. Tu perds le nord, fillette.

— Je fais mon travail !

— Le conteneur, le bureau du prête-nom. Hier soir. Et maintenant, ta petite virée ici.

— Si tu étais venu, Orlov aurait refusé de me parler.

— Et tu as réussi à lui tirer les vers du nez ? Ça a servi à quelque chose, la dérouillée, la petite ruse ? La crise cardiaque que tu m'as causée ?

Elle baisse les yeux.

— Laisse-moi passer.

Antonia bataille avec Jon pendant quelques secondes, tentant d'atteindre l'évier où les gélules se dissolvent peu à peu dans l'eau sale, jusqu'à ce qu'elle comprenne qu'elle aurait plus de chances d'abattre un mur en soufflant dessus.

— Tu n'en as pas besoin, dit Jon.

Antonia pleure.

— Tu ne comprends pas. Tu ne sais rien de l'endroit où je dois aller.

Jon regarde ce petit grain de poussière dans un univers indifférent et l'entoure de ses bras sans admettre aucune protestation.

— Je n'en sais rien. Mais je serai là quand tu reviendras.

Ce qu'ils lui ont fait à l'époque

— Cette femme est l'être humain le plus stupéfiant qui ait jamais existé, dit le médecin en tapotant la feuille que lui a donnée Mentor d'un ongle long, dur et jaunâtre. Si vous ne parvenez pas à la guider pour qu'elle exprime son plein potentiel, c'est parce que vous lui apprenez à élaborer des diagnostics avec une pensée dirigée.

— Dites-moi ce qu'il faut faire, dans ce cas.

— Vous devez l'aider à s'emparer de son histoire, répond le médecin. Si elle y parvient, elle cessera de penser à la façon de tirer et se contentera de le faire.

La pièce est noire et pleine de lumière. Les murs et le plafond sont tapissés d'un matériau isolant, si épais qu'il ne laisse passer aucun son. Quand Mentor parle à travers les haut-parleurs, sa voix semble venir de partout en même temps.

Il a attendu ce moment des semaines durant. Le récit. L'histoire qui permettra qu'elle cesse de penser.

C'est le problème, avec la conscience. Vous ne demandez pas à votre foie de sécréter de la bile, vous n'ordonnez pas à vos reins de produire de l'urine.

Cependant, vous pouvez contrôler vos poumons. Et quand vous prenez ce contrôle, il est parfois presque impossible de l'abandonner. Vous devez alors penser à respirer.

Mentor a réfléchi à toutes les métaphores qu'il pourrait utiliser pour qu'Antonia cesse de réfléchir.

Il espère avoir trouvé la bonne.

— Tu ne peux pas dompter un fleuve, Antonia. Tu dois céder au courant et détourner sa force à ton profit.

— Contrôler en cédant le contrôle ? Ça n'a pas de sens.

— Tout n'a pas de sens, tout ne doit pas en avoir un. Cède au fleuve, Antonia, dit Mentor.

Antonia essaie.

Antonia échoue.

9

Un instant

Antonia réessaie.

Elle ferme les yeux.

Elle s'immerge dans l'heure qui vient de s'écouler. Dans le temps qu'elle a passé à parler à Orlov. Elle rassemble les détails que leur échange lui a fournis. Les vêtements, la montre, les chaussures. Les pauses, les inflexions de la voix. Elle ne trouve rien, en dehors de ce qu'elle pressentait déjà. Que la traque de Lola Moreno relève de motifs bien plus complexes qu'un simple règlement de comptes, que de sauver l'honneur de la *Bratva*. Orlov cherche quelque chose, désespérément.

Quelque chose qu'elle lui a pris.

De l'argent, dont il croyait dur comme fer qu'elle aussi connaissait l'existence, jusqu'à ce qu'elle commette une erreur, qu'elle dévoile son jeu. Mais quel argent ?

Elle persiste à chercher. Elle continue de fouiller dans sa mémoire, dans les minutes, interminables, passées à recevoir coup après coup, attachée à cette chaise.

Des bribes d'informations, presque toutes inutiles. Des détails vestimentaires des deux gorilles. La chaîne que l'un d'eux portait au cou, sa grosse bague en or – dont le souvenir perdure dans son arcade sourcilière éclatée. Le téléphone portable. Le coup de téléphone.

Le coup de téléphone qu'elle n'a pas pu entendre.

Mais elle les a vus. Elle les a vus, tous les deux, dans le reflet de la cafetière en acier brossé. En train de gesticuler.

Vous avez vu. Et si vous avez vu, vous pouvez vous rappeler.

Les singes font leur apparition.

Ils se présentent à nouveau devant elle. Criant, réclamant son attention. Ils l'entourent de tous les côtés.

À présent elle est seule, dans la cuisine. Ou plutôt dans la représentation qu'elle en a fait dans sa tête, où Jon n'est plus là. Les singes sont là. Grimpant sur le placard, sur le plan de travail, sautant par terre, agitant sous son nez tous les éléments qu'ils ont pu trouver.

Ils se croient tous importants, ils croient tous détenir la solution, ils agitent leur petit morceau de vérité en affirmant qu'il est la clé du mystère.

Antonia tourne sur elle-même, tentant d'isoler chaque fragment d'information, de le comprendre, de voir comment l'insérer dans le puzzle.

Tu ne peux pas dompter un fleuve, Antonia. Tu dois céder au courant et détourner sa force à ton profit.

— Non.

Je ne peux pas céder le contrôle.

Tu ne peux pas, ou tu ne veux pas ?

Elle ferme les yeux.

Elle les rouvre.

Elle n'est plus dans la cuisine.

Elle a sept ans à nouveau.

Elle tient le bras de sa mère, au zoo. Elle voudrait une glace. Sa mère accepte de la lui acheter. Pendant qu'elles attendent d'être servies, Antonia s'arrête et regarde pour la première fois.

Les marques de la perfusion de l'hôpital sur le dos de sa main.

Le verre d'eau où elle vient de dissoudre le sachet d'antibiotiques.

L'extrême lividité de sa peau. Ses cheveux, qui ne sont plus les siens, mais une perruque. La sclérotique jaune. La toux sèche, fatiguée, des poumons qui ont rendu les armes.

— On va aller voir les singes, ma chérie, dit sa mère d'une voix vaincue.

Les preuves étaient là, devant elle.

Je l'ai su. Je l'ai su tout de suite.

Maintenant elle comprend pourquoi elle s'est mise à pleurer devant la cage. Pourquoi elle a soudain eu si peur de cet animal qui semblait garder un secret. Alors que c'était elle-même qui le dissimulait depuis le début. Le secret de ce qu'elle était capable d'accomplir.

J'ai toujours su comment faire.

Mais j'avais trop peur de moi-même.

Elle ferme les yeux.

Elle les rouvre.

Elle est de retour dans la cuisine.

Les gorilles se relèvent, guidés par une force invisible qui leur fait remonter le temps.

Rasseyant Antonia sur la chaise, reconstituant le sparadrap coupé sur ses poignets, réduisant le gonflement de ses blessures.

Elle voit de nouveau le reflet dans la cafetière.

Elle les voit parler entre eux.

Elle lit sur leurs lèvres. Elle n'a pas tout saisi, sa vision est brouillée par le passage à tabac et la nausée.

Mais elle a capté une phrase.

Elle ouvre les yeux.

Jon la tient toujours dans ses bras.

— Je crois que je sais où est Lola Moreno, dit-elle en se dégageant.

Jon fronce les sourcils et se gratte le crâne avec impatience. Il a eu assez d'émotions pour aujourd'hui. Le plus intelligent serait de se retirer tant qu'ils sont encore à égalité.

— Allons à la voiture. Mais avant, on s'arrêtera dans une pharmacie, annonce-t-il en désignant le champ de bataille qu'est devenu son visage.

Antonia acquiesce, reconnaissante, et se dirige vers la porte de la cuisine. Elle doit sauter au-dessus du corps des deux *boévik* pour l'atteindre. Quand elle enjambe celui que Jon a frappé en premier, une étrange certitude l'envahit, qu'elle ne peut exprimer que sous forme de question.

— Tu m'aimes ?

Jon lui adresse un sourire fatigué.

— Ah, trésor. Je t'aime tellement que je ne t'ai pas encore tuée.

Kot

Il est le plus chétif de la portée.

Ses frères et sœurs sont les premiers à manger, à trouver l'endroit le plus douillet pour dormir. Le berger entre dans la cabane, voit le petit et l'ignore. Après toutes ces années et de nombreuses portées, il sait comment fonctionne la nature. Tous ne survivent pas. Cette fois, la chienne en a eu huit. Quand arrivera le printemps, avec un peu de chance, il en restera trois.

À Goris, dans la région de Syunik, en Arménie, les hivers sont rudes. La température peut descendre de douze degrés en dessous de zéro, et ne dépasse jamais les trois. C'est un bourg magnifique, sauvage, appartenant à un autre siècle. Bien sûr, il y a des voitures et des téléphones portables, car le virus de la civilisation infecte même les lieux les plus reculés. Mais la poignée de maisons agglutinées au pied des montagnes du Zanguezour, cherchant à s'abriter du vent, est occupée par des gens différents. Des gens qui cohabitent avec un fatalisme ancestral, atavique. Ils naissent entre le ciel vide et la tombe, et ne cillent pas quand l'un ne leur répond guère et que l'autre les appelle.

C'est pourquoi le berger regarde le chiot avec indifférence. Un autre que lui, dans cette situation, aurait apporté une écuelle de lait dans la cabane et l'aurait enveloppé dans une couverture. Le berger l'ignore et laisse œuvrer la nature.

Il a suffisamment de problèmes comme ça. En hiver, le troupeau demande beaucoup de travail. À l'étroit dans l'enclos, les brebis réclament de l'eau et du foin, et produisent d'énormes quantités de fumier qu'il faut pelleter. Seul avec son plus jeune fils – l'aîné est mort à la guerre, dix-sept ans plus tôt –, le berger est incapable de faire plus que s'effondrer sur son lit, épuisé, quand il a accompli toutes ses tâches.

Lorsque arrivent le printemps et la fonte des neiges, le monde redevient un lieu plus hospitalier. Les brebis vont à la pâture, elles broutent l'herbe basse des versants et il n'y a qu'à les mener d'un point à un autre. Juché sur son percheron, son long bâton à la main et sa musette remplie à l'épaule, le berger retrouve sa dignité. Le soleil rend une partie de sa force à son corps fatigué, et la vie devient plus supportable.

Les chiens l'aideront, le moment venu.

Le berger du Caucase est une espèce très ancienne. Les Soviétiques prétendaient l'avoir créée après la Grande Guerre patriotique, en croisant différentes races de molosses des montagnes d'Ossétie du Nord avec celles d'Arménie et d'Azerbaïdjan. Le berger fait la grimace quand il entend ce mensonge, répété jusqu'à plus soif. À soixante-treize ans, il a grandi avec les *nagazi*, car c'est ainsi qu'ils s'appellent et pas autrement, tout comme ce fut le cas de son père et de son grand-père avant lui. C'est typique des Russes, de vouloir s'approprier tout ce qu'ils voient.

La terre, les femmes. Les enfants.

Les *nagazi* sont forts, aussi costauds qu'un homme adulte, parfois même plus. Dotés d'un épais pelage marron et noir, et de pattes hautes et puissantes, ils pèsent jusqu'à quatre-vingt-dix kilos. Le berger se rappelle un individu énorme, le grand-père de cette portée, qui atteignait presque les cent kilos.

Leur intelligence, leur férocité et leur instinct territorial marqué en ont fait des protecteurs naturels du bétail et de la famille. Et dans cette tâche, il se distingue dans un domaine en particulier.

Tuer des loups.

Le chiot survécut à l'hiver.

Une matinée glaciale de début de printemps, le berger le découvrit hors de la cabane. Une colombe entre les pattes. Des restes de neige poudreuse lui recouvraient le museau. Souillée du sang de l'oiseau, la neige resplendissait comme des rubis sous le soleil de l'aurore.

Il regarda le chiot avec étonnement. Il devait avoir dans les douze semaines, et cela en faisait cinq qu'il le croyait mort, dévoré par sa mère. Les chiennes savent bien que tous ne survivent pas et se contentent d'accélérer le processus.

— Ce ne serait pas le petit ? demanda son fils.

Le berger confirma.

— Je ne sais pas ce qu'on va faire de lui. On en a déjà trop.

Quatre chiots avaient survécu. Cinq avec celui-là.

Une portée particulièrement vigoureuse. Mais nourrir quatre chiens de quatre-vingt-dix kilos est déjà difficile. À eux tous, ils peuvent manger une trentaine de brebis par an, en plus des poulets, des fruits et des légumes. Pas de pâtée ou de croquettes pour les *nagazi*, quand vous avez de la nourriture qui croît et se reproduit moyennant de l'eau et de l'herbe. Non, pas si vous voulez que le troupeau survive. Sept ans plus tôt, une meute de loups avait réussi à pénétrer dans l'enclos des voisins. Ils avaient tué cent vingt brebis en une seule nuit.

Le berger en tremblait encore.

Mais ils ne pouvaient pas le garder.

— Je le descendrai au village. Nikol me l'achètera.

Le berger fit la grimace. Un animal comme celui-ci doit être libre. Pas une marchandise. Pas un être stupide et servile comme les brebis.

Il réprima le geste de le caresser de ses mains noueuses et crevassées. Ce n'était pas un sentimental. Mais il savait que s'il le faisait, il ne permettrait pas à son fils de l'emmener.

Et Dieu sait s'ils avaient besoin de cet argent.

— D'accord.

— Comment il s'appelle ? demanda Nikol, observant cette boule de poils trompeusement placide.

Nikol possédait un supermarché et un entrepôt de nourriture pour animaux, et connaissait parfaitement le tempérament des *nagazi*.

— Je ne sais pas. Kot.

— *Kot*. Chiot. C'est bien, dit-il en lui tendant une poignée de billets.

Nikol s'occupa du chiot pendant six jours, le temps que mit un maître-chien de Volgograd pour répondre à son annonce. Kot s'envola pour la Russie dans un avion-cargo qui décolla d'Erevan le lendemain. En Russie, il passa trois semaines dans la propriété du maître-chien, dont l'activité consistait à dénicher d'authentiques molosses des montagnes et à les dresser pour les mettre au service d'hommes riches. Le maître-chien savait ce qu'il vendait. Ces chiens sont fiers et intelligents. Ils ne sont pas nés pour faire de simples animaux de compagnie, pour obéir aux ordres. Dans les prisons russes, ils montent la garde le long des murs et, si un détenu tente de s'évader, les gardiens les lâchent et laissent faire. Des photos en couleurs du résultat sont placées bien en vue dans les couloirs.

Il faut donc dompter leur tempérament, mais sans les briser. N'importe quel *ovtcharka* – le maître-chien employait leur nom russe avec fierté, persuadé qu'ils étaient une création soviétique – mourrait avant de plier.

Quand le chien fut prêt, le maître-chien posta une annonce sur son site Web, proposant un spécimen parfait d'*ovtcharka*, né dans les montagnes enneigées. Le prix était de quatre mille dollars plus le transport, soit cent fois plus que ce que Nikol avait offert au fils du berger.

Au bout du monde, un jeune Yuri Voronin ivre appela sa femme et l'installa sur ses genoux devant l'ordinateur.

— Regarde, chérie. Je crois que je sais ce qu'il nous faut pour notre nouvelle maison.

Lola

Il était une fois une petite fille qui partit sauver son chien. Elle parvint à le libérer et s'en fut avec lui vers un lieu où les méchants ne pourraient jamais, jamais la retrouver.

Lola sait que le cauchemar prendra bientôt fin. Jacques est sur le point de s'enfuir de la maison de l'ogre en descendant le long de la tige du haricot géant.

Les dernières heures ont été horribles. Elle a réussi à prendre la fuite en courant. La police a monté une opération pour la retrouver ; elle a diffusé sa photo et son signalement partout, mais en insistant surtout sur sa tenue vestimentaire. Avec de l'argent en pagaille, elle peut faire un tas de choses. À commencer par entrer dans un bazar chinois. Elle jette le sweat-shirt à la poubelle. Désormais vêtue d'un imper à la coupe peu seyante et d'une casquette de baseball, sac au dos, son apparence n'a plus grand-chose à voir avec celle de la photo.

Elle est montée dans un taxi qui l'a emmenée à Estepona. Là-bas, elle n'a eu aucun mal à trouver un appart-hôtel où on ne lui a pas demandé sa carte d'identité, parce que bien sûr, elle l'a oubliée et demain, elle a un entretien d'embauche ici, je vous paierai le double du tarif pour deux jours. Non loin, il y avait une pharmacie de garde où elle a pu acheter sa précieuse insuline. Lola s'est retournée et a sorti un billet, qu'elle a introduit dans le tiroir métallique d'une main tremblante, craignant à tout moment que le pharmacien ne la reconnaisse. Ce dernier l'a regardée quelques secondes de plus que nécessaire, mais a fini par placer l'insuline et la monnaie dans le tiroir, qu'il a refermé avec un claquement.

Moins de deux heures après avoir tiré dans le vide, au coin de l'avenue Ramón y Cajal, Lola pleurait sous la douche exiguë de l'hôtel, incapable de réprimer ses tremblements de terreur et d'angoisse.

C'est à peine si elle a dormi cette nuit-là, pourtant barricadée dans sa chambre. Elle sursautait au plus petit bruit, s'imaginant qu'ils étaient là, qu'ils l'avaient débusquée. Elle est parvenue à trouver le sommeil alors que le soleil filtrait déjà à travers les persiennes. De pur épuisement. Elle a dormi jusqu'à la fin de la matinée.

Elle s'est levée, s'est injecté l'insuline, a petit-déjeuné dans un café. Chez Mango, elle a acheté des vêtements confortables, des lunettes de soleil, des jeans et des baskets. Dans la boutique, elle rasait les murs, tressaillant au moindre regard suspect et se tournant constamment vers l'entrée, mais personne ne l'a approchée, personne ne l'a reconnue.

La vie continuait, avec une déconcertante normalité, après tous les événements de ces derniers jours. Quand elle s'est arrêtée pour déjeuner dans un restaurant de l'avenue España, chargée de courses, elle a perdu un instant la conscience de sa situation et cherché dans son sac à main tout neuf (qui ne contenait rien d'autre que quelques billets) son portable pour appeler Yuri et prendre de ses nouvelles.

L'instant d'après, la vie l'a ramenée à la réalité avec la subtilité d'un jet de pierre.

Elle a fondu en larmes sur le plat de résistance.

Elle était toujours une fugitive. Elle n'avait pas de papiers d'identité, ni aucun moyen d'en obtenir. Pas plus qu'elle n'avait d'amis à qui demander de l'aide, ou de famille qui ne soit pas sous surveillance.

Je pourrais m'enfuir, monter dans un bus en direction de Madrid, ou Valence, me perdre dans les rues, là-bas, trouver un boulot, disparaître.

Non.

Je ne partirai pas sans mon chien.

Retourner à Marbella présentait un énorme risque, mais elle avait repris des forces et retrouvé confiance en elle. Et puis ce serait l'affaire d'une heure.

Encore une heure, et c'est fini.

Quel endroit horrible, pense Lola en faisant le tour du bâtiment.

La fourrière municipale est située à l'extérieur de la ville, au bout d'une rue étroite à sens unique. Les fourrières ont un point commun avec les funérariums, les maisons de retraite et les cimetières. Nous les mettons là où nous avons le moins de chances de les voir. Parce que personne ne veut savoir ce qui se passe réellement derrière ces hautes grilles, même si nous pressentons qu'elles dissimulent une réalité à laquelle nous refusons de nous confronter.

Le temps – converti en argent – est la pire drogue qui soit. Nous le dosons parcimonieusement, égoïstement, pour balayer tout soupçon de sincérité. Le temps est notre façon de justifier l'égoïsme qui nous coupe de la vérité – cette destruction à laquelle nous œuvrons, qui ronge les autres et qui, en dernière instance, finira aussi par nous ronger. *Nous n'avons pas le temps*, pensons-nous. C'est ainsi que les chiens continuent de remplir les cages et les vieillards, de tendre leur cou ridé vers la porte chaque fois qu'elle s'ouvre.

Il n'y a guère de temps pour la vérité.

Il n'y en a pas non plus pour Kot.

En tant que chien potentiellement dangereux – et peu le sont plus que lui –, la loi stipule que s'il n'est pas adopté dans les dix jours, il sera piqué.

Avant de retourner à Marbella, Lola a acheté des cisailles dans une quincaillerie de la place de las Delicias, à Estepona. Ainsi qu'une paire de gants de chantier pour plier le fil de fer du grillage.

Elle choisit un point du terrain vague à l'arrière et se met à l'ouvrage.

Se ménager un passage à l'intérieur lui prend moins de six minutes. Elle doit couper un bon morceau de grillage, parce que ensuite elle devra sortir avec le chien, et elle ignore s'il leur faudra courir. Elle ne veut pas non plus qu'il se blesse.

Quand elle a découpé une ouverture de presque quatre-vingts centimètres de diamètre, elle se débarrasse des morceaux de fil de fer et pénètre dans la fourrière.

Il n'y a pas de sécurité ni de personnel de nuit. Une double rangée de cages occupe l'extérieur du bâtiment bas délabré. C'est un musée des horreurs. Lola détourne le regard devant la foule d'animaux dont les maîtres ont un jour décidé qu'il n'y avait plus de place dans leur vie pour ce cadeau de Noël, pour ce caprice de leur gosse. Les cages sont sales et les animaux, abattus. La fourrière étant sous administration privée, le spectacle n'a rien d'étonnant.

La plupart des animaux bronchent à peine quand Lola s'approche. Quelques-uns grognent sans entrain. Un autre émet un jappement plein d'espoir, qui meurt quand Lola passe son chemin.

Un autre, encore, se contente de se dresser sur ses pattes arrière en entendant ses pas sur le ciment.

Lola arrive à la cage et l'ouvre sans attendre. Pas besoin de clé, il suffit de tirer le gros verrou d'acier.

Le chien ne bouge pas. Même dans la pénombre du chenil, avec pour seule lumière celle des lampadaires de la rue d'un côté et de la route, un peu plus loin, l'animal est impressionnant. Haut comme une table à manger, large comme une table de chevet. La fourrure brunâtre qui encadre sa face est épaisse et fournie. Ses yeux et son museau sont recouverts d'un masque noir. Dans la demi-obscurité, on n'aperçoit que l'éclat de ses yeux couleur café et le doux mouvement de sa langue rose.

Lola prononce son nom.

— Kot.

C'est le son langoureux d'un baiser, avec le *o* prononcé comme un *u* qui vous force à joindre les lèvres, les consonnes qui roulent, la langue qui pointe sur le *k* et le *t*.

— *Ko mne*, ordonne-t-elle en se baissant pour qu'il puisse lui souhaiter la bienvenue. Viens ici.

Elle adore l'idée qu'il ne réponde qu'aux ordres en russe.

Le chien s'approche aussitôt et lui lèche avidement le visage. C'est peut-être une masse de muscles et d'os capable de décapiter un être humain en quelques secondes. Mais pour ce qui touche à sa maîtresse, il ne connaît d'autre émotion que l'amour.

— Regarde-toi, grosse bête, dit-elle en lui palpant la tête et le cou. Tu es tout sale. On t'a retiré ton collier. Et tu as maigri.

Kot ne lui en veut pas d'être partie. Mais la présence des autres chiens commence à le rendre nerveux, maintenant qu'il sait qu'elle est là. Il lui donne un coup de patte de la taille et la robustesse d'une petite poêle à frire. Il veut juste la prévenir, mais même ainsi, il réussit à lui faire mal à la jambe. Il en a toujours été ainsi avec Kot. Des jambes couvertes de bleus et de griffures.

— Assez. *Molodets.* Bon chien.

Elle se dirige vers le trou dans la clôture, le chien sur ses talons.

— *Gouliat.* On va se promener.

Kot se glisse à l'extérieur après avoir reniflé un moment. Lola le suit aussitôt.

Au bout du terrain vague, garée sous la lumière d'un réverbère, elle voit la Ford Fiesta de Zenya, qui lui fait un appel de phares. La femme de ménage l'attend, assise au volant.

Heureusement. C'est terminé, enfin, dit Lola, sans parvenir à croire que ç'ait été aussi facile.

La suite lui donne raison. Quand elle pose la main sur la poignée du véhicule, quelque chose la fait se retourner.

Kot s'est raidi, le corps penché en avant. Le poil hérissé. De sa gueule sort un grognement rauque et menaçant.

— Où tu vas, Lola ? dit une voix dans le noir.

Lola sent une boule d'acier au centre de son estomac. Elle reconnaît cette voix. Cette fausse allégresse.

Kiril Rebo s'avance. Il pénètre dans l'espace éclairé, avec ses cheveux blond filasse, son corps sec et noueux, sa peau pâle.

Brandissant son sourire, ses yeux vides de requin et un pistolet.

Parmi les trois, ce n'est pas l'arme qui effraie le plus Lola.

— Pourquoi ? dit Lola en regardant Zenya.

— Ils ont menacé de tuer ma sœur si je ne coopérais pas, madame. Elle est toujours là-bas. Et là-bas, que quelqu'un disparaisse, tout le monde s'en fiche.

Elle comprend. Zenya a fait ce qu'elle avait à faire. Comme elle-même. Comme tout le monde.

— Je suis vraiment désolée.

Lola lui adresse un sourire triste. En d'autres temps, il y a seulement quelques jours, elle l'aurait peut-être insultée, menacée, maudite. Maintenant, elle ne sait même plus si elle est encore cette personne-là, la femme qu'elle était. Ou si elle le redeviendra un jour. Elle est trop fatiguée. De tout. De tous.

— Ça va.

Kot grogne de plus belle quand un second gros bras vient se placer près de Rebo. Lui aussi tient un pistolet, qu'il braque sur le chien. Il a la main crispée et les yeux vitreux. Il s'est mis un gramme, au moins.

— Tu retenir ton chien, exige Rebo en désignant l'animal.

— Je n'ai qu'un ordre à lui donner, dit Lola.

— Nous juste à tirer, *da* ?

Lola serre les dents, retenant la syllabe qui lancerait Kot à la gorge de ces fils de putes. Il en tuerait un, même si les balles l'atteignaient. Une fois lancé à l'attaque pour protéger sa maîtresse, il faudrait bien plus qu'un pistolet pour l'arrêter.

Mais même s'il en tue un, l'autre resterait debout.

Et elle ne laissera pas son chien se faire tuer pour rien.

— Passons un accord. Le chien part avec elle, et moi avec vous. *Khorocho ?*

Rebo fronce les sourcils et réfléchit à la proposition. Tirer sur le chien est une mauvaise idée. L'organisation a suffisamment attiré l'attention ces derniers jours.

— C'est bon.

Lola ouvre la portière de la voiture et ordonne à Kot de monter. Le chien la regarde avec méfiance, mais finit par obéir.

Lola se penche vers Zenya et sort discrètement une enveloppe de sa veste.

— Emmène-le là où je t'ai dit, murmure-t-elle à Zenya en lâchant l'enveloppe. Vous serez en sécurité. Je vous rejoindrai.

Zenya ouvre l'enveloppe. Elle contient bien plus de cinq mille dollars. Assez pour l'opération de sa sœur et pour disparaître quelques jours.

— Ils ne vous laisseront pas repartir, dit-elle, étouffant un sanglot.

— Je vais me débrouiller.

Zenya démarre la voiture et quitte le terrain vague. Emportant avec elle les espoirs de Lola Moreno.

Celle-ci se tourne, lentement, et fait face à Kiril Rebo.

— Voilà. Vous avez gagné.

10

Des amis

— Tu me surprends, dit Rebo. Tu n'es pas que poule cinglée de Voronin. Pas seulement potiche, *da* ?

Lola garde le silence. La reconnaissance professionnelle ne figure pas parmi ses priorités en ce moment. Et elle a passé trop de temps à se camoufler au grand jour pour se dévoiler d'un coup, au premier psychopathe armé qui lui fait un compliment.

— Tu dis rien. Bien. Tu parleras.

Lola s'agite. Elle avait la liberté à portée de la main, et elle a raté le coche à cause d'une stupide erreur. La rage la consume intérieurement. La peur aussi, mais elle ne veut pas le montrer.

— Pourquoi ne pas nous épargner cette peine et me tuer maintenant ?

Kiril Rebo sourit de nouveau.

C'est le sourire le plus déplaisant de l'histoire des sourires.

Qui se fige sur son visage quand, à l'extrémité opposée du terrain vague, apparaissent les phares d'une voiture.

— C'est qui, ceux-là ? lui demande l'autre *boévik*.

Rebo prend Lola par le bras et la tire vers lui.

— Amis à toi ? dit-il, lui mettant le flingue sur le ventre. Tu as appelé eux ?

Le canon de l'arme lui arrache un halètement, la pression de l'acier transmet une vague d'électricité et d'appréhension de son ventre à sa nuque. Elle ressent l'impulsion – un fourmillement dans les mains, au bout des doigts – d'écarter le canon de la vie qui grandit en elle.

Tout ce qu'elle parvient à faire, c'est secouer la tête, terrorisée.

Rebo envisage de courir jusqu'à son propre véhicule, mais ils l'ont laissé à l'autre bout du terrain pour guetter Lola dans le noir. Les phares s'approchent, et deux autres les suivent, quelques mètres plus loin.

Derrière eux, deux phares supplémentaires apparaissent.

Devant, une voiture de police et une Audi noire. Derrière, une autre voiture de flics. Les trois véhicules les encerclent. Ils freinent d'un coup sec, les pneus dérapent sur le gravier avant de s'arrêter. Des voitures, surgissent plusieurs agents, pistolet à la main, qui les mettent en joue, abrités derrière les portières.

— Police ! Jetez vos armes !

D'autres voitures approchent, sirènes allumées.

Rebo regarde autour de lui, furieux. Il tient toujours Lola par le bras, le pistolet pressé contre son flanc. Les phares des autos les ont enfermés dans un cercle de lumière. Leurs ombres s'étirent sur le sol, gigantesques.

L'autre *boévik* est nerveux. Trempé de sueur, la respiration entrecoupée et le cœur au galop. La cocaïne a démultiplié son agressivité, sa paranoïa et sa confiance en lui jusqu'à de dangereux extrêmes. Il lève son pistolet, vise les formes obscures qu'on devine au-delà du mur de lumière que les phares ont créé. Il y a des cris, de la confusion. Une demi-douzaine de gorges émettent des sons en même temps.

Le gorille agite l'arme, fait un pas vers l'une des voitures de police.

Quelqu'un tire.

La balle l'atteint à l'épaule. Le gorille se retourne. Un second tir l'atteint dans le cou, en trajectoire latérale, lui arrachant la trachée, en un nuage de sang et de cartilage qui flotte un instant sous la lumière des phares, avant de se dissiper et de retomber.

Le *boévik* est mort avant d'avoir touché le sol. Son corps, cependant, ne le sait pas. Il s'agite encore, pris de spasmes et de convulsions, qui font que son visage frotte contre le gravier pendant quelques grotesques secondes.

— Je veux avocat, dit Kiril Rebo, lâchant Lola et jetant son pistolet par terre.

— Mais… On vous forme à savoir quoi dire, c'est ça ? dit la voix de Jon, de l'autre côté des phares.

Aslan

Aslan est un homme qui ne se laisse pas dominer par ses émotions. Quand il a découvert la trahison de Voronin, il a médité durant plusieurs jours avant d'agir.

Quand il a dû se présenter devant la *Bratva* et ses associés aux funérailles de feu son trésorier, il a soigneusement choisi chacun des mots qu'il allait leur adresser, soupesant les inflexions, les pauses, et même les mouvements de ses mains. Il a répété devant le miroir de sa salle de bains, les mains appuyées sur le rebord du lavabo comme s'il les posait sur la sainte Bible de l'Église orthodoxe.

Quand il a dû rendre des comptes au *pakhan* – avec l'objectif inavoué de comprendre le comportement énigmatique de la Louve noire –, il a longuement veillé la dépouille de ses œufs au plat accompagnés de pain grillé avant de se décider.

Maintenant, cependant, c'est différent. Il n'a pas seulement foutu en l'air sa seule chance de récupérer l'argent, comme on le lui avait ordonné.

En plus, ils lui ont pris Kiril Rebo.

Cela fait bien longtemps qu'Aslan n'a ressenti d'affection inconditionnelle pour quiconque. Parfois, il s'entend déclarer à voix haute qu'un ami est quelqu'un qu'on n'a pas encore tué. Pour faire bonne figure, sans vraiment y croire, mais en sachant qu'il doit mener une vie conforme aux principes qu'il énonce. Ils avançaient devant lui, comme un bouclier, mais ils réclamaient leur dû. Le secret d'une vieillesse paisible n'est rien d'autre qu'un pacte honorable avec la solitude, a fortiori si vous êtes un mafieux.

Mais s'il est une personne pour qui Aslan éprouve quelque chose qui s'apparente à de l'amitié, à une véritable saine camaraderie, c'est Kiril. Il a pardonné à Rebo jusqu'à ses pires infractions, ses pires atrocités, qu'il a acceptées comme de simples excentricités. Orlov s'est toujours su amoral. Et il a toujours su que Kiril était franchement mauvais. Quand il était plus jeune, Aslan se moquait des personnages de méchants purs et durs que le cinéma soviétique affectionnait tant. Ceux qui s'emparaient de la chaste héroïne avec un rire dément et préparaient l'entrée en scène du héros du prolétariat.

Puis il a rencontré Kiril Rebo.

Lorsqu'on atteint un âge certain, un pied sur le seuil, l'autre déjà dehors, on considère le chemin parcouru. Qu'on le veuille ou non. Orlov, qui a toujours suivi ce que la nécessité lui dictait et ce que l'instinct lui permettait, a tué une douzaine de personnes de ses mains. Jamais il n'a particulièrement tiré plaisir de la chose. Pour lui, seul le résultat comptait. Danser sur la tombe de l'ennemi. Continuer de danser.

— Sommes-nous sans pitié ? demanda-t-il un jour à Kiril, devant une bouteille de vodka.

Au sol, le cadavre du fils d'un rival. Onze ans.

— Nous avons bon goût, fut la réponse énigmatique de celui-ci.

Orlov comprit ce qu'il avait voulu dire par la suite, quand ils arrivèrent en Espagne. Le bon goût n'a rien à voir avec les préférences en matière de vêtements ou de décoration d'intérieur. Les palais des tsars étaient bourrés de mobilier et de joyaux que les magazines de déco jugeraient épouvantables aujourd'hui.

Le bon goût, ce n'est pas la mode, mais l'harmonie. Et la meilleure façon d'y parvenir est le meurtre.

D'où l'affection qu'éprouve Orlov pour Kiril Rebo. Parce qu'il a choisi, en libre artiste de sa vie, de faire ce qu'il aime, sans jamais faillir.

Même dans la mafia il faut avoir du talent, pense Aslan. *Et il n'y a pas de talent sans passion.*

Orlov se débat avec lui-même, agité, sans trouver de position confortable dans son fauteuil favori. La terrasse de sa villa à La Zagaleta est suspendue à la colline. Par temps clair, on aperçoit Gibraltar et la côte nord-africaine. Plus haut, à cinq cents mètres, se trouve la résidence espagnole de Vladimir Poutine. Il ne l'a jamais croisé et ne saurait pas quoi lui dire. Peut-être esquisserait-il un timide remerciement.

La nuit est tombée, si bien que la vue se réduit à une masse d'arbres, qui laissent percevoir une lune discrète et le murmure du vent dans les branches. Il n'y a rien à voir, aucun endroit où aller.

Juste une décision à prendre.

C'est un calcul. Des conséquences et des répercussions. Une trahison. Et peut-être l'unique possibilité d'avancer. De continuer de danser. À soixante-dix ans, avec son pas chancelant et son pied sur le seuil, il se refuse à quitter le bal. Parce que, derrière la porte de sortie, il n'y a que des hurlements et des crocs acérés dans la nuit glaciale.

Aslan est un homme qui ne se laisse pas dominer par ses émotions, c'est pourquoi il n'hésite guère à prendre son portable et à composer un numéro qu'il croyait ne plus jamais devoir utiliser.

Il décroche à la première sonnerie.

Il attendait son appel.

— Nous devons régler le problème, dit Orlov.

— Quoi qu'il arrive ?

— Quoi qu'il arrive.

Il raccroche, et passe un autre appel. Il leur faut se mettre en marche, au cas où le plan numéro un échoue. Et il ne peut faire appel à personne d'autre, pour la bonne raison qu'il n'y a personne d'autre à qui faire appel.

Ce n'était pas ainsi qu'il envisageait ses vieux jours. Il croyait qu'à son âge il pourrait s'affranchir de la chair, de ses désirs et de ses misères. Vivre dans un royaume de sereine immatérialité. Au lieu de cela, son corps l'a entraîné encore plus bas, vers le cœur même de la machine. Son implacable machine, vindicative, grinçante et de plus en plus rouillée.

Il se lève.

11

Un autre sac de glace

En fin de compte, tout est allé très vite.

Ils repartent tous les deux vers Madrid, en voiture, comme ils sont venus. De nuit, regardant les lignes blanches disparaître sous le capot de l'Audi. Avec une étrange sensation d'irréalité. Les épaules tendues, les jambes trop légères. Comme le soldat qui laisse derrière lui la boue et les balles pour retrouver un terrain sec.

Comme si ça ne pouvait être aussi simple.

— Ça ne peut pas être aussi simple, dit Jon.

— On a fait notre part du travail, réplique Antonia du bout des lèvres – ce n'est qu'une demi-métaphore, une grande partie de sa bouche est recouverte d'un sac de glace (encore un autre).

Ils ont acheté le premier en allant à la fourrière municipale. À la station-service, pendant que Jon payait, Antonia appelait la commissaire Romero. La tension entre les deux femmes a disparu dès qu'Antonia lui a dit, avec sérieux et professionnalisme, sans une once de revanchisme opportuniste, qu'elle savait où se trouverait Lola Moreno dans quelques minutes. La commissaire Moreno, réglo et reconnaissante, lui a proposé un point de rendez-vous et lui a donné des instructions précises.

Du moins est-ce ainsi qu'Antonia a décrit leur échange à l'inspecteur Gutiérrez.

— Et à la fin, elle t'a dit quoi, textuellement ? a demandé Jon, habitué aux résumés d'Antonia.

— « Faites pas tout foirer. »

— Je vois. Donc tu disais que le rendez-vous était où ?

Le point de rendez-vous était une route de service proche de la fourrière. L'inclinaison du terrain leur offrait un certain avantage visuel, si bien que, quand Lola a quitté le bâtiment, il a été décidé de s'approcher par les deux flancs. Le temps d'arriver, l'opération a manqué capoter quand la suspecte a failli monter à bord d'une Ford Fiesta qui a fini par partir sans elle.

La surprise, alors qu'ils convergeaient vers l'objectif, a été la subite apparition des mafieux. La capture d'une suspecte armée, ardue en soi, se transformait en une potentielle prise d'otages. Il y avait sept armes braquées sur les Russes, contre deux de leur côté. Quand tout a pété, quand tout le monde s'est mis à crier en même temps, Antonia a su qu'il serait impossible d'éviter l'effusion de sang.

— Seize morts, a résumé la commissaire Moreno, quand Kiril Rebo et Lola Moreno se sont retrouvés menottés à l'arrière d'une voiture de police.

— Oui. Bon. À ce propos… a dit Jon, en se frottant la nuque et en regardant ses pieds.

C'est ainsi qu'ils ont informé la commissaire de la façon dont ils avaient découvert où se trouvait Lola Moreno. Et que le décompte des cadavres se montait désormais à dix-sept.

La conversation qui s'est ensuivie a été longue, tendue et désagréable.

— Vous allez devoir témoigner devant le juge. Je vous tiendrai au courant. Pour le moment, je me réjouis de ne plus vous voir, a dit Romero, en guise de remerciement.

Jon est allé récupérer les bagages à l'hôtel. Antonia est restée sur la scène jusqu'à l'arrivée d'un fourgon de la police judiciaire, venu de Malaga pour emmener les prisonniers à Madrid.

— Ordre de la capitale. Ils pensent qu'ici, ce n'est pas assez sûr pour prendre leur déposition, a dit Belgrano quand Jon l'a interpelé en revenant.

Les deux agents de la police judiciaire, en civil, ont menotté les prisonniers aux barres métalliques vissées à la structure du fourgon Citroën bleu et blanc. Un de chaque côté. Les policiers ont fermé la portière latérale et sont montés à l'avant.

Jon et Antonia, eux aussi, se sont mis en route. Ils ont doublé le fourgon au premier rond-point, et ç'a été tout.

Jon n'est pas pressé, à aucun moment il n'a dépassé la vitesse autorisée. Il a mis *19 días y 500 noches*, l'album de Sabina, sur Spotify. Les haut-parleurs de l'Audi leur chantent des histoires de poissons de glace, de mauvaises compagnies qui sont les meilleures, de blondes platine.

Ils ne se parlent pratiquement que pour s'échanger des bonbons et autres cochonneries sous emballage qu'ils ont achetées à la station-service (la deuxième, cette fois ils avaient le temps). Ni l'un ni l'autre n'est satisfait. Comment pourraient-ils l'être ? Mais c'est bel et bien le boulot pour lequel ils ont signé. Travailler à la marge, en sachant qu'il n'y aura ni satisfaction ni médaille. En ayant bien conscience aussi que, sans eux, le résultat serait très différent.

Ils passent un bref coup de fil à Mentor, pour le tenir au courant.

— Bon travail. Je préférerais que vous ne rentriez pas tout de suite chez vous, dit ce dernier quand ils ont terminé. (Il n'y a aucune joie dans sa voix.) Demain matin, nous discuterons des événements en cours. Prenez une chambre d'hôtel et tâchez de vous reposer.

Il raccroche.

Antonia s'endort, épuisée.

Jon baisse le volume de la musique.

Lola

Il était une fois une petite fille qui avait été capturée par des monstres, qui la firent monter dans une sombre carriole pour l'emmener vers un ténébreux château.

Lola essaie de s'étirer, cherche une position confortable. Elle n'en trouve pas, parce qu'il n'y en a pas. Son poignet droit est menotté à une barre en fer vissée au châssis du fourgon, selon un angle très inconfortable. Les quatre sièges arrière sont disposés deux à deux, dos à la paroi. Ils ont installé Kiril Rebo de l'autre côté, mais pas sur le siège d'en face.

Il n'y a pas de fenêtre, ni de musique. Ni possibilité de dormir. Juste de se regarder.

C'est ce que fait Kiril. Il plante son regard sur elle.

Quelque chose, au fond de ces yeux bleus dépourvus de vie, semble capable d'absorber la vôtre. À petites bouchées.

Ils mordent. Ces yeux mordent, pense Lola.

Elle ferme les siens et tente de réfléchir.

Il n'y a pas tellement d'issue. La police les interrogera et exigera qu'elle dise tout ce qu'elle sait de l'organisation d'Orlov et de la façon dont Yuri dirigeait l'ensemble des opérations de blanchiment de la Tambovskaïa en Espagne.

Je ne savais presque rien, monsieur l'agent. Juste de ce que j'entendais depuis la cuisine.

Des bribes de conversations, saisies au vol dans le salon, alors qu'elle sert des blinis à l'anguille et des carafes de *kissel*, et passe le chiffon sur le plan de travail.

Ils parlaient presque toujours russe. Moi, je n'y comprends rien, à part trois mots par-ci par-là. Bonjour, l'addition. Pas tellement plus.

Les sociétés ? Toutes au nom de Yuri, à ce que je sache.

Notre villa ? Les voitures ?

Ruben Ustyan ? Non, jamais entendu parler.

Lola interrompt la répétition. Il y a peut-être des photos. D'une soirée quelconque. Ah, ce qu'elle donnerait pour supprimer son compte Instagram sur-le-champ. Pour ce que ça changerait, ils doivent déjà avoir toutes les photos.

Ah, lui, le nabot ! Oui, il est venu chez nous une fois. Non, il ne s'est pas présenté, ou bien je ne m'en souviens pas.

C'est la combinaison. 412 « je ne sais pas », 82 « je ne m'en souviens pas », 58 « je l'ignore » et 7 « je ne suis pas au courant ». Avec ça, on peut se tirer de n'importe quoi.

Par ailleurs, elle dispose d'un avantage. Elle se rappelle ce film en noir et blanc tellement horrible sur les Juifs dans les camps de concentration. Le moment où le méchant demande à un groupe de prisonniers qui attendent en rang qui a volé un poulet. Personne ne répond, alors le méchant tire sur l'un des types, qui s'effondre par terre. Là, un gosse sort du rang. Le méchant lui demande si c'est lui qui a volé le poulet. Non. Alors tu sais qui a volé le poulet ? Et le gosse montre le type mort par terre. Ce foutu gosse, tu peux toujours courir pour le choper.

Lola aussi a son macchabée à montrer.

Il n'y a aucune preuve matérielle contre elle. Le nom de Lola n'apparaît nulle part. Son père l'a bien formée. C'était un perdant, mais en comptabilité, il ne craignait personne.

Il lui manque. Toutes ces soirées qu'ils ont passées ensemble, les dernières années, tandis qu'il lui expliquait les astuces, les vides juridiques… Comment disparaître du paysage, en créant écran sur écran, jusqu'à se rendre invisible.

Ce n'est pas la situation idéale. Mais ça pourrait être bien, bien pire.

Il s'agit de tenir bon. Ou de faire des compromis, si ça dégénère. Même si c'est une voie sans issue.

Et il s'agit d'argent, aussi, pour payer un bon avocat, pour le salon de coiffure, parce que ça, ils pourraient le lui mettre sur le dos. Reste à savoir d'où elle va le sortir.

Impossible de demander à sa mère. C'est encore un autre problème. Qu'est-ce qu'elle va devenir, maintenant ? Et elle-même ?

Et ensuite, qu'est-ce qui va se passer ? *Est-ce que je vais finir par devenir comme elle ?* pense-t-elle en se touchant le ventre. Un parasite conformiste. Avec une existence marquée par une apathie mortifère, une odeur légère, mais persistante de putréfaction. Et le même scénario à chaque coup de fil. Après les banalités du jour, Lola voit arriver la Grande Pause Pleine de Sens qui précède la Question Inévitable : *Tu ne crois pas que tu pourrais trouver mieux ?* Comme deux actrices condamnées à rejouer la même scène déprimante chaque fois qu'elles se voient.

Mais le fric, elle ne se gênait pas pour le prendre, crois-moi.

Ses pensées se font plus amères et plus décousues tandis que la fatigue la gagne.

Elle s'endort. Malgré tout. Malgré ses échecs, malgré ses erreurs, malgré ce voyage vers un avenir incertain, menottes aux poignets, en compagnie d'un psychopathe, elle s'endort.

C'est alors que cela se produit.

12

Un mot tamil

À un moment, des heures plus tard, Antonia sort d'un profond sommeil. Et cesse de ronfler – elle ronfle comme un dragon. La lumière familière des réverbères de l'avenue du Manzanares, avec leur agencement caractéristique, la tire de sa torpeur. Elle cligne des yeux et s'agite, entrant et sortant d'un demi-sommeil, lorsqu'ils traversent le pont de Praga. À moins de trois cents mètres de l'endroit où ils avaient découvert le cadavre non identifié dans la rivière, quelques jours plus tôt.

À la hauteur de Santa María de la Cabeza, Antonia lève la tête. Elle étire son cou, qui craque. Agacée, elle secoue le sac – précédemment de glace, désormais d'eau – qui a goutté sur son pantalon.

L'effet du Voltarène se dissipe. Quand elle prend la bouteille d'eau pour avaler deux autres comprimés, elle regarde son visage amoché dans le reflet de la vitre.

— Quel désastre, dit-elle d'une voix rauque encore ensommeillée.

— Pas pire que Voronin, dit Jon.

Antonia se fige.

Le monde aussi.

Le visage de Voronin, détruit. Un coup de fusil, à bout portant, en ligne droite.

Erupararkkiratu.

En tamil, langue dravidienne parlée dans le sud de l'Inde et le nord-est du Sri Lanka : « Dévier le bœuf pour regarder la mouche. »

Devant Antonia apparaissent soudainement toutes les pièces du puzzle :

– Yuri Voronin, tué d'un coup de fusil alors qu'il se trouvait chez lui, en maillot de bain, sans qu'il y ait de traces d'effraction ;

– un tir en ligne droite, à bout portant, en plein visage ;

– le chien, un berger du Caucase, race extrêmement méfiante envers les étrangers, enfermé dans l'enclos de la piscine ;

– Lola Moreno reçoit un message de son mari, la prévenant qu'on veut la tuer ;

– quelqu'un tente d'assassiner Lola Moreno en même temps que son mari ;

– l'eau de Javel sur la scène de crime ;

– Yuri Voronin était un indicateur de la police.

Tout ramène au même point. Tout ramène à la mort de Voronin. Antonia se rappelle l'angoisse qu'elle a ressentie sur la scène du crime. La façon dont les singes se sont agités, essayant de lui faire comprendre quelque chose depuis le début. La position du corps. L'angle du tir.

Erupararkkiratu.

Dévier le bœuf pour regarder la mouche.

— Le chien. Le chien, Jon.

— Qu'est-ce qu'il a, le chien ?

— Gare-toi.

Jon met le clignotant et se range sur la droite. Ils sont au beau milieu de Gran Vía, en route pour l'hôtel, mais à cette heure-là, il n'y a pas de circulation.

— Laisse-moi conduire.

— Mais on est presque arrivés.

— On doit y retourner. Tout de suite. Et tu n'es pas en état.

Sans tout à fait croire à ce qu'il est en train de faire, Jon échange sa place avec Antonia. Dehors, le froid – il fait moins trois degrés – le réveille un peu.

— On peut savoir quelle mouche t'a piquée ?

Eruparарkkiratu, pense Antonia, réglant le siège pour se rapprocher du volant. Non pas que Jon soit gros. Elle attache sa ceinture et démarre. Elle fait une manœuvre globalement interdite pour tourner place de España, franchit une ligne blanche continue, brûle un feu rouge, puis deux.

L'inspecteur Gutiérrez, qui se voyait déjà dans son lit, boucle sa ceinture et maudit l'épuisement qui lui a fait baisser la garde et céder le volant à une conductrice complètement déséquilibrée. Une fois de plus. Alors qu'il s'était promis que ça n'arriverait plus jamais.

— Tu me fais peur.

— Appelle Mentor.

— Pour quoi faire ?

— Appelle-le.

Jon obéit. Une voix ensommeillée lui répond.

— Le fourgon qui a embarqué Lola Moreno, dit Antonia. J'ai besoin que tu le localises. Il y a deux flics de la PJ à bord. Il se dirige en ce moment même vers Madrid. D'après mes calculs, il doit se trouver entre Villaverde et Usera. C'est une question de vie ou de mort. Tu as compris ?

— Tout de suite, dit Mentor avec gravité.

Il ne demande aucune explication. Le ton d'Antonia lui suffit. Jon raccroche. Lui, en revanche, exige des explications.

— On peut savoir pourquoi on risque l'accident ?

Antonia ne répond pas. Elle est trop occupée à grimper la Cuesta de San Vicente à 90 kilomètres-heure. Elle esquive de justesse un taxi qui débouche par la rue Ariaza et doit piler net. Le son du Klaxon n'arrive pas jusqu'à leurs oreilles.

— Le chien, Jon, dit-elle quand ils atteignent la M-30, et que la circulation plus clairsemée lui permet de monter à 180.

— OK, OK. Le chien. Que la femme de ménage a emmené. Et pourquoi il t'intéresse maintenant, le chien ?

— Pas maintenant. Le jour de l'assassinat de Voronin. Tu ne comprends pas ? Où était le chien ?

— Enfermé dans sa petite piscine, dit Jon, tentant de sortir de sa torpeur – et y parvenant, grâce à l'adrénaline produite par le fait de se trouver dans une voiture roulant 70 kilomètres-heure au-delà de la vitesse autorisée. Et de devoir serrer fort la poignée.

— Voronin avait enfermé le chien. Pourquoi ? Parce qu'il savait qu'il aurait de la visite.

— Il connaissait ses assassins. Ça, on le sait déjà.

— Bien sûr. Mais ses assassins ne comptaient pas le tuer. Ils voulaient juste lui faire peur pour qu'il parle. À quoi bon le tuer et *ensuite* retourner la maison pour chercher ce qu'ils voulaient ?

— Ce n'est pas très logique, en effet. Et pourquoi ils l'ont tué, alors ?

Erupararkkiratu.

— Par erreur, Jon. Ils l'ont menacé avec le fusil, mais à ce moment, le chien a dû s'agiter, se mettre à aboyer. L'enclos de la piscine est juste à côté du barbecue.

— Celui qui tenait le fusil a flippé.

Puis, tous les deux, d'une seule voix.

— *Pan.*

— OK, mais je ne comprends toujours pas pourquoi on retourne là-bas, dit Jon, se recroquevillant sur son siège quand ils se rapprochent dangereusement d'un poids lourd.

— On a tenté d'assassiner Lola Moreno quelques minutes plus tard. Pourquoi ?

— Parce qu'ils avaient merdé avec son mari, répond Jon, qui commence à comprendre.

— On a choisi la mauvaise approche depuis le début. On a toujours cru que c'était un règlement de comptes et qu'ils devaient être tués en même temps tous les deux.

— Mais Orlov a bien insisté sur la trahison de Voronin aux funérailles. Sur le fait que c'était une balance.

Antonia se mord la lèvre inférieure, ferme les yeux, essaie de réfléchir. Sans se rendre compte qu'à cette vitesse, c'est une mauvaise idée. Le volant dévie d'un millimètre. Ils frôlent un monospace de couleur rouge de si près que le rétroviseur gauche de l'Audi disparaît. Ne laissant qu'un câble, qui s'agite frénétiquement.

— Putain de bordel de merde, Scott !

— Pardon, dit Antonia, redressant le volant. Orlov n'était pas au courant du détournement d'argent. Sans quoi ses types n'auraient pas tué Ustyan ni brûlé les archives de Voronin. Ç'a été sa grande erreur, parce qu'on a trouvé le conteneur.

— Alors ?

— Réfléchis, Jon. Voronin était un minable. Il cueillait des poires par le bout du zizi, d'après Orlov.

— Pardon ?

— Je t'expliquerai. C'était un nul, il rencontre Lola Moreno et devient le Léonard de Vinci du blanchiment et de la contrebande.

Jon hoche la tête, lentement. C'est comme ces illusions d'optique où on vous montre une image cachée dans une autre. Une fois que vous avez découvert le secret, vous ne pouvez plus ne pas le voir. Camouflée derrière tous les stéréotypes sociaux possibles, elle avait roulé tout le monde pendant des années. Eux-mêmes l'avaient vue jusque-là comme une victime désespérée.

— Quelle salope !

— Elle était le cerveau depuis le début. Elle manipulait son mari, dévalisait Orlov. Un jour, ils ont dû commettre une erreur, et quelqu'un les a serrés. Comment ça fonctionne un indicateur, Jon ?

— Tu regardes ailleurs et ils te racontent des trucs. C'est gagnant gagnant.

— Et parfois, tu te salis, dit Antonia d'une voix douce.

Jon ne répond pas. Il est bien placé pour savoir ce qui peut se passer, même avec les meilleures intentions. On ne peut pas traverser une rivière de merde habillé en robe de mariée.

— Maintenant, dis-moi pourquoi Lola Moreno s'est enfuie et n'a pas appelé la police.

Jon, lui aussi, tire des conclusions. Avec une effrayante clarté. Oui, ce n'est qu'une minuscule étincelle, et c'est elle qui a fait tout le boulot en lui montrant qui est la vraie Lola Moreno. Une femme manipulatrice, riche, incroyablement intelligente. Mais, l'espace d'un bref instant, Jon entrevoit ce que cela doit faire d'être dans la tête d'Antonia Scott.

— Elle connaissait son agresseur.

— Quelqu'un qui s'était trop impliqué avec elle et Voronin. Quelqu'un qui a versé de la Javel sur la scène de crime, dit Antonia, parlant de plus en plus vite. Quelqu'un qui a été légèrement blessé. Quelqu'un qui a les épaules voûtées, qui avait du mal à bouger le bras quand on l'a rencontré.

Jon avale sa salive, lentement.

— Putain, trésor ! Pu-tain ! T'as plutôt intérêt à être sûre de toi.

Antonia serre le volant avec détermination. Non, elle ne comprend pas encore tout. Il reste des inconnues, beaucoup. À commencer par ce qui concerne la Louve noire. Il y a trop de forces agissantes en présence et trop peu d'informations pour lui permettre de tout voir. Mais elle a éliminé l'impossible jusqu'à ce qu'il ne reste que l'improbable.

— Je suis aussi sûre que c'était Belgrano que du fait qu'ils feront tout pour que Lola n'arrive pas vivante au siège de l'UDYCO.

Enregistrement 16

Deux semaines plus tôt

Yuri Voronin : Je ne veux pas continuer.

Commissaire Romero : Je croyais pourtant vous avoir dit que ce que vous vouliez était sans importance, Voronin.

Yuri Voronin : Vous ne comprenez pas. Lola ne sait pas que je suis là. C'est pour ça que je ne l'ai pas emmenée.

Sous-inspecteur Belgrano : Comme c'est bizarre. C'est pourtant elle qui te tient en laisse.

Yuri Voronin : Elle a les idées. Moi, je fais les poubelles, je parle avec des gens pour trouver des choses à vous raconter. Dans la *Bratva* et en dehors de la *Bratva*.

Sous-inspecteur Belgrano : Et tu le fais très bien. C'était notre accord. Nous facilitons tes affaires, et tu facilites les nôtres.

Yuri Voronin : Eh bien, c'est terminé.

Sous-inspecteur Belgrano : Et d'où te vient cette idée saugrenue ?

Yuri Voronin : Lola est enceinte. Nous voulons arrêter.

Commissaire Romero : J'ai bien peur que ce ne soit impossible.

Yuri Voronin : J'ai fait tout ce que vous m'avez demandé !

Sous-inspecteur Belgrano : Et tu vas continuer à le faire.

(Pause de huit secondes.)

Yuri Voronin : Non.

Sous-inspecteur Belgrano : Qu'est-ce que tu viens de dire ?

Yuri Voronin : J'ai dit non.

(Bruit de chaise tombant sur le sol.)

Sous-inspecteur Belgrano : Je vais te défoncer, nabot de merde ! Tu vas pas comprendre ce qui t'arrive.

Yuri Voronin : Vous ne me toucherez pas. Vous ne nous toucherez pas, ni elle, ni moi.

Sous-inspecteur Belgrano : Je vais effacer ton petit sourire à coups de pompe.

Commissaire Romero : Sous-inspecteur, j'aimerais savoir pour quelle raison le suspect sourit, alors qu'il sait que nous pouvons le faire plonger.

Yuri Voronin : Vous l'avez dit vous-même. Je suis bon pour trouver des infos. Je sais combien de fric il y avait dans la voiture que vous avez saisie aux Serbes.

Sous-inspecteur Belgrano : Tu parles. Qu'est-ce que t'en sais ?

Yuri Voronin : Six cent mille euros. Vous en avez déclaré quarante mille.

Commissaire Romero : C'est curieux que vous déteniez cette information, monsieur Voronin. Étant donné que le chauffeur est mort pendant l'interpellation.

Yuri Voronin : C'est moi-même qui ai mis cet argent.

Sous-inspecteur Belgrano : Tu as dit que c'était un chargement des Serbes.

Yuri Voronin : J'ai menti. C'était un chargement d'Orlov. Un remboursement de dette. J'ai tout organisé pour que ça se passe comme ça. J'ai aidé ce pauvre Jovovic à organiser le transport. Avant qu'il parte, je lui ai demandé s'il était armé.

Sous-inspecteur Belgrano : Il a dû se procurer l'arme ensuite.

Yuri Voronin : On a perdu le chargement, on a perdu le chauffeur. La vie continue, Orlov ne se fâche pas.

Sous-inspecteur Belgrano : Tu verras s'il ne va pas se fâcher quand il apprendra que tu es une balance.

Yuri Voronin : Vous ne lui direz pas. Parce que, sinon, je raconte tout. J'ai enregistré toutes nos conversations.

Sous-inspecteur Belgrano : Tu te fous de ma gueule.

Yuri Voronin : J'ai aussi planqué une caméra dans la voiture. *Streaming* 4K. Tout est enregistré. Même le moment où vous sortez le pauvre Jovovic de la voiture pour lui mettre deux balles, sous-inspecteur.

(Bruits métalliques, coups, cris. Confusion inaudible pendant quarante-deux secondes.)

Commissaire Romero : Nous allons tous nous calmer et discuter de la meilleure façon de régler cela.

Yuri Voronin : Il n'y a rien à discuter. Vous nous laissez tranquilles, ma famille et moi. Sinon, il y aura des conséquences.

13
Un silence

Cela se passe en trois secondes seulement. Mais quelles secondes.

Le fourgon parcourt les derniers kilomètres du trajet sur l'A-4, à la hauteur de la station d'épuration La China. L'usine qui assainit les eaux usées de près d'un million et demi de Madrilènes.

Elle, la conductrice, se nomme Noelia Pardeza, elle a quarante et un ans et un fils de six ans. Elle n'était pas censée travailler aujourd'hui, mais son collègue, l'agent Alonso, a de la fièvre. Donc elle est là.

À côté d'elle, sur le siège passager, Mateo Carmona, trente-six ans, célibataire, sans enfants. Il a trois chiens et vit avec son père âgé. Il somnole et a retiré sa ceinture parce qu'avec cette merde, il n'y a pas moyen de dormir, et de toute façon, personne ne va nous verbaliser, vu qu'on est la police. C'est ce sentiment d'invulnérabilité stupide et irrationnel qui lui sauve la vie.

Un peu avant d'arriver à la station d'épuration, le fourgon traverse le Manzanares. Ils laissent les bassins de décantation à leur gauche et poursuivent leur route. Désormais parallèles aux voies du train à grande vitesse, à droite de leur position, environ quatre mètres plus haut. L'autoroute passe au-dessus du prolongement de la rue Embajadores, de l'appendice reculé où celle-ci vient mourir.

Une rue déserte, une nuit idéale.

L'agent Pardeza maintient le compteur du fourgon Citroën à une vitesse constante de 100 kilomètres-heure. Sur une autoroute à quatre voies, au petit matin, c'est une allure très raisonnable.

À moins qu'on vous rentre dedans intentionnellement.

Le tout-terrain (feux éteints) quitte l'espace qui se trouve sous les voies du train à grande vitesse et prend d'assaut l'autoroute à 70 kilomètres-heure – l'allure maximale à laquelle a pu monter le conducteur sur une distance si réduite. Le coup (précis) atteint le Citroën sur le côté droit et une bonne partie du moteur, en trajectoire diagonale.

À cette vitesse, un véhicule d'une tonne et demie qui reçoit un impact pour lequel il n'a pas été conçu se transforme en une sorte d'Euromillions de la physique. Tout peut arriver, dès lors que l'on a en tête le principe de conservation de l'énergie. L'énergie cinétique transférée équivaut à celle qu'il faudrait pour arrêter net un éléphant tombé du huitième étage.

Où va toute cette énergie ?

Pour commencer, dans la cabine du conducteur. Qui est conçue comme un module indépendant de l'habitacle arrière. Le choc déforme la structure qui entoure le moteur, absorbant une partie de la force de l'impact. Pas suffisamment. L'énergie cinétique des corps des agents Pardeza et Carmona, qui voyagent toujours à 100 kilomètres-heure quand le véhicule est dévié, les propulse dans des directions différentes. Carmona décolle vers le haut et l'avant, de sorte que sa poitrine vient heurter le tableau de bord avec une force équivalente à cinquante fois la gravité. Une tonne et demie qu'absorbent en partie ses côtes, en partie l'Airbag frontal, qui a mis du temps à se déclencher en raison de la violence de l’impact. À l’intérieur de sa cage thoracique, le cœur vient cogner le sternum, causant une contusion myocardique grave, bien que non mortelle.

Le reste de son corps bouge encore, non contraint par la ceinture de sécurité. C’est ce qui lui sauve la vie lorsque la portière se déforme et se rompt, envahissant l’espace où se trouvait sa tête quelques secondes auparavant. Deux crocs d’aluminium d’acier, qui bavent des fragments de verre, mais ne parviennent pas à déchirer sa peau.

L’agente Pardeza n’a pas la chance – momentanée – de Carmona. La ceinture retient son corps, limitant les dégâts à deux côtes cassées, une contusion pulmonaire et un bras lacéré. L’Airbag s’enclenche, prêt à empêcher qu’elle heurte le volant, ce qui, à cette vitesse, aurait été fatal. Six mois de convalescence pénible, une augmentation de salaire pour blessures dans l’exercice de ses fonctions, et un enfant qui aurait toujours sa mère.

Mais non.

La chance de Carmona l’a écarté de la zone de danger, mais l’a transformé en un projectile de quatre-vingts kilos. Le mouvement giratoire que l’énergie cinétique a imprimé à son corps se transmet à son bras, qui vient cogner, à la hauteur du poignet, l’os temporal de Pardeza, au-dessus de l’oreille.

Cela revient à frapper un mur de briques. Le poignet de Carmona se brise avec un craquement, pliant sa main dans un angle contre nature, au point que ses ongles viennent frôler son avant-bras. Le cubitus fracturé apparaît sous la peau déchirée.

Le crâne de Parteza est propulsé contre la vitre, qui stoppe net son mouvement. Mais dans tout accident de voiture, il y a trois chocs. Celui du véhicule jusqu’à ce qu’il s’arrête, celui des corps à l’intérieur du véhicule et celui des organes à l’intérieur des corps. Le cerveau de l’agente bouge dans son crâne, poussé par le liquide céphalo-rachidien.

Qui est censé servir de matelas naturel, bien que dans une collision à grande vitesse il ait la particularité de bouger à une vitesse différente de celle de la masse cérébrale, en raison de leur différence de densité. Si bien qu'il envoie le cerveau de l'agente dans la direction opposée à celle de l'impact. Le faisant rebondir à l'intérieur du crâne, comme un jouet dans sa boîte entre les mains d'un enfant qu'on ne laisse pas ouvrir ses cadeaux d'anniversaire avant d'avoir soufflé ses bougies.

Elle est morte avant la fin des trois secondes.

L'arrière du véhicule, pendant ce temps, connaît un sort bien plus favorable. La position inhabituelle des sièges, qui aurait été fatale si l'angle du choc avait été différent, joue en faveur des prisonniers. La force centrifuge du premier impact a fait tourner le véhicule sur lui-même, dans la direction inverse à celle de la marche, déplaçant une grande quantité d'énergie dans les pneus du côté gauche, qui éclatent en raison de la friction latérale contre l'asphalte.

Dans l'habitacle, Kiril et Lola hurlent de terreur, tandis que l'inertie plaque leur dos au siège et que la ceinture de sécurité leur interdit tout mouvement.

Dans le même temps, le Citroën effectue un tour complet autour du tout-terrain, qui n'a pratiquement pas bougé de l'endroit où il est rentré dans le fourgon. Plus lourd d'une tonne, un centre de gravité plus élevé. De meilleures protections, une meilleure structure : il n'a subi que des dommages mineurs. Une aile démolie, le capot froissé comme un autocollant dans une cour d'école. Le phare gauche brisé, le moteur qui ne redémarrera probablement plus après qu'il se sera arrêté. Mais il pompe toujours de l'essence, à raison de 56 mégajoules par litre. Beaucoup d'énergie.

Quand le fourgon Citroën s'immobilise enfin, la gravité entre en jeu. La différence de hauteur entre le flanc où les roues ont résisté et celui où les pneus ont éclaté fait que le fourgon se couche côté conducteur, aplatissant la glissière de sécurité. Des morceaux de ferraille bleue tombent sur la rue, quatre mètres en contrebas. Une moitié de la carrosserie est suspendue dans le vide, l'autre moitié s'offre, vulnérable, comme une bête vaincue, couchée sur le dos.

Ici s'achèvent les trois secondes. Mais le drame se poursuit.

Le tout-terrain fait marche arrière et emboutit la carrosserie. Il a bien moins d'élan et de vitesse, si bien que cette fois, il n'y a pas d'impact brutal. C'est une poussée continue, les roues du tout-terrain produisant de la fumée en cherchant l'adhérence nécessaire pour avancer. Peu à peu, elles poussent le fourgon hors de la route, jusqu'à ce que la gravité reprenne le contrôle. Le Citroën plonge du pont et atterrit sur le flanc. Le choc déforme la carrosserie et brise les rares vitres encore intactes. Il propulse aussi l'agent Carmona – blessé, mais vivant – contre le métal déchiqueté de la portière, auquel il avait échappé auparavant. L'un des lambeaux traverse sa mâchoire, lacère son cou et sa trachée. Carmona se libère de la morsure et s'effondre – blessé, mais mort – sur sa collègue.

Le conducteur et sa passagère descendent du tout-terrain. Ils portent tous deux des casques de moto. Penchés sur ce qui reste de la glissière de sécurité, ils constatent les dégâts. L'odeur d'asphalte et de caoutchouc brûlés imprègne l'air ambiant.

— Et voilà, dit Belgrano en relevant la visière.

Son haleine forme des nuages de buée dans le froid sec et glacial.

— Baisse ça, lui ordonne Romero.

— Il n'y a pas de caméras ici.

— On ne sait jamais.

Des voitures arrivent. L'une d'elles s'arrête, le conducteur sort son téléphone. Il appelle la police. Sa passagère dirige le sien vers eux. Elle les filme.

Pas une seconde à perdre.

Ils se mettent à courir.

Ils ont laissé la moto dans la rue Embajadores, cachée sous le pont. Ils descendent par le terre-plein, enfourchent le véhicule et disparaissent. Comme ce matin-là, au centre commercial.

Sauf que cette fois, ils ont terminé le boulot.

Du moins, c'est ce qu'ils croient.

Lola

Lola n'est plus d'humeur à se raconter des histoires.

L'accident a été un film d'horreur de quelques secondes. D'abord, le choc brutal. Ensuite, la rotation qui l'a collée au siège. Le moment où le fourgon s'est couché a été le pire. Lola a senti la terre, la planète tout entière, basculer sous ses pieds. Un angle de quatre-vingt-dix degrés. Une fraction de seconde, elle s'est demandé ce qu'il advenait des immeubles, des gens, des maisons. Réduits à néant.

Elle s'est retrouvée suspendue par le torse et la taille, un bras vers le sol, l'autre menotté, ses cheveux pendant devant elle. Uniquement retenue par la ceinture de sécurité.

Puis le coup par l'arrière. Lola a senti la force de l'impact dans son cul, transmise depuis le châssis jusqu'au siège. Un coup, suivi de la vibration et de la tension de la tonne et demie d'aluminium et d'acier refusant de bouger, tandis qu'une force supérieure la poussait, centimètre par centimètre.

Le fourgon avance lentement vers le vide. Il y a un instant d'apesanteur, que Lola a ressentie au creux du ventre, comme les fois où son père fonçait sur la côte d'Arroyo de la Miel, quand elle était petite et qu'ils partaient en vacances à Torremolinos. Torroles, c'est comme ça qu'on disait à la maison.

Lorsque le fourgon a plongé dans le vide, Lola a su qu'elle allait mourir. Sa dernière pensée consciente a été pour le visage de son père, écrasant l'accélérateur pour grimper la côte, remontant ses lunettes qui glissaient sur son nez. Avec un sourire espiègle, sachant qu'ils riraient tous les deux quand la voiture atteindrait le point culminant et que la gravité leur chatouillerait l'estomac.

Le fourgon s'est écrasé au sol. Il y a eu un craquement métallique quand le châssis s'est déformé sous l'effet de l'impact. Un bruit de verre brisé. Et ç'a été tout.

Lola ne meurt pas.

Elle ne s'évanouit même pas.

Elle reste simplement là, suspendue.

Elle n'éprouve aucun soulagement d'avoir survécu, juste de la surprise. Une déception perturbante. L'univers avait tout mis en place pour qu'un résultat se produise, puis en a offert un autre, bien différent. Une sorte d'arnaque, mais à votre profit.

Le fait est que l'habitacle du fourgon Citroën a remarquablement résisté. Lola s'en sort avec quelques contusions. Un peu de sang coule au bout de ses doigts. Sous le choc, le bord des menottes lui a lacéré le poignet. Ses blessures sont superficielles.

Voilà pour les bonnes nouvelles.

La mauvaise : Kiril Rebo a survécu, lui aussi.

La lumière ténue qui pénètre par l'une des portières arrière, restée ouverte, lui permet de le voir face à elle. Il est assis, de dos, les jambes en l'air. Tirant comme un fou sur la barre qui le retient au véhicule. Le choc a dû affaiblir les vis, mais Lola ne peut pas le voir depuis sa position.

Dans un claquement et un tintement, Rebo se libère. Il dégrafe sa ceinture de sécurité.

Lola tremble de peur. Même si, dans la pénombre, elle ne peut pas voir les yeux de Rebo, elle a encore en tête son regard fixe et vide, qui n'a pas changé depuis qu'ils sont montés dans le véhicule. Elle attend donc qu'il passe à l'attaque. Or Lola est suspendue, sur le ventre, menottée.

Sans défense.

Mais Rebo ne bouge pas.

Lola l'observe pendant de longues secondes, jusqu'à ce qu'elle comprenne ce qui se passe. Elle voit aussi sa chance.

— Ils ont tenté de te tuer, dit-elle d'une voix douce.

Kiril Rebo s'agite, émet un grognement rauque, mais ne répond pas.

— Orlov se moquait que tu sois là. Tu croyais qu'il était ton ami, pas vrai ? Eh bien, tu as une belle preuve de son amitié.

Le mafieux s'extrait de son siège et s'approche d'elle à quatre pattes. Dans le noir, ses yeux vides ont perdu leur éclat bleu pâle et sont encore plus menaçants.

— Tu ne parler pas comme ça, dit-il en saisissant son cou.

Lola ne se laisse pas impressionner. Elle a souvent entendu Yuri évoquer Orlov et Rebo. Comment ils ont été les premiers arrivés en Espagne, comment l'invasion de la Costa del Sol a commencé. Deux inséparables. L'un, le gant de velours, l'autre, la main de fer.

— Ça fait combien de temps que tu le connais ? dit Lola d'une voix étouffée. Combien il en a fallu pour qu'il te trahisse ?

Rebo relâche la pression sur sa gorge.

— Libère-moi. Sors-moi de là, et je te promets que tu seras récompensé.

— Tu amènes à l'argent.

— Grouille, avant que la police arrive.

Le mafieux lui adresse un regard perturbant.

Puis il se glisse hors de la fourgonnette. Il revient dix secondes plus tard, avec un morceau de fer bleui à la main.

Il l'introduit entre la barre et le châssis, et fait levier. À la troisième tentative, la barre cède.

Lola se libère, détache sa ceinture et se laisse tomber.

Rebo l'attend dehors. Il tremble, le froid est intolérable. Pour une raison qui dépasse l'entendement de Lola, il a retiré sa veste et l'a jetée au sol. Ses avant-bras sont tapissés de tatouages.

— Tu me doubles, je te tue, dit Rebo en lui montrant le morceau de métal.

Lola acquiesce. Message reçu.

— On va avoir besoin d'une voiture.

Des voix leur parviennent depuis le pont où passe l'autoroute. Rebo et Lola se mettent à courir sous le viaduc de la voie ferrée et continuent par la rue déserte. Une route secondaire, guère plus. À leur droite, un hangar isolé, entouré de hauts murs. À leur gauche, une déviation en direction de Madrid. Pas de voiture en vue non plus. Une affichette, collée par un entrepreneur optimiste sous un panneau « cédez le passage », annonce en lettres noires sur fond jaune

SALLE DE RÉPÉTITION CASTLE ROCK, À 300 MÈTRES

Lola suit Rebo dans cette direction. Quatre minutes plus tard, ils atteignent une zone industrielle. À l'entrée, le parking est à moitié vide.

Rebo avance entre les voitures, puis s'arrête devant une Renault Clio.

— Celle-là, très facile, dit-il. Voitures françaises, *pouah*.

Il s'approche de la portière arrière et introduit l'extrémité du morceau de ferraille au bord de la vitre, entre le caoutchouc et le point où elle s'emboîte dans la carrosserie. Le caoutchouc refuse de céder. Après quelques tentatives, Rebo opte pour la méthode russe : fracasser la vitre à coups de barre de fer. Il passe la main par le trou, tire le verrou, ouvre la portière et s'installe sur le siège passager. Puis il arrache le plastique qui protège les câbles de démarrage.

Pendant un petit moment, il regarde les câbles, les touchant de ses doigts courts et noueux, en baguettes de tambour. Il tire d'un côté où se trouvent trois câbles rouges.

Il s'extraie du véhicule et s'approche de Lola, qui contemple la scène en tentant de se réchauffer. Elle ne porte qu'une veste noire. Suffisante pour les températures douces de Malaga. Ridicule pour les petits matins d'hiver à Madrid.

Rebo lève les mains vers la tête de Lola qui recule d'un bond, effrayée.

— Toi, tranquille, dit-il. J'ai besoin ça.

Il fouille dans ses cheveux, d'où il tire deux épingles qui les maintenaient en arrière. Elle les avait mises en se coiffant à l'hôtel miteux d'Estepona, il y a un million d'années, ou bien vingt-quatre heures.

Rebo les tord, en casse une et, après un certain nombre de tentatives, parvient à coupler l'un des morceaux entre la source de 12 volts et la source auxiliaire, un autre entre la source de 12 volts et le tableau de bord, et enfin un dernier entre le démarreur et les deux autres. Avec un doux ronronnement, le moteur se met en marche.

— Où ? demande-t-il à Lola.

— C'est moi qui conduis, dit-elle.

— Dis-moi où.

— Ce n'est pas loin.

— Combien ?

— Une heure. Une heure et quart, peut-être. Avec ce tas de boue.

Rebo la regarde avec méfiance.

— C'est bon, dit-il au bout d'un moment.

Il lui cède la place et va s'asseoir à l'arrière.

Lola s'installe au volant, règle le rétroviseur. Les yeux de Rebo sont là. Toujours aussi menaçants.

Elle passe la première, sort du parking et prend la direction de l'est, par le pont de Vallecas et l'avenue de la Paz, vers la M-30. Sans GPS, elle a du mal à s'orienter. Quand ils allaient là-bas, c'était toujours Yuri qui conduisait.

Tout est tellement compliqué, sans lui. Pourquoi il a fallu qu'il joue au con ?

Pourquoi il a fallu qu'il piège Romero et Belgrano ? Qu'est-ce qui lui a pris de réfléchir par lui-même ? Qu'est-ce qui lui a fait croire qu'il en était capable ?

Lola évalue à nouveau sa situation. Possible qu'elle ait un tueur psychopathe sur la banquette arrière, armé d'un objet lourd et coupant. Pour l'instant, tout est sous contrôle, mais elle ne se fait pas d'illusions.

Les hommes sont faciles à manipuler. Certains plus que d'autres. Pour presque tous, le sexe est une motivation suffisante. Une promesse qu'elle a pu faire d'un clin d'œil, d'un battement de cils, d'une bretelle qui glisse accidentellement. Toute jeune, elle a su qu'elle possédait une arme de destruction massive. Simplement parce que ses traits étaient alignés d'une certaine façon, que ses protubérances graisseuses avaient une certaine forme. Et elle en a joué, ce n'est rien de le dire. Yuri était le camouflage idéal, et il est devenu un instrument bien plus lucratif qu'elle aurait pu l'imaginer. Mais tous les hommes ne sont pas aussi basiques.

S'ils ne sont pas gouvernés par le sexe, ou l'argent, s'ils n'obéissent qu'à un feu intérieur qu'elle ne peut allumer à volonté, ils sont beaucoup plus dangereux. Ce qui la terrifie le plus chez Kiril Rebo, ce n'est pas tant qu'il puisse lui faire du mal que le fait qu'il semble insensible à ses charmes.

Lola ne se fait donc aucune illusion. Rebo feint seulement de se laisser manipuler.

Pour l'instant, ça suffira, pense-t-elle en regardant dans le rétroviseur. Les yeux froids restent fixés sur elle. *J'aurai une belle surprise pour toi en arrivant. Tu vas adorer.*

14

Une trace

La puissante Audi arrive sur les lieux de l'accident huit minutes trop tard.

Antonia freine près du tout-terrain, toujours immobilisé en travers de la chaussée. Deux voitures se sont garées pour voir ce qui se passait et s'il y avait besoin d'aide. D'autres se contentent de ralentir et de passer la tête à la vitre pour regarder s'il y a du sang. Quelqu'un s'arrête, fait un selfie et remonte dans son véhicule à toute vitesse en cherchant du réseau.

Antonia et Jon descendent sur le terre-plein, esquivant bouteilles vides et seringues cassées. La carcasse du fourgon Citroën est encore chaude. D'ultimes volutes de fumée s'échappent de l'amas de métal tordu où se trouvait l'avant du véhicule. Le radiateur broyé goutte encore sur la ligne blanche qui divise la chaussée.

Les cadavres des agents, unis dans une étreinte obscène, apparaissent à travers le trou du pare-brise. Inutile de vérifier s'ils respirent. Le procès-verbal indiquera « blessures incompatibles avec la vie ».

— Dix-neuf, dit Jon, d'une voix accablée.

Antonia ne répond pas. Elle va directement à l'arrière. Une portière est éventrée. L'autre ne tient à la carrosserie que par une charnière.

À l'intérieur, rien.

— Ils se sont enfuis ou ils les ont embarqués ? demande Jon.

Antonia prend son temps pour répondre. Elle fait le tour du véhicule en regardant attentivement. Lampe-torche à la main, elle pénètre dans le fourgon, observe ce qu'il reste des barres auxquelles les prisonniers étaient menottés. L'une d'elles est carrément arrachée.

— Rebo s'est libéré. Puis il a détaché Lola Moreno, dit-elle, encore agenouillée à l'intérieur.

Elle sort et va jusqu'à la partie inférieure du pont. Ses mains tremblent de nouveau, mais pas comme avant. Elle n'a pas perdu une once de sa fragilité, cet équilibre incertain qui annonce qu'elle est sur le point de s'effondrer. Et pourtant…

Il y a quelque chose de changé en elle, pense Jon. *Quelque chose de dangereux.*

Elle passe un long moment accroupie sous le pont.

— Ils sont partis à moto, dit-elle, montrant à Jon le bout de ses doigts couverts de résidus de caoutchouc.

— Comment tu sais que c'est eux ?

— Ils ont démarré à cet endroit, dit Antonia, sa lampe pointée sur l'asphalte. Ce n'est pas un emplacement normal pour se garer, à moins d'avoir voulu cacher un véhicule pour s'enfuir. Les traces sont propres, la poussière n'a pas eu le temps de s'accumuler.

— Donc ils sont venus avec la moto et le tout-terrain. Ils ont doublé le fourgon, préparé l'embuscade et ils ont foutu le camp, dit Jon.

— En croyant les avoir tués.

Avec deux véhicules aussi puissants, ils ont pu prendre une sacrée avance sur le fourgon sur un trajet aussi long. En poussant un peu le moteur…

Soudain, il comprend.

— Ils n'ont pas seulement doublé le fourgon.

Antonia le regarde, silencieuse, et hoche la tête.

— Il y avait une moto et une voiture sur la route, Jon. Tu ne pouvais pas savoir.

Jon lui pose une main sur l'épaule.

— Toi non plus.

Antonia esquive d'abord le contact, puis laisse l'énorme main là où elle est. Il fait un froid de loup, et la chaleur qu'émet Jon la réconforte.

— Crois-moi si tu veux, dit-elle dans un filet de voix, je commence à penser que je ne peux pas sauver tout le monde.

Jon retire sa main très doucement.

Une vague de tristesse le submerge. Il est impossible de connaître Antonia Scott, mais il est possible de la comprendre. Jusque-là, il percevait d'où venait l'incroyable énergie qui l'anime. Parce qu'il reconnaissait en elle cette même pureté qui le mouvait à ses débuts, ce même désir de justice, cette même compassion pour ceux qui souffrent. Mais à présent, il est capable de mettre un nom sur ce qu'il perçoit depuis quelques jours. L'épicentre de l'énergie d'Antonia Scott s'est légèrement déplacé. La compassion a cédé du terrain au désir de vengeance.

Peut-être que cela la rend encore plus forte. Plus puissante. La compassion est un brouillard où l'on se perd. La vengeance provient de la haine, et la haine est une chose tangible, que l'on peut manier comme une arme.

En voyant les cadavres de ses collègues dans le fourgon, en se rappelant le cauchemar du conteneur du port de Malaga, Jon ne peut la blâmer.

Il faut faire ce qui s'impose. Ou, au moins, ce qu'on peut.

Si tu ne peux pas les sauver, tu pourras au moins les venger.

N'empêche qu'il se sent extrêmement triste.

Au-dessus, on aperçoit les phares de la Garde civile. Les policiers regardent en contrebas, et commencent à descendre par le terre-plein avec leurs gilets jaunes.

L'inspecteur Gutiérrez se charge des explications, qui leur soustraient de précieuses minutes. Antonia l'attend dans la voiture, assise sur le siège passager, les yeux fermés.

Jon entre en se frottant les mains et en soufflant dessus pour les réchauffer. La température a encore baissé.

— Tu t'es endormie ?

Elle secoue la tête, les lèvres serrées, sans ouvrir les yeux.

— Je donnerais n'importe quoi pour une gélule rouge.

— Oui, et moi pour un mari riche. Tu peux le faire. Tu l'as déjà fait.

Antonia respire avec difficulté.

— C'est beaucoup plus dur. Et plus…

Elle n'ajoute pas d'autre adjectif. Jon, en revanche, ajoute un substantif. La peur. C'est ce que ressent Antonia. Elle qui semble ne rien craindre tant qu'elle-même.

— Je vais avoir besoin de ton portable, finit-elle par dire.

Jon lui tend l'appareil, qu'elle éteint et rallume. Sauf qu'en le rallumant, elle garde enfoncée la touche pour monter le volume. En lieu et place de l'écran d'accueil apparaît une application. Antonia entre un code interminable, puis l'application analyse son visage.

— Comment tu as installé ce truc sur mon portable ?

— Ce n'est pas ton portable. On te l'a changé il y a plusieurs mois. Celui-là est mieux. Et Apple ne sait pas ce que tu fais.

— Alors que vous, si ?

— Je suis sûre qu'*Asier_29* va finir par t'écrire. Il a l'air sympa, dit Antonia sans cesser de pianoter sur l'écran.

Jon sait parfaitement quelles pages il a visitées, les messages qu'il a envoyés, ce qu'il a photographié avec ce téléphone. Et il préférerait que personne d'autre ne le sache. Le rouge lui monte aux joues, sous forme de chaleur sèche. Les protestations s'accumulent derrière ses dents serrées, puis il se rappelle une histoire de qui joue avec le feu craint l'eau froide. Il se contente donc de prendre le volant et de regarder ailleurs. Jusqu'à ce que ça lui passe.

— Ça, c'est intéressant, dit Antonia.

— Quoi ?

— Lola Moreno est allée chercher son chien. Elle se préparait à monter dans la voiture de sa femme de ménage, mais elle n'a pas pu le faire. Les hommes d'Orlov ont débarqué et l'en ont empêchée.

— Le chauffeur, là, il me fiche la chair de poule, dit Jon, se rappelant Kiril Rebo.

— Je pense que c'est cette femme qui les a prévenus. Zenya Kuchma, ukrainienne, titulaire d'un permis de séjour. Par peur, peut-être.

— Elle est partie avant notre arrivée.

— Elle vit en banlieue de Marbella. Pourquoi est-ce que son téléphone portable me dit qu'elle est en mouvement sur une route de la sierra de Madrid ?

Antonia lui montre, sur l'écran, la position de Zenya Kuchma. À quatre-vingt-dix-neuf kilomètres de là.

— C'est Heimdall, pas vrai ? dit Jon en démarrant le moteur.

Antonia acquiesce.

— Et il a localisé son portable par satellite, n'est-ce pas ?

Antonia acquiesce encore.

— Alors tu vois qu'il a la fonction satellite fasciste magique.

Lola

Il était une fois une petite fille qui s'était acheté une maison dans une forêt, non loin d'un village de conte de fées.

Lola aime Rascafría.

C'est un lieu incroyablement beau. Le monastère d'El Paular a plus de six cents ans. Les Chartreux l'ont fondé autour d'une cheminée et d'un moulin à papier. Il leur a fallu deux siècles pour l'édifier, et d'immenses efforts pour le préserver, dans cette zone sauvage au pied du mont Peñalara. Au beau milieu d'un territoire rempli de ruisseaux gelés, de rocaille, de forêts de peupliers, de sapins et de bouleaux.

Lola n'était jamais allée dans cette région auparavant. Mais elle savait que Yuri et elle auraient besoin d'un refuge pour l'avenir. Un lieu que personne ne connaîtrait, loin de tout et de tous. Elle a trouvé la maison sur un portail d'annonces immobilières. Une parcelle de mille sept cents mètres carrés, sur un chemin forestier, nichée dans le parc national de la Sierra de Guadarrama. Une construction de 1975, qui serait absolument illégale aujourd'hui.

— Achète-la, avait-elle dit à Yuri.

L'opération fut réalisée dans le plus grand secret, afin qu'il soit impossible de faire le lien entre eux et la propriété.

Au lieu de passer par Ustyan, ils s'assurèrent les services prohibitifs d'un Maltais.

La maison coûta 300 000 euros. Plus la même somme pour l'acquérir de manière anonyme. Mais elle devint une cachette romantique. Ils s'y rendirent plusieurs fois, discrètement, en voiture. Kot ronflant sur la banquette arrière. Le chien adorait les longues promenades dans l'immense forêt. Plus encore l'hiver, quand la couche de neige pouvait atteindre près de cinquante centimètres.

On dirait bien que ce sera le cas, aujourd'hui.

La neige a fait son apparition à la hauteur du barrage de Pinilla. Progressivement, la route est passée du noir au gris sale, et maintenant au blanc.

À l'approche d'Alameda del Valle, l'adhérence des pneus de la Clio se dégrade. Lola quitte la route principale pour entrer dans le village.

— C'est là ? dit Kiril Rebo, sur le qui-vive.

— Non. On va avoir besoin de chaînes, ou on ne pourra pas continuer.

Ils se garent derrière une Mercedes équipée de chaînes, près d'un restaurant. *Impossible forcer*, constate Rebo. À défaut de pouvoir voler la voiture, ils se contentent donc de prendre ses chaînes. Ils peinent pendant près d'une demi-heure pour les enlever et les mettre aux roues avant de la Clio.

— Tu es russe. Tu es censé avoir déjà fait ça avant.

Kiril hausse les épaules.

— Cliché, *da* ? Comme noirs danser, *da* ?

Heurter la susceptibilité politique d'un mafieux, c'est juste ce qu'il me manquait, pense Lola.

Ils remontent dans la voiture, qui offre peu de chaleur. Même avec le chauffage poussé au maximum, la méthode russe qu'a utilisée Rebo pour accéder à l'intérieur a transformé la Clio en frigo.

En grelottant, ils atteignent Rascafría.

La beauté du village submerge à nouveau Lola. Même de nuit, avec la tempête rugissant par la vitre, on croirait une relique d'un autre siècle. Là-bas, les gens sont pacifiques, paisibles. Il n'y a ni boîtes de nuit ni maisons closes. À peine plus de mille cinq cents habitants, et une seule voiture de police, qui ne quitte le garage de la mairie que les jours de fêtes patronales.

Le paradis.

Lola roule jusqu'au bout du village et prend la direction de Puerto de Cotos. Ils tombent sur un panneau de la Garde civile indiquant que la route est coupée en raison de la tempête.

Lola l'écarte et poursuit sa progression. Cent mètres plus loin se trouve le virage vers Arroyo del Cuco.

Il faut encore parcourir douze kilomètres sur un sentier au beau milieu des bois. Le tapis neigeux atteint déjà plusieurs centimètres d'épaisseur. Lola réduit sa vitesse, roule en troisième pour ne pas perdre de traction et touche le volant le moins possible. Même ainsi, le dernier tronçon se révèle un enfer, les roues patinant dangereusement à chaque instant.

Soudain, la voiture s'immobilise en plein milieu du chemin.

— On va devoir continuer à pied, dit Lola.

Rebo jette un œil dehors, où la tempête de neige redouble de violence, puis regarde ses vêtements légers.

— On va mourir si on reste là, insiste Lola.

— Loin ? demande Rebo.

— Près, répond-elle, sans avoir la moindre idée de l'endroit où ils se trouvent.

Seuls les réverbères, postés de loin en loin, les empêchent de se perdre. Cela, et le fait qu'ils ne sont qu'à une centaine de mètres de la maison. Car ils n'auraient pas pu aller tellement plus loin, avec le vent qui fouette à 80 kilomètres-heure.

Une demi-heure de plus, et c'était foutu, pense Lola, voyant la couche de neige s'épaissir.

Ils arrivent à la porte de la propriété complètement transis. Les lèvres bleutées et les muscles épuisés. Lola s'acharne sur le bouton de l'interphone. Si Zenya ne l'a pas écoutée et n'est pas là, ils devront franchir la grille. Et ça n'aura rien de facile. L'enceinte qui protège la propriété est massive et fait trois mètres de haut.

Pitié. Pitié, se dit Lola sans cesser d'appuyer.

— Oui ? fait une voix dans l'interphone.

Lola prononce le sésame qui ouvre toutes les portes du pays, à n'importe quelle heure, depuis la nuit des temps.

— C'est moi.

Le portail d'accès à la propriété s'ouvre avec un bourdonnement nasillard et arrogant.

Une lampe s'allume sur la façade de la maison. Derrière le rideau neigeux, elle est à peine visible. Lola se dirige vers elle. Elle doit lever haut les pieds pour marcher dans la neige, qui atteint déjà une quarantaine de centimètres. Son jean est trempé jusqu'aux genoux et elle ne sent pratiquement plus ses jambes.

Arrivée au porche, Lola est sur le point de défaillir. Kiril ne vaut pas tellement mieux qu'elle. La peau rougie, le souffle court. Dans l'entrée, ils ne peuvent presque plus marcher. Chaque pas est une torture.

Zenya attend à la porte, une couverture à la main. Lola s'apprête à la prendre, mais Kiril la saisit le premier. La femme de ménage sursaute, effrayée, en voyant apparaître le Russe.

— Le chien, dit-il, forçant Lola à se retourner et posant le bout tordu de la barre de fer contre son cou.

Lola le regarde avec une infinie lassitude. Il fut un temps, dans un lointain passé, où son plan était d'ordonner à Kot d'attaquer Kiril sitôt entrés dans la maison. Plan qu'elle-même avait déjà oublié, mais que Kiril semble avoir bien en tête depuis le début.

Elle lève la main, qui porte toujours une menotte.

— Zenya. Où est Kot ?

— Dans la cuisine, madame.

Des grattements à la porte contiguë.

— Va le chercher, ordonne Kiril Rebo en russe. Et attache-le bien en vue.

Zenya disparaît par la porte de la cuisine et revient au bout d'un moment avec le chien, attaché à un harnais qui entoure son cou et sa poitrine. Kot tire avec tant de force que Zenya a du mal à le retenir.

— Contrôle, dit Rebo, pressant encore davantage le morceau de métal contre la gorge de Lola.

— *Mïeste*. Tranquille, ordonne Lola.

Kot s'arrête instantanément. Mais son regard ne s'écarte pas de Kiril Rebo. Un feu avide brûle dans ses yeux couleur café.

— Attache-le là, ordonne Rebo, désignant une poutre verticale au milieu du salon.

Zenya obéit et fait un nœud serré autour du pilier.

Alors, seulement, Rebo lâche Lola, qui s'éloigne en titubant et se laisse tomber devant la cheminée. Zenya a allumé le chauffage électrique de la maison, mais n'a pas fait de feu. Il y a des bûches toutes prêtes.

Ils n'utilisent pas d'allume-feu. Tout ce dont ils disposent, c'est une énorme pile de vieux journaux (intacts) et un exemplaire de *Cinquante nuances de Grey*, auquel il manque la moitié des pages. De ses doigts presque insensibles, Lola arrache un chapitre, qui lui sert à démarrer le feu.

Quand les flammes prennent enfin, Lola se débarrasse de ses vêtements trempés. Nue, elle s'emmitoufle dans la couverture que lui tend Zenya.

Rebo n'a pas bougé de l'entrée, attendant de voir ce que fait Lola. Il ne l'a pas quittée des yeux pendant qu'elle se déshabillait, contemplant l'étrange géométrie que dessinent les flammes sur les seins et le ventre de Lola. Sans ses vêtements, il lui est impossible de dissimuler son état.

— Yuri, *da* ? dit-il en s'approchant de la cheminée.

Lola ne répond pas. Elle a les yeux fixés sur le feu, et l'esprit à un million de kilomètres de là. Ou à ce même endroit, mais il y a un million de minutes. Assise face à cette même cheminée, avec son mari. Passant la main dans ses cheveux noirs, qui bouclaient quand il les laissait pousser. Dieu, qu'il était beau ! Avec ses lèvres charnues et son nez large et viril. Il n'était pas très grand, mais il savait la rendre heureuse.

On aurait pu tout avoir. Idiot.

— J'ai jamais tué femme enceinte, dit Rebo.

— Et ce n'est pas aujourd'hui que tu vas commencer. On a un accord. On partage l'argent.

Rebo s'approche de Zenya et lui ordonne de s'asseoir dans le canapé, près de la cheminée. Il sort des menottes de son sac et lui attache les mains dans le dos. Lola comprend qu'à un moment, pendant le trajet, il a dû retirer la paire qui pendait encore à son poignet.

Probablement avec mes épingles à cheveux.

— Je préfère parler russe. Toi, tu réponds en espagnol. Ça te va ? dit Kiril Rebo dans sa langue.

Lola acquiesce. À quoi bon faire semblant.

— Le fric est dans cette maison ?

— Ici, dans le salon.

— Très bien, montre-le-moi.

Ça ne sert à rien de protester, et encore moins de se battre. Elle ne va rien exiger de Rebo, ni discuter quoi que ce soit.

Elle se lève, enveloppée dans la couverture, et avance jusqu'à la poutre où Kot est attaché.

— Où tu vas ? demande le mafieux, s'interposant entre elle et le chien.

— Je vais chercher l'argent.

— Tu vas lâcher ton clébard, salope.

— Si tu veux l'argent, tu vas devoir me faire confiance.

Rebo, qui n'a jamais fait confiance à personne, ne va pas s'y mettre maintenant. Il arrache la couverture à Lola, lui colle la barre de fer dans le dos et l'oblige à marcher devant lui.

Kot s'agite tandis qu'ils approchent. Il se redresse un peu, mais le harnais l'empêche de se relever complètement. Il émet un long grognement menaçant.

— *Mïeste*. Tranquille, dit Lola d'une voix tremblante.

Cela fait des heures qu'elle ne s'est pas injecté d'insuline. Sa gorge est de nouveau sèche et sa vision, légèrement troublée. Mais elle ne peut se permettre le moindre faux pas.

Elle se baisse et caresse le chien derrière les oreilles.

— Attention, la prévient Rebo.

La pointe du morceau de fer lui écorche la peau, et elle sent un filet de sang couler le long de la zone lombaire.

Kot remue, fébrile. L'odeur du sang le rend fou.

— *Molodets*. Bon chien, dit Lola, palpant son cou, jusqu'à ce qu'elle trouve ce qu'elle cherche sous son épais pelage. Une zone de la peau un peu plus dure. Où le maître-chien russe avait pratiqué une petite incision, de la taille d'un ongle, avant d'insérer une poche en plastique rigide sous l'épiderme.

Imperméable, invisible.

Un coffre-fort avec des crocs.

Sans cesser de lui murmurer des mots apaisants, Lola fouille avant d'extraire, de son ongle, une carte micro-SD.

512 GB. À l'épreuve des coups, de l'eau, des champs magnétiques. Capable de supporter une température de 85 degrés.

Lola montre la carte à Rebo, sans se retourner. Le mafieux la lui prend des mains et la tire par les cheveux pour l'éloigner du chien.

Lola récupère la couverture sur le sol, sans broncher. Elle s'y enveloppe et retourne près de la cheminée.

— C'est quoi, ça ?

— Ce que tout le monde cherche. La structure des entreprises de la Tambovskaïa. Des preuves contre la commissaire Romero et le sous-inspecteur Belgrano.

— Et le fric ? Il est là ?

Lola fait oui de la tête.

— Il y a un dossier. Dedans, il y a 74 568 bitcoins.

— Six cents millions d'euros, dit Rebo, sans réussir à croire qu'une telle somme puisse tenir dans un bout de plastique de la taille de l'ongle de son petit doigt.

— Quand on les a pris à Orlov, c'était ce qu'ils valaient. Aujourd'hui, ça vaut plus. Presque huit cents millions, la dernière fois que j'ai regardé le taux de change, déclare Lola, avec un calme ahurissant. Et avant qu'il te vienne une idée saugrenue, chacun de ces dossiers est protégé par un mot de passe différent. Que je suis la seule à connaître.

— Je ne m'en fais pas. Tu finiras par nous les donner, dit Rebo avec un sourire suffisant.

Lola se retourne, alarmée par l'usage du pluriel.

Rebo lui montre un téléphone portable.

— Le sac avec nos objets personnels était dans la cabine du fourgon. J'ai dû fouiller un peu sous les flics. Mais je ne crois pas que ça les ait dérangés. J'ai pris ça à l'un d'eux, en souvenir, dit-il, laissant tomber la barre de fer et sortant un pistolet de la poche arrière de son pantalon.

Zenya, qui n'a pas bougé du canapé ni ouvert la bouche, se met à pleurer.

Lola regarde le lourd objet de métal noir et comprend à quel point elle a été naïve. Rebo n'a pas retiré l'arme plus tôt pour gagner sa confiance. Pour lui laisser croire qu'elle pourrait remporter la partie. Il a été plus malin qu'elle.

— On avait un accord, dit-elle, en désespoir de cause.

— Il y a une fonction très intéressante, dans WhatsApp. (Avec l'accent russe, le nom de l'application paraît comique entre les lèvres de Rebo. *Ouat-sa.*) « Partager sa position en temps réel ». Ici, il n'y a pas de réseau, mais je pense qu'ils n'auront pas trop de mal à nous trouver.

— Stupide fils de pute ! lance Lola en se relevant, furieuse. Orlov t'aurait buté sans hésiter.

— Mais j'ai survécu, dit Rebo en haussant les épaules. À la guerre comme à la guerre.

À cet instant, la porte s'ouvre.

Les suivre a été un jeu d'enfant, au moins au début.

Le fourgon roulait lentement, elle a donc dû refréner les ardeurs de la Kawasaki sur l'autoroute, rendant le trajet ennuyeux. Elle s'est même autorisé une pause de quelques minutes à une station-service. Elle a mangé un morceau, est allée aux toilettes, puis n'a pas mis longtemps à les rattraper. Elle a laissé presque huit cents mètres entre elle et le fourgon Citroën, pour ne prendre aucun risque d'être repérée.

Son plan n'était pas si simple. Il fallait qu'ils s'arrêtent avant de pouvoir passer à l'action, elle attendait donc son moment. L'idéal serait à l'arrivée à Madrid, en profitant de la fatigue des flics. À un feu rouge, à un stop.

Le moment n'est jamais arrivé. Parce que quelqu'un l'avait devancée.

Quand elle a vu le tout-terrain emboutir le fourgon, elle a freiné d'un coup sec et s'est rangée sur le bas-côté. Feux éteints, elle a continué de rouler, très lentement. Elle a donc assisté à toute la scène.

Lorsqu'elle est arrivée au pont, les deux assaillants partaient déjà à moto. Une autre voiture s'était arrêtée près du tout-terrain accidenté, et quelqu'un appelait la police.

Elle a réprimé un juron dans le casque. Tous ces efforts pour rien. La rage et la frustration se sont emparées d'elle.

Alors elle a vu Rebo quitter l'arrière du fourgon. Elle l'a vu fouiller parmi les cadavres, prendre une barre de fer puis sortir à nouveau avec Lola Moreno.

Elle a souri. Son plan était soudainement devenu beaucoup plus simple.

Hésitant à agir tout de suite, elle a pesé le pour et le contre. En fin de compte, elle a décidé qu'il valait mieux attendre et laisser agir Rebo.

Le moteur coupé, elle est descendue de la Kawasaki et l'a poussée, à pied, sur le terre-plein. Puis elle les a suivis dans la rue, à bonne distance. Elle n'a rallumé le moteur que quand ils sont montés dans la Clio et ont repris la route.

Tous feux éteints, la moto noire et elle ne formaient qu'une ombre plus dense dans l'obscurité.

Une demi-heure plus tard, elle a senti vibrer son téléphone portable. Elle s'est arrêtée sur le bas-côté pour le consulter. Orlov lui avait envoyé un message indiquant la position de Lola Moreno. Apparemment, Rebo était parvenu à communiquer avec lui. Il disait qu'une équipe était en chemin. Il lui donnait l'ordre (l'ordre !) de les rejoindre, pour la capturer une fois pour toutes.

Elle a éclaté de rire devant l'arrogance du vieux fou. Une sacrée surprise l'attendait, sans aucun doute. Mais pas avant qu'elle ait accompli sa mission.

Elle s'est remise en route et n'a pas tardé à rattraper la Clio. Mais un peu plus loin, la situation s'est compliquée. À mesure qu'elle grimpait en altitude, la météo s'est dégradée. La tempête qui frappait la Sierra avait recouvert de neige les routes de montagne, déjà sinueuses et à double sens.

Elle les a vus voler une paire de chaînes, sans pouvoir se permettre le même luxe. Elle n'en trouverait pas qui s'adaptent à la roue de la Kawasaki, et n'avait pas le temps d'en chercher.

Si bien que soudain, la filature devient un jeu très dangereux. Même à la faible vitesse à laquelle ils circulent. La moto n'a pas été conçue pour cela. Avec des pneus cloutés, ou même un spray d'adhérence pour améliorer la traction, elle s'en sortirait mieux. Mais penser à cela équivaut à souhaiter avoir un hélicoptère.

Elle continue, tant bien que mal, tentant de rouler dans les traces de la Clio. Ça aide, mais elle chute à deux reprises. Quand la voiture quitte la route pour emprunter un chemin de terre, la situation devient impossible.

Ils avancent si lentement qu'elle doit plusieurs fois arrêter la moto pour ne pas se faire voir. Et le vent, qui souffle de plus en plus fort, rend l'exercice très difficile. Le cuir de son blouson et de son pantalon, et ses sous-vêtements thermiques la préservent un peu du froid. Mais avec l'humidité de l'air, elle remarque qu'elle perd de la chaleur corporelle bien trop vite.

Pourtant, elle ne cède pas.

Elle décide de laisser la moto parmi les arbres et de continuer à pied.

Les autres ne tardent pas à faire la même chose. Elle les voit, avec stupeur, s'élancer dans la tempête, légèrement vêtus. Ils ne tiendront pas dix minutes, *pense-t-elle.* Ânes stupides.

Par chance, pour eux, la maison est toute proche.

Elle les suit à l'intérieur de la propriété sans difficulté. Ils n'ont même pas refermé la grille derrière eux.

Elle écoute ainsi toute la conversation depuis l'entrée, protégée du vent par les colonnes du porche.

Quand elle en a entendu suffisamment, elle pousse la porte.

« À la guerre comme à la guerre », est en train de déclarer Kiril Rebo.

Soudain, il entend la porte s'ouvrir et se retourne, braquant le pistolet sur elle.

— Putain t'es qui, toi ?

— Tchernaïa Volchitsa, *répond-elle, ôtant son casque et s'approchant de lui.*

Kiril Rebo émet un rire cruel et se tourne vers Lola Moreno.

— La Louve noire est là, chantonne-t-il d'un ton moqueur. Maintenant, tu vas savoir ce que c'est que la peur.

Elle sourit à son tour et sort son pistolet de son blouson en cuir. D'une main ferme, elle le pose sur la tempe de Rebo, qui rit toujours, et presse la détente. La balle lui éclate la tête, coupant son éclat de rire au milieu.

15

Un revirement

— Quelle chiotte, cette neige ! peste Jon.

— Je crois que tu dis trop de gros mots.

— Je crois qu'on va finir dans le décor.

Jon traverse le village de Rascafría en roulant avec la plus grande prudence. Ils ne se sont pas arrêtés pour poser les chaînes, parce que Antonia s'y refuse.

— On est pressés. Mets l'assistance électronique, dit-elle, pressant un bouton du tableau de bord.

La voiture dispose d'un ordinateur de bord – *À ce prix-là, elle pourrait se conduire toute seule*, pense Jon – qui corrige la trajectoire des roues quand elles dévient. Il ne fait pas de miracles, mais a contribué deux fois à éviter que les roues patinent.

Une fois franchi le village, le signal disparaît.

— Il n'y a pas de réseau, dit Antonia. L'endroit où nous sommes est la dernière position qu'a enregistrée le portable de Zenya.

Cet endroit où ils sont n'est nulle part. Devant eux, il y a deux chemins. L'un retourne en direction de Rascafría. L'autre mène à Puerto de Cotos. Altitude, 1 830 mètres. Un panneau de la Garde civile indique que la route est coupée.

Quelqu'un l'a jeté sur le côté.

Jon regarde Antonia, qui hoche la tête.

— Il y a des traces de pneus, dit-elle alors qu'ils s'insèrent dans le chemin.

Jon a du mal à les suivre, car elles sont presque entièrement recouvertes par la neige qui tombe dru. Arrivées à un certain point, elles disparaissent.

— C'est impossible, décrète Antonia en descendant de voiture.

Elle se baisse dans le cône de lumière éclairé par les phares et observe attentivement le sol.

— Personne n'est passé par ici, déclare-t-elle en se relevant, claquant des dents, la voix tremblante.

— On a dû rater le virage, constate Jon en faisant marche arrière.

— Va le plus lentement possible.

Antonia baisse la vitre, sort la tête et pointe la lampe-torche vers le sol et les arbres. La forêt est épaisse et les troncs s'élèvent devant eux comme des gardes fantômes.

Un peu plus en arrière, il y a une trouée entre les arbres. Dans l'obscurité, on la distingue à peine. Sur le sol, des marques de pneus presque invisibles.

— C'est par là, indique-t-elle en montrant la droite.

Jon manœuvre pour s'engager sur le chemin forestier, dont le tracé disparaît sous le manteau blanc qui recouvre tout. Devant eux, la visibilité est nulle.

Soudain, au détour d'un virage un peu plus serré, une voiture à l'arrêt semble surgir de nulle part. Instinctivement, Jon donne un coup de volant. L'assistance électronique s'emploie aussitôt à compenser le brusque mouvement, poussant les roues en direction contraire. L'Audi heurte l'autre véhicule (une Renault Clio, remarque au passage Antonia), glisse sur la neige, quitte le chemin, dévale trois mètres parmi les arbres, jusqu'à ce que l'un d'eux la stoppe net.

— Une de plus, commente Jon, une fois que l'Airbag s'est suffisamment dégonflé pour lui permettre de parler.

— Deux à un, répond Antonia, gesticulant pour écarter le nylon blanc de son visage.

— Ça ne compte pas comme conduite téméraire. On allait à 30 à l'heure, même pas.

— Je suppose que non, reconnaît Antonia, sortant de la voiture pour constater les dégâts.

L'Audi a un arbre qui lui pousse dans le capot. La carrosserie, déformée, embrasse la moitié du tronc du bouleau. Elle n'ira plus nulle part sans une grue et trente heures chez un garagiste à deux cents euros de l'heure.

Jon va jusqu'au coffre et ouvre sa valise. Un manteau léger, c'est tout ce qu'il a pour se protéger du froid. Du côté d'Antonia, ce n'est pas tellement mieux. Un trois-quarts en toile, elle n'a rien pris d'autre.

— Retournons sur la route.

— Attends une minute, dit Jon.

Il sort les valises, les pose dans la neige et ôte le tapis qui recouvre le fond du coffre, découvrant la roue de secours.

— J'ai bien peur qu'il faille changer un peu plus qu'une roue.

Jon retire la roue, la balance par terre. En dessous, il y a un trou recouvert d'une plaque d'un mètre de long. Jon la déplace vers l'avant et extrait ce qu'il y a à l'intérieur.

— Remington 870 Nighthawk avec culasse extensible, cartouchière avec cinq cartouches supplémentaires, courroie en néoprène, constate Antonia d'un ton admiratif. Ce n'est pas l'équipement officiel.

— La forêt est dangereuse la nuit, répond Jon, passant la courroie autour de son épaule, le canon pointé vers le sol.

Il sort enfin les deux gilets pare-balles, enfile le sien et oblige Antonia à faire de même.

Ils remontent tant bien que mal jusqu'à la Clio abandonnée. En arrivant là-haut, ils ont les jambes lourdes et le souffle court.

— En avant.

Un peu plus loin, les arbres disparaissent brutalement. À présent, la neige tombe plus lentement et le vent a sensiblement faibli. Cela leur permet de marcher un peu moins courbés jusqu'à l'enceinte de la propriété.

La grille est ouverte.

Ils ont parcouru la moitié du chemin qui les sépare de la maison quand ils entendent le coup de feu.

— Reste là, dit Jon, avançant jusqu'au porche.

Antonia, évidemment, ne l'écoute pas. La porte est entrebâillée et, quand ils entrent, le tableau qu'ils découvrent n'est pas celui auquel ils s'attendaient.

Le salon est vaste, rustique. Des poutres apparentes au plafond, et d'autres, verticales, en divers endroits de la pièce. Un feu dans la cheminée. Un canapé et deux fauteuils. Une table. Rien à voir avec l'horreur kitsch de la villa de Marbella.

Sur le canapé, une femme ukrainienne menottée. Debout, près de la cheminée, Lola Moreno, enveloppée dans une couverture. Attaché à une poutre, un berger du Caucase qui émet un grognement menaçant. Par terre, en guise de tapis, le corps de Kiril Rebo, auquel il manque une bonne partie du crâne. Debout, à quelques pas du cadavre, une femme rousse, à la peau si blanche qu'elle reflète les flammes qui dansent dans la cheminée, vêtue d'une tenue de motarde. D'une main, elle tient un casque, de l'autre, un pistolet.

Jon entre, le fusil en avant.

— Jetez votre arme. Immédiatement !

La femme le regarde, puis regarde Antonia.

— Je vous connais. Police.

À cet instant, Lola s'avance et pousse la femme. L'attaque la prend par surprise, elle trébuche sur le cadavre de Rebo et tombe en arrière.

— *Fas.*

Kot se rue sur la femme en grognant. Il ne parvient pas à atteindre son bras, mais attrape sa cuisse gauche entre ses crocs. La femme pousse un cri sourd. Elle lève le pistolet vers la tête du chien.

— Ordonnez-lui de la lâcher, dit Antonia.

— Elle est avec Orlov !

— Je ne le répéterai pas.

Elle n'est pas armée et fait une tête de moins qu'elle, mais quelque chose dans sa voix signifie à Lola Moreno qu'il vaut mieux ne pas discuter.

— *Mïeste.*

Le chien ouvre aussitôt la mâchoire. Quand il retire ses crocs, ils sont teintés de rouge.

— Le pistolet, signale Jon en s'approchant, fusil toujours braqué sur elle.

La femme respire bruyamment, s'efforçant de ne pas crier de douleur. Elle serre les dents et, malgré tout, refuse de donner son arme à l'inspecteur Gutiérrez.

Antonia se baisse et la tire de ses doigts crispés.

— Laissez-moi regarder, propose-t-elle.

La blessure est profonde. Les énormes crocs du berger du Caucase ont déchiré un bon morceau de muscle. Elle perd beaucoup de sang.

— Surveille-les, intime Antonia à Jon en désignant les femmes.

— T'en fais pas.

Au bout d'un moment, Antonia revient avec des ciseaux, des serviettes propres, une bouteille de vodka et un rouleau d'adhésif de masquage, qu'elle a trouvé dans un tiroir de la cuisine. Elle découpe le pantalon en cuir et tente de réparer les dégâts comme elle peut.

— Il lui faut des antibiotiques.

— Et moi, j'ai besoin d'insuline, intervient Lola, penchée sur le cadavre de Rebo.

— Reculez, dit Jon.

— Vous ne comprenez pas. Là-dedans, il y a tout ce que vous cherchez, explique-t-elle en lui montrant la carte SD. L'argent. Les infos sur Orlov. Les preuves contre Romero.

— Je m'en charge, dit Antonia en lui prenant la carte des mains.

— Il y a plus de fric que ce que vous pourrez gagner en cent vies. Si vous me tirez de là, on partage.

— Combien ?

Lola le lui annonce.

Jon émet un sifflement.

— Vous dites qu'il y a des preuves contre Romero. De quoi parlez-vous ?

— Mon mari était un indicateur de la police. Nous avions un accord. Il signalait les objectifs, les flics faisaient des descentes. Ensuite, ça s'est compliqué. Yuri leur a tendu un piège. Une cargaison d'argent et de drogue. Ils ont volé une partie de l'argent et tué le chauffeur. Tout est là. Les enregistrements vidéo, audio. Tout.

Antonia et Jon se regardent.

— Tu avais raison, déclare Jon.

— J'en ai bien peur. C'est Belgrano qui a tenté de vous tuer, n'est-ce pas ? demande Antonia à Lola.

— Yuri les avait menacés. Il voulait rompre notre accord.

— Et c'est moyennement passé, dit Jon.

— Il a été stupide. Il y avait plein de façons de faire ça bien. Si seulement il m'avait consultée, dit Lola, qui est de nouveau prise de vertige et doit s'asseoir près de Zenya.

— OK. C'est terminé, maintenant. On a même capturé la Louve noire, se vante Jon.

Antonia regarde la femme allongée par terre. Puis elle regarde le pistolet qu'elle lui a pris. Le cadavre de Rebo. Le chien, qui ne la quitte pas des yeux, tout en léchant le sang sur ses babines.

— Ce n'est pas la Louve noire, décrète Antonia.

Jon se tourne vers elle, les yeux comme des soucoupes.

— Qu'est-ce que tu racontes, trésor ? T'as disjoncté ou quoi ?

Antonia montre le chien, puis Rebo.

— Explique-moi pourquoi notre tueuse professionnelle a tué Kiril Rebo de sang-froid et ne tue pas le chien pour se défendre ?

Jon n'a rien à répondre à cela.

— Tu es la Louve noire ? s'enquiert-il en se penchant vers la blessée.

— Non. Je la suivre et la tuer.

L'inspecteur Gutiérrez éclate d'un rire incrédule.

— Tu as tué la Louve noire ? La tueuse qui fait trembler toute la mafia ?

— Elle bonne. Moi, meilleure, dit la femme en haussant les épaules.

Jon se gratte la tête.

— OK. Tu n'es pas la Louve noire. Alors tu es qui ?

— Nom pas important. Important, c'est qu'Orlov vient.

— Laisse-nous décider ce qui est important.

Elle réprime une grimace de douleur. Respire profondément. Elle n'a pas prononcé ces mots depuis des années. Tant d'années, que, parfois, elle en vient à douter de sa propre identité.

— Mon nom, Irina Badia.

QUATRIÈME PARTIE

JON

La petite fille ne sentit pas la douleur
quand le clou lui déchira le visage sous l'œil gauche.

1
Une histoire

C'est une histoire qu'il faudrait raconter d'une voix basse, monocorde, posément, en prenant tout son temps.

Il était une fois une petite fille

Voyelles douces, consonnes sonores et sourdes, phonèmes teintés d'un accent des terres lointaines.

qui jouait à grimper

Phrases courtes, nombreux silences, parfois prolongés.

à la branche du vieux chêne,

Jusqu'à s'expliquer cette histoire, qu'elle se raconte continuellement.

jusqu'au jour où arrivèrent

Pour calmer sa douleur, pour apaiser sa détresse, pour qu'elle parvienne à trouver le sommeil.

des hommes méchants.

Il était une fois une petite fille qui jouait à grimper à la branche du vieux chêne, jusqu'au jour où arrivèrent des hommes méchants.

La petite fille s'appelait Irina Badia. Sa sœur, Oksana. Elles vivaient dans une ferme, propriété de leurs parents, à Chkalova, Ukraine.

Tout cela, ce ne sont que des mots.

Combien en faut-il pour raconter l'histoire d'une personne ? Mille ? Cent mille ?

Tous les mots n'y suffiraient pas.

Il serait vain de décrire l'horreur que la fillette a subie quand les hommes sont venus la chercher. Sa famille a péri et elle s'est échappée, c'est tout. Elle a survécu, malgré les épreuves. Jusqu'à ce qu'elle soit suffisamment forte pour parcourir deux mille kilomètres, en quête de quelqu'un qui allait la rendre encore plus forte. Qui lui apprendrait à s'élever au-dessus d'elle-même.

— *Combien de temps doit durer un combat ?*

— *Cinq secondes.*

— *Tu n'es pas la plus forte, tu ne le seras jamais. Si ton adversaire résiste à ton premier assaut, tu vivras l'enfer. Attaque ses points faibles, sans pitié, et démolis-le avant même qu'il comprenne ce qui se passe.*

Les années passèrent.

Elle voyagea bien plus loin, au bout du monde, à la recherche de ceux qui avaient tout détruit.

Elle trouva l'amour, ou quelque chose comme ça.

Elle le laissa derrière elle, parce qu'elle avait découvert que ça ne suffisait pas. Que l'unique chose qui pouvait combler l'immense vide au centre de son cœur était le sang.

Elle rentra. Seule.

Plus une personne est seule, plus elle devient solitaire. La solitude croît autour d'elle, comme la moisissure. Un bouclier qui inhibe ce qui pourrait la détruire et qu'elle désire tant. La solitude est cumulative, elle se développe et se perpétue d'elle-même. Une fois la moisissure incrustée, il faut toute une vie pour l'éliminer.

La fillette continua d'aller de l'avant. Devenant bien plus violente, plus expéditive. Ses combats étaient brefs, mais le prix en était de plus en plus élevé. Son corps se brisa, son dos était un univers à part entière, abritant une douleur intolérable qui absorbait tout.

En elle, il reste de moins en moins de combats. Et son cœur demeure vide, béant.

Un jour, à Saint-Pétersbourg, elle découvrit où se cachait le dernier des hommes qui avaient ordonné le raid sur la ferme des Badia. Un proxénète nommé Orlov. Qui, depuis, avait fait du chemin. Désormais, il régnait sur son propre clan, là-bas. En Espagne.

Mais les chefs de la Tambovskaïa n'étaient pas satisfaits d'Aslan Orlov. Ils avaient envoyé une tueuse pour s'en débarrasser et réparer ses erreurs.

Tout cela, c'est un moribond qu'Irina tortura des heures durant qui le lui raconta. Un *chestiorka* de l'organisation, qui voulait vivre – il n'y parvint pas, mais sa mort ne fut pas vaine. Il mit Irina sur la piste de la Louve noire.

Elle prit le même vol qu'elle pour Madrid.

Elle prit une chambre dans le même hôtel.

Quand la Louve sortit faire un tour, cette nuit-là, au bord de la rivière, Irina la suivit, avec un couteau et un câble. Elle la rejoignit sur le pont. L'autre était calme, sûre d'elle. Comme tous les prédateurs qui croient que la nuit leur appartient. Au dernier moment, alors qu'Irina était déjà sur elle, la Louve flaira le danger. Elle ne réussit qu'à parer son premier coup.

Au total, la lutte dura trois secondes.

Irina la déshabilla et se débarrassa du corps. Non sans utiliser auparavant son pouce pour débloquer son portable une dernière fois.

Dès lors, elle se transforma en elle. Elle avait toutes les informations concernant son objectif à sa disposition. Mais au moment précis où sa traque allait commencer, il se trouva qu'Orlov, lui aussi, réclamait ses services. Le jeu n'en devint que plus intéressant.

Cette aventure commence de la même façon que les contes de fées à géométrie variable que se raconte Lola. Mais y a-t-il d'autres manières de débuter un conte ? En revanche, il y a une différence avec les affabulations complaisantes de Lola, à l'aide desquelles elle voudrait réécrire son histoire.

L'histoire d'Irina Badia est véridique.

Aussi véridique que puisse en être une, en fin de compte.

Tel est le récit qu'Irina Badia aurait dû faire à Antonia Scott. Mais le monde, en général, offre peu d'occasions d'entendre l'histoire d'une personne avant de porter un jugement sur elle. Quels sont ses origines, ses aspirations, ses rêves. Quels désirs abrite le cœur infini d'un être humain. Quelles pierres cette personne a trouvées sur son chemin, par quels hasards elle a croisé le vôtre. Quels sourires carnassiers l'empêchent de trouver le sommeil, quand elle essaie. Qui a planté les ronces qui déchirent son cœur et étouffent son jugement.

Comment elle s'est fait cette cicatrice, sous l'œil gauche.

Effectivement, le monde offre peu d'occasions d'entendre l'histoire d'une personne. Être coincé dans un chalet de montagne près d'être attaqué par des tueurs armés jusqu'aux dents n'en fait pas partie. Et la vie n'est pas un film ou un roman où, juste avant l'instant décisif, le narrateur se permet de faire un long flash-back en couleurs pastel.

Si bien que la conversation se déroula plutôt comme suit.

2

Un résumé

— Mon nom, Irina Badia.

— Tu es très douée. Forces spéciales russes ? *Spetnaz ?* Groupe Alpha ?

Irina secoue la tête.

— Ami a appris moi.

— Pourquoi est-ce que tu es là, Irina ?

— Orlov tue ma famille. Je tue Orlov.

Antonia comprend que l'espagnol rudimentaire d'Irina ne les mènera pas bien loin.

— Comment ils sont morts ? demande-t-elle en russe.

Irina lui répond dans sa langue. Elle parle plus lentement. Sa voix se fait plus douce.

— Nous avions une ferme. C'était nous qu'ils voulaient, ma sœur et moi. Ils ont tué mes parents, ils ont enlevé ma sœur, pour la livrer à un réseau de trafiquants. J'ai réussi à m'échapper.

Antonia regarde la femme allongée sur le sol, sans défense. Quand elle bouge un peu, elle constate qu'il lui manque une oreille. Elle l'analyse, à la lumière des nouvelles informations. Elle tend le bras jusqu'à la joue gauche d'Irina, jusqu'à frôler sa cicatrice. Elle est fine, ancienne. Une ligne qui va jusqu'à la moitié de la joue. Et qui bat à la même fréquence que celle qu'elle dissimule sous ses vêtements.

— Tu avais quel âge ?

— Huit ans.

Fin du préambule exposant les motivations.

— Et ensuite ?

Les pensées glissent sous ses yeux, comme des poissons sous la glace : inatteignables. Irina inspire longuement, et résume une vingtaine d'années d'acharnement, de violence et de souffrance, en une vingtaine de mots.

— Ensuite, j'ai grandi et je les ai tous tués. Ceux qui l'ont fait et ceux qui l'ont ordonné. Un par un.

Une idée illumine Antonia, comme un éclair dans un ciel clair. La certitude soudaine, mortifiante, que ses capacités, aussi immenses soient-elles, ne lui suffiront jamais à comprendre pleinement les choses.

Et si je ne comprends pas, comment puis-je faire ce qu'il faut ?

Elle regarde Jon, qui ne perd pas une miette de la scène, même s'il n'a rien saisi.

— Vous devez partir, dit Irina, tirant sur la manche d'Antonia pour réclamer son attention. Orlov va arriver.

Antonia écarte délicatement sa main.

— Comment tu le sais ?

— J'ai le portable de la Louve noire. Ils étaient derrière moi. Rebo leur envoyait un signal.

Ce ne sont pas de bonnes nouvelles.

Ce ne sont pas de bonnes nouvelles du tout.

Antonia doit prendre une décision la concernant. Mais d'abord, elle doit la comprendre.

— Tu es venue chercher ça, dit Antonia, montrant la carte micro-SD. Pourquoi ?

— Orlov est le dernier sur ma liste.

Antonia pense au contenu de la carte. À tous les noms, les connexions, les comptes bancaires. Non seulement de la mafia russe, mais de ses collaborateurs, de ses associés dans une dizaine de pays. Des gens que la justice des hommes n'atteindra jamais.

— Tu es arrivée à la fin de ta liste. Et tu veux en dresser une autre.

Irina presse fortement sa blessure. Elle souffre, c'est évident.

— Pour toutes les petites filles qui n'ont pas eu la même chance que moi.

Elle prononce ces mots avec douceur, avec fatalisme.

Oudatchi.

En russe, ça signifie « chance ».

Tout court.

Le mot fouette Antonia. Un fouet tressé d'envie, d'ironie et de tristesse. Cette femme a tout perdu quand elle était enfant. Comment peut-elle penser qu'elle a eu de la chance ? Quelqu'un a débarqué dans sa vie, l'a détruite. L'a transformée en une machine à haïr.

Comment peut-elle penser qu'elle a eu de la chance ?

Comment cela peut-il me faire sentir si coupable ?

3

Une aube

Antonia conclut sa conversation avec Irina puis discute quelques instants avec Lola Moreno. Ensuite, elle revient vers Jon, qui a ôté son manteau et s'est assis à la table de la salle à manger, d'où il peut surveiller les trois femmes.

— Eh bien ?

— La situation est complexe, dit-elle, baissant la voix.

Elle lui explique.

— Bordel de merde ! Faut qu'on se barre d'ici en courant.

— Ce n'est pas si simple, Jon.

— On a la voiture de la femme de ménage. On s'y colle tous les cinq, et *ciao*.

— C'est une Ford Fiesta, sans chaînes, Jon. Dehors, il y a cinquante centimètres de neige. Si le pot d'échappement ne se bouche pas, les roues vont patiner de toute façon. Ou on se retrouvera face à Orlov en terrain découvert.

— On peut partir en sens inverse.

— Si on monte, ce sera pire. La route se termine à trois kilomètres, sur un belvédère. Il n'y a rien à faire dans cette direction. Hormis repartir par où on est venus.

Jon se passe la main sur le visage. Il est épuisé. Il a les yeux gonflés et il crève de faim.

— J'en peux plus.

— Bouge pas, dit Antonia.

Elle quitte la pièce et revient quelques minutes plus tard avec deux tasses de café instantané réchauffé au micro-ondes et un paquet de gâteaux périmés. Du genre qui végètent à jamais dans les placards parce que personne n'a assez la dalle pour se risquer à les manger. Jon prend la tasse, puis enfourne les gâteaux deux par deux.

— À pied, c'est pas si loin. On pourrait essayer de s'échapper par la forêt et de descendre jusqu'au village.

D'un geste, Antonia désigne les prisonnières.

— L'une est blessée, je doute qu'elle puisse marcher. Les deux autres n'ont pas les vêtements adaptés.

— Peut-être qu'il y a de quoi se couvrir dans la chambre ?

— Non, j'ai regardé. Le placard est presque vide. Il y a juste deux t-shirts, et un tiroir rempli de sex toys.

Jon termine son café, si on peut qualifier le breuvage ainsi. Il regarde par la fenêtre. Une lumière sale et terne annonce l'aube, éclairant le jardin. C'est un espace carré, tapissé d'une épaisse couche de neige. On devine la cime des arbres, spectrale, contre le ciel qui passe du noir au gris. Contrastant avec les fortes bourrasques de la nuit, la brise légère qui berce les branches passe pour un délicat gazouillis. La neige a totalement cessé de tomber.

— C'est pas bon pour nous, déclare Jon, montrant l'extérieur. Ils vont vite trouver la maison.

Antonia le regarde, l'air grave.

— Toi et moi, on pourrait y parvenir. Les laisser sur place, embarquer la carte mémoire. Appeler la police quand on aura du réseau. Avec un peu de chance, ils arriveront à temps.

L'inspecteur Gutiérrez retire une miette de gâteau de sa barbe, et sourit.

— Ça n'arrivera pas.

— Non, reconnaît Antonia. Mais c'était la dernière possibilité que je voulais que tu écartes.

— Donc il n'y a plus qu'une chose à faire.

Antonia hoche lentement la tête.

— Deux contre on sait pas combien, dit Jon.

— Trois, corrige Antonia en désignant Irina.

— Je crois que je ne te suis pas, là.

— Elle est de notre côté.

— La folle furieuse ?

Antonia fait la moue.

— Ce n'est pas le terme que j'emploierais.

— Et quel terme tu emploierais, alors ?

— Si je devais établir son profil psychologique ? Stress post-traumatique, égomanie, deuil pathologique persistant, personnalité antisociale. Probables traits schizoïdes, quoique sans certitude.

Sacré diagnostic, pense Jon. *Bonne à enfermer*, *quoi.*

— Et qu'est-ce que tu comptes faire d'elle ?

— Je vais lui rendre son pistolet.

— Tu blagues ?

Antonia prend un biscuit et le mâche lentement, en faisant non de la tête.

— Comment tu peux faire confiance à une dingue pareille ?

— Et toi, comment tu peux ?

Quelqu'un met sur *pause* le visage de Jon, qui se fige jusqu'à ce qu'il comprenne ce qu'Antonia veut dire.

— Ah. C'est donc ça, hein ?

Antonia hausse les épaules. Ce n'est pas une question d'orgueil.

— Sauf que toi, tu n'as tué personne, objecte Jon.

— Pourtant, j'ai essayé. Mais je suis une tireuse plutôt médiocre.

Jon éclate de rire au souvenir de ce qui s'est passé dans le tunnel avec Sandra Fajardo. C'est un rire nerveux, le rire qui vous vient dans des ténèbres remplies de monstres.

— Eh bien, c'est le moment de t'améliorer. À propos, ce café est délicieux. Je pète le feu.

Antonia sort de sa poche un sachet rempli de pilules blanches.

— Diphénylméthylsulfinylacétamide.

Jon reconnaît aussitôt le sachet. Il était censé être dans la boîte à gants. Il regarde la tasse vide, puis il contemple Antonia, les yeux plissés.

— Ça, c'est bas, trésor. Tu as mis de la drogue dans mon Nescafé.

— Plus tard, tu me remercieras.

Romero

Je ne suis pas entrée dans la police pour ça, pense la commissaire.

Elle regarde sa montre. Huit heures passées, le jour ne va pas tarder à se lever.

Ç'a été une nuit interminable. Et très triste.

La fatigue la rend mélancolique. Elle n'a jamais été très encline à reconnaître ses émotions. Encore moins à les exprimer. Dieu sait si dans son métier, la dernière chose qu'une femme doit manifester, ce sont ses sentiments. Tout changement sera interprété comme un signe de faiblesse. Une grippe, les règles, la moindre saute d'humeur. Le moindre jugement de valeur sur une situation. Toute particularité, tout trait de caractère qui sera d'emblée accepté chez un homme passera pour une provocation chez une femme. Depuis qu'elle est entrée dans la police, elle est chaque jour confrontée à des mots tels que *quotas*, *parité*, *plante verte*.

Elle élimine donc tout trait susceptible de l'humaniser. Les vêtements de couleur, oubliés. Le maquillage aussi. Elle a même appris, au fil des ans, à modifier son langage corporel.

Un travail considérable. Qui commençait à porter ses fruits.

Jusqu'à ce qu'un jour elle fasse une fixation sur Orlov. Et sur Voronin, comme moyen de l'atteindre. Elle est devenue si obsédée, elle s'est tant impliquée qu'elle a fini ici.

Ici. Une croisée de chemins, à la sortie d'un village perdu dans la sierra madrilène. Où il fait un froid de gueux.

Un lieu comme un autre pour regarder vers le passé.

Tout a commencé quand ils ont chopé Voronin pour le sac de nœuds du conteneur. Les preuves étaient fragiles, pour dire ça gentiment. Mais Voronin a mordu à l'hameçon. Et sa femme aussi. Sacrément culottée, celle-là, sous ses airs de sainte-nitouche. Mais la commissaire n'a jamais été dupe. Voronin la regardait systématiquement avant d'ouvrir la bouche. Même pour lui demander l'heure. Chaque putain de fois, il se tournait vers elle et la regardait.

Lola Moreno. Quelle horrible bonne femme !

Romero s'allume une cigarette. Elle ne fume qu'en privé. Encore une faiblesse qu'elle ne veut pas montrer. Mais qu'est-ce que ça peut faire, maintenant. À cette croisée de chemins, il n'y a que Belgrano. Et il sait tout d'elle.

Le sous-inspecteur Belgrano. Loyal jusqu'au bout. Avec son impulsivité et son sale caractère. Elle se demande pourquoi ils n'ont jamais couché ensemble. C'est la seule chose qui leur manque. Ils ont partagé tout le reste. Des nuits blanches, du sang. Des colères. Des arrestations qui ne débouchent sur rien, des délinquants passés au travers du filet. D'autres qui ont fini là où ils n'auraient pas dû. De la frustration, beaucoup. Des victoires, moins. Mais le lit, jamais.

C'est mieux comme ça, pense-t-elle en lui jetant un regard en coin. Appuyé à la moto, silencieux. Fatigué, comme elle. Mais stoïque. Ils sont frère et sœur. Ils ont un code de conduite. Ils forment une famille.

La famille avilit. La vie pèse.

Elle savait qu'utiliser Voronin comme indicateur était un chemin hasardeux. Qu'il se servirait d'eux pour éliminer la concurrence. C'est un mouchard néophyte, et Romero a de la bouteille. Mais comment elle aurait pu prévoir le piège qu'il leur a tendu, cet enfoiré ?

Elle n'avait pas trop tapé dans la caisse. Pas plus que la normale, disons. Dans un gros coup de filet, il y a toujours une liasse ou deux qui disparaissent dans la nature. Tout le monde le sait, et tout le monde ferme les yeux. Ils espèrent quoi, en les payant un salaire de misère ? Elle n'atteint pas les trois mille brut. Belgrano, le tiers. Ce qu'ils gagnent en un mois, un dealer se le fait en une soirée. Un trafiquant, dix fois plus, en un seul voyage. Mais eux, ils doivent sacrifier leur vie personnelle, bosser jour et nuit, risquer leur peau à chaque instant pour des clopinettes. Et traverser des rivières de merde, avec le sourire et sans un faux pli. Évidemment.

Elle n'avait pas trop tapé dans la caisse. Pas plus que la normale. Les règles étaient claires. Ne te fais pas prendre, n'attire pas l'attention. N'en fais pas une habitude. Tout ce qui est en deçà de cette ligne, c'est ton putain de problème. C'est entre toi et ta conscience. Personne ne lèvera un sourcil.

Les inspecteurs qui se sont fait choper, il y a huit ans, à Marbella. Des copains à eux. Des collègues de l'UDYCO. Ils ont commis une seule erreur. Une confusion dans les termes. Au lieu de jouer les flics et de ramasser ce qui tombait de la table, ils sont montés sur la table et ont ajouté une assiette.

Elle n'est pas comme ça. Elle ne l'a jamais été.

Tout ce qu'elle voulait, c'était bien faire son travail.

Mais il y a eu ce chargement des Serbes. Six cent mille euros en coupures usagées. Un seul chauffeur. Une vermine avec des antécédents de violence. Homicide, vol, viols. Belgrano, ça lui est monté à la tête. À elle aussi, forcément. Avec ce fric, on pouvait en boucher, des trous. De plus, tout le mérite de l'arrestation leur revenait – un titre de gloire à ajouter aux états de service irréprochables de la commissaire Romero.

Si un marché a l'air trop beau pour être vrai, c'est qu'il l'est.

Enfoiré de Voronin !

Pour être honnête, il n'avait plus grand-chose à leur donner. Le mec était grillé. Il était temps de laisser tomber le menu fretin pour s'attaquer au gros poisson. Mais il les a doublés. Parce qu'il n'en a fait qu'à sa tête. Sa femme ne l'aurait jamais laissé faire une connerie pareille. Menacer une commissaire de police. Il faut vraiment être…

Il l'a payé. Cher. Ce n'était pas le but. Ce putain de chien a foutu la trouille à Belgrano, qui a toujours été plutôt nerveux. Et tout est parti en vrille. Il aurait fallu la choper. Et ils ont échoué.

Un fiasco total.

Elle a trop attiré l'attention. Orlov lui-même l'a appelée, pour lui demander des explications. C'était la première fois qu'ils se parlaient. Elle lui a livré une demi-vérité. De quoi sauver la face.

Mais à Madrid, quelqu'un a dressé l'oreille. Et ces deux-là ont débarqué, à la recherche de Moreno.

Quand ils l'ont attrapée, Orlov a rappelé. Elle était censée mourir, par tous les moyens. Orlov a fourni la voiture. Deuxième fiasco. Et deux flics morts. Deux innocents. Deux croix de plus.

Cette connasse, c'est comme un putain de cafard. Impossible à éliminer.

Orlov a appelé une troisième fois. Pour les informer de leur échec et leur donner des instructions. Et Romero a compris que les rôles avaient changé. Qu'elle n'était plus qu'un instrument entre ses mains.

Je ne suis pas entrée dans la police pour ça, pense la commissaire, encore une fois.

Les deux voitures arrivent avec les premières lueurs de l'aube. Le soleil ne se montrera pas aujourd'hui au-dessus des montagnes. Le ciel est très bas, chargé de nuages gris et de mauvais présages. Quoi qu'ils fassent aujourd'hui, ce sera à l'abri du regard de Dieu.

C'est une piètre consolation pour une besogne misérable.

Le premier tout-terrain s'arrête au croisement. Romero jette un œil à l'intérieur. Deux hommes seulement, qui restent impassibles en les voyant.

— C'est ce qu'Orlov a de mieux ?

— Ce qu'Orlov a de mieux, c'est Orlov, dit une voix derrière eux.

Romero se tourne et voit le vieux parrain, accompagné de deux gorilles, sortir du deuxième tout-terrain. Le Fauve. Proxénète, violeur, trafiquant de drogue. Assassin. Elle doit se retenir pour ne pas sortir son arme et le menotter sur le capot.

Une vague de dégoût la saisit. Envers lui, envers elle-même.

— Vous êtes venus seuls ? demande Orlov.

— Il n'y a que nous. Vous attendiez quelqu'un d'autre ?

Le vieil homme regarde au loin. La ligne où commence la forêt, qui s'étire sur les flancs de la montagne et disparaît, dévorée par les nuages.

— Peu importe. Vous avez localisé la dernière position que je vous ai envoyée ?

— C'est là, dit Belgrano, montrant une vue satellite sur l'écran de son portable. Il y a une maison dans les bois, à douze kilomètres, par ce chemin. Ensuite, plus rien.

— Montez en voiture. Il est temps d'en finir une fois pour toutes.

4

Un inventaire

Ils posent tout sur la table. Quatre objets en métal et plastique sur le plateau de bois.

Ce n'est pas grand-chose.

L'arme de Jon a treize balles dans le chargeur, plus treize autres dans celui de rechange.

Le pistolet d'Irina en a dix. Sans chargeur de rechange.

Rebo en avait douze dans le sien. Sans chargeur de rechange.

Le fusil de Jon. Huit cartouches.

— Portée de vingt mètres. Au-delà, la dispersion de la chevrotine diminue les chances de faire un tir mortel, dit Antonia, posant l'index sur la culasse.

Jon hoche la tête, lentement.

— Comme ça, à vue d'œil, tu dirais que vingt mètres, ça fait quoi ? demande-t-il en montrant par la fenêtre.

— Jusqu'au bouleau.

— Évidemment. Et juste pour être sûr…

— L'arbre à droite de la Ford Fiesta.

— Tu vois, quand tu expliques…

Antonia se lève, et récupère le pistolet d'Irina et celui que Rebo avait pris aux policiers.

— En fin de compte, on a résolu le meurtre du Manzanares.

— Celui-là, tu ne peux pas te l'attribuer. Il s'est résolu tout seul.

— Et qui a arrêté la coupable ?

— Techniquement, le chien, dit Jon en se dirigeant vers les prisonnières.

L'inspecteur Gutiérrez demande à Zenya de se lever et lui retire les menottes.

— Je voudrais que tu amènes ta voiture jusqu'à la grille et que tu te gares en marche arrière, le plus près possible. Ensuite, mets le frein à main et grouille-toi de revenir.

La femme de ménage obéit. Dans l'entrée, Antonia presse le bouton qui ferme la grille. Au cas où Zenya aurait une idée au dernier moment.

Quand elle revient, Antonia leur explique son plan.

— Orlov doit être tout près. Nous ne savons pas combien ils sont ni de combien d'armes ils disposent. Nous allons donc devoir résister comme nous pourrons. Cela dit, nous avons deux avantages sur eux. La maison est solide, toutes les fenêtres ont des barreaux. Le seul point d'entrée possible est la porte principale.

— Et le deuxième avantage ? demande Lola.

— Ils ne s'attendent pas à rencontrer de résistance. Ni à ce qu'on soit trois, dit-elle en tendant son pistolet, qu'elle tient par le canon, à Irina.

Il y a quelques secondes de silence gêné. Même le feu, presque éteint, cesse de crépiter.

Elle ne fait pas mine de vouloir prendre l'arme. Ses yeux verts ne quittent pas ceux d'Antonia.

— Sûre ?

— Non. Mais je n'ai pas non plus grand-chose à perdre, répond Antonia.

Irina lève le bras. Ses doigts effleurent le canon de l'arme. L'espace d'un instant, l'énergie que transmet sa main se communique à Antonia à travers les huit cents grammes d'acier.

— Et nous ? s'interroge Lola.

— Vous l'avez trahie, dit Antonia à Zenya, désignant Lola.

— Et toi, tu as trahi… (Jon fait le compte, mais va au plus court.) Bah, tout le monde. Donc couchez-vous derrière le canapé et faites pas chier.

Irina se redresse et accompagne Jon à la fenêtre. Elle doit s'appuyer sur lui à chaque pas.

— Plan à vous… pas bien.

— Ah oui ? Et combien de fois tu t'es retrouvée dans une maison attaquée par des mafieux russes ?

Irina incline la tête, essayant de comprendre. Puis elle lève deux doigts.

— Et ça s'est passé comment ?

— Une mal. Une bien.

Antonia les rejoint.

— Tu as une meilleure idée ? demande-t-elle en russe.

— Quelqu'un doit monter sur le toit. Faire en sorte de les tenir éloignés. Peu importe les barreaux aux fenêtres. S'ils réussissent à approcher, on est tous morts.

— J'irai, propose Jon, quand Antonia lui traduit la réponse.

— Avec le fusil, d'en haut, tu couvriras un large périmètre. Ils vont essayer de te cerner, donc prends garde à tes arrières.

— OK.

Irina saisit Antonia par le coude, l'entraîne vers la fenêtre et lui parle en russe.

— Toi, là-dessus, dit-elle en donnant des petits coups sur le rebord. Casse les vitres, elles vont te gêner. Attends d'être sûre de toi pour tirer.

— Et toi ?

— J'irai dehors, dans les arbres.

— Avec cette jambe, pas question.

— Tu sais te servir de ça ? demande Irina, montrant le pistolet d'Antonia.

— Pas très bien, reconnaît-elle.

— Alors ne discute pas. Vite ! Ils doivent être en train d'arriver.

5

Un toit, un jardin et un salon

Jon est le premier à les voir.

Monter n'a pas été une mince affaire. Dans la chambre principale, il y a un Velux qui donne sur le toit, l'unique accès à la maison dépourvu de barreaux. L'opération a été une véritable odyssée. D'abord, grimper sur une chaise pour pouvoir manœuvrer. Ensuite, ouvrir la lucarne au maximum. Le maximum se révèle être quarante centimètres. Les mathématiques lui indiquent que, par-là, il ne passera pas. Non pas qu'il soit gros. Il casse donc les tiges qui l'empêchent de sortir. À coups de crosse.

En bas, Antonia fait à peu près la même chose, à en juger par le bruit de verre brisé.

La dernière fois que l'inspecteur Gutiérrez est monté sur un toit, c'était il y a onze ans. Pour réparer une antenne parabolique, chez des amis. Son expérience se limite donc à se rappeler que c'est en pente et que ça glisse salement, surtout quand c'est couvert de neige.

La toiture est à un seul pan, en tuiles creuses. À gauche du Velux, il y a la cheminée. Imposante, elle offre une surface suffisante pour que Jon puisse s'y abriter. Elle se trouve juste au-dessus de l'entrée.

La mauvaise nouvelle, c'est que, dans cette position, il fait une cible idéale pour quiconque s'approcherait de la maison par l'arrière.

Jon est en place depuis moins d'une minute lorsque les tout-terrain abordent le dernier virage du chemin. Non loin de l'endroit où l'Audi a fini dans le décor, absolument pas par la faute de Jon.

— Ils sont là, crie Jon par l'ouverture de la cheminée.

Dans le salon, Antonia a cassé la vitre avec le tisonnier de la cheminée et placé une couverture – volée dans un avion Iberia – sur le rebord de la fenêtre, pour pouvoir s'y appuyer sans crainte. Un mur d'air glacial la frappe en plein visage.

Une minute plus tard, la voix de Jon résonne par la cheminée. À sa droite, elle entend s'ouvrir la porte du salon. Irina est en train de sortir.

Antonia se tourne vers Lola Moreno, qui enfile ses vêtements enfin secs.

— Gardez l'œil sur l'entrée, au cas où je donne l'ordre d'avancer. Et vous, dit-elle à Zenya, surveillez la fenêtre de la cuisine, on ne sait jamais.

Irina descend les marches du porche et va dans le jardin. La neige, qui lui arrive juste sous le genou, entrave ses mouvements. Mais curieusement, retrouver le contact avec ce manteau blanc lui donne une énergie qu'elle pensait avoir perdue depuis longtemps. La neige n'emporte pas sa douleur, mais elle lui rend quelque chose. De l'époque de Magnitogorsk, auprès de l'Afghan. L'homme qui a fait d'elle une arme.

Cette fois, la discrétion n'est pas son alliée. Elle laisse derrière elle une trace bien visible. Des empreintes, des traînées, et même de petites taches rouges qui se diluent dans la neige piétinée.

Utilise ce que tu as à ta disposition. La voix de l'Afghan résonne dans sa tête.

Plutôt que d'aller directement vers l'entrée, Irina se dirige vers le mur, d'où pend un tuyau d'arrosage. Elle ouvre le robinet à fond, espérant que l'eau n'a pas gelé dans le conduit. Mais il n'a pas été utilisé depuis longtemps, et celle-ci jaillit avec force au bout de quelques instants. Irina prend le tuyau et le traîne derrière elle jusqu'à proximité de la haie, la laissant couler en direction de l'entrée de la propriété. Au retour, elle aura besoin que la voie soit libre pour revenir en courant. L'eau aidera à dégager le chemin.

Du toit, Jon les voit préparer leur entrée. Ils descendent des voitures. Quatre de la première, trois de la seconde. Il reconnaît Orlov, Romero et Belgrano. Le dégoût que lui provoque la vision de ses deux collègues – qui ont prêté à haute voix le même serment que lui – aux côtés de cette vermine est indescriptible.

— Ils sont sept. Belgrano et Romero compris, dit-il à la cheminée, supposant qu'Antonia l'écoute.

Il distingue Irina, qui longe la haie de la propriété. Elle avance très lentement. Sa jambe blessée lui interdit pratiquement de bouger. Elle boite nettement, et laisse derrière elle une piste que n'importe qui pourrait suivre. Parfois, il la perd de vue, car la demi-douzaine d'arbres du jardin obstruent son champ de vision. Soudain, il prend conscience que ces arbres vont constituer un problème si l'un des assaillants les utilise comme abri pour avancer jusqu'à la maison.

Possible que garer la Fiesta à la grille n'ait pas été une si bonne idée que ça. Ça va compliquer leur entrée, mais ils vont se douter qu'on est là.

Car ils sont en train de s'organiser. Quelqu'un donne un ordre, certainement Orlov, même si Jon ne peut pas le voir. Le premier des quatre types fait marche arrière sur le chemin, colle son pare-chocs à la grille et commence à la pousser. Elle émet un grincement métallique sous la pression du tout-terrain.

Deux hommes contournent la propriété. Jon les voit passer puis disparaître derrière la haie.

Merde, merde, merde !

Dehors, Irina a réussi à arriver jusqu'au fond du jardin. Il y a un bûcher, qui forme un angle contre le mur. Elle attend là, pistolet à la main, s'efforçant de ne pas penser à la difficulté de rester debout.

Le tout-terrain, un Range Rover noir, cogne la grille à coups secs, brefs. Marche arrière, accélérateur à fond, marche avant. Les roues sont parvenues à ouvrir une brèche dans la clôture. Le pare-chocs est déjà à moitié enfoncé, mais il ne faut plus grand-chose pour que celle-ci cède. Encore un coup, et elle sortira du rail qui la maintient droite. L'air sent l'essence, la terre et le métal.

Clang.

Le son, râpeux, couvre celui du moteur, qui tourne à plein régime. C'est un phénomène qui a toujours étonné Irina. La façon dont la neige est capable d'étouffer certains sons et d'en amplifier d'autres. La neige est capricieuse.

Le tout-terrain recule pour laisser les hommes passer. Le premier se glisse par l'ouverture entre la grille et le mur. Irina voit défiler une paire de chaussures de sport bleues, un jean, et enfin un corps courtaud, enveloppé dans un blouson en tissu technique.

Irina le laisse avancer. Elle attend qu'il progresse un peu sur la neige du jardin et qu'il tire la grille pour aider le suivant à passer. Quand les jambes de ce dernier sont à mi-chemin, Irina avance d'un pas, quittant l'abri du bûcher. Elle dirige le pistolet sur la tête du premier et presse la détente. Sans même regarder le visage du deuxième, elle se tourne, appuie le pistolet sur son ventre et tire de nouveau. Le premier n'a pas encore atteint le sol, la tête explosée, lorsque le second se met à crier de douleur. La balle a traversé ses boyaux, créant un orifice de sortie de la taille d'une balle de tennis.

Irina a juste le temps de se jeter au sol. Les tirs fendent l'air à la hauteur de l'endroit où elle se trouvait. Elle roule, recule, se réfugie dans le bûcher.

Maintenant, ils vont essayer de m'avoir d'en haut, comprend-elle trop tard.

Du toit, Jon voit tomber les deux hommes sur lesquels Irina a tiré avant de se jeter au sol. Soudain, une tête apparaît au-dessus du bûcher.

Ils tentent d'escalader par là. Jon place le fusil d'un côté, prend appui sur la cheminée, tend les épaules et relâche ses mains. À cette distance, il est impossible d'atteindre la tête et les mains qui dépassent, mais ce n'est pas nécessaire. Ce qui se passe suffit. Le tir touche le mur, emportant un morceau du crépi et faisant disparaître la tête et les mains.

Cela laisse à Irina le temps de se relever et de s'éloigner un peu, en traînant la patte, mais malheureusement, cela a aussi produit un autre effet.

Jon a révélé sa position.

Les deux hommes qui faisaient le tour de la propriété l'ont vu et ont trouvé un angle de tir.

Par chance, seule une partie de sa tête et ses épaules dépassent. Un crépitement résonne à ses tympans, tandis qu'une rafale se fracasse contre le sommet du toit, provoquant une pluie de tuiles et projetant un nuage d'argile et de ciment sur Jon, qui se baisse avant qu'une deuxième rafale n'arrache l'une des pierres de la cheminée.

Bordel de merde ! Une arme automatique !

— Ils ont une arme automatique ! crie la voix de Jon par la cheminée.

Antonia, à ce moment, a reconnu le crépitement caractéristique de l'AK-74. La version modernisée de son célèbre cousin de vingt-sept ans son aîné. Feu sélectif, chargeur de trente coups en polyamide et fibre de verre, culasse rotative.

Pas bon, pense Antonia.

D'après la direction des tirs, elle déduit la position des assaillants de Jon. À l'arrière de la propriété, la haie culmine à trois mètres et il n'y a pas d'accès vers la maison. Mais s'ils parviennent à bloquer Jon sur le toit sans lui permettre de riposter, ses chances s'amenuisent considérablement. Irina se replie maintenant sur le côté externe du jardin. Ce qui laisse Antonia seule face aux assaillants.

L'homme qu'Irina a blessé au ventre est coincé dans la grille, ses vêtements ont dû se prendre dans les barreaux. Il hurle toujours de douleur. *Il ne le sait pas encore, mais il est déjà mort*, jauge Antonia. Une balle de 9 mm dans le ventre à bout touchant requiert une intervention d'urgence dans les trente-deux minutes. Passé ce délai, il ne reste plus qu'à injecter de la morphine.

Apparemment, Orlov est arrivé à la même conclusion. Le tout-terrain recule et emboutit de nouveau la grille, tordant les barreaux et écrasant le corps du blessé, qui pousse des hurlements déchirants. Un coup de feu résonne, un seul. Les hurlements cessent.

— Il achève ses propres hommes. Voilà toute la clémence à laquelle on peut s'attendre, dit Lola, derrière elle.

Elle s'est levée et regarde par la fenêtre, les yeux agrandis par la peur.

— Retournez à votre place, lui ordonne Lola. Et faites-moi le plaisir de ne pas en bouger.

Dehors, Irina a réussi à regagner le côté de la propriété. Elle boite de plus en plus, sa jambe blessée, à bout de forces.

Elle s'abrite derrière un arbre, cherchant un angle de tir, qu'elle ne trouve pas.

Merde ! pense Irina.

Jon est toujours coincé sur le toit. Il n'a aucun moyen de regagner l'intérieur sans se relever et faire une cible facile. Il lève la main pour vérifier qu'ils sont toujours là et la baisse aussitôt. Une nouvelle rafale le cloue sur place.

Merde ! pense Jon.

À l'intérieur, Antonia regarde le tout-terrain emboutir la grille, poussant la Ford Fiesta vers l'avant. Les roues glissent sur la neige, déplaçant la voiture malgré la présence du frein à main.

Une dernière poussée, et le tout-terrain pénètre dans la propriété et contourne la Fiesta, ultime obstacle qui le sépare de la maison. Derrière le pare-brise, le visage d'Orlov se rapproche.

Merde ! pense Antonia.

6

Une matinée tranquille

Au moment où le tout-terrain fait irruption dans l'enceinte de la propriété, Antonia se met à tirer. Une balle passe au-dessus du véhicule, une autre vient se loger dans le capot. Une dernière atteint le pare-brise, arrachant le rétroviseur au passage.

Antonia évalue les résultats avec une certaine distance objective et conclut que, de sa part, ce n'est pas si mal.

Mais ça n'a pas permis d'arrêter Orlov.

— S'ils passent, on est morts, crie Antonia.

Depuis le siège arrière du tout-terrain, dont les vitres sont ouvertes, quelqu'un commence à tirer.

Jon entend, plus qu'il ne voit, le 4×4 pénétrer dans le jardin. Tapi derrière la cheminée, il n'y a pas d'angle suffisant pour faire feu avec précision. Mais le fusil a un avantage : il n'en a pas tellement besoin.

Il pointe le canon du Remington d'une seule main. Chez quelqu'un de moins fort, le recul de ce monstre la ferait bondir comme une chèvre des montagnes en rut. Mais le bras droit de l'inspecteur Gutiérrez n'est pas n'importe quel bras. Quand il appuie sur la détente, le fusil reste droit comme s'il était soudé à ses cinq doigts. Jon sent le coup de fouet se répercuter dans les muscles de son avant-bras et dans l'articulation de son coude.

Le premier tir fait exploser un phare et une roue. Jon replie le bras, recharge, vise à nouveau. Il tire, faisant sauter le capot du Range Rover. Il recharge, avec un double claquement.

Le tout-terrain termine de contourner la Ford Fiesta. Encore cinquante centimètres, et la voie sera libre jusqu'à la maison. Abrités derrière les trois tonnes du véhicule, les assaillants seront pratiquement invincibles.

Non !

Jon se lève.

Le troisième tir envoie vingt-sept billes de six millimètres de diamètre à travers le radiateur, la batterie, le débitmètre d'air. De toutes ces blessures, seule la dernière est fatale au Range Rover. Privé d'une information vitale à son fonctionnement, le moteur décide de s'arrêter.

Jon le paie au prix fort.

En se relevant, il s'est exposé.

Une nouvelle rafale résonne en contrebas. Les balles, en trajectoire ascendante, mordent la pierre de la cheminée, le dos de Jon, frôlent son bras droit.

Jon pousse un cri, s'effondre contre la cheminée, ses pieds glissent. C'est ce qui le sauve de la deuxième rafale, qui arrache des éclats à la pierre.

Au dernier moment, alors qu'il va tomber du toit, il parvient à s'agripper à la cheminée. Il appuie un pied sur la gouttière, qui cède sous son poids.

Antonia voit Orlov et deux *boévik* descendre du tout-terrain. Derrière le véhicule, Orlov court vers la gauche du jardin, tandis que les deux autres se mettent à couvert, de l'autre côté. Ils se dirigent vers Irina, qui attend le bon moment, toujours dissimulée derrière un arbre.

Trois dans le jardin, deux morts. Plus deux qui tirent sur Jon, calcule Antonia.

Alors lui vient une idée.

— C'est Belgrano et Romero, crie Antonia vers la cheminée. Fais-les parler.

Jon voit une constellation flotter devant ses yeux. Son bras droit saigne, mais il remarque à peine la douleur. Ce qui fait mal, en revanche, c'est la châtaigne qu'il a prise dans le dos. La plaque de céramique combinée au Kevlar lui a épargné une opération à cœur ouvert, mais la balle a causé la formation d'un hématome, une côte cassée et un manteau bon à mettre à la poubelle.

Elle lui a aussi coûté son fusil, qui lui a échappé et a glissé du toit pour s'enfoncer dans la neige.

La voix d'Antonia lui parvient comme si elle lui parlait depuis un réservoir d'eau.

Un truc sur Belgrano et Romero. Les faire parler ou je ne sais quoi.

Pour parler, faudrait déjà que je sois en état de respirer.

— Romero, vous m'entendez ? crie-t-il de toute la force de ses poumons – qui, après le coup qu'il s'est pris dans le dos, lui permet tout juste de s'adresser à son col de chemise.

Jon tente de se retourner, collé à la cheminée. Ses pieds dérapent sur les tuiles. Quelques-unes tombent. Mais il parvient à se placer sur les coudes et à se redresser un peu.

Il répète sa question, avec suffisamment de décibels cette fois.

— Qu'est-ce que tu veux ? répond Belgrano.

— Si vous vous rendez maintenant, je vous promets qu'on ne dira pas que vous avez tenté de nous tuer.

Le sous-inspecteur éclate de rire.

— Mais t'es con ou quoi ?

Bah faut croire que oui, pense Jon, empoignant son pistolet.

Il entend alors quatre mots par la cheminée.

Dans le salon, Antonia tire sur l'un des hommes abrités derrière les arbres. La balle se loge dans le tronc d'une manière très décevante. Elle a pour seul effet de les forcer à se couvrir et de leur faire perdre quelques instants.

Pas très longs cependant. Le second *boévik* sort de son abri et tire. Lui aussi a un AK-74. Et contre cela, il n'y a pas grand-chose à faire. Antonia s'écarte de la fenêtre, tandis que les balles rebondissent sur le rebord et les barreaux.

Alors elle entend la voix de Belgrano.

— Irina, la voix derrière la haie ! lance-t-elle, en russe.

Puis elle crie quatre autres mots vers la cheminée.

Irina se retient de hurler de douleur. Quand elle s'est jetée au sol, près du bûcher, quelque chose dans son dos a fait un bruit de dés roulant sur une table. L4 et L5, ses deux copines vertèbres, qui tiennent absolument à se rejoindre. Au moins la torture de son dos lui fait-elle momentanément oublier sa jambe.

Elle est parvenue à parcourir une quinzaine de mètres dans ces conditions. Elle a pratiquement atteint la maison, la zone où l'eau du tuyau d'arrosage a partiellement fait fondre la neige, mais elle a dû s'arrêter au dernier arbre, où elle s'est tapie. Son corps refuse de faire un pas de plus. Le visage appuyé contre le tronc, elle sent l'écorce rugueuse sur sa joue et se permet de fermer les yeux une seconde. Juste une seconde.

Allez. Ne t'arrête pas.

Elle lève les yeux à temps pour voir Jon s'agripper afin de ne pas tomber du toit. Un nouvel élancement dans son dos lui fait serrer les dents, se plaquer au tronc, chercher désespérément un peu d'air.

Son nom. Quelqu'un crie son nom.

La voix derrière la haie.

Irina comprend.

Elle pousse sur ses mollets pour se relever, le dos glissant contre l'arbre, et presse la détente en direction de la voix.

Une. Deux. Trois fois. Avec un angle de quinze degrés entre chaque tir.

Les balles traversent la haie. On entend un cri de l'autre côté.

— Quand la Russe tirera, entend Jon par la cheminée.

Trois coups de feu se font entendre. Suivis d'un cri.

Jon se redresse et se penche légèrement, assez pour voir Belgrano se tenir le côté et tomber au sol. Une balle l'a atteint au-dessus de la hanche.

Tu ne vas pas en crever, pense Jon. *Par contre, tu vas en chier, et pas qu'un peu.*

Romero lui arrache le fusil des mains, lève le canon et vide le chargeur en direction de la haie. Un éventail de feu ouvre des brèches irrégulières dans le feuillage, faisant voler des branches de cyprès de Leyland, et révélant la grille métallique sous les plantes.

Clic, clic, clic.

— Il n'y a plus de balles là-dedans. Mais là si, commissaire, dit Jon.

La rafale qu'a tirée Romero à travers la haie n'est pas le principal problème d'Irina. Elle s'est laissée glisser par terre, et la base du mur d'où part la haie la protège des balles venant de l'autre côté, dont la plupart passent à plus de cinquante centimètres de sa tête.

Le principal problème d'Irina, c'est que les balles ont révélé sa cachette.

Les deux *boévik* qui étaient à couvert derrière les arbres l'ont repérée, et se déplacent maintenant dans sa direction, en une manœuvre enveloppante. L'un d'eux la maintient sur place par une rafale, tandis que l'autre avance pour la cerner.

Il n'y a pas d'échappatoire.

Le dos brûlant de douleur, sa jambe refusant de la porter, Irina n'a aucun moyen de s'en sortir.

Elle fait donc quelque chose qu'elle ne s'est jamais permis auparavant. Quelque chose que l'Afghan lui avait interdit. Quelque chose dont elle ne se serait jamais crue capable.

Demander de l'aide.

Antonia a perdu de vue Orlov, mais elle peut voir les deux mafieux dans le jardin. L'un d'eux se dirige vers Irina. L'autre, en retrait, mitraille l'arbre derrière lequel elle se cache.

Son appel au secours parvient clairement aux oreilles d'Antonia.

Jusque-là, elle réservait les balles restantes pour le moment où l'un d'eux s'approcherait de la maison. Deux ou trois mètres. Avant tout pour se donner une chance minimale de faire mouche.

Celui qui tient l'AK-74 se trouve à douze mètres. En partie protégé par le tronc, un genou à terre.

Antonia tire.

Rate.

Elle n'arrête de tirer que quand elle est à court de munitions.

Irina entend le tir de suppression qu'Antonia lui offre depuis la maison, et sent l'espoir renaître. Si on la couvre, elle a une chance. Elle se penche sur la gauche du tronc, une seconde avant que l'homme qui court n'atteigne l'arbre le plus proche d'elle. Elle tire instinctivement, le touchant au mollet. Le tissu de son pantalon de survêtement – blanc, équipement officiel du Real Madrid – explose à deux endroits en même temps. Il n'est plus blanc.

L'homme tombe à plat ventre sur la neige et tente de riposter, mais Irina est plus rapide. Elle lui loge une balle dans la gorge et une autre dans la mâchoire.

Reste encore l'autre.

Reste encore une balle.

Le *boévik* au fusil d'assaut s'arrête pour changer de chargeur. Il est intact, malgré le nombre de balles qu'a tirées Antonia. Il introduit le nouveau chargeur, lève l'arme.

Irina se laisse tomber dos à la neige.

C'est pas le moment de te louper.

La balle pénètre par l'œil droit du mafieux et vient se loger dans son cerveau.

Irina reste par terre, immobile.

La douleur s'est entièrement emparée d'elle.

Au sommet du toit, Jon tient la commissaire Romero en joue.

— Lâchez le fusil et levez les bras, ordonne Jon.

— Écoutez, inspecteur, je suis sûre que nous pouvons trouver un moyen de régler cela.

— Sûrement, oui. Vous vous arrangerez avec le juge.

Romero est trahie par une vie entière consacrée à éliminer en elle tout trait susceptible de l'humaniser. Langage corporel compris. Son mouvement de tête serait passé inaperçu chez n'importe qui d'autre. Chez elle, c'est l'équivalent d'un néon publicitaire au milieu de Gran Vía.

Jon détourne le canon de l'arme et le pointe sur Belgrano, qui s'est appuyé sur un coude et a sorti son pistolet, profitant de l'écran que lui faisait la commissaire.

Il tire.

Jon aussi.

La balle de Belgrano vient frôler l'oreille droite de Jon. Possible que sa main qui tremble à cause de sa blessure y soit pour quelque chose. Possible que Jon se soit légèrement déplacé à la dernière seconde. Le fait est qu'il ne meurt pas.

Belgrano, si.

La balle l'atteint au front.

Romero porte la main à sa cartouchière pour sortir son arme. Elle sait qu'elle n'a aucune chance contre l'inspecteur, qui est préparé et en position de tir depuis un point élevé. Mais elle a choisi son propre chemin. Suicide par policier. Un chemin plus court, moins honteux, infiniment moins fastidieux.

Jon refuse.

Au lieu de tirer, il saute.

Il est presque impossible que Jon ait clairement vu le visage de la commissaire Romero pendant qu'il se laissait tomber sur elle. Il est plus que probable que l'image qu'il gardera en lui, dont le souvenir restera vif pendant les jours à venir, soit le fruit de son imagination. Un visage aux yeux grands ouverts, la bouche tordue en un rictus de peur, une main levée comme un bouclier. Et un chignon, habituellement parfait, légèrement défait.

On entend un craquement sec, ou peut-être bien deux simultanément. Un bras et une jambe cassés, très cassés. C'est que cent dix kilos de Basque qui tombent de cinq mètres de haut, ça fait beaucoup de kilos. Quelle que soit l'épaisseur de neige que vous avez pour amortir le choc.

7

Un résultat

Aslan Orlov pose un pied sur le porche, prêt à riposter, au milieu d'une étrange quiétude. Le léger craquement du bois sous les semelles de ses chaussures de sport souligne le silence intranquille.

Il n'y a pas de résistance.

Avec précaution, en prenant garde à chacun de ses mouvements – c'est un vieil homme, et dans son métier, on n'atteint pas cet âge sans être prudent –, il regarde par la fenêtre, pistolet devant lui.

Il réagit à peine devant le cadavre de Rebo. Pour lui, il était déjà mort. Il ne cherche que des menaces, mais n'en trouve pas.

Il sourit en voyant ce qui l'attend à l'intérieur. Un sourire blanc, parfait, de publicité pour une colle à dentiers.

Antonia est debout, les mains en l'air, devant Lola et Zenya. Elle ne protège pas grand-chose, mais l'intention est claire.

Elles ont laissé la porte ouverte.

— Monsieur Orlov, salue Antonia, en russe, quand le vieillard apparaît sur le seuil.

— Je vous prie de m'excuser, mais votre nom m'échappe. Je me rappelle vous avoir vue dans d'autres circonstances.

— Pas tellement plus agréables, rétorque Antonia.

— Pas tellement, non. J'espère que vous vous souvenez de notre conversation.

Orlov avance d'un pas. Son pistolet parcourt le salon, d'un bout à l'autre, cherchant d'éventuelles menaces.

Face à lui, il n'y a que trois femmes.

Une besogne facile.

— Je m'en souviens très bien, dit Antonia, qui cherche à concentrer toute son attention sur elle. Nous avions parlé mathématiques.

— L'équation de force, réplique le mafieux, pointant son pistolet sur Antonia.

— Que pensez-vous de deux mille kilos de pression par centimètre carré ?

Le regard d'Orlov se trouble d'incompréhension.

Lola murmure un mot.

Du canapé où il est couché, attendant l'ordre, Kot bondit par terre en grognant. Quelques mètres seulement le séparent d'Orlov. Celui-ci tire quatre fois sur le molosse. Il le touche deux fois. Mais ça ne suffit pas. Lancé à l'attaque pour protéger sa maîtresse, il en faut plus qu'un pistolet pour l'arrêter. Ses énormes pattes renversent Orlov, ses dents se referment sur sa gorge. Le *vor* tire encore deux fois, à bout touchant, contre le flanc, contre le ventre du chien. Il se secoue, mais ne lâche pas.

Même quand la vie quitte le corps du fidèle animal, ses mâchoires ne s'ouvrent pas. Elles restent fermées sur Orlov. La dernière chose que voit le vieil homme avant que l'obscurité n'envahisse ses yeux est le visage d'Antonia, qui vérifie que l'équation donne bien le résultat prévu.

8

Une décision

Quand Antonia se penche du toit – il lui a été bien plus difficile qu'à Jon d'y monter, en raison de leur différence de stature –, l'inspecteur Gutiérrez est en train de revenir à lui. Dans le choc, Romero s'en tire nettement moins bien. Elle a une jambe pliée selon un angle qui n'a rien de naturel, une épaule disloquée et une douleur qui va mettre du temps à disparaître, à en juger par les sanglots qu'elle émet. Mais leurs têtes se sont cognées, et Jon se frotte maintenant le front en essayant de se rappeler comment il s'appelle.

— Sur ta fiche, il y a marqué « manque de respect à ses supérieurs », dit Antonia. Souligné plusieurs fois. J'imagine qu'ils faisaient référence à ça.

— Tu me connais. Moi et mes sautes d'humeur.

Antonia ne peut s'empêcher de sourire.

— Allez, entre. J'ai besoin de toi.

Les mots d'Antonia se révèlent prophétiques.

En revenant dans le salon, elle trouve Irina qui braque son pistolet sur le front de Lola. Cette dernière, à genoux, supplie, en larmes, qu'on lui laisse la vie sauve.

— Qu'est-ce que tu fais ? demande Antonia en russe.

— Elle doit payer pour ce qu'elle a fait.

Irina est dans un sale état. Les vêtements détrempés par la neige, la cuisse ruisselant de sang. Elle tient à peine debout. Mais l'équation de force nécessaire pour presser la détente à bout touchant donne un résultat minuscule.

— Pas de cette façon.

— J'ai vu les images du conteneur, dit Irina. Neuf femmes, parquées là-dedans comme des animaux de boucherie pour nourrir des bêtes sans âme. Combien d'autres ont été amenées comme ça ? Combien d'autres sont mortes ? Combien d'autres comme ma sœur ?

— C'était un accident ! proteste Lola en reniflant – elle a le visage en feu, des larmes roulent sur ses joues écarlates.

Irina la gifle sèchement et la vise de nouveau.

— Taisez-vous, ordonne Antonia.

Un bruit, près de la porte, fait se retourner les quatre femmes – dont Zenya, qui suit la scène depuis le mur.

— J'aimerais savoir ce qui se passe ici, lance Jon, qui vient d'entrer, pistolet à la main, dirigé vers la tête d'Irina.

Antonia lui fait signe de baisser son arme. Jon la regarde du coin de l'œil. Il finit par s'exécuter, très lentement.

— Je comprends ce que tu as vécu, poursuit-elle. Moi aussi, j'ai perdu quelqu'un.

— Tu ne peux pas comprendre ! proteste Irina.

Son regard se tourne vers Antonia, mais le canon de son pistolet reste posé sur le front de Lola, poussant sa tête vers l'arrière.

— Je comprends le désespoir. Le sentiment de culpabilité. Ce que ça fait de savoir que le monde est détraqué et qu'on ne peut pas le réparer.

— Alors tu sais pourquoi je dois le faire.

— Elle est enceinte.

— Je m'en fous.

Antonia respire profondément et secoue la tête.

— Alors tu as perdu le peu de raison qu'il te restait.

Irina presse plus fort encore l'arme sur le front de Lola. On dirait qu'elle va fondre en larmes, elle aussi.

Aux yeux d'Antonia, elle ressemble à une toute petite fille.

— On ne vend pas de drogue, dit Irina d'une voix très douce. On ne vend pas de femmes. On ne profite pas de la misère d'autrui. Les règles ont été écrites il y a très longtemps. Et elles ne changent pas.

Antonia porte la main à sa poche et en sort la carte micro-SD. Elle la montre à Irina, au creux de sa paume.

— Tu es venue chercher ça. Je vais te la remettre. Mais tu dois la laisser partir.

Jon pose une main sur le bras d'Antonia.

— Tu ne peux pas lui donner l'argent et les preuves, dit-il avec gravité.

Antonia le regarde. Dans ses yeux, il y a de la tristesse, mais aussi de l'assurance.

— Je ne peux pas la laisser la tuer.

L'inspecteur Gutiérrez lui rend son regard. Une bataille fait rage derrière ses yeux bruns. Une bataille sanglante, qui fera des victimes. Son instinct de flic se débat contre la confiance qu'il lui porte. Son désir de justice, contre la nécessité de protéger la vie de Lola et de son enfant à naître.

— Jon, on n'a pas le choix, dit Antonia.

Avec un soupir, Jon lâche son bras.

Antonia avance vers Irina et lui tend la carte.

— Prends-la.

— Comment je peux être sûre qu'il ne me tirera pas dessus dès que j'aurai le dos tourné ? demande Irina, désignant Jon.

— Tu as ma parole. Si j'ai la tienne.

Irina les regarde, l'un après l'autre.

Le visage de Jon, dur, les dents serrées et le bras parallèle au corps. Son arme pointe vers le sol, mais la crispation de ses doigts révèle ce qu'il voudrait faire en réalité.

Antonia, sereine. Tenant la carte mémoire entre le pouce et l'index.

Irina fait ses calculs. Pendant de longues et angoissantes secondes.

Finalement, elle écarte l'arme. La tête de Lola retombe vers l'avant, libérée de la pression de l'acier. Le canon a laissé un rectangle sur son front, avec un cercle inséré dans la partie supérieure.

Elle respire profondément, de soulagement et de rage, en voyant Irina prendre la carte des mains d'Antonia et se diriger clopin-clopant vers la porte.

— Et mon fils et moi, on va manger quoi ? demande-t-elle, saisissant Irina par le pied pour tenter de la retenir. Dis-moi, on va manger quoi ?

Il a fallu trente-deux ans à Irina – les trente-deux années de sa vie, minute par minute – pour arriver à cet instant. Elle se sent pure, claire, invincible, lorsqu'elle répond :

— De la merde.

9

Une ligne droite

Faire le ménage après une fête n'est jamais passionnant. Et le raconter, encore moins. Un résumé suffira.

Antonia parvint à rejoindre à pied la croisée des chemins, où elle trouva du réseau. La neige était haute et collante, mais elle mit ses pas dans des traces fraîches. La femme qui les avait laissées boitait et saignait. Antonia avança lentement, pour ne pas prendre le risque de la rattraper.

Une heure plus tard, ce cadre paisible grouillait de flics. Des experts de la Scientifique circulant parmi les cadavres et les impacts de balles, posant leurs plots partout. Un procureur et un juge d'instruction. Des gars des Affaires internes, aussi. Et même quelqu'un du ministère de l'Intérieur. L'implication d'une commissaire et d'un sous-inspecteur corrompus faisait de cette affaire un bourbier colossal. Qui, comme tous les dossiers épineux, termina sous le tapis.

Quand Lola Moreno monte dans l'ambulance – les épaules voûtées enveloppées dans une couverture –, Jon l'observe sans cacher son mépris.

— Ce qui me fait vraiment chier, c'est qu'elle va s'en tirer blanche comme neige.

— Sûrement, dit Antonia, partageant sa frustration. Mais on a fait ce qu'il fallait.

Il fait froid. Eux aussi sont emmitouflés dans des couvertures, qui ne peuvent pas grand-chose contre l'air glacial descendu de la montagne. Il devrait se remettre à neiger très bientôt. Jon tape des pieds par terre, essayant de se réchauffer.

— Je n'en suis pas si sûr, trésor. On a pris pas mal de détours.

— Avancer en ligne droite ne mène jamais bien loin, déclare Antonia.

C'est beaucoup plus facile de pardonner aux autres quand ils se trompent que quand ils ont raison, pense Jon.

— Possible. Tout ce que je sais, c'est que, pour moi, la route s'arrête là.

Dans un contexte normal, Antonia mettrait peut-être du temps à comprendre ce qu'essaie de lui dire Jon. Son équipier. Son seul ami. Son locataire, trois étages en dessous. Mais cela fait plusieurs mois qu'elle attend et redoute ce moment. Le moment où il dira *ça suffit.*

— Donc toi et moi, c'est fini, dit-elle.

— On dirait bien.

Les événements des semaines passées auraient été au-dessus des forces de n'importe qui. Elle a trahi sa confiance, elle lui a menti, elle l'a poussé dans ses retranchements et au-delà.

Elle ne peut pas lui en vouloir, en réalité.

Mais elle ne va pas non plus lui faciliter la tâche.

— Et je vais faire quoi, maintenant, sans toi ?

Là-dessus, Jon n'a aucun doute.

— Au-delà des mensonges et du reste, tu vas continuer d'enquêter, sans lâcher le morceau. Parce que c'est ce que tu es. Une enquêtrice. Peut-être même la meilleure.

— Peut-être ? dit Antonia.

— Je ne les connais pas toutes, chérie.

ÉPILOGUE

— Combien de temps est-ce « pour toujours » ?
— Parfois juste une seconde.

D'après Lewis Carroll

Un adieu

La chambre n'a pas tellement changé. Toutes les affaires d'Antonia sont rangées dans des boîtes.

Marcos n'a pas changé.

Il est toujours relié à la vie par des machines.

Son corps s'est encore détérioré, ces derniers mois. Ses membres se sont atrophiés, sa peau est devenue fine et flasque. Rendant le diagnostic flagrant. Les médecins l'ont condamné depuis longtemps. « Aucun espoir », avaient-ils dit. Et Antonia ne les avait pas crus. Elle avait tourné le dos à la raison, parce qu'elle était trop fière pour admettre une erreur irréparable.

Puis elle a rencontré Jon. Et tout a changé.

On sonne à la porte. Elle ouvre avec prudence.

C'est un homme grand, élégant. L'homme dont elle a besoin aujourd'hui à ses côtés.

— Salut, papa.

Sir Peter Scott s'étonne que sa fille l'ait appelé. Mais il est venu, bien qu'ils ne se soient pas vus pendant des mois.

Il est venu, c'est tout ce qui compte.

— Comment va Jorge ?

— Il grandit. Il te réclame.

— Demain, promet Antonia.

— Je vais lui dire de préparer l'échiquier.

— Il me manque, dit Antonia – et c'est la vérité.

Antonia et Peter passent quelques minutes ensemble au chevet de Marcos, contemplant le corps inanimé. La carcasse vide, qui jadis renfermait un incroyable amour.

— Toutes ces choses que je peux faire. Toutes ces capacités. Et je n'ai pas pu le sauver.

Son père ne dit rien. Il ne la prend pas non plus dans ses bras. Année après année, ses réactions de rejet lui ont appris à ne plus l'approcher. Même à ce moment, où Antonia en a tant besoin. Où elle aimerait qu'il le fasse.

Elle ne reçoit aucun réconfort et doit donc le chercher en elle-même.

Dès la naissance, nous connaissons notre destin. Notre berceau oscille au bord de l'abîme qui nous guette. Notre vie n'est qu'un éclair entre deux éternités de ténèbres. La fin qui nous attend nous effraie davantage que l'obscurité qui la précède, cet instant durant lequel nous ne savions pas quel était notre visage avant de venir au monde. Peut-être redoutons-nous ce qui vient par la suite parce que au fond, une parcelle de notre être se rappelle quelque chose de terrible. Quelque chose que nous oublions quand nous remplissons d'air nos poumons pour la première fois et que nous nous mettons à pleurer.

Et si rien ne nous libère de la mort, qu'au moins l'amour nous sauve de la vie.

Antonia embrasse Marcos sur les lèvres pour la dernière fois. Puis elle fait un signe au médecin, qui attend patiemment près du respirateur.

Quand les machines s'arrêtent, Antonia fond en larmes. Reconnaissante, pour tout cet amour.

Une promenade

Antonia Scott s'autorise à penser au suicide pendant cinquante-quatre longues minutes.

Elle a décliné l'invitation de son père à la raccompagner. Elle préfère marcher, se réserver ce moment. Rattraper le temps perdu.

Pour la plupart des gens, cinquante-quatre minutes représenterait un long intervalle de temps.

Pas pour Antonia Scott. Pas quand elle est, en réalité, incapable de se consacrer entièrement à cette tâche.

Elle n'est capable de penser qu'au moment présent.

À la façon dont elle va pouvoir continuer sans Jon.

À la quarante-huitième minute, elle décide qu'elle ne peut pas.

Un changement

Pendant ce temps, au numéro 7 de la rue Melancolía, Jon est en train de faire ses cartons.

Il ne met pas vraiment de cœur à l'ouvrage, pour être honnête.

Ses vêtements, plutôt coûteux, doivent être emballés avec soin. Housses, papier de soie, cartons penderie avec une tringle de suspension.

Il n'a rien acheté de tout cela, si bien qu'il s'est en fait contenté jusque-là de mettre dans sa valise des sous-vêtements, quelques paires de boutons de manchettes – pas toutes –, une trousse de toilette, deux serviettes et trois pots de confiture de figues maison. Une partie du butin que les autres locataires versent à Antonia en guise de loyer et qu'elle avait refusé de manger sous le fumeux prétexte qu'elle n'aime pas les figues et que la confiture fait grossir.

Il regarde sa montre.

À cette heure-là, tous les magasins où acheter du matériel d'emballage sont fermés. En revanche, le restau chinois de la rue de l'Olivar, lui, doit être ouvert. Un *wok*, idéal pour un dîner tardif. Peut-être un ou deux épisodes de la série qu'il a laissée en plan avant tout ce bordel. S'endormir devant la télé.

Et demain, qui sait. Peut-être reconsidérer l'idée de rentrer à Bilbao.

Jon descend. Alors qu'il va tourner au coin de la rue, il entend des pas derrière lui. Des pas féminins, légers. Il se retourne, un sourire sur le visage. Mais ce n'est pas Antonia. C'est une femme mince, élégamment vêtue et souriante. Elle a un visage aimable.

— Excusez-moi. Pourriez-vous m'indiquer où se trouve la rue Atocha ?

— C'est par ici, tout droit, dit Jon, dissimulant sa déception.

La femme lui sourit à son tour. Puis elle sort une seringue de son sac et la lui plante dans le cou.

— Mais qu'est-ce que… lâche Jon en la repoussant.

Le visage aimable est la dernière chose qu'il voit avant que des bras puissants ne le saisissent par-derrière, avant que l'obscurité ne s'abatte sur lui.

Un salut

Le téléphone d'Antonia sonne alors qu'elle remonte en direction du quartier de Lavapiés, à la hauteur de la rue de la Cabeza.

— Ce n'est pas le moment.

— Écoute-moi, Scott, dit Mentor. On a la preuve. Ton fantôme s'est finalement révélé tout à fait réel.

— Je ne comprends pas.

— Je ne peux rien te raconter par téléphone. Mais on sait ce qui est arrivé à Angleterre et Hollande.

Antonia comprend enfin de quoi parle Mentor. Et affronte une amère réalité. La seule chose pire que de prêcher la vérité dans le désert, c'est de se voir donner raison quand il est trop tard.

— White.

— Je suis rentré à Madrid. Va chercher l'inspecteur au plus vite et rejoignez-moi.

Antonia raccroche et presse le pas.

En tournant le coin de la rue de l'Olivar, tout près de la maison, elle l'aperçoit.

Deux hommes se démènent pour en faire monter un troisième dans une fourgonnette. Ce dernier gesticule faiblement. Un sac noir lui recouvre la tête, mais Antonia n'a pas besoin de voir son visage pour savoir qui c'est.

Une femme élégante, avec une gabardine et un visage aimable, se retourne et la repère. Elle est trop loin pour lire l'étonnement dans ses yeux, le petit cadeau que représente sa présence surprise comme spectatrice. Mais Antonia n'a pas besoin de le voir pour le savoir.

Sandra Fajardo la salue d'une main, avant de monter dans la fourgonnette.

Antonia se précipite vers eux, en sachant que ça ne sert à rien. La fourgonnette s'éloigne, laissant Antonia loin derrière. Mais elle ne renonce pas. Elle court, jusqu'à ce que les poumons lui brûlent et que son cœur cogne dans sa poitrine comme un marteau-piqueur.

À l'instant où elle s'arrête, les mains sur les genoux, hors d'haleine, le message lui parvient.

> J'espère que tu ne m'as pas oublié.
>
> On joue ? W.

Note de l'auteur

L'histoire d'Antonia Scott mûrit depuis dix ans, et je promets, le moment venu, de vous raconter comment tout a commencé. D'ici là, je vous demanderai de continuer de préserver les secrets de ces livres.

Ah, une dernière précision.
Oui.
Antonia et Jon reviendront.

Remerciements

Je voudrais adresser mes remerciements :

À Antonia Kerrigan et à toute son équipe : Hilde Gersen, Claudia Calva, Tonya Gates et les autres, vous êtes les meilleurs.

À Carmen Romero, Berta Noy et Juan Díaz, qui ont cru en Antonia Scott et Jon Gutiérrez. À toute l'équipe commerciale de Penguin Random House, qui a sillonné le pays pour promouvoir mes livres jusqu'au dernier village. À Eva Armengol, Nuria Alonso et Irene Pérez, qui m'ont aidé à les faire connaître. À Raffaella Coia, qui a maquetté et corrigé ce livre.

À Juanjo Ginés, poète qui vit à la Cueva de los Locos et se détend dans le Jardín de los Turcos, qui mérite un remerciement trop longuement différé depuis sept livres.

À Javier Cansado, Dani Rovira, Mónica Carrillo, Alex O'Dogherty, Agustín Jiménez, Berta Collado, Ángel Martín, María Gómez, Manel Loureiro, Clara Lago, Raquel Martos, Roberto Leal, Toni Garrido, Carme Chaparro, Ernesto Sevilla, Luis Piedrahita, Miguel Lago, Goyo Jiménez, Berto Romero et tant d'autres victimes consentantes d'Arturo González-Campos.

À l'inspecteur-chef Antonio Rodríguez Puertas et à tous les courageux hommes et femmes de l'UDYCO, qui protègent chaque jour les cent cinquante kilomètres de côtes de la région, des remerciements tout particuliers. Ce qu'ils affrontent au quotidien pourrait alimenter trois romans de faits réels qui, si je les avais repris dans ce livre, auraient été jugés invraisemblables (adjectif qu'emploient les esprits étroits).

La Costa del Sol est une destination privilégiée pour des mafias de tous horizons et des groupes de tueurs armés à côté desquels ceux de *Louve noire* sembleraient bien pâles (et qui sont, malheureusement, eux, bien réels). Les membres de l'UDYCO ne passent que très rarement à la télévision, bien qu'en 2018, ils aient effectué plus de cinq cents arrestations, et saisi quarante tonnes de drogue et cent millions d'euros en liquide. Un travail discret et minutieux, dans un contexte de règlements de comptes entre bandes rivales – avec des dizaines de morts –, de menaces et de peur. Ce que Romero explique à Jon est basé sur la réalité : pour la seule année 2018, il y a eu à Marbella des règlements de comptes à la bombe, des fusillades à moto, à vélo, des attaques de villas, avec séquestration, mutilations faciales façon Joker, avec des kalachnikovs, dans des restaurants... Et en sortant d'une communion, car les méchants aussi ont vu *Le Parrain*.

Au passage, l'inspecteur-chef Rodríguez Puertas est l'homme qui a saisi, dans la vraie vie, trente-quatre millions d'euros de cocaïne camouflée dans du Nutella. Cet aspect du roman lui doit beaucoup.

Concernant la corruption : même s'il est vrai que par le passé, il y a eu des brebis galeuses au sein de l'UDYCO, le remarquable travail de la police et du parquet a permis de les identifier et de les mettre hors d'état de nuire. Il s'agit du reste de cas isolés dans un vaste groupe humain dont l'abnégation n'est plus à prouver. Malgré cela, là encore, la réalité dépasse comme toujours la fiction. En 2008, à Marbella, un inspecteur-chef et trois inspecteurs de l'UDYCO ont été arrêtés pour avoir changé de camp et créé un réseau de protection pour des trafiquants de drogue. Au temps pour « nos amis les vraisemblants », pour paraphraser Alfred Hitchcock.

J'aimerais aussi remercier Carol Reed et son immortel film, *Le Troisième Homme*, qui a inspiré la couverture de l'édition espagnole et les illustrations du grand Fran Ferriz qui l'accompagnent.

À Rodrigo Cortés, une source d'inspiration permanente, un ami fidèle qui m'a aidé à réviser le manuscrit de ce livre.

À Manuel Soutiño, encore une fois, la huitième.

À Arturo González-Campos, dessinateur de profession et producteur de podcasts par vocation. J'attends ton invitation à participer à l'une de tes émissions.

À Alberto Chicote, qui lui aussi s'est abîmé les yeux sur le manuscrit.

À Gorka Rojo, consultant en culture basque et en physique théorique des jambons.

Merci à James Gunn, Andrea Köhler, Pablo Neruda, Arturo Pérez-Reverte, John Carpenter, Gabriel García Márquez.

Merci à Joaquín Sabina et Pancho Varona, ma bande-son.

Merci aussi à Cruz Morcillo et Pablo Muñoz, auteurs du livre *Palabra de Vor*, une enquête exhaustive (et terrifiante) sur les mafias russes en Espagne.

À la plus importante, Bárbara Montes. Mon épouse, mon amante, ma meilleure amie. Ta seule présence fait du monde un plus bel endroit. Je t'aime, et j'espère que nous vivrons suffisamment longtemps pour voir ensemble la *Fase 24*.

Et à vous, lecteurs, pour avoir fait de mes romans un succès dans quarante pays, merci de tout cœur. Une dernière faveur : ne révélez jamais la fin de ce livre, à quiconque ou sur les réseaux sociaux. Si vous rédigez une critique en ligne (merci !), ne dites rien, pas même en indiquant qu'il s'agit d'un spoiler, car tout le monde pourrait le lire et cela gâcherait l'effet de surprise.

À toutes et tous, merci encore.

Juan Gómez-Jurado